CATHERINE DURAND
Die tausend Farben von Paris

Buch

Der Amerikaner Jack kommt 1951 nach Paris. Er sucht die Freiheit, will die faszinierende Stadt kennenlernen und sich als Maler durchschlagen. Als er an der Seine den Sonnenaufgang malt, lernt er die bezaubernde Fotografin Rose kennen. Beide verlieben sich Hals über Kopf ineinander. Doch schon bald wird ihr zartes Band bedroht. Jack soll für einen alten Bekannten im Künstlerviertel einen Spion aufspüren. Aber auch Rose scheint etwas über die gesuchte Person zu wissen. Kann ihre Liebe das Hindernis überwinden, oder wirft der Weltkrieg seine dunklen Schatten auf ihre junge Beziehung?

Autorin

Catherine Durand ist das Pseudonym der SPIEGEL-Bestsellerautorin Petra Mattfeldt. Sie liebt Frankreich – vor allem Paris, die Stadt der Liebe –, aber auch den Norden und eine steife Brise, und sie reist gerne an die Orte, über die sie schreibt. Nach einer Ausbildung zur Rechtsanwalts- und Notarfachangestellten arbeitete sie als freie Journalistin. Inzwischen ist die Schriftstellerei ihr Hauptberuf. Sie ist verheiratet, hat drei Kinder und lebt in der Nähe von Bremen.

CATHERINE DURAND

Die tausend FARBEN von PARIS

ROMAN

blanvalet

Der Verlag behält sich die Verwertung des urheberrechtlich geschützten Inhalts dieses Werkes für Zwecke des Text- und Data-Minings nach § 44 b UrhG ausdrücklich vor. Jegliche unbefugte Nutzung ist hiermit ausgeschlossen.

Penguin Random House Verlagsgruppe FSC® N001967

1. Auflage 2025
Copyright © 2025 by Blanvalet in der
Penguin Random House Verlagsgruppe GmbH,
Neumarkter Straße 28, 81673 München
produktsicherheit@penguinrandomhouse.de
(Vorstehende Angaben sind zugleich
Pflichtinformationen nach GPSR)

Redaktion: Kristina Lake-Zapp
Umschlaggestaltung: www.buerosued.de
Umschlagmotiv: Arcangel (Jelena Simic Petrovic), www.buerosued.de
StH · Herstellung: CS
Satz: Satzwerk Huber, Germering
Druck und Bindung: GGP Media GmbH, Pößneck
Printed in Germany
ISBN 978-3-7645-0850-0

www.blanvalet.de

MÄRZ 1952

PARIS, QUAI DE LA GARE AM UFER DER SEINE

Der Morgennebel hing über dem Fluss wie eine löchrige Decke, die dem Betrachter nur gelegentlich einen Blick auf das gewährte, was darunter lag.

Jetzt in der Früh, noch vor fünf Uhr, zog trotz des nahenden Frühlings ein eisiger Wind über das Ufer, und den Männern war anzusehen, dass sie nur widerwillig in voller Bekleidung in die Seine stiegen, um den leblosen Körper, den einer der Wachmänner des Départements bei seiner morgendlichen Runde entdeckt hatte, aus dem Fluss zu ziehen.

Auch wenn der Tote schlank war, fast schon hager wirkte, hatten die Polizisten, die am Ufer standen und die Leiche entgegennahmen, doch alle Hände voll zu tun, ihn aus dem Wasser heraus an Land zu hieven. Zwei weitere Uniformierte packten mit an, dann gelang es ihnen schließlich, den Mann mit einem klatschenden Geräusch auf den Boden zu legen.

Pierre Fournier, der von allen stets nur *le commissaire* genannt wurde, trat näher heran und betrachtete ihn.

»Hat er eine Brieftasche dabei?«, fragte er, worauf einer der Polizisten die Taschen des Toten durchsuchte.

»Keine Brieftasche«, verlautbarte er. »Nur das hier.« Er hielt dem Kommissar einen Zettel hin, auf dem man kaum noch etwas lesen konnte, gerade mal eine halbe Handfläche groß und vom Wasser durchtränkt.

Fournier ging einige Schritte weiter in Richtung Laterne, um im schwachen Licht besser erkennen zu können, was auf dem Zettel geschrieben stand. Die Schrift war blass und hob sich lediglich in einem schwachen Hellblau vom Untergrund ab. Der Kommissar kniff die Augen zusammen, versuchte, die Buchstaben, die er erkennen konnte, zusammenzufügen und Worte daraus zu bilden. Einen Moment zögerte er, dann begriff er, was es war, das er da in Händen hielt.

»Schafft ihn fort und beeilt euch, bevor die Stadt erwacht«, befahl er in rauem Ton. Dann kehrte er zu dem Toten zurück und blickte einen Moment lang in dessen Gesicht, um festzustellen, ob er ihn nicht doch schon mal gesehen hatte. Ganz sicher war er nicht, wirkte das Gesicht doch aufgeschwemmt, aschfahl, die Lippen bläulich verfärbt. Dennoch konnte er sich des Gefühls nicht erwehren, dass er dem Mann schon einmal begegnet war. Doch wo, wann oder in welchem Zusammenhang, wollte ihm partout nicht einfallen. Später vielleicht. Jetzt galt es erst einmal, keine weitere Zeit zu verlieren und sich eiligen Schrittes auf den Weg zur Dienststelle in der Rue Jean-Jacques Rousseau zu machen.

Dort angekommen, stieg er hastig die Stufen hinauf in den zweiten Stock, betrat sein Büro und schlug laut die Tür hinter sich zu. Er hatte den Mantel noch an, als er die Nummer wählte, die er auswendig kannte. Das Rufzeichen ertönte, dann meldete sich am anderen Ende eine schläfrige Stimme.

»Ja?«
»Russell? Hier spricht Fournier. Ich glaube, ich habe die Information, die du wolltest.«

1. Kapitel

Wohnung über dem Buchladen Le Mistral, 37 Rue de la Bûcherie

Paris ist ein Quell puren Lebens. Die Farben dieser Stadt lassen das Blut in meinen Adern pulsieren.

Jack King

»*Bonjour*, Madame Lilou!«, rief er überschwänglich hinunter, als er das Fenster öffnete und die Wirtin des kleinen Restaurants an der Ecke sah, die soeben mit einem Korb in der Hand unter seinem Fenster entlangging. Die etwas beleibte Frau mit dem Mondgesicht und dem herzlichsten Lächeln, das Jack je gesehen hatte, winkte zu ihm herauf und blieb stehen.

»*Bonjour*, Jack! Ein herrlicher Tag, nicht wahr? Der Frühling.« Sie machte eine ausschweifende Handbewegung. »Man kann ihn schon riechen.«

Jack streckte die Nase vor und atmete tief ein.

»Sie haben recht, Madame Lilou. Jetzt rieche ich es auch.«

Sie lachte freudig auf. »Und? Werden Sie heute Ihre Kunst verkaufen, Jack?«

»Aber ja, Madame Lilou! Mindestens drei, ach, was sage ich, fünf oder gar sechs Bilder.«

»Wunderbar!«, gab sie begeistert zurück. »Dann kommen Sie nachher zu mir ins Restaurant! Ich werde zur Feier des Tages etwas Besonderes für Sie kochen.«

»Ich werde mich bemühen, Madame Lilou. Und wenn ich etwas verkaufe, bringe ich Ihnen auch das Geld mit, das ich Ihnen schulde.«

»Wunderbar!«, rief sie erneut. »Wenn es Ihnen gelingt, dann koche ich, um Sie zu feiern, und wenn es Ihnen nicht gelingt, dann zum Trost, Monsieur Jack.«

»Ich liebe Sie, Madame Lilou!«

»Ich liebe Sie auch, Monsieur Jack. Bis später im Restaurant!« Sie winkte noch einmal und lächelte ihr Mondgesichtlächeln, dann ging sie mit dem Korb in der Hand die Straße hinauf und verschwand nur einen Augenblick später hinter der nächsten Häuserecke.

Jack hob den Blick über die Dächer der Häuser, die er von seinem Fenster im ersten Stock in der Rue de la Bûcherie aus sehen konnte und über denen im Osten bereits die Sonne stand. Am anderen Ufer der Seine erhob sich die Kathedrale Notre-Dame de Paris. Wie jeden Morgen nahm er sich Zeit, die Farben auf sich wirken zu lassen, sie förmlich zu inhalieren, um sie in sich aufzunehmen, sie zu spüren. Paris war für ihn eine Stadt, die stets in ein warmes Rosé getaucht war, bei Tag wie bei Nacht, weil sie ein Gefühl der Wärme verströmte, wie er es noch nirgendwo sonst erfahren hatte. Auf keiner Palette der Welt wäre es möglich, die Farben so zu mischen, dass man Paris darin einfangen und in den Bildern wiedergeben könnte. Dennoch versuchte Jack genau das Tag für Tag für Tag, immer und immer wieder, und er war fest davon überzeugt, dass es ihm irgendwann gelingen würde, dem Betrachter das Gefühl dessen zu spiegeln, was diese Stadt für ihn ausmachte.

Kaffeeduft zog zu ihm herauf. Sofort fing sein Magen an zu knurren. Eigentlich konnte er noch gar nicht wieder hungrig sein, hatte er doch gestern Abend mit seinem Freund Frank Levant so reichlich gegessen, dass es im Grunde für die nächsten drei Tage reichen dürfte. Es musste an dieser Stadt liegen, dass er immerzu hungrig und durstig war. Vor allem auf das Leben selbst. Denn noch zu keiner Zeit zuvor und noch an keinem anderen Ort auf dieser Welt hatte er das Leben so sehr gespürt, dass er einfach nicht genug davon bekommen konnte. Es war wie eine Gier, wie ein Sog, der ihn immer weiter mitriss. Jeder Tag verging wie in einem Rausch – leicht, lebendig und sinnlich. Ihm war, als könnte er sie noch immer spüren, all die fantastischen Künstler wie Renoir, Cézanne, Degas, Toulouse-Lautrec. Sie alle hatten hier gelebt und geliebt, das Leben gefeiert und das gesehen, was nun auch er sah. Sie hatten die Stimmung dieser Stadt eingefangen und in ihren Bildern verewigt, hatten eine Welt in dieser Welt erschaffen und ließen nun auf ewig die Menschen durch ihre Augen sehen, wenn diese ihre Werke betrachteten. Es war unglaublich. Das und nicht weniger wollte auch er – er wollte es schaffen, dass die Menschen stehen blieben und in seine Gemälde eintauchten, wollte sie sehen lassen, was er sah, sie spüren lassen, was er spürte. Er atmete noch einmal tief ein und streckte sein Gesicht in Richtung der immer mehr an Kraft gewinnenden Sonne. Dann trat er einen Schritt zurück, schloss das Fenster und verließ pfeifend die kleine Kammer über dem Buchladen *Le Mistral*, in der George Young ihn wohnen ließ, wenn er im Gegenzug ein wenig im Geschäft half und die Bücher las, die George ihm regelmäßig empfahl. Zumindest noch. Ihre Vereinbarung lautete, dass Jack ein halbes Jahr lang bleiben konnte, sich innerhalb dieser Zeit aber etwas anderes suchen musste. Als Jack die Kammer bezogen hatte, war ihm ein halbes Jahr mehr als ausreichend erschienen, um Fuß fassen und sich eine kleine Wohnung suchen zu können. Allerdings war die Zeit nur so verflogen, und schon bald würde er sich überlegen müssen, wie es weitergehen sollte. Zwar glaubte Jack nicht, dass George ihn mir nichts, dir nichts auf die Straße setzen würde – dafür war er ein zu guter Mensch –, doch selbst wenn er die Frist um einen oder zwei Monate verlängerte, wäre es für Jack ratsam, sich baldmöglichst um etwas Eigenes zu kümmern. Daran führte kein Weg vorbei, auch wenn er die Pfannkuchen, die George jeden Sonntagmorgen für alle machte, die in seinem Buchladen unterkamen, schmerzlich vermissen würde.

Er überlegte, sich in der 9 Rue Gît-le-Cœur einzuquartieren, so wie einige seiner Künstlerfreunde es taten. Das Hotel war schäbig, doch was brauchte er schon ein schönes Zimmer, wenn die ganze Stadt vor Schönheit nur so strahlte? Außerdem wollte er Georges Gastfreundschaft nicht über die Maßen beanspruchen.

George war genau wie er Amerikaner und schon vor über sechs Jahren, kurz nach dem Krieg, nach Paris gekommen, während Jack gerade erst vor fünf Monaten in die Stadt seiner

Träume zurückgekehrt war. Als sie sich kennenlernten, hatte George ihm erzählt, dass er im letzten Jahr all sein Geld zusammengekratzt und den kleinen Buchladen erworben hatte, in dem man jedoch nicht nur Bücher kaufen konnte. Vielmehr ließ George unten im Laden angehende Schriftsteller übernachten und bot ihnen damit zugleich die Möglichkeit, so viel zu lesen, wie sie nur wollten. Für George zählte nichts als die Literatur, während es für Jack nur die Malerei gab. Nun ja, die und das gelegentliche Kellnern in dem kleinen Café in der Nähe der Kathedrale Notre-Dame, wenn ihm wieder einmal das Geld ausgegangen war und er George, Madame Lilou oder seinem Freund Frank Levant nicht schon wieder auf der Tasche liegen wollte. Es war ein einfaches, gutes Leben, das er führte, stets getragen von der Hoffnung, eines Tages mit seiner Malerei den großen Durchbruch zu erlangen. Ach, was musste das für ein Leben sein, ohne jede finanzielle Not, mit nichts als Glück und Freiheit und dem Gefühl, der Malerei allein um der Malerei willen zu frönen. Im Grunde nicht viel anders als jetzt, schließlich malte er immer nur das, was er wollte, und wurde durch niemanden zum Tun oder eben auch Nichtstun getrieben. Dennoch wäre es etwas anderes, wenn seine Arbeit endlich Anerkennung finden würde und er damit ein Einkommen erzielen könnte. Doch das würde schon noch kommen. Jack glaubte fest daran.

»Guten Morgen, George«, grüßte er aufgeräumt, als er den kleinen Buchladen im Erdgeschoss betrat, und nickte auch dem Mann zu, der mit dem Ladenbesitzer sprach. Die beiden schienen in eine hitzige Diskussion vertieft zu sein, denn George sah nur kurz zu ihm herüber und nickte, sagte aber nichts. Dann wandte er sich wieder seinem Gesprächspartner zu und eiferte sich offenbar über irgendein Buch, das Georges Meinung nach vollkommen überschätzt wurde, worauf der andere heftig widersprach. Ja, George war ein streitbarer Mann, und Jack hatte es durchaus schon erlebt, dass er die gebundenen Werke, die zum Verkauf standen, gelegentlich benutzte, um damit nach jemandem zu werfen. Doch ebenso rasch, wie George hochkochte, kühlte er auch wieder ab und kehrte vom hitzigen Gesprächspartner zu dem umgänglichen, netten Kerl zurück, der ebenso in ihm steckte.

Jack hob kurz die Augenbrauen, ein amüsiertes Schmunzeln auf den Lippen, wünschte einen wunderbaren Tag und ging hinaus.

Mit seiner leichten Jacke war er etwas zu dünn angezogen, doch für die knapp fünfzehn Minuten vom Buchladen zum Café, wo er ein kleines Frühstück einnehmen wollte, würde sie reichen. Erst danach wollte er seine Bilder, die Staffelei, die Farben und den kleinen grünen Hocker holen, um sich ans Ufer der Seine zu setzen und dort zu malen.

»Jack, hier drüben!«, hörte er jemanden seinen Namen rufen, kaum dass er das Café betreten hatte, und sah auf. Sein Freund Frank Levant hob den Arm, um auf sich aufmerksam zu machen, und Jack ging zu ihm hinüber und setzte sich an seinen Tisch.

»Frank, ich hatte nicht damit gerechnet, dich heute hier zu sehen. Meist bleibst du doch zu Hause, wenn am Abend ein Auftritt ansteht.«

Frank, der wie so oft eine Ballonmütze trug, die seine dicken schwarzen Haare und einen Teil seines Gesichtes verdeckte, machte eine wegwerfende Handbewegung. »Ich weiß nicht mal, ob ich mich danach fühle, heute auf der Bühne zu stehen und die Leute zu unterhalten«, gab er missmutig zurück.

»Ach, Frank, hör doch auf! Du brauchst das doch, gib es zu. Den Jubel, die Begeisterung.« Jack beugte sich weiter zu dem Freund hinüber. »Die Frauen, die fast in Ohnmacht fallen, wenn du ihnen Blicke zuwirfst.« Er lachte auf und klopfte Frank auf den Oberarm. »Sei ehrlich, du brauchst das wie die Luft zum Atmen.«

Frank schüttelte den Kopf, dann hielt er in der Bewegung inne. »Na, vermutlich hast du recht. Solange sie alle jubeln, bin ich glücklich.« Er legte Zeige- und Mittelfinger an seine Kehle. »Ich habe hier so ein Kribbeln«, stellte er fest. »Nicht, dass mir am Ende die Stimme versagt.«

Jack schmunzelte. Solange er Frank nun kannte – und er hatte ihn bereits zwei Tage nach seiner Ankunft in Paris kennengelernt –, fürchtete dieser, dass etwas Unvorhersehbares über ihn hereinbrechen könnte, dass ihm beispielsweise die Stimme versagte oder das Publikum murrte, er hätte nachgelassen und verstünde nicht länger so zu begeistern wie zuvor.

Am Anfang hatte Jack die Befürchtungen seines Freundes noch ernst genommen, inzwischen lachte er nur noch darüber. Ganz Paris kannte und liebte Frank Levant, den berühmtesten Chanson-Sänger der Stadt, womöglich sogar des Landes. Mit seiner Stimme, vor allem aber seinem Charme, wickelte er jeden um den kleinen Finger, und Jack war sicher, dass Frank das auch wusste. Genau wie Jack war Frank Amerikaner, doch er war schon vor knapp einem Jahr nach Paris gekommen, um sich hier eine Karriere als Sänger aufzubauen. In den Staaten hatte er nicht gesungen, was genau er dort getan hatte, wusste Jack nicht.

Frank hatte einen leicht italienischen Akzent und erinnerte auch vom Aussehen her an einen Italiener, doch als Jack ihn zu Beginn ihrer Freundschaft fragte, ob er italienische Wurzeln hätte, hatte Frank vehement verneint. Schon seine Eltern seien Amerikaner gewesen, behauptete er, und er habe nicht das Geringste mit Italien zu tun. Trotz dieser Reaktion wurde Jack den Eindruck nicht los, dass er mit seiner Vermutung ins Schwarze getroffen hatte, doch entweder lag er tatsächlich vollkommen falsch damit, oder es gab etwas, worüber der Freund nicht sprechen wollte. Also beließ Jack es dabei, gab es seiner Ansicht nach doch nicht den geringsten Grund, Frank zu einer Antwort zu drängen.

Jetzt hob er die Hand und bedeutete damit Camille, der Kellnerin, das Gleiche nehmen zu wollen wie Frank. Camille nickte lächelnd, und Jack wandte sich wieder dem Freund zu.

»Du wirst auch heute Abend wieder großartig sein, davon bin ich überzeugt. Ob dein Hals nun kratzt oder nicht«, stellte er fest und dankte Camille, die einen Kaffee und ein Croissant vor ihm abstellte.

»Kannst du kommen?«, fragte Frank und sah ihn an.

»Zu deiner Show?«, gab Jack überrascht zurück. Er war schon einige, nein sogar viele Male bei den Shows gewesen und hatte es stets genossen.

»Ja, zu meiner Show«, bestätigte Frank und legte mit ernster Miene wieder die Finger an seinen Hals. »Ich könnte einen Freund an meiner Seite brauchen.«

Jack hätte die Bemerkung als albern abgetan, doch er konnte Frank ansehen, dass dieser es durchaus ernst meinte.

»Ich möchte jemanden dort haben, der ehrlich zu mir ist und mir nicht nur nach dem Mund redet.«

»Sicher, ich komme sehr gern«, stimmte Jack zu, ohne die Einladung weiter zu hinterfragen.

»Gut. Und anschließend will ich wissen, ob ich wirklich gut war oder die Leute nur aus Pflichtgefühl applaudiert haben.«

»Du bist schon ein komischer Geselle, Frank«, erwiderte Jack. »Selbst wenn die Menschen dich auf Händen tragen, glaubst du immer noch, sie täten es nur, um dir einen Gefallen zu erweisen, und nicht, um dich zu feiern.«

»Es ist nicht immer einfach, Frank Levant zu sein«, sinnierte der Freund ein wenig theatralisch, hob den Kopf und blickte ihn ernst an.

Jack zögerte, dann lachte er auf. »Nein, wahrlich nicht. Ein Leben in Saus und Braus, Luxus, wohin das Auge blickt, und Frauen, die sich dir an den Hals werfen – du hast es wahrhaftig schwer!«

Levant winkte ab. »Ach, was weißt du schon vom Leben? Und gerade, was die Frauen angeht, machen es Ruhm und Reichtum nur noch schwerer«, erklärte er. »Wenn du ein hübsches Mädchen siehst und sie mit dir ausgeht, dann kannst du sicher sein, dass es ihr nur um dich geht und nicht um Geld oder Ruhm. Bei mir jedoch«, er tippte sich mit dem Zeigefinger gegen die Brust, »ist das vollkommen anders. Nie weiß ich mit Bestimmtheit, dass sie wirklich mich will und es nicht nur auf meinen Reichtum abgesehen hat oder darauf, die Frau an der Seite eines berühmten Mannes zu sein.«

Jack lachte jetzt noch lauter als zuvor.

»Also, sehen wir es mal so«, sagte er dann. »Du bist reich, berühmt und ohne Mademoiselle, weil du nicht weißt, ob man es ernst mit dir meint. Ich bin arm und ein Niemand und habe ebenfalls niemanden, der mich küsst. Schlussendlich befinden wir uns also in der gleichen Situation, allerdings, mein Freund, wäre ich doch lieber so reich und berühmt wie du.«

»Ach, du einfältiger Kerl«, winkte Levant ab. »Geld ist nicht alles.«

»Das sicher nicht. Aber es hilft enorm dabei, den hier zu füllen.« Jack klopfte sich auf den Bauch.

»Was brauchst du Geld, wenn du Freunde hast? Das Frühstück geht auf mich.«

»Verbindlichsten Dank.« Jack deutete eine Verbeugung an. »Aber ich fände es schon sehr schön, wenn auch ich dich ab und an einladen könnte.«

»Dann verkauf deine Bilder.«

»Soll das ein Vorschlag sein?«, gab Jack schmunzelnd zurück. »Glaub mir, Frank, wenn ich könnte, würde ich sie alle verkaufen. Doch irgendwie scheint niemand außer mir etwas Besonderes darin zu sehen.«

»Ich kaufe sie dir ab«, bot Levant an. »Und dann lädst du mich zum Frühstück ein.«

»Das ist zwar nett gemeint, mein lieber Freund, aber es macht die Sache an sich nur noch trauriger.« Jack gab sich Mühe, sich die gute Stimmung nicht verhageln zu lassen. Doch dass es so gar niemanden zu geben schien, der bereit war, wenigstens eines seiner Bilder zu kaufen, ließ sein Vertrauen in das eigene Können mehr als nur ein wenig schwinden.

»Wie du willst.« Levant lehnte sich zurück. »Überleg es dir. Mein Angebot steht.«

»Dann lasse ich mich doch lieber zum Frühstück einladen«, antwortete Jack und deutete auf seinen inzwischen geleerten Teller und die ausgetrunkene Tasse Kaffee. »Und heute Abend werde ich sehr gern im Publikum sitzen – ich weiß jetzt schon, wie begeistert ich sein werde. Genau wie jeder andere im Saal.«

»Ich bitte dich um deine ehrliche Meinung, nicht um eine freundliche«, stellte Levant nochmals klar.

»Du kannst dich darauf verlassen«, versicherte ihm Jack und hob die Hand. »Das schwöre ich hiermit feierlich.«

»Gut. Eine Loge wird für dich bereit sein. Du kannst auch gern George oder einige der Schriftsteller mitbringen, die sich immer bei ihm tummeln«, weitete Frank sein Angebot aus.

»Ich kann ihn fragen. Wenn er nicht gerade in streitbarer Laune über die Schriften irgendeines Autors ist und diesbezüglich dringend eine Auseinandersetzung mit einem seiner Mitbewohner führen muss, ist er bestimmt dabei.« Jack erhob sich. »Doch jetzt, mein singender Freund, werde ich meine Staffelei, meine Farben und die Bilder holen und mich an die Arbeit machen, so nutzlos sie auch sein mag.«

Levant grinste. »Mach das. Ich werde mir noch einen weiteren Kaffee gönnen. Mach's gut, mein Freund. Bis heute Abend, und viel Erfolg beim Malen oder, noch besser, beim Verkaufen!«

Jack deutete eine neuerliche Verbeugung an. »Ergebensten Dank, mein berühmter Freund. Ich werde mein Bestes geben.« Er zwinkerte, dann verließ er das Café und ging zurück zum Buchladen und hinauf in seine Kammer, um seine Sachen zu holen. Kurz schweiften seine Gedanken zu Frank, der nie glücklich zu sein schien, obwohl er doch alles im Leben hatte. Er war schon ein komischer Kerl, dieser Frank Levant. Vermögend, ein guter Sänger, großartiger Pianist und noch besserer Unterhalter und dennoch durch und durch von Zweifeln zerfressen. Mitunter hatte Jack das Gefühl, dass er ihn mit seiner getrübten Stimmung sogar ein wenig mit runterzog. Doch das würde er nicht zulassen. Im Gegenteil: Er war fest entschlossen, Frank aus dem Loch herauszuholen, in das dieser immer wieder fiel. Vielleicht war genau das der Grund, weshalb die beiden sich angefreundet hatten. Sie waren verschieden wie Hund und Katz, doch Gegensätze zogen sich bekanntermaßen an.

Jack suchte seine Sachen zusammen, legte den Gurt, mit dem er die Bilder besser tragen konnte, über die Schulter und ließ das Malzeug in einem einfachen Beutel verschwinden. Anschließend verließ er seine Kammer und machte sich auf den Weg zum Ufer der Seine, wo er heute die Pont Neuf, eine der ältesten Brücken von Paris, malen wollte. Vielleicht würde er seine Bilder verkaufen können, wenn er statt der Straßencafés und Kathedralen künftig den Fluss und die Brücken abbildete.

Auf dem Weg dorthin machte er einen Abstecher zum Café de Flore, in dem er vorhin gefrühstückt hatte, um sich eines der frischen Croissants zu holen. Frank saß noch immer an demselben Tisch wie vorhin und las eine Zeitung. Der Chanson-Sänger zog es vor, sein Frühstück in diesem kleinen Café an der Ecke einzunehmen statt im Impérial, einem der teuersten Hotels der Stadt, in dem er lebte. Wahrlich, er war sehr eigen in seiner Art, dieser Frank Levant, und stets darauf bedacht, nicht erkannt zu werden, deshalb auch die Mütze, die einen Teil seines Gesichtes verdeckte. Jack fand das albern, er war überzeugt davon, dass echte Liebhaber seiner Auftritte ihn auch damit erkannten. Doch er war Jacks Freund und würde ihm bedingungslos zur Seite stehen, ganz gleich, was käme.

Seine Schulter schmerzte, als er das Ufer der Seine erreichte und den Halteriemen für seine Bilder endlich abnehmen konnte. Jack sah über den Fluss hinüber zur Brücke. Noch war die Sonne nicht so weit gewandert, dass sie sich auf dem Wasser spiegelte, und er konnte in aller Ruhe seinen kleinen grünen Hocker und die Staffelei aufstellen, um daran arbeiten zu können. Die fertigen Gemälde, die er mitgenommen hatte, drapierte er in einer Reihe an der Mauer, damit Spaziergänger diese in aller Ruhe betrachten konnten. Vielleicht interessierte sich jemand dafür, und er konnte etwas verkaufen. Zumindest zeigte außer ihm hier niemand seine Bilder, anders als in den Straßen im Künstlerviertel, wo die Maler dicht an dicht ihre Werke präsentierten.

Es gab viele Maler in Paris, fast zu viele, wie Jack fand, und es war schwer, sich von den anderen abzuheben. Allerdings war es nur allzu verständlich, dass diese Stadt wie keine andere die Künstler anzog, ganz gleich, ob Maler, Schriftsteller, Musiker, Bildhauer oder was auch immer. Die Kunst schien hier allgegenwärtig zu sein, geradezu in der Luft zu liegen. In Jacks Augen war Paris wie ein erstklassiges Restaurant, dessen Essensdüfte auf die Straße waberten und die Hungrigen auf magische Weise zum Eintreten verlockten. Genau diese magische Anziehung jedoch führte dazu, dass es ein Übermaß an Kunst gab und Jack in dem duftenden Restaurant bisher keinen Tisch gefunden hatte, an dem er speisen konnte.

Er rückte seine Staffelei noch etwas näher ans Ufer heran, kontrollierte erneut den Blickwinkel, den er von dieser Stelle aus auf die Pont Neuf hatte, dann holte er seinen Hocker und den Beutel mit der Palette und den Farben dazu, packte alles aus und stellte fest, dass die Sonne in den wenigen Augenblicken bereits weitergewandert war. Jack war zufrieden mit der Ansicht, die er gewählt hatte, wollte er doch nicht das Motiv aus demselben Winkel zeichnen wie seinerzeit Camille Pissarro und sich auch nicht an die Werke Nicolas Raguenets oder Renoirs anlehnen, die die Pont Neuf ebenfalls in ihren Gemälden festgehalten hatten.

Er setzte sich auf seinen Hocker, nahm Pinsel und Farbpalette zur Hand, kleckste die Farben darauf und mischte sie. Dann nahm er sich einen Moment, an der leeren Leinwand vorbei in Richtung Brücke zu blicken, atmete einige Male tief durch und setzte den Pinsel an. Von irgendwoher hörte er die Klänge einer Klarinette, die sich melodisch der Strömung des Flusses anzupassen schienen, und während die Sonne höher und höher stieg und er die Farben mischte und auf die Leinwand brachte, hatte Jack das Gefühl, immer tiefer in die Atmosphäre einzutauchen, ganz so, als wage er sich selbst mit jedem Pinselstrich einen weiteren Schritt ins Bild vor.

Nach einer Weile nahm er hinter sich ein Geräusch wahr und drehte sich um. Zu seiner Überraschung sah er eine junge Frau ein Stück weit von sich entfernt stehen, die den Fotoapparat, mit dem sie ihn offenbar aufgenommen hatte, nun sinken ließ. Ihre blauen Augen leuchteten im Sonnenlicht, die kurzen Locken wurden vom Wind umspielt.

»Nanu«, sagte Jack und drehte sich vollends zu ihr um. »Guten Tag. Haben Sie etwa mich fotografiert?«

»Guten Tag«, gab sie gut gelaunt zurück. »Sie haben mich ertappt«, gestand sie ein. »Die Szenerie hatte eine ganz besondere Stimmung. Bitte verzeihen Sie, dass ich nicht gefragt habe.« Sie lächelte ihn an, und Jack hatte das Gefühl, dahinzuschmelzen. Eilig erhob er sich und ging mit ausgestreckter Hand auf sie zu.

»Mein Name ist Jack, Jack King.«

»Ich freue mich, Sie kennenzulernen, Jack King. Mein Name ist Rose Chevalier.« Sie nahm seine Hand und schüttelte sie.

»Rose«, gab Jack schwärmerisch von sich. »Natürlich. Eine Rose. Was auch sonst?«

Rose lachte auf und blickte ihn an. Es schien ihr nicht unangenehm, dass er so offensichtlich begeistert von ihr war. Und ja, das war er wirklich. Jack musste zugeben, dass er die französischen Demoiselles wirklich anziehend fand. Weit mehr als die amerikanischen, die Jack um einiges ernster und zurückgenommener schienen. Es war, als hätten sie mehr Schwierigkeiten, den Alltag zu meistern, als die französischen. Vielleicht lag es aber auch nur daran, dass sich Letztere den Alltag nicht so zu Herzen nahmen. Wer wusste das schon?

»Sie sind also Maler?«, stellte Rose fest.

»Ja, ich bin Maler«, stimmte Jack zu und legte den Kopf schräg, »wenn auch ein noch nicht entdeckter.«

»Oh, die meisten Künstler brauchen viele Jahre, bis jemand sie wahrnimmt. Sehr viele haben ihre Berühmtheit auch erst nach ihrem Tod erlangt«, sagte Rose.

»Nun, Mademoiselle, ich hoffe doch sehr, so lange nicht warten zu müssen.«

»Ich wünsche es Ihnen.« Sie lächelte ihn herzlich an. »Dann lasse ich Sie jetzt weiter Ihrer Kunst nachgehen. Ich möchte schließlich nicht schuld daran sein, dass Ihr womöglich berühmtestes Gemälde nicht fertig wird.«

»Aber nein!«, verwahrte Jack sich eilig. »Nein, nein, nein. Die Pont Neuf kann nicht mein berühmtestes Gemälde werden. Wir haben also jede Menge Zeit füreinander.«

Wieder lachte Rose auf. »Ach, und was macht Sie da so sicher?«

»Künstler fühlen so was«, antwortete Jack, musste dann aber selbst lachen. »Wir können den Wert natürlich noch steigern, indem Sie mir gestatten, Sie mit auf dem Bild zu verewigen.«

Rose schüttelte den Kopf. »Es tut mir leid, aber dafür habe ich jetzt keine Zeit.« Sie sah auf die Uhr. »Ich müsste eigentlich längst fort sein, doch irgendetwas an der Art, wie Sie dort saßen und malten, hat mich veranlasst, stehen zu bleiben und Sie zu fotografieren.«

»Schicksal«, brachte Jack hervor. »Das ›Irgendetwas‹ war Schicksal. Wir beide sollten uns begegnen!« Er spürte, dass er etwas daherredete, nur um sie noch nicht gehen zu lassen. So viele hübsche junge Damen er in Paris auch schon gesehen hatte, war Rose doch etwas Besonderes. Sie trug die dunklen Haare kurz geschnitten, was ihrem Aussehen etwas Freches, Uneitles gab.

»Schicksal?«, wiederholte sie. »Nun, daran glaube ich nicht.«

»Und glückliche Zufälle? Glauben Sie daran, Rose?«

»Das schon eher.«

»Dann war es also ein glücklicher Zufall«, entschied Jack und zeigte auf ihren Fotoapparat. »Tragen Sie den immer bei sich?«

»Ja, das tue ich. Mein Vater hat mir die Kamera geschenkt, als ich ein kleines Mädchen war. Sie funktioniert noch immer, und ich fange damit genau solche spontanen Momente ein wie diesen gerade eben.« Wieder sah sie auf die Uhr. »Ich muss nun wirklich gehen. Es war nett, Sie kennenzulernen, Jack King.« Diesmal war sie es, die ihm die Hand entgegenstreckte.

Jack überlegte angestrengt, was er sagen könnte, um sie aufzuhalten. »Wann kann ich die Bilder sehen?«, fragte er eilig.

»Die Bilder?«, wiederholte sie.

»Ja, natürlich. Ich möchte einen Abzug des Fotos, das Sie von mir gemacht haben.«

»Oh. Nun, es kann ein wenig dauern, bis sie entwickelt sind.«

»Wo wohnen Sie, Rose? Ich kann zu Ihnen kommen und gelegentlich nachfragen.« Er sah sie prüfend an. Offenbar war ihr sein Vorstoß zu plump. »Oder noch besser, ich lade Sie heute Abend ins Theater ein, und Sie überlegen sich währenddessen, ob Sie mir Ihre Adresse verraten.« Sie zögerte noch immer.

»Bitte, Rose. Frank Levant ist ein Freund von mir, und ich habe ihm versprochen, dass ich heute Abend komme. Begleiten Sie mich? Bitte?«

Rose sah ihn an. »Ich überlege es mir.«

»Bitte, Rose, kommen Sie. Sie brechen mir sonst das Herz.« Er hielt ihre Hand fest.

»Ich überlege es mir, doch versprechen werde ich es nicht.« Sie blickte auf ihre Hand als stille Aufforderung, dass er diese loslassen möge, was Jack eilig tat.

»Ich werde am Eingang des Lido auf Sie warten, Rose. Die Show beginnt um acht Uhr. Sie würden mich zum glücklichsten Mann der Welt machen.«

Rose schüttelte lächelnd den Kopf. »Wir werden sehen, Jack. Auf Wiedersehen, und malen Sie Ihr Gemälde zu Ende, bevor

Sie …«, sie wiegte den Kopf, »Sie wissen schon.« Scherzhaft fuhr sie sich mit dem Finger über den Hals und verzog das Gesicht.

Jack lachte herzlich auf. Rose setzte sich in Bewegung und schlenderte davon.

»Bis heute Abend, Rose. Ich werde warten«, rief er ihr nach. »Wenn es sein muss, auch die ganze Nacht!« Dann atmete er geräuschvoll aus. Was für ein wunderschönes Geschöpf! Rose Chevalier. Wenn sie am Abend nicht käme, würde er Himmel und Hölle in Bewegung setzen, um sie ausfindig zu machen. »Rose Chevalier!«, sagte er leise und ließ sich ihren Namen förmlich auf der Zunge zergehen. Das schönste Mädchen von Paris.

2. Kapitel

Wohnung der Familie Chevalier, 25 Quai Anatole France

Das Leben ist einzigartig. Und es ist unsere Pflicht und unser Privileg, es jeden Tag zu genießen.

ROSE CHEVALIER

»Du kommst spät, Liebes«, bemerkte Francine mehr verwundert als streng, als Rose das Zimmer betrat, eilig ihre Kamera auf dem kleinen Schränkchen ablegte und sich dann an den Tisch setzte.

»Entschuldigt bitte, ich wurde aufgehalten.« Rose nahm sich die Serviette und legte sie auf ihren Schoß.

»Aufgehalten?«, fragte ihre Mutter nach.

»Ist doch egal, was sie aufgehalten hat«, stellte Arthur Chevalier, Roses Vater, fest. »Viel wichtiger ist, dass am Wochenende das Spiel zwischen unseren Jungs und Stade Français stattfindet. Ich werde auf jeden Fall im Stadion sein. Kommst du mit, *ma petite fille*?« Er sah Rose aufmunternd an.

»Selbstverständlich. Das lasse ich mir bestimmt nicht entgehen.« Rose lächelte ihren Vater an, dem die Begeisterung über das bevorstehende Fußballspiel im Gesicht geschrieben stand. Er war schon seit vielen Jahren glühender Anhänger des Racing Club de Paris, eines Fußballvereins, von dem er sich erhoffte, dass die Spieler dieses Jahr den Pokal holen würden. Roses Mutter sagte immer, dass die Leidenschaft für diesen Sport eigentlich gar nicht zu ihrem Ehemann passte, der als Abkömmling einer seit Generationen äußerst vermögenden Familie Besitzer eines der besten Hotels in Paris und ein überaus angesehener Mann war. Er sprach sieben Sprachen fließend, und Kultiviertheit sowie ein gewisses Auftreten waren ihm geradezu in die Wiege gelegt worden. Rose hatte viel von ihrem Vater, sprach selbst neben Französisch auch Englisch, Deutsch, Italienisch und Spanisch fließend. Und auch die Leidenschaft für den Fußballsport teilten sich Vater und Tochter, wofür Roses Mutter Francine jedoch nur wenig Verständnis hatte. Francine fand das Fußballspielen zu ruppig, zu unkultiviert, sie zog Sportarten wie das immer beliebter werdende Golfspiel oder auch Tennis vor. Aus diesem Grund begleitete sie ihren Ehemann auch niemals zu den Fußballspielen, wenngleich die Familie Chevalier dort die besten Plätze als Dauerreservierung hatte.

Rose hingegen liebte den Fußball genau wie ihr Vater, und sie war froh, dass die Mutter nicht dabei war, wenn Arthur und sie zusammen die Mannschaft anfeuerten und Rose sich dabei alles andere als damenhaft benahm.

»Diesmal putzen wir sie weg!«, begeisterte Arthur sich weiter. »Mit Abderrahman Mahjoub haben sie sich einen Spieler

geholt, der noch mal ganz neuen Schwung in die Sache bringt.«
Arthurs Augen funkelten. »Ich habe noch nie gesehen, dass sich ein Spieler so bewegt. Geschmeidig wie eine Katze und schnell wie ein Panther. Wir werden Stade Français einfach überrennen.«

»Bitte, Arthur, können wir beim Essen über etwas anderes sprechen?«, bat Francine und verdrehte die Augen.

»Sicher, meine Liebe. Bitte verzeih.« Arthur nahm die Hand seiner Frau und hauchte einen Kuss darauf. »Ich bin nun mal ein leidenschaftlicher Mann, wie du weißt.« Er zog seine rechte Augenbraue in die Höhe und warf seiner Frau einen tiefen Blick zu.

»Ach, Arthur, du bist unmöglich.« Francine schüttelte den Kopf, konnte sich aber ein Schmunzeln nicht verkneifen. »Wo hast du denn deinen Vormittag verbracht?«, fragte sie dann, an Rose gewandt.

»Hier und da«, antwortete Rose. »Ich habe Fotos gemacht und war unten an der Seine nahe der Pont Neuf.«

Arthurs Miene verfinsterte sich. »Geh aber bitte wirklich nur noch am Tag hin, wenn es dort belebt ist, ja? Die Gegend ist nicht mehr sicher. Der Mann, den sie vor einigen Tagen aus dem Fluss gezogen haben, ist wohl ermordet worden.«

»Wie bitte? Das war kein Unfall?«, erkundigte sich Francine bestürzt.

»Nein, *ma chère*, der Mann wurde umgebracht.«

»Aber das ist ja furchtbar«, befand Francine. »Weiß man, wer es war?«

»Bislang nicht. Es gibt so einige finstere Gestalten, die sich in unserem schönen Paris herumtreiben«, stellte Arthur mit

einer gewissen Verärgerung, womöglich war es auch Sorge, in der Stimme fest. »Man sollte sie alle aus der Stadt jagen, bevor sie hier sesshaft werden und die ehrlichen Menschen vertreiben, die diese Stadt zu dem gemacht haben, was sie heute ist.«
Rose konnte ihrem Vater ansehen, dass er beunruhigt war. Kein Wunder, hatte er doch während des Krieges miterleben müssen, wie die Nazis sein schönes Hotel besetzt und sich wie Kakerlaken ausgebreitet hatten. Und er und das Hotelpersonal, das geblieben war und nicht an der Front kämpfte, hatten diese Leute bedienen müssen. Diese Zeiten lagen nun bereits über sieben Jahre zurück, doch seitdem hatte sich die Sicht ihres Vaters auf Gewalt, sei es physischer oder psychischer Natur, verändert. Hatte er die Auseinandersetzung damit früher einfach von sich schieben können, weil Gewalt in den Kreisen, in denen er lebte und agierte, keine Rolle zu spielen schien, war diese während des Krieges mit aller Macht über ihn und die Seinen hereingebrochen und hatte sein Sicherheitsgefühl ein für alle Mal zerstört.

Ihr Vater war ein Mensch, der sein Land und das französische Lebensgefühl über alles liebte. Für ihn und auch für die Mutter musste das Leben leicht und voller Freude sein. Gab es Meinungsverschiedenheiten, so sollten diese am besten bei einem guten Glas Wein ausgeräumt werden, und dann war alles wieder gut. So einfach ging das. Genau dafür liebte Rose die beiden, hatte sie doch nicht zuletzt deshalb eine so unbeschwerte Kindheit erleben dürfen, die sie neugierig auf die Welt und die Menschen gemacht hatte.

Zu der Zeit, als Paris von den Deutschen besetzt gewesen war, hatte Arthur der Tochter strengstens verboten, ins Hotel zu kommen, wollte er doch auf jeden Fall verhindern, dass die deutschen Offiziere sie auch nur zu Gesicht bekamen. Damals hatte Rose die meiste Zeit in der Wohnung bleiben müssen und es daher umso mehr genossen, als sie nach Ende der deutschen Besatzung mit einem Gefühl des Aufbruchs wieder hinausgedurft hatte und sozusagen in die Freiheit entlassen worden war. Der Blick durch ihre Kamera war ihr noch wichtiger geworden als zuvor, interessierte sie sich doch vor allem dafür, die Blicke und Gesten der Menschen einzufangen, zu zeigen, wie sie agierten. Sie konnte gar nicht genug davon bekommen, Momente mit der Kamera festzuhalten, und auch oder vielmehr gerade dann, wenn sie ihren Vater zu den Fußballspielen begleitete, konnte man ihr Gesicht kaum sehen, weil sie ihre Kamera fast die ganze Zeit vor den Augen hatte, immer bereit, den Jubel, die Enttäuschung oder auch die Spannung einzufangen, die so manchem Besucher ins Gesicht geschrieben stand.

Sie musste an vorhin denken, als sie den Maler, diesen Jack, fotografiert hatte, während er die Pont Neuf und das Licht der Stadt mit seinen Farben einzufangen versucht hatte, und ein Lächeln trat auf ihre Lippen. Auch wenn sie ihn zu diesem Zeitpunkt nur von hinten gesehen hatte, war ihr doch, als könnte sie erahnen, wie er in Richtung der Brücke geblickt und welches Gefühl sich auf seinem Gesicht gespiegelt hatte. Es verband sie, dass sie beide versuchten, in ihren Bildern das festzuhalten, was sie sahen.

»Was lächelst du denn so versonnen?«, holte ihre Mutter sie aus ihren Gedanken heraus.

»Ich?« Rose bemerkte erst jetzt, dass ihre Eltern sie fragend ansahen.

»Ja, du«, stellte ihr Vater schmunzelnd fest. »Wo auch immer du in deinem Kopf gerade bist, es muss ein schöner Ort sein.«

Rose blickte auf ihren Teller. Sie fühlte sich ertappt, und es kam ihr unhöflich vor, das Gespräch ihrer Eltern nicht weiter verfolgt zu haben.

»Ich bitte um Verzeihung«, sagte sie daher. »Ich wurde für heute Abend ins Lido eingeladen und musste soeben daran denken.«

»Ins Lido?«, echote Francine. »Von wem denn, wenn ich fragen darf?«

»Von einem Maler. Sein Name ist Jack. Ihr kennt ihn nicht.«

»Jack, ja? Ein Amerikaner?«, fragte ihr Vater nach.

»Ja, ein Amerikaner. Er ist Maler und …«, sie zögerte, »nun ja, ich habe ihn heute erst kennengelernt.« Sie sah zunächst ihre Mutter, dann ihren Vater an, abwartend, was diese dazu sagten.

»Ich mag die Amerikaner«, stellte ihr Vater fest. »Sie sind offen und freundlich. Einzig, dass sie in kulinarischer Hinsicht einer Katastrophe gleichkommen, kann man ihnen zur Last legen.«

»Ich finde es recht forsch, eine solche Einladung auszusprechen, wenn ihr euch doch gar nicht kennt«, wandte Francine ein.

»›Forsch‹ ist nur ein anderes Wort dafür, keine Zeit verschwenden zu wollen«, hielt Arthur dagegen. »Ich schätze solche Menschen.« Er lächelte Rose an. »Und wer kann ihm seine Forschheit verdenken, wenn es darum geht, eine so wunderschöne junge Frau kennenlernen zu wollen?«

Francine war anzusehen, dass sie in dieser Hinsicht nicht mit ihrem Mann übereinstimmte. Rose sah, wie sie den Mund öffnete, um etwas zu sagen, doch Arthur kam ihr zuvor.

»Vor dreißig Jahren hat es dir durchaus gefallen, *ma chère*, wenn ein Mann so handelte.«

»Aber das ist doch etwas vollkommen anderes«, meinte Francine. »Ich war damals …« Sie überlegte.

»Genau. Du warst damals zwei Jahre jünger als unsere Rose jetzt.« Arthur schmunzelte. »Geh nur ins Lido und verbringe einen wunderschönen, unvergesslichen Abend, *ma petite fille*. Und wenn dieser Amerikaner zu forsch wird, dann sag ihm, dass der Küchenchef deines Vaters ein sehr grimmiger Mann sein kann, der mit dem Hackebeil umzugehen weiß.« Aus dem Schmunzeln wurde lautes Lachen, und Rose stimmte ein.

»Ich werde es ihm ausrichten, Papa.« Sie sah nun ihre Mutter an. »Mach dir keine Sorgen, *maman*.«

Francine schüttelte den Kopf. »Aber nein. Dein Vater hat ja vollkommen recht. Ich muss mir wohl manchmal ins Gedächtnis rufen, dass du kein kleines Mädchen mehr bist.«

»Nun, es ist nur eine Einladung zu einer Show«, erwiderte Rose beschwichtigend. »Und noch habe ich nicht einmal entschieden, ob ich überhaupt hingehen werde.«

»Aber natürlich hast du das schon entschieden«, befand Arthur. »Das verrät mir dein Lächeln.«

Rose spürte, dass sie errötete, und steckte sich rasch einen Löffel voll *Soupe à l'oignon gratinée* in den Mund. Normalerweise liebte sie den einzigartigen Geschmack dieser mit Ziegenkäse überbackenen Zwiebelsuppe, die Dorette, die Köchin, mit roten Zwiebeln und Lauch zubereitete und mit einem Stück Baguette servierte, doch heute wusste sie sie kaum angemessen zu würdigen, waren ihre Gedanken doch fest bei dem jungen Maler. Ja, ihr hatte dieser Amerikaner gefallen, das musste sie zugeben, genau wie seine so offensichtliche Begeisterung für sie und die beharrliche Art, mit der er darauf bestanden hatte, sie einzuladen oder ihre Adresse in Erfahrung zu bringen.

»Es ist ja nur der eine Abend«, spielte sie die Angelegenheit herunter. »Frank Levant wird dort auftreten. Er ist wohl ein Freund dieses Amerikaners.«

»Frank Levant?« Francine setzte sich mit einem Ruck auf. »Ach, ich finde ihn wunderbar.« Sie sah Arthur an. »Hast du mir nicht so oft versprochen, dass wir auch mal wieder zu einer seiner Shows gehen?«, beschwerte sie sich bei ihrem Ehemann und wandte sich dann wieder an Rose, ohne eine Antwort abzuwarten. »Und du sagst, dieser Amerikaner ist ein Freund von Frank Levant?«

»Ja.« Rose zuckte mit den Achseln. »So habe ich es verstanden.«

»Also wenn das stimmt, kann dieser Jack so verkehrt nicht sein«, urteilte Francine.

Arthur lachte herzlich auf. »Eben noch skeptisch, hast du deine Mutter nun vollständig überzeugt.« Er hob den Zeigefinger. »Es sei denn, dieser Maler hat gelogen, um bei dir Eindruck zu schinden.«

»Das glaube ich nicht. Er ist wohl ein Gast von Frank Levant und hat mich nur dazugebeten.« Wieder zuckte sie mit den Achseln. »Aber ich werde es ja sehen.«

Nach dem Essen ging Rose in ihr Zimmer mit dem angeschlossenen eigenen Badezimmer in der großzügigen Wohnung, in der neben den Eltern nur noch Milou, das Hausmädchen der Chevaliers, lebte. Rose warf sich aufs Bett und starrte an die Decke. Seit diesen Monat das neue Semester begonnen hatte, fühlte sie sich oft müde. Vielleicht lag es aber auch daran, dass sich die Sonne in den letzten Monaten nur selten am Himmel gezeigt hatte. Sie konnte es kaum erwarten, dass sich der Frühling endlich Bahn brach und die Sonne beständig jeden Tag schien.

Gestern und heute hatten keine Vorlesungen an der Sorbonne stattgefunden, und Rose war froh darüber, wenngleich ihr das Studium sonst viel Freude bereitete. Doch noch wusste sie nicht so recht, was sie nach dem Abschluss damit anfangen würde. Sie war unentschlossen gewesen, was sie überhaupt studieren sollte, hatte sich zu wenig damit auseinandergesetzt, und dann hatte sie auch schon eine Entscheidung treffen müssen. Sie interessierte sich für Kunst, das stimmte, doch ebenso für Sprachen und Geschichte. Und genau genommen auch für Architektur, soweit diese die herrlichen Bauten Frankreichs betraf. Außerdem begeisterte sie sich für Innenausstattung und sogar für die Gestaltung des Parks, an dem die Wohnung der Chevaliers gelegen war.

Ihr Vater beurteilte es freundlich, dass sie so sehr an allem interessiert war, noch dazu überaus euphorisch, und Rose wusste seine liebevolle Unterstützung zu schätzen. Er ließ ihr die Wahl, bedeutete ihr, hinter ihr zu stehen, ganz gleich, welche Entscheidung bezüglich ihres Studiums sie treffen würde. Sie war froh darüber, doch sie konnte sich des Gefühls nicht erwehren, dass andere in ihrem Alter weit besser wussten, was sie sich von der Zukunft erwarteten, und das bedrückte sie. Und während ihre Eltern ihr nicht vorhielten, dass sie so wankelmütig war, gelang es ihr selbst nicht immer, den Gedanken von sich zu schieben, dass sie endlich erwachsen werden musste. Doch vielleicht war es genau das, was sie sich zum jetzigen Zeitpunkt nicht wirklich vorstellen konnte. Sie fühlte sich so frei, so ungezwungen, so ohne jede Verpflichtung. Natürlich wusste sie, dass sie sich dem Leben stellen und spätestens nach Beendigung ihres Studiums auch endlich auf eigenen Füßen stehen musste, doch das hier war Paris, die Stadt der Liebe. Und für Rose war es vor allem die Liebe zum Leben. Sie wusste, wie sehr ihr Vater mit den harten Zeiten, die hinter ihnen lagen, zu kämpfen gehabt hatte. Sie selbst war gerade siebzehn Jahre alt gewesen, als der Krieg endete, und hatte alles nur durch die Augen eines Kindes erlebt, von dem die Eltern alles, was nur möglich gewesen war, ferngehalten hatten. Außerdem war sie über viele Wochen hinweg bei ihrer Großmutter mütterlicherseits gewesen – Marie Morel –, deren Anwesen außerhalb am Étang de Saclay lag, einem See, etwa fünfundzwanzig Kilometer von Paris entfernt. *Mamie* Marie lebte dort zusammen mit ihrer Freundin Hedwig. Hedwig war Deutsche, und die beiden Frauen kannten sich von klein auf, weil ihre Eltern befreundet gewesen waren und Hedwigs Familie die Sommer immer in Frankreich verbracht hatte. Über die Jahre hatten die beiden den Briefkontakt gehalten und sich auch regelmäßig besucht, bis es durch die Auseinandersetzungen des Krieges immer schwieriger geworden war. Beide hatten ihre Männer im Ersten Weltkrieg verloren, und als dieser dann beendet war, hatte sich Hedwig entschlossen, ihrem Heimatland Deutschland den Rücken zu kehren und zu ihrer Jugendfreundin nach Frankreich zu ziehen. Doch sie hielt den Kontakt nach Deutschland auch während der Zeit, in der Frankreich und Deutschland sich im Zweiten Weltkrieg als

Gegner gegenüberstanden. Für Hedwig war das, was in ihrem Geburtsland unter Hitler geschah, eine Katastrophe, und sie hatte Rose des Öfteren erzählt, wie froh sie war, nicht Teil von alldem gewesen zu sein. Doch Rose wusste auch, dass Hedwig weit mehr getan hatte, als die Taten nur verbal zu verurteilen, hatte diese sich doch über eine lange Zeit größten Gefahren ausgesetzt. Hedwig und Roses Großmutter waren Kämpferinnen der Résistance gewesen und hatten sich gegen die Nationalsozialisten aufgelehnt, wo immer sie konnten. Damals, während des Kriegs, hatte Rose nichts davon gewusst. Und auch als der Krieg vorbei gewesen war, brauchte es noch einige Jahre, bis *mamie* Marie ihr davon erzählt hatte. Zusammen mit Hedwig hatte sie die Hetzplakate entfernt oder beschädigt, die die Bevölkerung zu antisemitischen Handlungen aufriefen, oder sich geweigert, die Straßenseite zu wechseln, um das Trottoir freizumachen, wenn ihr ein deutscher Offizier entgegenkam. Dies zählte jedoch eher zu den harmloseren Formen des Widerstands. Richtig gefährlich war es, gegen das Versammlungsverbot zu verstoßen und Zusammenkünfte zu organisieren – heimlich und weniger heimlich –, denn dies kam dem Schmieden von Umsturzplänen gleich und wurde von den Besatzern schwer geahndet. Und genau das hatten Hedwig und Marie getan. Sie waren sogar so weit gegangen »feindliche Ausländer« wie amerikanische Fallschirmjäger oder englische Flieger zu verstecken, die sie bei ihrem Kampf gegen die Nationalsozialisten unterstützten. Rose war beeindruckt gewesen, und auch wenn ihre Großmutter eher sachlich davon berichtet hatte, so war doch durchaus auch ein gewisser Stolz, nein eher eine tiefgreifende Überzeugung aus ihren Worten herauszuhören gewesen, das Richtige getan zu haben.

Roses Großmutter Marie war vor einem Jahr viel zu jung gestorben, sodass Hedwig nun allein auf dem Anwesen der Familie Morel lebte. Rose liebte Hedwig fast so sehr, wie sie ihre eigene *mamie* geliebt hatte, und sie wusste, was ihre Mutter und auch ihr Vater nicht wussten, nämlich dass Marie und Hedwig weit mehr verbunden hatte als nur Freundschaft. Die beiden Frauen waren ein Liebespaar gewesen. Wie lange schon, konnte auch Rose nicht sagen. Sie hatten nie darüber gesprochen, und Rose hatte nie danach gefragt. Nur dass es eine verbotene Liebe war, das war Rose klargeworden, als sie es als junges Mädchen herausgefunden hatte – dreizehn oder vierzehn war sie damals vielleicht gewesen. Sie erinnerte sich noch gut daran, wie erschrocken ihre Großmutter gewesen war, als Rose sie und Hedwig ertappt hatte. Hedwig hatte da anders reagiert, sie hatte Rose zur Seite genommen und ihr erklärt, was vorging und dass sie sich liebten. Rose war das irgendwie selbstverständlich erschienen, die beiden waren einander so zugetan, dass sie nichts Schlechtes oder gar Verbotenes daran hatte finden können. Doch es war nun mal verboten, und irgendwie gefiel es Rose, dass sie die Einzige in der Familie war, die die Wahrheit kannte.

Gerade war Hedwig bei ihnen zu Besuch gewesen, und die letzte Woche, die Rose mit ihr hatte verbringen können, war einfach herrlich gewesen. Meistens war es andersherum, und Rose besuchte Hedwig für ein paar Tage in deren Zuhause am Étang de Saclay. Dass diese nun bei ihnen in Paris zu Gast gewesen war, hatte Rose sehr gefreut. Sie hatte es genossen, an den Abenden zu Hedwig ins Bett zu schlüpfen, genau wie früher, und dort bis in die Nacht mit ihr zu plaudern. Nur mit dem Unterschied, dass Hedwig und sie inzwischen stets ein Glas Wein tranken, während sie über Gott und die Welt sprachen – manchmal sogar mehr als nur eins. Es war so schön gewesen, die Freundin ihrer Großmutter wieder einmal hiergehabt zu haben, und Rose glaubte, dass ihre Eltern die Zeit mit ihr ebenso genossen hatten wie sie selbst.

Als Hedwig gestern Morgen wieder abgereist war, hatte Rose ihr versprochen, mit ihrem Besuch nicht lange auf sich warten zu lassen. Und tatsächlich freute sie sich schon jetzt darauf, endlich wieder zu dem herrlichen Anwesen am See zu reisen, wo ihre Großmutter und Hedwig über Jahrzehnte ihr Leben miteinander geteilt hatten.

Hedwig wurde dieses Jahr zweiundsechzig und war weit davon entfernt, auf die Hilfe anderer angewiesen zu sein, vor allem deshalb, weil sie eine überaus selbstständige Frau war, die vor Kraft nur so strotzte. Vielleicht war es ihr damaliges Wirken in der Résistance, was sie so stark wirken ließ. Vielleicht aber auch einfach ihr Charakter. Und dennoch war Rose stets um sie besorgt und wurde schnell unruhig, wenn sie eine Weile nichts von Hedwig hörte, lag doch das Haus, in dem diese lebte, recht abgeschieden. Zwar gab es dort ein Telefon, sodass Hedwig sich melden konnte, sollte etwas geschehen oder sie Hilfe benötigen, aber man konnte ja nie wissen.

Rose hing noch eine Weile ihren Gedanken nach, dann stand sie auf, ging zu ihrem Schrank hinüber und öffnete ihn. Was sollte sie zu einer solchen Abendshow wohl anziehen? Was war angebracht? Unschlüssig nahm sie ein Kleid nach dem anderen heraus, hielt es sich vor den Körper und betrachtete sich im Spiegel. Am Ende entschied sie sich für ein plissiertes blaues Cocktailkleid mit einem dünnen hellblauen Zierschal, der ihre Augenfarbe betonte. Noch war mehr als genug Zeit, und es war viel zu früh, sich jetzt schon umzuziehen. Rose wäre es lieber gewesen, es würde nicht mehr so lange dauern bis zu dem Treffen mit dem Amerikaner, musste sie sich doch eingestehen, dass sie mehr als nur ein bisschen nervös war. Doch warum eigentlich? Schließlich kannte sie diesen Jack so gut wie gar nicht. Aber er hatte etwas an sich gehabt, eine bestimmte Leichtigkeit, die Rose unglaublich anziehend fand. Und tatsächlich freute sie sich, ihn heute Abend wiederzusehen und ihm während der Show von Frank Levant Gesellschaft zu leisten. Doch bis dahin mussten noch einige Stunden vergehen, wie ihr ein neuerlicher Blick auf die Uhr verriet. Ach, würde sie die Zeiger doch einfach vordrehen können …

3. Kapitel

Café de Flore, 172 Boulevard Saint-Germain

All die Menschen, die so voll der Bewunderung für mich sind, ahnen ja nicht, wie es wirklich in mir aussieht.

Frank Levant

Er hatte noch in aller Ruhe die Zeitung gelesen, nachdem sein Freund Jack gegangen war. Manchmal beneidete er den Maler, der fünf Jahre jünger als er selbst war und noch ganz am Anfang stand, der noch alle Zeit der Welt zu haben schien, seine Wünsche, Hoffnungen und Träume wahr werden zu lassen.

Jack war Künstler durch und durch, jede Farbe kam ihm intensiver, jeder Sonnenstrahl wärmer und jedes Lachen heiterer vor, als es war, zumindest hatte Frank diesen Eindruck. Wahrscheinlich würde die Realität auch den Freund einholen, wenn er sich erst einmal etwas aufgebaut hatte, und er würde nicht mehr die ganze Welt rosarot sehen.

Frank erinnerte noch gut, wie es sich für ihn angefühlt hatte, als er vor knapp einem Jahr nach Paris gekommen war, im Gepäck genau dieselben Hoffnungen und Träume wie Jack. Mit dem einzigen Unterschied, dass er noch einen weiteren Koffer bei sich gehabt hatte, und zwar einen Koffer voller Geld. Genau das, so dachte er heute, war womöglich einer der größten Fehler seines Lebens gewesen. Denn das, wovor er aus Amerika geflohen war, ja, was er so vollkommen hinter sich hatte lassen wollen, hatte er am Ende doch mitgenommen. Und nun gab es kein Zurück mehr, denn jeder in Paris kannte Frank Levant, den gefeierten Sänger, Pianisten und Showman, der die Leute zu unterhalten vermochte und stets gut gelaunt war. Vermutlich würde er alles dafür geben, noch einmal neu anfangen zu können, unbekannt und nur mit seinem Talent, vorausgesetzt, dass er dieses tatsächlich besaß. War er wirklich gut, oder hatten sich die Leute nur daran gewöhnt, dass alle von ebendiesem Talent sprachen? Er hatte einen Schlussstrich unter das ziehen wollen, was Amerika für ihn bedeutete, sich von allem lossagen wollen, was seine Vergangenheit ausmachte. Zu den wenigen Familienmitgliedern, die nach dem, was geschehen war, noch lebten, hatte er keinen Kontakt mehr. Sie dachten, auch er wäre tot, und das war gut so. Er hatte es gerade noch rausgeschafft, sich eine Fahrkarte über den Ozean gekauft und hier in Paris ein neues Leben begonnen. Damals hatte er nicht ein einziges Mal überlegt, ob es richtig gewesen war, das Geld zusammenzuraffen und mitzunehmen, hatte nur daran gedacht, dass er ein Startkapital brauchte, um es an einem anderen Ort schaffen zu können. Doch an dem Geld klebte Blut, ob Frank es nun wahrhaben wollte oder nicht. Und dieses Blut klebte nun auch an seinen Fingern, weil er zu feige gewesen war, darauf zu verzichten und sich aus dem Nichts etwas Eigenes aufzubauen. Nun stand er wieder und wieder auf der Bühne und ließ sich beklatschen und bejubeln, ohne dass diese Menschen auch nur ansatzweise ahnten, mit wem sie es da zu tun hatten. Frank Levant. Nicht einmal sein Name war echt, genau so wenig wie der Rest von ihm.

Womöglich hätte sein Leben gut werden können, wäre er nur einmal mutig genug gewesen, einen Sprung ohne Fangnetz zu wagen. Doch dies hatte er, wenn er ehrlich zu sich selbst war, überhaupt nie in Erwägung gezogen.

Aus genau dem Grund plagten ihn nun, wenn er auf der Bühne stand, immer diese Zweifel: Was, wenn er sich seinerzeit nicht eingekauft hätte, wenn er nicht in seinem Maßanzug und mit ebenso vielen Lügen wie Geld vorstellig geworden wäre und dafür bezahlt hätte, im Theater singen zu dürfen? Was, wenn er wie so viele andere Sänger in einem der kleinen Cafés gestanden oder sich einfach ans Klavier gesetzt und begonnen hätte, aus dem Herzen zu singen und zu spielen? Bestimmt hätte man ihn nicht einmal dort genommen, weil sein Talent einfach nicht ausreichte. Doch nun war er Frank Levant, eine Berühmtheit, die bei stets ausverkauften Shows brillierte, umringt von den wunderschönen *Bluebell Girls* in ihren knappen, mit Strass und Straußenfedern besetzten Kostümen, die ihn mit ihren Blicken anschmachteten. Dabei interessierte ihn all das nur wenig.

Er wusste, dass er eigentlich glücklich sein müsste, und es gab ja auch diese Momente, wenn er auf der Bühne stand und ins Publikum sah, Augenblicke, in denen er glaubte, mit seinem Gesang und seinem Klavierspiel wirklich die Herzen der Menschen zu erreichen. Momente, in denen sie ihm zujubelten und ihn beklatschten, in denen sie Zugaben forderten und auch dann noch weiter applaudierten, wenn er längst die Bühne verlassen hatte. Dann, ja dann gelang es ihm, aufzuatmen und zu spüren, dass er lebte.

Anfangs hatte er diese Momente ausdehnen können, wenn er das Theater verließ und jungen Frauen begegnete, die auf ihn warteten, die seine Nähe suchten und die nur zu gern die Nacht im Impérial mit ihm verbrachten. Doch nur allzu schnell war ihm klar geworden, dass er in ihrer Gesellschaft lediglich den Moment hinauszögerte, in dem er schließlich doch wieder allein war, in dem niemand für ihn klatschte, er keine bewundernden Rufe hörte und die Stille um ihn herum sich anfühlte wie Eiseskälte.

Frank sah auf, als Camille an den Tisch trat. Auch hier im Café trug er seine Ballonmütze und eine Brille, damit man ihn nicht erkannte. Camille, die Bedienung, wusste dennoch, wer er war, doch statt besonderes Aufhebens um ihn zu machen, bediente sie ihn wie alle anderen auch, und manches Mal hatte er sogar mitbekommen, dass sie die Gäste ablenkte, wenn diese einen zweiten Blick riskierten, weil sie sich fragten, ob das dort hinten, ganz in der Ecke, womöglich der bekannteste Sänger von Paris sein könnte, der dort saß, um ein wenig Normalität zu erleben.

»Haben Sie noch einen Wunsch, Monsieur?«, fragte Camille nun.

»Nein, Camille, vielen Dank.« Er zog einen Geldschein hervor, reichte ihn ihr und stand auf. »Bis morgen.«

»Bis morgen, Monsieur, und einen wunderbaren Tag.«
Frank lächelte, zog sich die Ballonmütze noch tiefer ins Gesicht und verließ dann das Café. Er stieg in seinen dunkelblauen Chevrolet Deluxe 2100JK Convertible ein, den er um die Ecke geparkt hatte, klappte das Verdeck nach hinten und schlug den Weg zum Impérial ein. Er liebte dieses Auto, aber es war nicht gerade unauffällig. Hatte er früher in Amerika das Gefühl gehabt, wegen seiner Familie kein freies Leben führen zu können und stets wachsam sein zu müssen, so lauerte hier eine andere Gefahr. Damals war es um nichts weniger als das nackte Überleben gegangen, doch hier war es vor allem die Angst, die ihn im Klammergriff hielt. Dabei fragte er sich selbst: Angst wovor? Wenn er auf der Bühne stand, konnte er es selbst zumindest noch ansatzweise nachvollziehen. Es ging um die Angst zu versagen, keinen Ton herauszubringen oder womöglich ausgepfiffen zu werden. Doch diese Angst war stets wie weggeblasen, wenn er die ersten Töne sang und die Freude in den Augen der Zuschauer sehen konnte. Dann war er ganz in seinem Element, spürte, wie ihn die Sympathie des Publikums trug und wie gut ihm die Bestätigung tat. Doch in den Momenten davor, vor allem aber an den Tagen, an denen er frei hatte, an denen kein Auftritt anstand, überkam ihn eine entsetzliche Angst, die er einfach nicht greifen konnte. Er fühlte sich in diesen Momenten allein, ja, richtiggehend einsam. Und er hatte den Eindruck, keine Kontrolle über die Situation zu haben und auch keine Möglichkeit, diese wiederzugewinnen. Das Gefühl der Machtlosigkeit war so groß, dass es ihm die Luft zum Atmen nahm. Ein Abgrund, der sich auftat und in den er immer tiefer und tiefer stürzte, ohne dass er sich

irgendwo hätte festhalten können. Vielleicht wäre es besser gewesen, er wäre in Amerika geblieben und hätte sich den dortigen Problemen und Herausforderungen gestellt, auch wenn er insgeheim ahnte, dass dies keine Möglichkeit für ihn gewesen wäre. Er hätte das Leben, das ihm in die Wiege gelegt worden war, nicht führen, hätte auch diese Rolle nicht ausfüllen können. Vielleicht wäre er, hätte er sich nach alldem, was geschehen war, entschieden, dort zu bleiben, nicht einmal mehr am Leben. Warum nur, so fragte er sich immer wieder, schien es keinen Ort auf dieser Welt zu geben, an den er gehörte? Keinen Ort, vor allem aber auch keinen Menschen, dem er sich zugehörig fühlte?

Die Gesichter der Demoiselles, mit denen er seine Nächte verbrachte, waren austauschbar. Frank hätte nicht einmal sagen können, ob er mit einer der Frauen mehr als nur einmal zusammen gewesen war. Ohnehin hatte er stets das Gefühl gehabt, dass sie nie ihn gesehen hatten, ihn als Menschen, sondern stets nur den Sänger, den Pianisten, den Showstar. Was er dachte, fühlte, was ihn umtrieb, interessierte diese Frauen nicht. Allerdings, so musste er zugeben, war dies nur gerecht, scherte er sich doch auch nicht darum, wer sie waren und wie es ihnen ging. Sie waren für ihn nur Körper, Gesichter, mal mit blonden, roten oder dunklen Haaren. Und wenn der Champagner geflossen und genug der netten Worte gewechselt waren, verbrachte man die nächtlichen Stunden miteinander, und das war es dann. Auf Wiedersehen, *adieu, ciao ciao* und *bye*. Man ging wieder seiner Wege, getrennt, in unterschiedliche Richtungen und ohne sich noch einmal umzusehen. Und mit jedem Abschied, so hatte Frank das Gefühl, ließ er auch ein

Stück Anstand mit davonziehen, und der Respekt schwand immer mehr. Vor allem der vor sich selbst.

Er war im Laufe der Monate immer ernster geworden, oftmals auch zynisch und ungerecht. Meist konnte er seine schlechte Laune nicht mehr verbergen. Vielleicht wollte er es auch gar nicht. Wozu sich also bemühen?

Frank rollte mehr, als dass er fuhr. Paris glich mit den vielen Autos einem Bienenstock, in dem es nur so zu surren schien, sodass er nur noch im Schritttempo vorankam. Zwei Frauen kamen ihm auf dem Trottoir entgegen, und er wandte schnell den Blick ab, voller Sorge, sie könnten ihn erkennen. Zum Glück ging es jetzt wieder voran. Er war gerade auf den Boulevard Saint-Germain eingebogen, als er plötzlich sah, wie ein Auto einem anderen auswich und direkt auf die Schaufenster der Geschäfte zufuhr. Im selben Augenblick trat eine junge Frau mit einem großen Blumengebinde in den Händen, welches ihr vollständig die Sicht nahm, aus einem der Läden.

»Achtung!«, rief Frank aus voller Kehle. Die junge Frau ließ das Blumengebinde fallen und blieb stehen. Bremsen quietschten, und im letzten Moment riss der Fahrer das Auto herum und kam einige Meter entfernt auf der Straße zum Stehen.

Frank sah, dass die junge Frau kreideweiß geworden war. Noch bevor er sich einen Parkplatz suchen und zu ihr eilen konnte, schien sie sich jedoch zu sammeln, bückte sich und hob die Rosen auf, die sich über das Trottoir verteilt hatten.

»Sie sind wohl nicht ganz bei Trost!«, brüllte der Fahrer, der die junge Frau fast überfahren hätte, und sprang aus dem Auto. »Ihretwegen hätte ich fast den Laternenpfahl gestreift!«, fuhr er mit seiner Schimpfrede fort.

Die junge Frau sah ihn fassungslos an, während Frank meinte, sich verhört zu haben. Nach kurzem Zögern setzte er in eine freie Parklücke, stieg aus und ging auf den Mann zu.

»Was erlauben Sie sich?«, ließ er sich vernehmen. »Sie sind mit Ihrer leichtsinnigen Fahrweise auf den Gehsteig geraten und wagen es auch noch, große Töne zu spucken? Jemand sollte die Gendarmerie rufen.«

»Was mischen Sie sich denn ein?«, schnauzte der Mann nun. »Die da«, er zeigte mit dem Finger auf die junge Frau, »hätte nicht so nah an die Straße herangehen dürfen. Nur deshalb musste ich ausweichen und wäre beinahe gegen den Laternenpfahl geprallt.«

»Das ist ja wohl die Höhe. Der Laternenpfahl steht auf dem Trottoir, nicht auf der Straße, und dort haben Autos nichts verloren.« Frank sah sich zu der Frau um, die noch immer mit dem Aufsammeln der Rosen beschäftigt war. »Ich werde Ihnen als Zeuge zur Verfügung stehen, Mademoiselle. Sie sollten Geld von diesem Verkehrsrüpel verlangen. Für den Schaden an Ihren Blumen und den Schrecken.«

»Keinen müden Franc bekommt die von mir!«, blaffte der andere.

»Aber meine Herren.« Die junge Frau erhob sich, legte einen Großteil der Blumen auf das übrig gebliebene Gebinde, nahm dann zwei Rosen und reichte eine davon Frank und die andere dem aufgebrachten Fahrer.

»Es ist doch keinem etwas passiert. Erfreuen Sie sich an den Blumen und genießen Sie den Duft.« Sie lächelte Frank an, dann nickte sie dem anderen zu. »Ich wünsche Ihnen einen wunderschönen Tag.«

Sie hob die restlichen Blumen auf, nahm das Gebinde und kehrte in das Blumengeschäft zurück, aus dem sie gerade eben herausgekommen war.

Frank zögerte, sah auf die Rose in seiner Hand, dann zu dem Mann, der auf seine eigene starrte und verärgert den Kopf schüttelte. Frank wandte sich ab und ging zum Blumengeschäft hinüber. Die über der Tür angebrachte Glocke bimmelte, als er eintrat.

»Guten Tag, Monsieur. Was kann ich für Sie tun?«, fragte eine junge Blumenverkäuferin.

»Ihre Kollegin«, begann Frank, »die gerade eben hereingekommen ist ...«

»Amelie?«

»Amelie, ja«, stimmte Frank zu, obwohl er nicht wusste, wie die junge Frau hieß. Doch außer ihr hatte in den letzten Minuten niemand den Laden betreten.

»Sie ist hinten. Soll ich sie holen?«

»Das wäre sehr nett, vielen Dank.«

Die Blumenverkäuferin lächelte und verschwand durch einen Türrahmen, in dem lediglich ein Vorhang angebracht war. Frank hörte Stimmen, dann trat die junge Frau, die er soeben auf der Straße gesehen hatte, in den Verkaufsraum.

»Ja, bitte?«, fragte sie und lächelte ihn an, während sie frische Rosen neben das zerschundene Gesteck legte, das sie auf dem Tresen abgestellt hatte.

Frank deutete auf die Rose in seiner Hand, die sie ihm draußen gegeben hatte. »Guten Tag, noch mal«, brachte er etwas zögerlich hervor. »Ich ... ich möchte mich nur vergewissern, dass es Ihnen gut geht.«

Sie lächelte herzlich. »Aber natürlich. Der kleine Schreck ist längst vorbei. Haben Sie vielen Dank.«

»Der Wagen hätte sie fast überfahren. Weshalb haben Sie so reagiert?«, fragte er verwundert.

»Wie denn?« Sie sah ihn überrascht an.

»Na, so freundlich? Ich meine, es war sein Fehler, und Sie haben ihm und auch mir einfach eine Rose geschenkt und uns einen schönen Tag gewünscht.«

»Ja, das habe ich. Und?«

»Warum?«

Sie schmunzelte. »Offenbar verstehe ich Ihre Frage nicht, Monsieur. Wie hätte ich denn sonst reagieren sollen?«

»Na, Sie hätten zumindest schimpfen können. Schließlich war es ausschließlich seine Schuld.«

Nun lachte sie glockenklar auf. »Das mag sein, aber es ist nicht meine Art.«

Er kam sich plötzlich albern vor, mit seiner Ballonmütze und der Brille als Verkleidung. Eilig nahm er Mütze und Brille ab und streckte ihr die Hand entgegen. »Frank Levant.«

»Sehr angenehm. Mein Name ist Amelie Girard.«

»Es freut mich ebenfalls.«

Sie schüttelten sich die Hände.

»Es war wirklich sehr nett, dass Sie sich für mich einsetzen wollten, Monsieur Levant«, sagte Amelie. »Doch nun entschuldigen Sie mich bitte. Ich muss das Gesteck neu binden und ausliefern.«

»Natürlich.« Frank nickte. »Ich verstehe. Dann sollte ich wohl besser gehen.« Etwas unsicher hielt er ihr die Rose entgegen. »Hier. Vielleicht können Sie die noch gebrauchen.«

»Aber nein, Monsieur Levant. Die Rose ist ein Geschenk. Vielleicht können Sie lächeln, wenn Sie sie ansehen.«

»Danke«, sagte Frank. »*Au revoir!*«

»Auf Wiedersehen, Monsieur Levant.« Amelie nickte ihm freundlich zu.

Frank wandte sich zum Gehen, öffnete die Tür, dann verharrte er in der Bewegung und drehte sich noch einmal um. »Sagen Sie, haben wir uns nicht schon einmal gesehen? Ich meine ... vorher.«

Amelie nickte. »Aber ja, das haben wir«, bestätigte sie.

»Und wo?«

»Ich liefere die Blumen ins Theater.« Sie machte sich bereits wieder am Gebinde zu schaffen.

»Aber ja, natürlich.« Er schlug sich mit der Hand gegen die Stirn. »Sie wussten also, wer ich bin, bevor ich mich Ihnen vorgestellt habe?«

»Selbstverständlich.« Sie behielt ihr Lächeln bei.

»Hm«, machte Frank. Normalerweise wurde er, wenn er sich nicht gerade verkleidete, sogleich erkannt. Spätestens aber, wenn seinem Gegenüber klar wurde, wer er war, zeigte es sich in der Regel beeindruckt. Amelie jedoch behandelte ihn wie jeden anderen auch.

»Dann erlauben Sie mir, Sie zum Essen einzuladen auf den Schrecken, den wir erlebt haben«, schlug er ihr vor.

»Ich bedaure, doch ich habe wirklich zu tun. Aber vielen Dank«, lehnte sie ab.

»Ich verstehe«, meinte Frank, doch es kam ihm eigenartig vor, dass Amelie so gar kein Interesse an einer weiteren Unterhaltung mit ihm zu haben schien. Schließlich wollte sich doch sonst jeder in seiner Berühmtheit ein wenig sonnen. Er schickte sich an, die Tür aufzuziehen, aber dann hielt er inne. »Darf ich Sie noch etwas fragen, Amelie?«

»Aber natürlich«, stimmte sie freundlich zu.

»Sie sagten eben etwas …«, er suchte nach den richtigen Worten, »… etwas Eigenartiges: Ich könnte vielleicht lächeln, wenn ich die Rose sehe.«

»Ja?«

»Das klang fast so, als wollten Sie andeuten, ich würde sonst nicht lächeln.«

»Aber ist es denn nicht so?«, fragte sie und flocht weitere Rosen in das beschädigte Gebinde.

»Woher wollen Sie das wissen?«, stellte er die Gegenfrage.

»Nun ja, Monsieur Levant …«

»Bitte, nennen Sie mich Frank.«

»Wie Sie wünschen, Frank.« Sie lächelte ihn weiter an. »Ich war schon oft im Theater und habe Blumen in Ihre Garderobe gebracht. Sie waren immer freundlich zu mir – ›unverbindlich‹ ist wohl der richtige Begriff. Sie haben mich angelächelt und mir gedankt, doch dieses Lächeln war nicht echt.« Sie tippte sich mit dem Finger ans Auge. »Ihr Lächeln kam dort nicht an, Sie haben nur die Mundwinkel gehoben, wissen Sie? Und das war immer so.«

Frank legte die Stirn in Falten. War ihm so wenig bewusst, wie seine Mitmenschen ihn wahrnahmen, dass er es überhaupt nicht bemerkt hatte?

»Ich war wohl konzentriert vor meinem Auftritt«, erklärte er.

»Möglich. Aber wenn Sie mir die Bemerkung erlauben, ich

fand, Sie wirkten traurig. Sie wirken immer traurig auf mich, Monsieur Levant.«

»Frank!«, erinnerte er sie.

»Natürlich, Frank.«

Frank wusste nicht, wie er auf diese Offenheit reagieren sollte. Einen Moment lang fühlte er sich ertappt, doch Amelie gab ihm nicht das Gefühl, dass dies etwas Schlechtes war.

»Ich wirke also traurig auf Sie?«

»Ja, ich bedaure, so ist es.«

»Hm«, machte Frank erneut. »Wäre es dann nicht geradezu Ihre Verpflichtung, mich ein wenig glücklich zu machen und doch mit mir essen zu gehen? Was meinen Sie?« Er sah sie bittend an.

Amelie schüttelte den Kopf.

»Und warum nicht?«

»Darf ich ganz offen sprechen, Frank?«

»Sicher.«

»Sie tragen eine Maske, wie bei einem Schauspiel.« Sie berührte erneut mit dem Zeigefinger ihr Auge. »Sie wissen, wie Sie die Menschen von sich überzeugen. Sie lächeln, doch das Lächeln ist nicht echt. Sie sagen schöne Worte, von denen Sie wissen, dass sie wirken, und das funktioniert sicher ganz wunderbar. Aber ich …« Sie zuckte mit den Achseln. »Nun ja, ich mag so etwas nicht. Ich selbst möchte glücklich sein, und deshalb verbringe ich meine Zeit am liebsten mit Menschen, die es auch sind.« Sie senkte den Blick. »Bitte, verzeihen Sie mir. Doch Sie sagten, ich dürfe offen sprechen.«

Frank hatte das Gefühl, als hätte ihm jemand einen Faustschlag ins Gesicht gegeben. Diese wunderschöne junge Frau mit dem ehrlichen Lächeln und ihrer freundlichen Art hatte ihn mit ihren Worten weit mehr getroffen als jemals jemand zuvor. Doch da war auch das Gefühl, ihr vertrauen zu können. Sie war so überhaupt nicht beeindruckt davon, wer er war. Ganz im Gegenteil. Sie gab ihm einen Korb, freundlich, aber bestimmt.

»Danke für Ihre Offenheit«, sagte er höflich und wandte sich erneut zum Gehen.

»Ich hoffe, ich habe Sie nicht verletzt? Das war nicht meine Absicht«, versicherte ihm Amelie. »Ich wünsche Ihnen einen wunderschönen Tag, Frank. Und viel Glück!«

Frank verharrte. »Danke«, sagte er und drehte sich ein weiteres Mal zu ihr um. »Danke für Ihre Offenheit«, wiederholte er.

Wieder nickte sie nur lächelnd, während sie darauf wartete, dass er ging. Doch Frank sah sie weiter an.

»Wie machen Sie das?«, nahm er erneut das Gespräch auf.

»Was meinen Sie, Frank?«

»Nun ja, Sie sagen etwas, das mich eigentlich verletzen, nun, zumindest stören müsste. Doch Sie sagen es auf eine solche Art, dass es mich überhaupt nicht stört. Ganz im Gegenteil, es regt mich zum Nachdenken an.«

»Es freut mich, dass Sie das so empfinden. Denn ich wollte Sie mit meinen Worten keinesfalls verletzen.«

»Sind Sie zu allen Menschen so offen?«

»Ja.« Sie nickte. »Immer. Ich glaube, dass das Leben zu kurz ist, um sich mit Menschen zu umgeben, die der Seele nicht guttun. Deshalb spreche ich aus, was ich denke. Die, die damit umgehen können, werden oft gute Freunde. Die anderen«, sie hob die Hände, »verschwinden nach einer kurzen Begegnung aus meinem Leben und können ihr Glück finden, wo meines nicht liegt.«

»Eine wunderbar leichte Art, durchs Leben zu gehen«, befand Frank.

»Ja, der Ansicht bin ich auch.«

Er überlegte kurz. »Ich würde Sie gern davon überzeugen, dass ich einer von denen sein könnte, die ... wie haben Sie es ausgedrückt ... Ihrer Seele guttun.«

Sie lachte fröhlich, doch sie schüttelte den Kopf. »Nein, das denke ich nicht.«

»Lassen Sie es mich wenigstens versuchen«, bat er und lächelte sie an. »Bitte!«

»Oh«, sagte sie und strahlte noch mehr. »Sie sind ehrlich zu mir. Ich kann es in Ihren Augen lesen.«

»Ja, ich bin ehrlich zu Ihnen«, bekräftigte Frank, und das Gefühl, es genau so zu meinen, ließ sein Herz einen Sprung machen.

4. Kapitel

Fleurs de Paris,
202 Boulevard Saint-Germain

Jeder Moment ist kostbar. Wer weiß, ob es einen weiteren für uns geben wird.

Amelie Girard

Sie blieb noch einen Moment lang hinter dem Tresen stehen, als Frank Levant, der wohl berühmteste Sänger in ganz Paris, endlich gegangen war und die Tür des Blumenladens hinter sich geschlossen hatte. Puh. Sie hatte schon fast geglaubt, ihn überhaupt nicht mehr loszuwerden.

Über ein halbes Jahr belieferte sie nun schon das Lido, in dem er regelmäßig auftrat. Immer hatte sie ihn freundlich gegrüßt, die Blumen gebracht und ihm viel Erfolg gewünscht. Und er hatte ihr jedes Mal gedankt und war ihr mit großer Nonchalance begegnet. Doch es war, wie sie es sich schon während dieser Begegnungen gedacht hatte: Er hatte im Grunde nicht einmal eine Idee davon, dass es sie überhaupt gab.

Was Amelie nicht das Geringste ausmachte. Sie kannte solche Menschen, deren gesamtes Leben sich nur um sie selbst zu drehen schien, beobachtete sie in dem Hotel, das sie belieferte, in den Restaurants, den Kunstausstellungen und den Theatern. Überall dort gab es Menschen, die in der einen oder anderen Hinsicht unglaublich wichtig waren und sich auch genauso fühlten. Eines war bei all diesen Menschen gleich: Ihr Lächeln war nicht echt. Und genau das war etwas, was Amelie einfach nicht verstehen konnte. Wenn nun diese wichtigen, berühmten und reichen Menschen offenbar so viel dafür getan hatten, dort zu sein, wo sie heute waren, und sich dafür bewundern, ja sogar feiern ließen, weshalb nur waren sie dann nicht glücklich?

Sie selbst hatte sich die Frage, was sie in ihrem Leben einmal werden wollte, nie gestellt, weil immer klar gewesen war, dass sie eines Tages diesen wunderbaren kleinen Blumenladen ihrer Mutter übernehmen und in die Zukunft tragen würde. Doch selbst wenn sie es getan hätte, wäre ihre Antwort wohl eindeutig ausgefallen: Sie wollte nichts mehr, als den kleinen Laden weiterzuführen und sich täglich mit den allerschönsten Blumen zu umgeben, Gebinde zu fertigen, die den Menschen Freude bereiteten. Und nicht nur den Menschen, denen sie die Blumen brachte, sondern auch ihr selbst.

Ja, Amelie war ein glücklicher Mensch. Sie liebte ihr Leben und genoss jeden Tag, den der Herrgott ihr schenkte, war ihr doch überaus klar, dass das Leben selbst das größte Geschenk war, das einem Menschen zuteilwerden konnte. Es hatte auch andere Zeiten gegeben, Zeiten, in denen sie nicht weitergewusst hatte und nicht einmal den Rat ihrer Mutter hatte umsetzen können, zu lächeln und dankbar zu sein, weil sie doch alles hatten, was sie brauchten, um glücklich zu sein. Vor allem in den letzten Lebensmonaten ihrer Mutter hatte Amelie sehr gelitten, und es war ihr unendlich schwergefallen, Tag für Tag miterleben zu müssen, wie ihre Mutter immer weniger wurde, bis sie nach drei Jahren schwerer Krankheit schließlich aus dem Leben schied.

Zwei Jahre war es nun her, seit Geraldine Girard ihrer Amelie den Blumenladen hinterlassen hatte, den diese schon mit gerade mal einundzwanzig Jahren zum großen Teil allein hatte führen müssen. Immer, wenn Amelie an ihre Mutter dachte, lächelte sie. Sie hatte in ihrem Leben noch keinen Menschen getroffen, der so lebensfroh, lebendig und dankbar für jeden Sonnenstrahl gewesen war wie ihre Mutter. Und sie hatte das Gefühl, es Geraldine schuldig zu sein, ihrem letzten Wunsch gemäß zu leben und alles zu tun, um eines zu erreichen: jeden einzelnen Tag ihres Lebens glücklich zu werden.

Ihre Mutter hatte ihr wieder und wieder den Rat gegeben, sich von den Menschen fernzuhalten, deren Lächeln nicht echt war. Und wahrscheinlich war es auf diese Worte zurückzuführen, weshalb Amelie überhaupt erst angefangen hatte, auf den Unterschied zwischen einem echten und einem falschen Lächeln zu achten. Über ein Jahr lang hatte sie sich nach dem Tod der Mutter fast jeden Tag gefragt, ob sie überhaupt morgens aufstehen sollte, hatte kaum genug Kraft verspürt, dies zu tun. Dann jedoch hatte sie eines Nachts von ihrer Mutter geträumt, die sie fürchterlich ausschimpfte für ihr Verhalten und sie eindringlich mahnte, ihr Leben endlich wieder in die Hand zu nehmen. Zum Glück hatte ihre treue Angestellte Lina den

Blumenladen während dieser schweren Monate am Laufen gehalten, sonst würde es ihn jetzt vermutlich nicht mehr geben. Nach besagtem Traum hatte Amelie sich zusammengerissen und ihrer Trauer Einhalt geboten. Sie hatte sich um den Laden gekümmert und jeden Tag gespürt, wie es ein kleines Stück bergauf ging. Heute war sie nicht nur wieder sie selbst, sondern sogar fröhlicher, als sie es vor dem Tod ihrer Mutter gewesen war. Vielleicht war es einer gewissen Demut geschuldet, die sie empfand und die dazu führte, dass sie die Entscheidung für sich gefasst hatte, fortan jeden Tag zu genießen, so gut sie nur konnte. Sie wollte sich nicht ärgern, wollte auch nicht grundlos traurig sein. Sie gestand es sich zu, ihre Tränen fließen zu lassen, wenn sie zum Grab ihrer Mutter ging und dieser Blumen vor den Stein legte und dort verweilte. Doch dann, wenn sie ging, verabschiedete sie sich von Geraldine, wischte die Tränen ab, atmete tief durch und lächelte wieder. Und zwar ein echtes Lächeln und kein aufgesetztes wie das der Menschen, die sie so gar nicht verstand. Schon aus diesem Grunde war sie froh, dass sie Frank Levants Einladung zum Abendessen ausgeschlagen hatte.

Das Telefon läutete und riss sie so aus ihren Gedanken. Amelie wollte gerade die Rose, die sie in Händen hielt, ablegen, um den Anruf entgegenzunehmen, als sie Lina rufen hörte: »Ich gehe schon!«, worauf sie sich wieder ihrem Gebinde widmete. Amelie füllte die leeren Stellen und prüfte jede Blume, ob diese auch wirklich nicht beschädigt war und guten Gewissens verwendet werden konnte.

Sie hörte Lina sprechen. Offenbar nahm diese eine Bestellung entgegen. Ihre Angestellte lachte, dann beendete sie das Gespräch und kam nach vorn zu ihr in den Verkaufsraum.

»Wer war das?«, fragte Amelie.

»Ein Kunde. Eine Bestellung«, antwortete Lina. »Ich kümmere mich gleich darum.«

»Eine Auslieferung?«, fragte Amelie nach.

Lina sah sie an, lächelte und nickte. »Ja, wie gesagt, ich kümmere mich darum«, wiederholte sie, dann schickte sie sich an, aus allen Wasserbehältern, in denen Blumen standen, jeweils mehrere herauszuziehen und auf den anderen Bindetisch zu legen.

»So viele?«, fragte Amelie erstaunt, nachdem sie Lina eine Weile beobachtet hatte.

»Ja, der Kunde wünscht es so«, gab Lina knapp Auskunft, worauf Amelie nicht weiter nachfragte, sondern sich wieder ihrem eigenen Gebinde zuwandte. Sie war noch nicht ganz fertig, da trat Lina mit einem großen bunten Strauß an sie heran.

»Ich liefere diesen kurz aus, ja?«

»Aber ich wollte gleich mit dem Gebinde zum Impérial«, wandte Amelie ein. »Durch den Zwischenfall vorhin bin ich schon recht spät dran.«

»Diese Auslieferung geht aber ganz schnell«, hielt Lina dagegen. »Nur dort über die Straße zum Café.«

»Ah, ach so, gut«, stimmte Amelie zu. »Aber beeil dich bitte, ja?«

»Sicher.« Lina wuchtete den Strauß, der einiges an Gewicht haben musste, hoch, und Amelie eilte zur Tür, um ihr diese zu öffnen.

»*Merci*«, flötete Lina, dann ging sie mit dem Strauß hinaus und Amelie zurück an ihre Arbeit.

Sie steckte die letzten Rosen und drehte das Gebinde anschließend noch einmal, um es von allen Seiten zu betrachten. Ja, sie war zufrieden mit ihrer Arbeit. Für sie war jedes Gesteck ein eigenes Kunstwerk, jede Blume ein Pinselstrich auf der großen Leinwand des Lebens. Doch anders als bei einem Bild waren ihre kleinen Kunstwerke vergänglich, was sie umso kostbarer machte. Ganz bestimmt würde Monsieur Chevalier, der Besitzer des Hôtel Impérial, sehr zufrieden mit ihr sein, versicherte er ihr doch stets, dass sie es verstand, die schönsten Blumengebinde von ganz Paris zu fertigen, die dann den runden Tisch in der Eingangshalle zierten und häufig auch die großen Fenster. Sie mochte den Hotelbesitzer, der eine so wunderbare Art hatte, mit Menschen umzugehen und ihnen ein gutes Gefühl zu geben, ganz gleich, ob es hochgestellte Gäste waren oder kleine Blumenhändlerinnen wie Amelie.

Sie schob das fertige Gesteck etwas beiseite, damit dies nicht den gesamten Platz auf dem Tresen einnahm, und ging dann nach hinten, um sich die Hände zu waschen und ihre Haare zu richten, bevor sie sich auf den Weg machte. Als sie gerade ihre Hände abtrocknete und einen kurzen Blick in den Spiegel warf, hörte sie die kleine Glocke über der Tür läuten, weshalb sie wieder nach vorn in den Verkaufsraum eilte. Dort sah sie Lina eintreten und stutzte, denn direkt hinter Lina kam noch jemand in den Laden, der sich den großen Blumenstrauß, den Lina zuvor gebunden und zum Café hinübergebracht hatte, vors Gesicht hielt. Amelie runzelte die Stirn, dann fing sie an zu lachen, als er den Strauß sinken ließ und Frank Levant zum Vorschein kam.

»Mademoiselle Girard!« Er verbeugte sich lächelnd und

streckte ihr das üppige Bouquet entgegen.« Würden Sie mir die Ehre zuteilwerden lassen, mit mir zu speisen?«

Amelie sah zu Lina, die ebenfalls lachte. »Also wirklich«, empörte sie sich gespielt. »Und du hast mir nichts verraten?«

»Aber nein, natürlich nicht«, gab Lina zurück und schob sich an ihr vorbei. »Ich übernehme die Lieferung ans Impérial«, sagte sie zwinkernd. »Dann könnt ihr das in aller Ruhe klären.« Sie trat an die Kasse und legte einen Geldschein hinein. »Der Strauß ist bereits bezahlt, du kannst ihn also nicht mehr verkaufen«, fügte sie munter hinzu, dann nahm sie das Gebinde, ließ sich von Frank die Tür aufhalten und verließ den Laden.

Amelie war zu perplex, um etwas sagen zu können.

»Bitte, Mademoiselle Amelie, Sie haben es ja gehört: Ich habe den Blumenstrauß ehrlich erworben und möchte Ihnen diesen nun überreichen.« Er hielt ihn ihr erneut entgegen und trat näher an sie heran.

Amelie nahm den Strauß mit einem Lächeln an. »Er ist wunderschön. Haben Sie herzlichen Dank, Frank.«

Er deutete eine Verbeugung an. »Von Herzen gern. Und sehen Sie es?« Er deutete mit dem Finger auf sein rechtes Auge. »Das Lächeln ist echt.«

Amelie schnupperte an den Blumen – ein Duft, von dem sie nie genug bekommen konnte. »Ja, ich sehe es«, sagte sie dann.

»Wollen Sie wirklich riskieren, mich wieder in eine traurige Stimmung zurückzuwerfen, jetzt, wo ich doch gerade so glücklich bin?«

»Ich denke, Sie können auch glücklich bleiben, wenn ich nicht mit Ihnen zu Abend esse«, stellte sie freundlich fest.

»Nun, Mademoiselle, da irren Sie.« Er hob den Zeigefinger. »Was kann ich tun, um Sie zu überzeugen?«

Die Glocke über der Tür schlug an, und eine Dame betrat den Laden.

»*Bonjour*, Madame«, begrüßte Amelie die Kundin leicht verlegen. »Ich werde mich bei Ihnen melden«, sagte sie anschließend an Frank gewandt, und das Lächeln auf seinem Gesicht wurde zu einem breiten Grinsen. Offenbar schien er zu bemerken, dass ihr die Situation vor der Kundin peinlich war, denn statt zu gehen, blieb er einfach stehen.

»*Mon dieu*, sind Sie nicht Frank Levant?«, fragte die Kundin erstaunt und begeistert zugleich.

»Frank Levant aus Fleisch und Blut«, gab er überschwänglich zurück, verbeugte sich, nahm die Hand der Kundin und hauchte einen Kuss darauf.

Die Frau legte die Hand aufs Herz. »Meine Güte, dass ich Sie hier treffe!«, rief sie überrascht. »Das werden mir meine Freundinnen nie glauben. Wir sind große Bewunderinnen Ihrer Kunst«, fügte sie hinzu. Ihre Wangen glühten.

Amelie wollte die Kundin fragen, was sie für sie tun könne, doch diese hatte nur noch Augen für Frank.

»Nun, wenn Ihre Freundinnen auch hier kaufen, ist die Wahrscheinlichkeit groß, dass sie mich treffen werden. Ich bin nämlich ein großer Bewunderer von Mademoiselle Girards Blumengestecken.« Er beugte sich weiter vor. »Ich bin sicher, dass es niemanden in ganz Paris gibt, der so wunderschöne Sträuße zaubert wie sie.«

Die Kundin himmelte ihn mit großen Augen an. »Ach, wirklich? Ich bin ebenfalls eine treue Kundin und bewundere die

Arbeit sehr.« Sie sah kurz zu Amelie, die am liebsten eingewandt hätte, dass sie die Kundin hier noch nie gesehen hatte, doch natürlich sagte sie nichts.

»Mademoiselle Girard, hätten Sie wohl Zettel und Stift für mich?«, bat Frank nun, ging dann zu den Gerbera hinüber und zog eine rosafarbene hinaus.

»Für Sie, meine Teure. Darf ich um Ihren Namen bitten?« Die Frau war rot angelaufen. »Oh, du meine Güte. Ich bin ganz aufgeregt. Mein Name ist Monique, ich weiß gar nicht, was ich sagen soll. Monique Poyet.«

Frank nahm sich den Stift und schrieb schwungvoll etwas auf das Blatt Papier, das er der Kundin dann überreichte.

»Für meine teure Freundin Monique Poyet«, las diese nun. »In Verbundenheit, Frank Levant.« Die Frau atmete geräuschvoll aus, und fast glaubte Amelie, sie würde gleich zu weinen beginnen.

»Danke schön!«, hauchte sie. »Ich werde es mir rahmen lassen und die Blume trocknen, als besondere Erinnerung an unser Treffen.«

»Es ist mir eine Freude, Monique.« Frank zwinkerte ihr zu.

Amelie räusperte sich vernehmlich.

»Bitte verzeihen Sie mir, Amelie«, sagte er und griff in seine Hosentasche. »Hier ist das Geld für die Blume, die ich meiner lieben Freundin Monique geschenkt habe. Jetzt müssen wir nur noch rasch die Zeit klären für unser Abendessen morgen, dann bin ich auch schon wieder weg.« Am liebsten hätte Amelie widersprochen, doch Frank fuhr bereits fort: »Acht Uhr? Sie wohnen über dem Geschäft?«

Amelie nickte. »Ja, ich wohne oben«, gab sie Auskunft, und

schon im nächsten Moment ärgerte sie sich, dass er sie so überfallen und sie auch noch darauf reagiert hatte.

»Wunderbar. Ich hole Sie ab.« Und nun lasse ich euch allein, damit Monique sich etwas Schönes kaufen kann.« Frank verbeugte sich. »Ich wünsche einen wunderbaren Tag und sonnige Stunden.« Er trat vor und zog eine Rose aus dem Strauß, den Lina gebunden und den er ihr geschenkt hatte, und schnupperte daran.

»Wenn Sie erlauben, liebe Amelie, werde ich diese Rose nehmen und immer wieder daran riechen, damit mir den ganzen Tag über mein Lächeln erhalten bleibt.«

»Sie sind unmöglich, Frank Levant«, empörte sich Amelie, doch sie lächelte dabei. Kurz fragte sie sich, wo er die Rose gelassen hatte, die sie ihm vorhin gegeben hatte.

Er zwinkerte ihr zu. »Ja, das bin ich. Bis morgen Abend um acht, schöne Amelie. Ich kann es kaum erwarten.« Damit tänzelte er zur Tür, öffnete sie und ging hinaus.

»Ist er nicht himmlisch?«, seufzte Monique Poyet und sah noch einen Moment zur Tür, durch die Frank hinausgegangen war. Dann drehte sie sich zu Amelie um. »Sie Glückliche«, fügte sie schwärmerisch hinzu. »Sie dürfen mit ihm den Abend verbringen.«

Amelie sparte es sich zu erklären, dass das alles andere als ihre Absicht gewesen war, und legte den Blumenstrauß von Frank dorthin, wo zuvor noch das Gebinde für das Hôtel Impérial gestanden hatte.

»Was kann ich für Sie tun, Madame?«, fragte sie und zwang sich, sich ganz ihrer Kundin widmen.

»Ach ja, natürlich«, antwortete diese und sah sich um. »Ich

brauche einen Strauß für den Geburtstag meiner Freundin«, ließ sie Amelie wissen.

»Und an was haben Sie dabei gedacht?«

»Ach«, antwortete die Kundin nun. »Wie sagte Monsieur Levant? Dass es niemanden in ganz Paris gibt, der so wunderschöne Sträuße bindet wie Sie?« Sie lächelte Amelie verzückt an. »Wenn Monsieur Levant so große Stücke auf Sie hält, würde ich gern Ihnen die Auswahl überlassen.«

Amelie nickte. »Nun gut, dann werde ich mein Bestes geben, um Sie und Ihre Freundin glücklich zu machen«, versprach sie und machte sich daran, einen Blumenstrauß zusammenzustellen. Während sie Blume für Blume auswählte und zu einem geschmackvollen Arrangement zusammenfügte, schweiften ihre Gedanken immer wieder zu Frank Levant. Er verstand es wirklich, die Menschen für sich einzunehmen, doch hatte er sie noch nicht von sich überzeugen können. Und ja, er war überaus hartnäckig gewesen, und vielleicht würde das für morgen geplante Abendessen sogar sehr nett werden. Wenn nicht, dann würde sie freundlich bleiben, sich von ihm verabschieden und gehen, genau so, wie sie es von ihrer Mutter gelernt hatte. Sie war jetzt sechsundzwanzig Jahre alt und hatte damit die Hälfte ihres Lebens bereits hinter sich. Sie hegte keinen Zweifel daran, dass es ihr wie ihrer Mutter, ihrer Großmutter und auch ihrer Tante gehen würde, die alle im Alter zwischen achtundvierzig und fünfzig Jahren verstorben waren. Während der Zeit, als ihre Mutter krank und dem Tod näher als dem Leben gewesen war, hatte Amelie die Tatsache, dass es offenbar in ihrer Familie lag, so jung zu sterben, fürchterlich geängstigt und fast um den Verstand gebracht. Doch diese Zeit lag hinter ihr, und sie hatte ihr nur noch bewusster gemacht, dass sie keinen Tag, nicht einmal einen Augenblick, zu verlieren hatte. Sie musste leben, und zwar in jeder Sekunde.

»Ist es so recht, Madame?« Sie hielt ihr den Strauß entgegen.

»Ja, wunderschön«, bestätigte die Kundin, deren Wangen noch immer glühten. Offenbar hatte Frank Levant einen bleibenden Eindruck hinterlassen.

Amelie schmunzelte, dann ließ sie sich das Geld für den Blumenstrauß geben und wünschte der Dame einen schönen Tag.

Als sie den Laden verlassen hatte, fiel Amelies Blick auf den Strauß, den Frank ihr geschenkt hatte. Sie nahm ihn, stellte ihn ins Wasser und musste tatsächlich lächeln. Sie würde die Blumen später mit in ihre Wohnung nehmen und sich dort daran erfreuen. Es gefiel ihr, dass sie nun selbst einen Blumengruß erhalten hatte, was doch eher selten vorkam. Eigentlich nie. Ein warmes Gefühl durchflutete sie. Nun hatte es dieser Frank Levant doch tatsächlich geschafft, sich in ihre Gedanken zu schleichen. Sie würde auf der Hut sein müssen, ihm nicht auf den Leim zu gehen.

5. Kapitel

Lido de Paris, 78 Avenue des Champs Élysées

Jeden Tag, den ich lebe, habe ich das Gefühl, beschenkt zu werden.

Jack King

Jack reckte den Hals, um erst in die eine und dann in die andere Richtung der Avenue des Champs-Élysées zu blicken, aber von Rose war weit und breit nichts zu sehen. In fünf Minuten würde der Gong ertönen und die Besucher auffordern, ihre Plätze im Theater einzunehmen. Doch würde er, wenn Rose ihn versetzte, überhaupt in der Stimmung sein, hineinzugehen? Andererseits hatte er es seinem Freund Frank versprochen, und im Grunde war er tatsächlich ein Narr gewesen, auch nur einen Augenblick lang anzunehmen, dass Rose seiner spontanen Einladung wirklich folgen würde. Eine hübsche junge Mademoiselle wie sie hatte bestimmt an jedem Finger fünf Verehrer. Warum sollte sie sich da ausgerechnet mit einem wie ihm, einem mittellosen Maler, abgeben wollen?

Rose Chevalier. Allein der Name klang wie eine Melodie. Und dann noch das Leuchten ihrer Augen, gepaart mit diesem glockenhellen Lachen. Jack wusste, dass er ein Mann war, der sich schnell für etwas oder jemanden begeisterte und der alles, was sich ihm bot, mit großer Freude genoss. Er gehörte wohl zu den Menschen, denen das Blau des Himmels stets leuchtender, die Sonne immer etwas wärmer und eine Melodie weit tiefgehender, stimmungsvoller erschien als manch anderem. Das war schon immer so gewesen. Seine Mutter hatte oft gesagt, dass er in jeder Sache das Schöne zu sehen vermochte, und damit hatte sie recht gehabt. Und vermutlich war es auch dieser Begeisterung für alles und jeden geschuldet, dass er tatsächlich gehofft hatte, Rose würde den Abend mit ihm verbringen, doch bei allem Überschwang holte ihn hier und jetzt die Realität ein.

Jack seufzte und blickte wehmütig auf die Rose in seiner Hand, die Madame Lilou aus dem Strauß am Empfang ihres Restaurants gezogen und ihm in die Hand gedrückt hatte, als er ihr vorhin von seinem geplanten Rendezvous mit einer wunderschönen jungen Frau erzählte.

Er seufzte abermals. Dann entschied er, auch ohne Rose ins Theater zu gehen, damit der Platz in der Loge nicht leer blieb, sollte Frank dort hinaufsehen. Nur weil er enttäuscht war, hatte er nicht das Recht dazu, seinen Freund zu enttäuschen.

»*Bonsoir*, Jack«, hörte er plötzlich eine Stimme hinter sich und wirbelte herum. In diesem Moment klickte die Kamera. Da stand Rose, senkte den Fotoapparat und strahlte ihn an, während sie gleichzeitig nach Atem rang. »Ich bitte um Verzeihung«, japste sie. »Ich bin spät dran, doch diesen Überraschungsmoment musste ich einfach festhalten.«

»Rose!« Jack beugte sich vor und küsste sie rechts und links auf die Wangen. Dann überreichte er ihr die Rose. »Ich bin so glücklich, dass Sie gekommen sind. Eine Rose für die schöne Rose!«

»Wie reizend von Ihnen«, gab sie zurück und schnupperte an der Blume. »Vielen Dank.«

»Haben Sie Ihre Kamera immer dabei?«

»Natürlich, sie gehört zu mir wie meine Augen. Durch sie sehe ich die Welt«, gab Rose mit ihrem unwiderstehlichen Lächeln zurück.

»Wollen Sie noch rein?«, rief der Mann an der Theatertür.

»Aber ja, unbedingt!«, gab Jack überschwänglich zurück und griff nach Roses Hand. Gemeinsam liefen sie zum Eingang. Jack fühlte sich leicht, glücklich und so unglaublich übermütig, dass er aus dem Strahlen nicht mehr herauskam.

»Ihre Karten?« Der *ouvreur* streckte ihm die offene Hand entgegen, worauf Jack die Logenkarten, die Frank für ihn an der Kasse hinterlegt hatte, aus seiner Jackentasche zog. Jack hatte sie schon vor einer guten halben Stunde abgeholt und dann auf Rose gewartet. Nun, da sie an seiner Seite war, schlug sein Herz noch schneller als zuvor.

»Gleich die Treppe dort hinauf und dann die dritte Tür«, wies der Mann am Eingang Jack an.

»Ja, ich weiß. Danke«, gab dieser zurück.

»Dann einen schönen Abend für Sie beide«, wünschte der *ouvreur* mit einem Lächeln, und Jack und Rose eilten die Stufen hinauf in ihre Loge.

»Setzen Sie sich«, bat Jack und deutete auf die samtenen Stühle, nachdem sie die Loge betreten hatten.

»Danke schön.« Rose nahm ganz vorn Platz und klopfte mit der flachen Hand auf den freien Stuhl neben sich, worauf Jack sich ebenfalls setzte.

»Sie sehen wundervoll aus in diesem Kleid«, bemerkte er und konnte kaum den Blick von ihr wenden. Rose trug ein blaues Cocktailkleid, das genau zur Farbe ihrer Augen passte. Dies, gepaart mit ihren dunklen, kurz geschnittenen Haaren, die sich ein wenig lockten, machte sie für Jack zu der schönsten Frau, die er je gesehen hatte.

»Vielen Dank.« Sie deutete auf seinen Anzug. »Sie haben sich aber auch in Schale geworfen.«

Jack beugte sich weiter vor. »Versprechen Sie mir, es niemandem zu verraten«, bat er und flüsterte dann: »Ich besitze nur zwei Anzüge, und der hier ist der schönere.«

Rose kam ebenfalls ein bisschen näher. »Dann haben Sie aber Glück, dass er Ihnen so ausgezeichnet steht«, flüsterte sie zurück.

Jack lachte leise, nahm Roses Hand und hauchte einen Kuss darauf. »Sie sind wunderbar, liebe Rose.«

Es klopfte, und gleich darauf wurde die Tür geöffnet und ein Kellner mit weißen Handschuhen und einem Tablett, auf dem ein silberner Kühler mit Eis, eine Flasche Champagner und zwei Gläser standen, betrat die Loge.

»Guten Abend, die Herrschaften.« Der Kellner verbeugte sich.

»Haben Sie Champagner für uns bestellt?«, fragte Rose überrascht.

»Ich würde gern Ja sagen, um Sie zu beeindrucken«, gab Jack zurück, »doch ich fürchte, das kann ich mir nicht leisten.«

»Mit besten Empfehlungen von Monsieur Levant«, teilte der Kellner ihnen mit und füllte die Gläser.

»Eine Einladung in die Loge, der Champagner«, meinte Rose und kramte aus ihrer Handtasche einen Schein hervor. »Dann lassen Sie mich wenigstens das Trinkgeld übernehmen«, bat sie und hielt dem Kellner das Geld entgegen.

»Vielen Dank, Mademoiselle, doch selbst dafür hat Monsieur Levant bereits gesorgt.« Er verbeugte sich und hob die Hand, um das Geld zurückzuweisen. »Bitte genießen Sie einen besonders schönen Abend.« Damit machte er kehrt und ließ sie allein.

Jack nahm sein Glas und wartete, bis Rose den Schein zurück in ihre Handtasche gesteckt hatte und ebenfalls nach ihrem Champagnerkelch griff.

»Auch wenn ich selbst nur Gast bin, so freue ich mich doch sehr, dass Sie meiner Einladung gefolgt sind, liebe Rose.«

»Ich freue mich ebenfalls.« Sie stießen miteinander an und tranken einen Schluck.

Das Licht im Saal wurde gedimmt und gleichzeitig die Bühne hell angestrahlt. Der Vorhang öffnete sich, und obwohl Jack das Programm schon mindestens ein Dutzend Mal gesehen hatte, spürte er freudige Erwartung in sich aufsteigen. Er sah zu Rose hinüber, die gespannt auf die Bühne hinunterblickte. Sie schien seinen Blick bemerkt zu haben, denn sie wandte ihm den Kopf zu, lächelte und schaute wieder nach vorn.

Musik setzte ein, und über die breite Treppe kamen Showgirls mit bunten Federkostümen, positionierten sich jeweils zu zweit rechts und links auf den Stufen und sangen, während sie auf der Stelle tanzten und mit den Armen ausladende

Gesten vollführten. Das Publikum klatschte. Nun rief eine laute Stimme über ein Mikrofon in den Gesang hinein: »*Mesdames et messieurs, le voici, le seul et unique Frank Levant!*«

Frenetischer Beifall brandete auf, und wie immer hielt es viele der Frauen im Publikum nicht länger auf ihren Sitzen. Sie sprangen auf und klatschten begeistert. Franks Stimme schallte durch den Saal, noch bevor der Lichtkegel ihn erfasste und er singend mit seinem typisch federnden Gang die Treppe herunterkam.

Die Showgirls rechts und links gesellten sich zu ihm, tanzten um ihn herum und begleiteten ihn die Stufen hinunter, während Frank sie mit lasziven Blicken bedachte und mit seinem unvergleichlichen Charme sowohl mit den Tänzerinnen als auch mit dem Publikum zu flirten schien. Einige der Zuschauerinnen riefen seinen Namen, während Frank weitersang, strahlte und mit dem Publikum spielte.

Er trug einen maßgeschneiderten weißen Anzug und hatte statt einer Krawatte oder Fliege einen Seidenschal in dem so angesagten Pepitamuster um den Hals gelegt. Auf dem Kopf trug er einen schwarzen Borsalino, an den er nun tippte, als wollte er damit sein Publikum begrüßen, worauf erneut etliche geradezu hysterische Frauenstimmen seinen Namen riefen.

Nun hatte Frank das Ende der Treppe erreicht, und während er sein Begrüßungslied auf der Bühne ausklingen ließ, umgarnten ihn die Showgirls und hoben ihre Straußenfederfächer, sodass Frank in der Traube verschwand, bis die Musik erstarb und die letzten Töne im Jubel der Zuschauer untergingen.

Noch mehr Leute als zuvor waren aufgesprungen und spendeten frenetischen Beifall, während die Showgirls ihre Fächer lüfteten, Frank aus der Mitte heraustrat, sich verbeugte und laut rief: »Guten Abend, Paris!«

Der Applaus wurde noch lauter, wieder und wieder wurde Franks Name gerufen.

Rose sah Jack an. Mit hochroten Wangen klatschte auch sie begeistert in die Hände.

Frank verbeugte sich abermals und warf Luftküsse in den Saal. Dann blickte er zur Loge herauf, und Jack hob die Hand, worauf Frank den Arm in die Höhe streckte und laut rief: »Willkommen, meine Freunde!«

Ob diese Begrüßung nur ihm gegolten hatte, wusste Jack nicht, doch er winkte ebenso begeistert wie Rose.

Die Showgirls winkten ebenfalls ins Publikum, dann tänzelten sie zum hinteren Teil der Bühne, während Frank das nächste Lied anstimmte, lässig mit den Fingern zur Melodie schnipste und einige Tanzschritte machte. Wieder fiel Jack die unglaubliche Leichtigkeit auf, mit der sein Freund sich auf der Bühne zu bewegen verstand. Alles wirkte, als wäre es nicht einstudiert, sondern der Stimmung geschuldet, und wahrscheinlich war es genau das, was seine Shows stets so besonders machte und bei den Menschen so große Begeisterung auslöste.

Ein weiterer Vorhang hob sich. Nun war das Orchester zu sehen, ein Posaunist erhob sich, um ein Solo zum Besten zu geben. Frank sang dazu und deutete auf den Musiker, worauf sogleich neuerlicher Applaus aufbrandete. Kurz darauf setzte der Posaunist sich wieder, und der Mann an der Klarinette stand auf, dessen Namen Frank nun laut verkündete.

Jack begeisterte die Show, die Frank den Leuten bot, jedes Mal aufs Neue, doch heute glitt sein Blick wieder und wieder zu

Rose hinüber, auf deren Gesicht sich die verschiedenen Lichter spiegelten und deren Strahlen so wunderschön war, dass Jack sie am liebsten an sich gezogen und geküsst hätte. Kurz sah sie zu ihm, lachte ihn an und blickte dann wieder zur Bühne. Wie wohl alle im Saal war sie absolut begeistert, denn ganz plötzlich nahm sie Jacks Hand, drückte sie und beugte sich zu ihm.

»Es ist fantastisch!«, rief sie. »Vielen Dank schon jetzt für diesen Abend.« Sie gab ihm einen Kuss auf die Wange, setzte sich wieder gerade hin und verfolgte erneut das Programm.

Jack nickte nur und spürte seinen Herzschlag, der gerade ein paar Takte ausgesetzt hatte. Er füllte die Champagnergläser erneut, stieß mit ihr an und trank. Rose leerte ihr Glas fast in einem Zug, und Jack schenkte lachend noch einmal nach.

Franks Stimme im Ohr und den Champagner im Mund, hatte er nur noch Augen für Rose, und als Frank das letzte Lied vor der Pause sang, meinte er, es wären nicht sechzig, sondern gerade erst ein paar Minuten vergangen.

»Ach, ist das wundervoll!«, schwärmte Rose.

»Sie sind wundervoll«, gab Jack zurück, und als sich ihre Blicke trafen, ging es ihm durch und durch.

Rose erhob sich lächelnd. »Ich werde kurz verschwinden«, kündigte sie an. »Huch!«, rief sie dann und hielt sich am Geländer der Loge fest. »Ich glaube, ich habe den Champagner etwas zu schnell getrunken.«

Jack streckte die Hand nach ihr aus, doch sie fing sich wieder. »Soll ich Sie bis zur Toilette begleiten?«, fragte er.

Rose schüttelte den Kopf. »So weit kommt es noch«, sagte sie kichernd. »Nein, vielen Dank. Das muss eine Dame allein erledigen. Auch wenn sie sich beschwipst fühlt.« Sie beugte sich vor und ließ den Blick über den Zuschauerraum schweifen. »Der Mann dort unten«, sagte sie und deutete in den Saal. »Ich glaube, der winkt Ihnen, Jack.«

Jack machte einen Schritt vor und sah in die Richtung, in die Rose gedeutet hatte.

»Das gibt es doch nicht!«, entfuhr es ihm, dann hob er die Hand. »Major Thompson!«, rief er laut hinunter und winkte ebenfalls. »Das ist mein früherer Vorgesetzter vom Militär«, erklärte er, nun wieder an Rose gewandt.

»Jack!«, tönte es von unten, und einige Zuschauer in der Nähe des Majors blickten nun ebenfalls zur Loge hinauf.

»Ich komme runter!«, rief Jack laut.

»Nein!«, gab Thompson ebenso laut zurück. »Ich komme rauf zu Ihnen.«

Rose lachte. »Also ich verschwinde kurz. Ich hoffe, Sie sind noch da, wenn ich wiederkomme?«, fragte sie scherzhaft.

»Das verspreche ich Ihnen, liebe Rose!« Jack war so voller Überschwang, dass er sich vorbeugte und Rose einen Kuss auf die Wange drückte, bevor sie die Loge verließ. Dann trat er hinter ihr auf den Korridor und blickte in Richtung Treppe, um Ausschau nach Major Thompson zu halten. Während des Krieges hatte Jack unter ihm gedient, und Thompson war es auch gewesen, der ihm eine Empfehlung geschrieben hatte, damit Jack in das sogenannte G.I.-Bill-Programm aufgenommen wurde und darüber das Stipendium für Paris bekommen hatte. Natürlich nicht nur er, sondern auch andere, die in der Army gedient hatten und sich nach dem Krieg ein neues Leben hatten aufbauen wollen oder sogar müssen. Jack dachte nicht gern an den Krieg zurück, war es doch eine furchtbare

Zeit gewesen, nicht nur für ihn, sondern wohl für jede Seele, die gekämpft hatte – ganz gleich, für welche Seite. Einzig die Tatsache, dass Jack in Frankreich stationiert gewesen war und so Paris kennengelernt hatte, war das Gute an all dem Wahnsinn gewesen. Denn er hatte gespürt, dass er hier, in dieser wunderbaren, einzigartigen Stadt, weit mehr zu Hause war, als er es auf der Farm in Kansas, wo er das Licht der Welt erblickt und bis zu seinem Einzug in die Army gelebt hatte, je gewesen war.

Er hob den Arm, als Russell Thompson die oberste Stufe erklomm und auf ihn zuhielt.

»Jack, meine Güte, wie schön, Sie hier zu treffen!«, tönte er, noch bevor er Jack erreichte.

»Major Thompson, ich kann es kaum glauben.« Überschwänglich schüttelte Jack ihm die Hand und umfasste diese auch mit seiner Linken. »Ich hatte ja keine Ahnung, dass Sie in Paris sind.« Jack deutete zur Loge. »Kommen Sie! Kommen Sie doch herein!«, lud er seinen früheren Vorgesetzten herzlich ein.

»Aber Sie haben doch eine so reizende Begleitung, Jack. Da möchte ich keinesfalls stören«, lehnte dieser ab.

»Ich habe die wunderschönste Begleitung, die es in ganz Paris nur geben kann«, stimmte Jack zu. »Allerdings bin ich mir sicher, dass sie nichts dagegen hat. Sie ist ein ganz reizender Mensch. Sie werden sie mögen, Major.«

»Ach, Jack. Wir sind doch nicht mehr in der Army. Nennen Sie mich einfach Russell.«

»Russell?«, wiederholte Jack. »Also daran werde ich mich erst mal gewöhnen müssen.« Jack ließ die Hand seines Gegenübers los, die er zuvor durchgehend geschüttelt hatte. Wie sehr er sich doch freute, seinen früheren Vorgesetzten zu treffen!

»Wollen wir?«, fragte er abermals und deutete in Richtung Loge. In diesem Moment kam Rose von der Toilette zurück und gesellte sich zu ihnen.

»Rose, darf ich Ihnen Major Russell Thompson vorstellen? Russell Thompson, Rose Chevalier.«

Die beiden reichten sich die Hand.

»*Enchanté*, Mademoiselle.« Thompson verbeugte sich.

»Guten Abend, Major.«

»Einfach nur Russell, bitte.«

»Nun gut, Russell, *je m'appelle* Rose.«

»Ich habe Russell in die Loge eingeladen«, sagte Jack zu ihr.

»Doch ich möchte keinesfalls stören«, fügte Thompson sogleich hinzu.

»Aber wobei denn stören?«, fragte Rose lächelnd. »Lassen Sie uns den großartigen Frank Levant gemeinsam genießen!«

»Wenn das so ist, nehme ich gern an«, willigte der Major ein und schickte sich an, Jack und Rose in die Loge zu begleiten.

Jack ließ Rose und Russell den Vortritt und wollte gerade selbst eintreten, als der Kellner, der sie schon zuvor bedient hatte, mit einer weiteren Flasche Champagner kam.

»Die geht auf mich«, bot Russell an, doch der Kellner schüttelte den Kopf.

»Mit besten Empfehlungen von Monsieur Levant. Ich bringe gleich noch ein weiteres Glas«, vermeldete er und eilte von dannen.

»Es hat keinen Sinn, zu widersprechen«, sagte Jack an Russell gewandt. »Frank ist ein überaus großzügiger Mensch, und man muss weit früher aufstehen, wenn man ihm voraus sein will.« Er lachte, und ein Gefühl tiefen Glücks stieg in ihm auf, so großzügig beschenkt zu sein. Und dabei ging es ihm nicht um den Champagner oder die Loge, sondern um das Gefühl der Dankbarkeit, einen Freund wie Frank Levant zu haben, das Wiedersehen mit Russell Thompson zu feiern und die Stunden mit Rose genießen zu können, genau wie für ihn jeder Tag einem Geschenk gleichkam, den er in dieser wunderschönen, einzigartigen Stadt verbringen durfte. Fast war ihm all das zu viel des Guten, doch er genoss es und wollte diese Momente festhalten wie einen kostbaren Schatz, der ihm allein gehörte.

»Bitte, setzen Sie sich doch zu mir, Russell«, bat Rose und deutete auf den Stuhl neben sich.

»Also, der Platz muss für unseren Jack reserviert sein«, stellte Thompson fest und zwinkerte ihm zu. »Denn wäre ich an seiner Stelle und mein ehemaliger Vorgesetzter würde sich zwischen mich und eine so reizende Mademoiselle drängen ... nun ja, dann wäre er nicht lange in meiner Loge zu Gast.«

Rose verzog die Lippen zu einem atemberaubenden Lächeln. Jack nahm seinen Platz ein, und kurz darauf kehrte auch schon der Kellner mit einem weiteren Glas zurück und schenkte ihnen allen ein.

»Ich trinke auf diesen einzigartigen Abend!«, verkündete Jack, und die drei ließen die Gläser klingen.

Der Gong ertönte und kündigte so den zweiten Teil der Show an.

»Sagen Sie, liebe Rose, sind Sie verwandt mit Arthur Chevalier, dem Besitzer des Hôtel Impérial?«, fragte Russell.

»Ja, er ist mein Vater«, gab Rose mit ihrem unwiderstehlichen Strahlen zurück.

»Das dachte ich mir«, meinte Russell und tippte sich an die Schläfe. »Ich kennen Ihren Vater. Sie haben seine Augen. Bitte grüßen Sie ihn herzlich von mir.«

»Ihrem Vater gehört das Impérial?«, fragte Jack und sah Rose überrascht an, worauf diese lächelnd nickte und dann an Russell gewandt sagte: »Ich richte Ihre Grüße sehr gern aus.«

»Ich hatte ja keine Ahnung, dass Ihrer Familie das schönste Hotel der ganzen Stadt gehört«, versuchte sich Jack wieder ins Gespräch einzubringen.

Rose zuckte mit den Achseln. »Sie haben mich nicht danach gefragt.«

»Nun ja, ganz naheliegend wäre diese Frage ja nicht gewesen, oder?«

»Nein.« Sie schüttelte kichernd den Kopf. »Das wohl eher nicht.«

Das Licht im Saal ging aus, und kurz darauf öffnete sich wieder der Vorhang. Trompeten begannen zu spielen, dann setzte der Rest des Orchesters ein, und diesmal kam Frank zusammen mit den Showgirls, die nun alle kurze Glitzerkleider trugen, die Treppe herunter und begann damit den zweiten Teil seiner Show.

Jack sah zu Rose, die ihre Hände auf das Geländer der Loge legte und nun noch weiter vorrückte, offenbar gespannt, was ihnen als Nächstes geboten wurde. Was für eine lebensfrohe junge Frau sie doch war! Jack hoffte inständig, dass sie ihm nachher gestatten würde, sie nach Hause zu begleiten, damit er noch mehr Zeit in ihrer Gesellschaft verbringen und sie im besten Falle zu einem weiteren Treffen in den nächsten Tagen überreden konnte. Der Gedanke, dass er ihr, der Tochter eines reichen Hoteliers, rein gar nichts zu bieten vermochte, ging ihm durch den Kopf, doch er verwarf ihn eilig. Er hatte nie viel besessen, und das war nicht zwingend ein Nachteil, denn die Menschen, die sich ihm zuwandten, schätzten seinen Charakter und nichts anderes. Und konnte es einen glücklicheren Menschen geben als den, der das von sich behaupten konnte?

6. KAPITEL

VOR DEM LIDO DE PARIS, 78 AVENUE DES CHAMPS-ÉLYSÉES

Der Krieg mag hinter uns liegen. Doch der Frieden ist so fragil wie hauchdünnes Glas.

RUSSELL THOMPSON

»Vielen Dank.« Er hauchte Rose einen Kuss auf die Hand, wandte sich dann an Jack und verabschiedete sich freundschaftlich von ihm. »Wir sehen uns morgen im Café de Flore, ja? Ich möchte mich schließlich für den wunderbaren Abend revanchieren.«

»Ja«, bestätigte Jack. »So gegen halb zehn?«

»Gegen halb zehn«, stimmte Russell zu. »Euch beiden noch einen guten Abend, und du bringst mir diese wunderschöne Dame sicher nach Hause, Jack«, fügte er in dem vertraulichen »Du« hinzu, zu dem sie im Laufe des Abends übergegangen waren.

»Darauf kannst du dich verlassen«, versicherte Jack und bot

Rose den Arm, die sich bei ihm unterhakte und mit der freien Hand den Weg wies.

»Bitte dort entlang, und dann immer der Seine nach.« Thompson sah, wie sie mehrere kleine Trippelschritte machte, bevor sie ihr Tempo fand – offenbar war sie vom Champagner mehr als nur ein wenig beschwipst.

»Sehr wohl, Mademoiselle«, gab Jack zurück. »Dort entlang und dann immer der Seine nach.«

Russell blickte den beiden nach und fing an zu schmunzeln, denn man merkte deutlich, dass nicht nur Rose, sondern auch Jack den Champagner spürte. Als die beiden die Straße überquerten, hupte ein Autofahrer, der ihretwegen bremsen musste. Zum Glück erreichten Rose und Jack unbeschadet die andere Seite. Russell wartete, bis sie aus seinem Blickfeld verschwunden waren, dann machte er sich auf den Weg zu seiner Unterkunft in der Rue Neuve Saint-Pierre Nummer 16.

Er hatte keine Eile, nach Hause zu kommen, und genoss die milde Abendluft, während er durch die Straßen und Gassen von Paris schlenderte.

Heute Morgen noch war er beunruhigt gewesen, weil Jack nicht wie üblich im Künstlerviertel seine Staffelei aufgestellt und seine Bilder präsentiert hatte, ausgerechnet an dem Tag, da Russell ihm wie zufällig dort hatte begegnen wollen. Er beobachtete Jack schon eine ganze Weile, genau wie die anderen Soldaten, die er aus Kriegszeiten kannte und die hier in Paris im Rahmen des G.I.-Bill-Programms zumindest für einige Jahre eine neue Heimat gefunden hatten.

Er mochte Jack, ebenso wie die meisten ehemaligen Kameraden, die er in dem Programm untergebracht hatte. Wäre es nach ihm gegangen, hätte er den Männern auch ohne Hintergedanken geholfen, in Europa und speziell hier in Paris eine neue Heimat zu finden und sich ein Leben aufzubauen. Doch er war nun einmal ein Mann des Militärs und stand damals wie heute in den Diensten seines Landes. Denn auch wenn der Krieg offiziell vorbei war und die Menschen sich nichts sehnlicher wünschten, als ein für alle Mal damit abzuschließen, wusste Russell es besser und leistete nach wie vor seinen Beitrag als Major und Patriot, um Gefahren von seinem Land abzuwenden, auch wenn er dafür diejenigen belügen musste, die ihm im Grunde am Herzen lagen. Für den Frieden, so seine feste Überzeugung, war ihm jedes Mittel recht.

Er hatte eine Weile gebraucht, Jack am Ufer der Seine aufzuspüren, wo er sich mit Rose unterhalten hatte, auch wenn er auf die Entfernung hin nicht hatte verstehen können, worum es in dem Gespräch ging. Doch der Körpersprache der beiden meinte er entnehmen zu können, dass sie sich vermutlich gerade erst kennengelernt hatten, was passte, da er sie nie zuvor zusammen gesehen hatte.

Vorhin in der Loge hatte er sich von ihnen erzählen lassen, woher sie sich kannten, und sie hatten seine Vermutung bestätigt. Es war eine zufällige Begegnung gewesen, die ihm, davon war er überzeugt, noch nützlich werden könnte, denn so würde es vermutlich gelingen, einen Fuß in die Tür der Chevaliers zu bekommen, eine in Paris überaus angesehene, einflussreiche Familie, die über weit verzweigte Kontakte bis in höchste Kreise verfügte. Allerdings wusste er im Moment noch nicht, wie offen er Jack gegenüber sein sollte, was die wahre Intention ihres scheinbar unvermuteten Wiedersehens betraf. Als

Geheimagent im Dienste seines Vaterlands brauchte er Jack, denn über dessen Verbindungen zur Künstlerszene gelangte er an Informationen, an die Russell selbst nicht so schnell herankam.

Seit dem Anruf seines Freundes Pierre Fournier, des *commissaire*, der ihm von der Leiche in der Seine und dem Zettel, den diese in der Tasche gehabt hatte, berichtete, war endlich wieder Bewegung in diese Sache gekommen. Russell begrüßte dies natürlich, doch gleichzeitig beunruhigte es ihn. Trotz der vielen Monate, die er nun schon hier in Paris war und an der Sache arbeitete, hatte er noch immer nicht den Spion identifizieren können, der seinen Informationen zufolge Unterlagen besaß, die in den Händen der falschen Leute seinem Heimatland gefährlich werden könnten. Es hatte in den vergangenen Jahren schon einige Bedrohungen gegeben, die Russell und Männer seines Schlags abzuwenden verstanden hatten. Schließlich war der Frieden durchaus als fragil zu bezeichnen, und wenn das, was die Vereinigten Staaten taten, ans Licht kam, hätte dies nicht absehbare Folgen für das Land, womöglich sogar für den Weltfrieden. Russell musste den Spion unbedingt identifizieren, bevor dieser sein Wissen, vor allem aber die Unterlagen, öffentlich machen konnte. Doch bisher hatte dieser sich weit besser zu verstecken gewusst als jeder andere, und mitunter gewann Russell den Eindruck, er wäre nur ein Geist.

Doch aufgrund des toten Journalisten Antoine Marchand sowie des Zettels, den die Gendarmerie bei ihm gefunden hatte und auf dem Ort und Zeit eines anberaumten Treffens notiert waren, konnte Russell nun sicher sein, dass der Spion eben kein Geist war, sondern ein Mensch aus Fleisch und Blut. Was ihn erleichterte, auch wenn er nicht wusste, wer für den Tod des Journalisten verantwortlich zeichnete. Es gab eben Dinge, die nicht für das Auge der Öffentlichkeit bestimmt waren, und es war die Aufgabe von Männern wie Russell, dafür zu sorgen, dass die Menschen unbehelligt leben konnten, ohne sich allzu große Sorgen darüber machen zu müssen, was der nächste Tag ihnen brachte. Denn Geheimnisse zu bewahren, war wichtig, und dafür zu sorgen, dass sie auch geheim blieben, ein schmutziges Geschäft. Genau deshalb war es auch wichtig, den »Geist«, wie Russell den Spion für sich selbst betitelte, endlich zu identifizieren und auszuschalten. Er war überzeugt davon, dem Mann, den sie suchten, näher gekommen zu sein, aber irgendwie musste dieser Wind davon bekommen haben, denn er war zu dem geplanten Treffen mit dem Journalisten, dessen Leiche man aus der Seine geborgen hatte, nicht erschienen. Natürlich war es möglich, dass der Spion auf irgendeinem Weg erfahren hatte, dass es sich bei dem Toten aus der Seine um Antoine Marchand handelte, der mit seinen investigativen Artikeln in Paris schon mehrfach für Furore gesorgt hatte. Russell hatte Pierre Fournier zwar am Telefon deutlich zu verstehen gegeben, dass kein Wort darüber an die Öffentlichkeit gelangen durfte, doch er wusste, wie schnell eine solche Nachricht die Runde machte. Oft genügte ein Wort zur falschen Zeit, und diejenigen, die nichts davon erfahren sollten, zählten eins und eins zusammen. Oder war der Spion etwa deshalb nicht gekommen, weil er selbst es gewesen war, der Marchand in der Seine ertränkt hatte?

Doch warum hätte er das tun sollen? Nein, dachte Russell und verwarf diesen Gedanken. Er hatte das Gefühl, dass ihm entscheidende Stücke fehlten, um das Mosaik zusammenzusetzen und so den Spion identifizieren zu können. Doch er musste genau diese Mosaikstücke so schnell wie möglich finden, lief ihm doch allmählich die Zeit davon. Fakt war, dass der Spion die Dokumente in seinem Besitz hatte und diese an den Journalisten übergeben wollte. Das, was Russell also unbedingt verhindern musste, wäre bereits um Haaresbreite Realität geworden. So weit durfte er es auf keinen Fall noch einmal kommen lassen.

Er blickte auf, als er nun das Ufer der Seine erreichte. Seine Beine hatten den Weg hierher offenbar von allein eingeschlagen. Russell stieg die Stufen hinunter, blieb stehen und ließ den Anblick des sich im Wasser spiegelnden Mondlichts auf sich wirken. In einiger Entfernung konnte er ein Liebespaar entdecken, das eng umschlungen auf einer der Bänke saß. Es gingen noch weitere Paare hier spazieren, die die romantische spätabendliche Stimmung genossen.

Der Journalist und der Spion hatten sich nur ein Stück von hier entfernt treffen wollen, und das nicht etwa mitten in der Nacht, wenn niemand mehr hier war, sondern in den frühen Abendstunden. Weshalb hatten sie keine Angst, aufzufallen? Gingen sie wirklich davon aus, dass noch niemand etwas von der Sache mitbekommen hatte, und glaubten sie deshalb, in Sicherheit zu sein? Eigentlich konnte Russell sich das nicht vorstellen.

Er wusste nicht viel über diesen Antoine Marchand, im Grunde nur, dass er unabhängig arbeitete und schon einiges enthüllt hatte, was manchen Stellen sicher nicht gefiel. So hatte er beispielsweise den Machtmissbrauch französischer

Polizisten angeprangert, einen Großunternehmer der Zusammenarbeit mit den Nationalsozialisten denunziert und auf zahlreiche kleinere Missstände aufmerksam gemacht. Hätte Russell nicht einen Hinweis aus Pressekreisen erhalten, dass Marchand einer Zeitung eine ominöse große Veröffentlichung angeboten hatte, sobald ihm die Beweise übergeben worden waren, hätte er wohl weiterhin im Trüben gefischt.

Es war zu ärgerlich, dass es zur Übergabe dieser Beweise nicht mehr gekommen war, denn solange sie fehlten, wussten sein Land und er nicht, woran sie waren, gerieten sie jedoch in die falschen Hände, konnte es schnell zur Katastrophe kommen.

Vor allem Letzteres beunruhigte Russell. Es lag an ihm, genau das zu verhindern, indem er den Spion aufspürte, die Unterlagen in seinen Besitz und den Mann zum Schweigen brachte. Wenn nötig für immer.

Er sah sich noch einmal am Ufer der Seine um, dann stieg er die Stufen wieder hinauf und machte sich auf den Weg zu seiner Wohnung in der 16, Rue Neuve Saint-Pierre. Schon morgen früh würde er Jack im Café de Flore treffen, einem beliebten Treffpunkt der Künstler hier in Paris. Vielleicht würde der Spion ebenfalls dort sein, womöglich war er auch heute Abend im Theater gewesen und wusste sogar, wer Russell war und welchen Auftrag er verfolgte. Doch Russell würde ihn ja nicht einmal erkennen, wenn er direkt neben ihm stand. Vielleicht stimmten die Informationen, die ihm zugetragen worden waren, und der Spion bewegte sich tatsächlich in der Künstlerszene, vielleicht handelte es sich lediglich um ein Gerücht.

Russell seufzte. Wie auch immer, er musste diesen Kerl endlich ausfindig machen und die Unterlagen an sich bringen, bevor der Spion die Beweise einem anderen Journalisten zuspielen konnte. Er durfte einfach nicht versagen, zu viel hing davon ab.

7. Kapitel

Café de Flore, 172 Boulevard Saint-Germain

Ich bin der glücklichste Mann der Welt.

JACK KING

»Frank, mein Lieber, komm und setz dich!« Jack sprang auf, als er seinen Freund das Café betreten sah, und rückte ihm eilig den Stuhl zurecht. Anschließend umarmte er ihn überschwänglich und bedeutete ihm, sich zu setzen.

»Na, das nenne ich mal eine Begrüßung«, meinte Frank schmunzelnd und nahm Platz.

»Vielen Dank für den gestrigen Abend.« Jack griff nach der Hand des Freundes. »Du hast mich zum glücklichsten Mann der Welt gemacht!«

»Die Einladung in die Loge hat die Mademoiselle also beeindruckt?«, fragte Frank schmunzelnd.

»Ach, es war einfach herrlich! Die Loge, der Champagner, deine Show ...« Jack legte sich die Hand auf seine Brust. »Wenn ich dir nur dafür danken könnte.«

»Aber das tust du doch gerade«, erwiderte Frank lachend und winkte der Bedienung.

»*Bonjour*, Camille!«, grüßte Frank. »Das Übliche, bitte.« Er sah Jack an. »Du bist mein Gast.«

»Nein, vielen Dank«, lehnte Jack ab. »Ganz im Gegenteil, heute lade ich dich ein. Ich habe schon bei unserer wunderschönen Camille bestellt.«

Die Bedienung nickte. »Ich bringe gleich beides zusammen.« Damit wandte sie sich ab und ging in Richtung Küche.

»Woher hast du denn das Geld?«, fragte Frank.

»Es ist nicht sehr schmeichelhaft, dass du so überrascht bist«, murrte Jack, doch dann musste er schmunzeln. »Monsieur Petit hat mir das Geld gegeben, das er mir noch für das Streichen seiner Fensterläden schuldig war.«

»Ehrliche Arbeit und sogar im weitesten Sinne deinem Beruf treu geblieben«, lobte Frank. »Kein Wunder, dass du so zufrieden bist.«

Jack schüttelte den Kopf. »Ich bin nicht zufrieden, sondern überschäumend vor Glück«, gab er zurück. »Und ganz bestimmt nicht wegen ein paar bunter Scheine oder klimpernder Münzen, sondern weil ich verliebt bin, Frank. Ich bin aufrichtig verliebt in Rose Chevalier.«

»Nun, das freut mich für dich. Doch wenn wir ehrlich sind, müssen wir wohl resümieren, dass du schnell zu begeistern bist.«

Jack hob den Zeigefinger. »Schnell zu begeistern ja, aber hast du mich je sagen hören, ich wäre aufrichtig verliebt?« Er schaute Frank fragend an, worauf dieser den Kopf wiegte.

»Da muss ich dir zustimmen«, räumte er ein. »Das habe ich dich tatsächlich noch nie sagen hören.«

»Siehst du?«, bestätigte Jack. »Weil ich es eben noch nie war. Eine Liaison oder ein Flirt sind nicht das Gleiche wie die Bewunderung, die ich Rose entgegenbringe.«

Camille kam mit einem Tablett an den Tisch und stellte Kaffee, Croissants, Käse und Butter darauf ab. »*Bon appétit.*«

»*Merci*, Camille«, sagte Jack, und auch Frank dankte ihr, nahm die Kaffeekanne und schenkte ihnen ein, während Camille sich wieder entfernte.

»Wo waren wir?«, fragte Frank und strich Butter auf sein Croissant.

»Bei der Liebe!«, antwortete Jack schwärmerisch, dann riss er das Croissant in zwei Teile und biss herzhaft davon ab.

»Na, dich scheint es ja ordentlich erwischt zu haben. Ich freue mich für dich, mein Freund.«

»Meinen herzlichsten Dank! Bestimmt wäre der Abend ohne deine großzügige Einladung nicht so wunderbar verlaufen. Unseren ersten Sohn werden wir nach dir benennen.«

Frank lachte. »Du scheinst ja wirklich mehr als nur ein wenig verzaubert zu sein.«

»Ich sage dir, ich liebe sie!« Jack trank einen Schluck Kaffee.

»Und das weißt du nach einem einzigen Abend?« Frank stand die Skepsis im Gesicht geschrieben. »So etwas kann nur ein Künstler behaupten!«

»Du bist doch auch Künstler«, hielt Jack dagegen. »Du musst mich verstehen.«

»Ich bin kein Künstler, sondern ein Blender«, stellte Frank klar. »Die Menschen bewundern mich mehr, als es mir zusteht.«

»Ach, ich bitte dich! Du warst großartig gestern Abend. Das Publikum hat dich geliebt.«

In diesem Moment trat der Junge ein, der die Tageszeitungen brachte, sammelte die alten ein und legte die neuen aus. Sofort stand Frank auf und nahm ein Exemplar, das er Jack reichte.

»Lies mir die Kritik von gestern Abend vor«, forderte der Star des Lido ihn auf, setzte sich wieder und trank eilig einen Schluck Kaffee. Auf Jack wirkte er nervös, übernervös sogar, fast schon ängstlich.

Jack schüttelte den Kopf. Wie konnte es nur möglich sein, dass jemand, der so viel Erfolg und Geld hatte, jemand, dem die Herzen nur so zuflogen und dem die ganze Stadt zu Füßen lag, derart davon abhängig war, was die Presse über ihn schrieb?

Am liebsten hätte er Frank gesagt, dass es ihm doch vollkommen gleichgültig sein konnte, ob die Show bei den Kritikern nun gut angekommen war oder nicht. Das Publikum liebte ihn und jubelte ihm zu, und das würde es auch weiterhin tun, Zeitungen hin oder her. Doch Jack konnte seinem Freund die Anspannung ansehen und wusste, dass es nichts nützen würde, ihm gut zuzureden. Franks Nervosität war ansteckend, und fast fürchtete er selbst, auf eine negative Kritik zu stoßen, ungeachtet der Begeisterung, mit der die Leute die Show gestern Abend gefeiert hatten.

Jack schlug die Zeitung auf und blätterte bis zur Seite 3. Stumm überflog er den Artikel, dann las er mit stolzer Stimme vor: »Frank Levant begeistert im Lido! Bestes Showprogramm, das Paris zu bieten hat.« Lächelnd sah er an der Zeitung vorbei zu Frank. »Willst du die ganze Kritik hören?«

Die Körperhaltung des Freundes hatte sich deutlich verändert. Eben noch angespannt und mit hochgezogenen Schultern, wirkte er nun wieder locker, ja geradezu befreit.

»Nicht nötig.« Frank bedeutete Jack, ihm die Zeitung zurückzureichen, was er umgehend tat. »Ich werde sie mir nachher im Hotel in aller Ruhe zu Gemüte führen.«

Jack schüttelte lachend den Kopf. »Ich glaube, auch wenn ich niemals so berühmt sein werde wie du und jeden Tag sehen muss, wie ich das Geld für Essen und Miete zusammenbekomme, bin ich doch weit glücklicher, als du es bist.«

»Glück ist eine ambivalente Empfindung, mein malender Freund«, gab Frank nachdenklich zurück und blickte sich im Café um. »Weißt du, Momente wie diese genieße ich sehr. Weg von der Bühne und dem ganzen Rummel um mich und meine Show, nur umgeben von Menschen, die mich um meiner selbst willen schätzen.« Er lächelte Jack an. »Und dann ist da wieder das Gefühl, kaum atmen zu können bei dem Gedanken, dass all das eines Tages verhallt: der Ruhm, der Applaus, die Liebe, die mein Publikum mir entgegenbringt.«

Jack stellte die Kaffeetasse, die er soeben zum Mund geführt hatte, wieder ab, ohne einen Schluck getrunken zu haben.

»Darf ich dir eine Frage stellen, Frank?«

»Aber sicher. Nur zu.«

»Damals, zu Beginn deiner Karriere, als dich noch niemand kannte, hast du dir da nicht genau das Leben erhofft, das du heute führen darfst?«

Frank blickte nach oben, schien zu überlegen. »Wenn du mich so fragst ... Doch, ich denke, das habe ich wohl«, antwortete er dann. »Und als Nächstes fragst du mich, warum ich damit nicht zufrieden sein kann, nicht wahr?«

Jack nickte nachdenklich. »Ja, ehrlich gesagt, schon. Denn wenn du nach genau einem solchen Leben gestrebt hast, müsstest du doch überglücklich sein, jetzt, da du es führen darfst.«

»Glaub mir, das wäre ich nur zu gern.« Frank griff nach seiner Kaffeetasse und lehnte sich auf seinem Stuhl zurück. »Damals war es der Wunsch, etwas zu erreichen, der mich angetrieben hat. Ich fühlte mich mutig, frei. Ich hatte nichts zu verlieren, nur zu gewinnen. Doch heute ...«

»Doch heute was?«, fragte Jack.

»Doch heute ist da bloß noch die Angst, zu versagen und all das zu verlieren, was ich habe.« Frank blickte versonnen auf die Tasse und drehte sie in den Händen. »Ich habe Angst, mein Publikum könnte mir auf die Schliche kommen, dass ich gar nichts kann.« Er blickte Jack an, und kurz glaubte dieser zu sehen, dass seinem Freund die Tränen kamen. »Seit gestern«, fuhr er mit erstickter Stimme fort, »bin ich sogar noch mehr davon überzeugt, dass es nicht mehr lange dauern wird, bis mein Ruhm versiegt.«

»Warum? Was ist gestern geschehen?«, fragte Jack.

Frank lächelte bedrückt. »Ich habe eine junge Frau kennengelernt. Ihr Name ist Amelie, sie ist Blumenhändlerin.«

»Und?« Jack zuckte mit den Achseln.

»Nun, es war im wahrsten Sinne ein Unfall, dass wir uns begegnet sind«, führte Frank aus und erzählte Jack dann von dem Beinahe-Zusammenstoß, den der rücksichtslose Autofahrer provoziert hatte.

»Amelie hat etwas ganz Zauberhaftes an sich«, fuhr Frank träumerisch fort. »Ich wollte sie so gern zum Essen einladen ...«

»Und?«

»Was soll ich sagen?« Frank schüttelte den Kopf. »Sie hat mir einen Korb gegeben.«

Jack starrte ihn ungläubig an. »Dir? Frank Levant? Das bist du wohl nicht gewohnt, was?«

Frank schüttelte erneut den Kopf. »Das ist es gar nicht«, sagte er dann. »Mit einer Zurückweisung könnte ich umgehen. Es ist vielmehr der Grund, weshalb sie sich nicht mit mir treffen möchte, der mich nachdenklich macht.«

Jack sah ihn fragend an.

»Sie sagte, mein Lächeln sei nicht echt.«

»Wie bitte?«, fragte Jack überrascht.

»Du hast richtig gehört. Sie wusste, wer ich bin. Amelie beliefert das Theater mit Blumen und hat wohl schon etliche Male dort etwas für mich abgegeben. Zu meiner Schande muss ich gestehen, dass ich sie nie zuvor wahrgenommen habe. Ich sei stets freundlich zu ihr, sagte sie, doch mein Lächeln sei nie echt gewesen.«

»Aber das ist doch Unsinn«, stellte Jack kopfschüttelnd fest.

Frank senkte nachdenklich den Blick und starrte erneut auf seine Kaffeetasse. »Nein, mein Freund, das ist es ja. Sie hat recht. Amelie Girard, die ich nie zuvor bemerkt habe, obwohl sie wohl schon oft nur wenige Meter neben mir stand und sogar mit mir gesprochen hat, hat mich durchschaut, und ich habe es nicht einmal mitbekommen.«

»Aber du wirst doch nichts auf ihr Gerede geben«, wandte Jack ein.

»Es ist kein Gerede«, stellte Frank klar. »Sie hat mich durchschaut, und nun frage ich mich, wie viele wohl noch Bescheid wissen über die Maske, hinter der ich mich jeden Tag verstecke.«

Jack schwieg, wusste er doch nichts auf die Worte des Freundes zu erwidern.

»Im Grunde ist das eingetreten, wovor ich mich fürchte, seit ich in Paris Fuß gefasst habe und die Menschen zu unterhalten versuche – dass jemand erkennt, wie unecht die Welt ist, in der ich lebe, nichts als Show, alles nur Show!« Er hielt einen Moment inne, dann fuhr er fort: »Du musst mich für einen ziemlichen Dummkopf halten, doch es ist wahr.«

»Ich halte dich durchaus nicht für einen Dummkopf«, widersprach Jack, »doch ich wünschte mir inständig, du könntest glücklich werden, indem du die Welt siehst, wie ich sie sehe.« Jack deutete zur Tür. »Schau nur, es ist Frühling, der Sommer lässt nicht mehr lange auf sich warten. Die Luft ist erfüllt von Aufbruch und Freude. In den Straßen spielen die Musikanten, die Maler stellen ihre Bilder aus, die Stadt ist erfüllt von Lachen und Leben, doch du scheinst all das nicht zu bemerken. Was kann ich tun, mein Freund, um dir Paris so zu zeigen, wie es ist?«

»Guten Morgen, die Herren!«, unterbrach eine muntere Stimme das tiefe Gespräch zwischen den Freunden.

Jack sah überrascht hoch. Er hatte gar nicht bemerkt, dass Russell Thompson das Café betreten hatte und nun direkt vor ihrem Tisch stand.

»Russell!«, rief er ebenso erfreut wie überrascht und sprang auf. »Wie schön, dass du gekommen bist. Darf ich vorstellen: Frank Levant, Major Russell Thompson.«

Frank nickte lächelnd. »Freut mich«, sagte er, und jetzt verstand Jack, was diese Amelie gemeint hatte: Das Lächeln war tatsächlich nicht echt. Eben noch nachdenklich, ja geradezu trübsinnig, knipste Frank es an und wirkte schlagartig freundlich und souverän, fast wie ein anderer Mensch.

»Ich habe während des Krieges unter Russell gedient, und gestern, während deiner Show, haben wir uns zufällig wiedergetroffen«, erklärte er dem Freund.

»Ich bin ein großer Bewunderer«, sagte Russell an Frank gewandt. »Der gestrige Abend war unvergesslich.«

»Haben Sie herzlichen Dank«, gab Frank in jovialem Tonfall zurück. »Ich kann mich glücklich schätzen, ein so wunderbares Publikum zu haben.«

»Komm, Russell, setz dich zu uns«, forderte Jack ihn auf und deutete auf den freien Stuhl am Tisch.

Thompson nahm Platz, drehte sich um und winkte der Bedienung, um das Gleiche zu bestellen wie Frank und Jack.

»Von wo kommen Sie, Frank?«, fragte Thompson, nachdem Camille sich vom Tisch entfernt hatte. »Ich darf Sie doch Frank nennen?«

»Selbstverständlich. Jacks Freunde sind auch meine Freunde. Wir können uns gern duzen.«

»Russell«, Thompson streckte Frank die Hand entgegen, die dieser schüttelte. »Also Frank, wenn ich raten müsste, würde ich auf New York tippen. New York, und da ist auch ein italienischer Einschlag, richtig?«

»Du bist ein aufmerksamer Beobachter«, stellte Frank fest.

»Ach«, sagte Jack überrascht, denn als er den Freund danach gefragt hatte, hatte er jegliche Verbindung zu Italien abgestritten.

»Ja, dein Freund hat recht«, bestätigte Frank. »Meine Eltern kamen ursprünglich aus Italien. Ich habe wohl meinen Akzent nicht vollends ablegen können, obwohl es sonst nie jemandem aufgefallen ist.«

»Und wann bist du von den Staaten nach Frankreich gekommen?«, wollte Russell nun wissen.

»Das müssen jetzt so vier Jahre sein«, antwortete Frank.

»Warst du drüben in der alten Heimat auch schon Sänger?«, fragte Russell weiter.

»Wird das ein Verhör?«, gab Frank lächelnd zurück, doch Jack konnte ihm anmerken, dass die Frage durchaus ernst gemeint war. Seit Russell hinzugekommen war, wirkte Frank ganz anders als sonst. Fast kam es Jack vor, als misstraute er Russell.

»Um Himmels willen, natürlich nicht. Es ist reine Neugierde. Wie gesagt, ich bin ein großer Bewunderer«, versicherte Russell ihm.

Camille kam mit dem weiteren Gedeck an den Tisch, stellte es vor Russell ab und wünschte einen guten Appetit.

»*Merci beaucoup!*«, sagte Russell, und Jack spürte eine Spannung, die zuvor nicht da gewesen war. Keiner sagte etwas, und eine unangenehme Pause entstand.

»Seit wann bist du denn in Paris, Russell?«, fragte Jack und durchbrach so die Stille.

»Seit fünf Jahren«, gab Russell Auskunft. »Ich bin auch immer mal wieder in den Staaten, doch Paris ist eben einzigartig, und es verschlägt mich immer wieder hierher.«

»Und das lässt sich mit deinem Dienst für dein Vaterland vereinbaren?«, fragte Frank. Täuschte sich Jack, oder lag ein Hauch von Spott in seiner Stimme?

»Wo auch immer Harry S. Truman mich haben will – ich bin da«, versicherte Russell und trank einen Schluck Kaffee.

»Du bist hier im Einsatz? In Paris?« Jack sah Russell überrascht an. Tatsächlich war er davon ausgegangen, dass sein früherer Vorgesetzter seinen Dienst quittiert hatte, schließlich war der Krieg vorbei.

»Inzwischen bin ich im diplomatischen Dienst tätig«, klärte Russell auf. »Gott sei Dank liegt der Krieg hinter uns, und nun gilt es, dafür zu sorgen, dass wir nie wieder in eine solche Situation kommen.«

»Der Krieg liegt hinter uns?« Frank hob die Augenbrauen. »Und was ist mit Korea und China?«

»Ich meinte den weltweiten Krieg«, korrigierte Russell und sah Frank an. »Du hast nicht gedient, richtig?«

Frank schüttelte den Kopf. »Nein, das habe ich nicht.«

Jack lag die Frage auf den Lippen, weshalb Frank nicht eingezogen worden war, doch er entschied sich, das Thema zu wechseln.

»Unterhalten wir uns lieber über etwas anderes«, schlug er daher vor. »Wir sind schließlich in Paris, der Stadt der Liebe. Wie sieht es da bei dir aus, Russell? Hast du eine Frau, Kinder, bist du verlobt, verliebt?« Er bemühte sich, die angespannte Stimmung zu durchbrechen.

Russell schüttelte den Kopf. »Ich bedaure, nichts von alledem. Es war mir bisher einfach nicht vergönnt, die Richtige zu finden.« Er lächelte. »Doch wie du schon sagst: Paris gilt als die Stadt der Liebe. Ich gebe also die Hoffnung nicht auf.«

Frank leerte seine Tasse und stellte diese auf dem Tisch ab.

»Wenn ihr mich dann entschuldigen würdet«, sagte er, stand auf und zog ein Geldbündel hervor. »Für mich wird es Zeit.«

»Nicht ...« Jack deutete auf das Geld in Franks Hand. »Wie gesagt: Das geht auf mich.« Er reichte Camille, die an ihrem Tisch stehen blieb, ein paar Scheine.

Frank zögerte, dann ließ er das Geldbündel wieder in seiner Hosentasche verschwinden und zog sich die Mütze etwas tiefer ins Gesicht.

»Vielen Dank.« Er blickte Russell an. »Es war mir eine Freude, dich kennenzulernen«, stellte er in einem verbindlichen Tonfall fest und sah anschließend zu Jack. »Auf bald.«

»Ja, auf bald«, gab Jack zurück, der gern gewusst hätte, weshalb der Freund schon ging. Sonst saßen sie weit länger zusammen. Doch Jack ahnte, dass Frank die Anwesenheit Russells nicht recht war. Die Disharmonie zwischen den beiden war vom ersten Moment an spürbar gewesen.

»Mich hat es auch gefreut«, versicherte der Major.

Frank tippte zum Abschied gegen seine Mütze, senkte dann den Kopf und verließ das Café.

»Habe ich etwas Falsches gesagt?«, fragte Russell, als er weg war.

»Aber nein, natürlich nicht. Frank ist eben eine Künstlerseele. Wer weiß schon, was manchmal in seinem Kopf vorgeht«, entgegnete Jack, wenngleich ihn das Verhalten seines Freundes wunderte. Er bestellte sich noch einen Kaffee, den Camille umgehend brachte.

»Und du?«, fragte Russell, dem die Erklärung zu Franks Befinden offenbar genügte. »Kannst du von deiner Kunst leben?«

Jack hob die Hände. »Ich komme zurecht«, antwortete er. »Doch bestimmt nicht, weil ich meine Bilder verkaufen kann – der Erfolg blieb mir bisher verwehrt. Mal streiche ich ein paar

Fensterläden, dann wieder wasche ich Geschirr oder helfe im Restaurant von Madame Lilou aus.«

»Da geht es dir wie vielen Künstlern.«

»Ja, das stimmt wohl. Doch natürlich hoffe ich, dass sich das eines Tages ändern wird.«

»Und wo wohnst du?«

»In der Rue de la Bûcherie, über dem Buchladen *Le Mistral*«, antwortete Jack. »Der Besitzer des Buchladens, George Young, stellt mir eine kleine Kammer zur Verfügung, wenn ich im Gegenzug ein wenig im Buchladen aushelfe und die Bücher lese, die er mir empfiehlt. Doch leider nicht mehr lange.«

»Warum?«

Jack zuckte mit den Achseln. »Das war von Anfang an so vereinbart. Ein halbes Jahr darf ich dortbleiben, dann soll ich mir etwas anderes suchen.« Er seufzte. »Als ich vor fünf Monaten dort einzog, dachte ich, ein halbes Jahr wäre mehr als genug Zeit, etwas Bezahlbares zu finden, doch ehrlich gesagt, bin ich noch keinen Schritt weitergekommen.«

»Und dieser George lässt nicht mit sich reden?«

»Vermutlich schon«, gab Jack zurück, »aber ich halte mich nun mal gern an Vereinbarungen. George ist direkt nach dem Krieg hergekommen und hat im letzten Jahr sein ganzes Geld zusammengekratzt, um damit den Buchladen zu kaufen. Er lässt dort angehende Schriftsteller übernachten, damit sie die Gelegenheit bekommen, so viel zu lesen, wie sie wollen. Und er vergibt die Zimmer oben an Landsleute wie mich, die hier in Paris Fuß fassen wollen. Doch auch seine Gastfreundschaft kennt Grenzen, und ich will den Bogen nicht überspannen nach allem, was er für mich getan hat.«

»Klingt nach einem netten Kerl«, urteilte Russell. »Ich könnte mich ja mal umhören und sehen, ob wir dich anderswo unterbringen können.«

»Das würdest du tun?«, fragte Jack. »Das wäre wirklich fabelhaft.« Er wiegte den Kopf. »Ich gebe es nur ungern zu, und es ist mir auch sehr unangenehm, doch in den vergangenen Monaten habe ich nicht allzu viel auf die Beine gestellt und war die meiste Zeit auf die Gunst anderer angewiesen.«

»Sind Freunde nicht genau dafür da?«, fragte Russell.

»Nun, nur dann, wenn man irgendwann auch mal etwas zurückgibt«, meinte Jack. »Und ich will auch gar keine Ausreden finden, denn ich weiß genau, dass ich mehr hätte leisten können.«

»Als Künstler?«

»Nein.« Jack schüttelte den Kopf. »Das nicht. Ich male jeden Tag und glaube, meine Pinselstriche inzwischen verfeinert zu haben. Doch wenn ich ehrlich bin, dann weiß ich, dass es viele gibt, die so gut sind wie ich, einige auch besser.« Er machte eine Handbewegung, als streiche er mit einem Pinsel über die Leinwand. »Ich habe noch keinen ganz eigenen, unverwechselbaren Stil gefunden, doch ich weiß, dass ich auf dem Weg dahin bin. Es kann mir gelingen, Russell, hier in Paris mit seinen Farben und Klängen, den Düften, dem Lachen der Menschen und der Musik, die uns alle umgibt.« Er spürte ein Gefühl des Aufbruchs in sich aufsteigen, wie immer, wenn er über Paris sprach und darüber, die Stadt auf seiner Leinwand einzufangen. »Paris ist einzigartig, ein magischer Ort, und irgendwann werde ich es schaffen, dieses Gefühl auf die Leinwand zu bringen.« Er seufzte. »Doch offenbar braucht es bis dahin noch etwas mehr Zeit.«

»Ich kenne mich zwar nicht aus mit der Kunst«, entgegnete Russell. »Doch soweit ich weiß, muss man ihr Zeit zum Reifen geben so wie einem guten Wein.«

»Ein schönes Bild«, pflichtete Jack ihm bei. »Nur dass der Wein es sich erlauben kann, sich diese Zeit zu nehmen, da er in den Fässern gut gelagert und sicher aufgehoben ist.« Er legte den Kopf schräg. »Doch dieser Künstler hier«, er zeigte auf sich, »muss nun einmal essen und braucht außerdem ein Dach über dem Kopf. Da fällt es schwer, sich Zeit zum Reifen zu gönnen.«

»Vielleicht kann ich dir tatsächlich helfen«, meinte Russell. »Mit einer Wohnung und einem Lohn, der es dir ermöglichen würde, dich auf deine Kunst zu konzentrieren.«

Jack sah ihn überrascht an. »Ach ja?«

Russell blickte sich um und winkte Camille. »Wollen wir bezahlen und ein Stück spazieren gehen?«

Jack legte die Stirn in Falten. Ihm war nicht klar, warum Russell das Café verlassen wollte, es sei denn, niemand sollte mitbekommen, was er ihm vorzuschlagen hatte.

»Ich übernehme das«, sagte Russell, als die Bedienung an den Tisch trat, zog einen Schein hervor und reichte ihn Camille, ohne überhaupt gehört zu haben, welche Summe sie verlangte. »*Merci*«, sagte er zu ihr, als sie ihm das Wechselgeld reichen wollte, und sie strahlte und fing an, den Tisch abzuräumen.

Jack verließ zusammen mit Russell das Café, der den Weg zu den Gassen einschlug, in denen die meisten Künstler ihre Werke ausstellten.

Eine Klarinette erklang, und Jack wusste sofort, dass hinter der nächsten Hausecke Albert seinen üblichen Platz am Place du Tertre eingenommen hatte, seinen Hund Mignon zu

Füßen, um dort für ein paar Francs den ganzen Tag lang auszuharren und fröhliche, dann aber auch wieder tragende Stücke zum Besten zu geben. Jack hatte nicht den geringsten Zweifel daran, dass Albert ebenso gut in einem der großen Orchester unterkommen könnte, die im Lido oder einem der anderen Theater spielten, doch Albert war ein Künstler, ein Freigeist.

Als Jack ihn vor einiger Zeit gefragt hatte, warum er jeden Tag auf der Straße spielte, statt sich eine feste Anstellung zu suchen und sicheres Geld zu verdienen, hatte Albert ihm geantwortet, dass seine Klarinette stets nur die Töne hervorbrachte, die er fühlte – was Jack in gewisser Hinsicht nachvollziehen konnte. Anders als Albert war er es jedoch schon nach wenigen Monaten leid, von der Hand in den Mund zu leben. Hätte ihm jemand das Angebot gemacht, im Auftrag Bilder zu malen mit bestimmten Motiven, so würde Jack bei aller Freiheitsliebe gewiss nicht zögern, genau das zu tun, und sei es auch nur, um seinen Freunden nicht länger auf der Tasche zu liegen.

Jack grüßte Albert und beugte sich kurz zu Mignon hinunter, um ihn zu streicheln, als Russell und er an den beiden vorbeikamen, dann folgte er seinem ehemaligen Vorgesetzten, der ein bestimmtes Ziel im Auge zu haben schien.

»Ich mag diese Gegend«, sagte Russell nun. »Sie hat dieses ganz besondere Pariser Flair.«

»Ja, nicht wahr?«, stimmte Jack ihm zu. »Montmartre ist für mich wie eine Stadt innerhalb der Stadt. Man hat den Eindruck, eine unsichtbare Grenze zu überschreiten und eine ganz eigene Welt zu betreten, in der die Kunst eine andere, eine höhere Bedeutung zu haben scheint.« Jack tat, als würde er sich Luft zufächeln. »Man kann es förmlich riechen.«

»Ihr Künstler und eure Übertreibungen!«, gab Russell amüsiert zurück. »Aber ich weiß, was du meinst.«

Während sie weiter durch die Gassen schlenderten, bemerkte Jack, dass Russell sich immer mal wieder umsah. Glaubte er etwa, sie würden verfolgt?

»Alles in Ordnung?«, fragte er.

»Na sicher«, erwiderte Russell und deutete dann geradeaus. »Ich kann verstehen, dass ihr Künstler euch hier so wohlfühlt. Obwohl ihr am Montmartre so zahlreich vertreten seid, dass es recht schwer sein dürfte, sich von der Masse abzuheben.«

»Genau deshalb habe ich gestern meine Staffelei am Fluss aufgestellt, um die Pont Neuf zu malen. Nicht dass das nicht schon etliche vor mir getan haben, doch mir hat es Glück gebracht, denn so habe ich Rose kennengelernt.«

»Ein Glücksfall, wirklich!«, bestätigte Russell. »Lass uns in die Richtung gehen«, schlug er dann vor. »Dort ist es etwas ruhiger als hier.«

Sie verließen den Place du Tertre und schlenderten Seite an Seite in Richtung Seine.

»Du sagtest vorhin, dass du womöglich Arbeit für mich hast«, nahm Jack das Gespräch von vorhin wieder auf.

Russell sah sich um. Jetzt war Jack sicher, dass er sich vergewissern wollte, dass niemand in ihrer Nähe war.

»Was ist los, Russell?«, fragte er deshalb. »Ich werde den Eindruck nicht los, dass du denkst, wir würden verfolgt.«

Russell schüttelte den Kopf. »Eine alte Gewohnheit. Du weißt doch: einmal Army, immer Army.«

Jack nickte, doch ganz überzeugt war er nicht.

Als sie das Ufer der Seine erreichten, deutete Russell mit

dem ausgestreckten Arm auf eine leere Bank, auf der sie Platz nahmen. Jack sah Russell erwartungsvoll an, der sich vorbeugte, die Ellbogen auf die Knie gestützt.

»Es gibt da etwas, für das ich jemanden brauche, dem ich vorbehaltlos vertrauen kann«, sagte Russell so leise, dass Jack ihn kaum verstehen konnte.

Jack nahm die gleiche Sitzhaltung ein. »Und worum geht es?«

Russell sah Jack von der Seite an. »Ich fürchte, das kann ich dir nicht so einfach beantworten. Du musst mir zuvor versichern, dass dieses Gespräch unter uns bleibt.«

»Selbstverständlich. Du kannst mir vertrauen, das weißt du doch.«

»Ja, im Grunde schon. Doch in diesem Fall muss ich dich an deinen Eid erinnern, den du als amerikanischer Soldat geleistet hast. Erst dann kann ich dir sagen, worum es geht.«

Jack hatte das Gefühl, als legte sich ein Korsett um seine Brust, das zugezogen wurde und ihm das Atmen schwermachte. Die Leichtigkeit, die ihn in Paris sonst Tag für Tag begleitete, schien plötzlich wie weggeblasen. Es fühlte sich unwirklich an, aus dem Hier und Jetzt in eine Zeit zurückgeschleudert zu werden, die doch weit hinter ihm lag. Abrupt stand er auf.

»Ich denke, dann will ich es nicht wissen«, entschied Jack.

Russell stand ebenfalls auf. Sein Gesichtsausdruck hatte sich verändert.

»Wie meinst du das?«, fragte er.

Die Antwort war Jack unangenehm, doch er würde nicht darum herumkommen, also sagte er: »Bitte nimm es mir nicht übel, doch ich bin kein Soldat mehr, sondern Maler.«

»Wie meinst du das, du bist kein Soldat mehr?« Russell zog die Stirn in Falten. »Du lebst doch nur deshalb in Paris, weil du im G.I.-Bill-Programm bist, das für Soldaten wie dich gemacht wurde.«

Die Art, wie Russell die Worte aussprach, ließ Jack innehalten – nicht drohend, aber durchaus mahnend. Und genau genommen hatte er recht: Ohne dieses Programm wäre Jack gar nicht hier und würde auch nicht bleiben können. Langsam setzte er sich wieder, worauf Russell ebenfalls Platz nahm.

»Ich habe es nicht so gemeint«, bemerkte Jack reumütig und kam sich vor wie als Junge auf der Farm in Kansas, wenn er seinem Vater von einem entlaufenen Kalb berichten musste, für das er verantwortlich gewesen war. »Natürlich bin ich noch Soldat, und entsprechend halte ich mich an den Eid, den ich geleistet habe.« Er blickte auf seine Hände, die er im Schoß verschränkte. »Ich war wohl nur überrascht, ja erschrocken, dass du mich daran erinnerst.« Er versuchte, Blickkontakt mit Russell aufzunehmen, der jedoch starr geradeaus auf das fließende Wasser der Seine sah.

»Ehrlich gesagt, hätte ich das von dir nicht erwartet, Jack«, sagte Russell nach einer ganzen Weile, ohne ihm den Blick zuzuwenden. »Nicht nach alldem, was ich für dich getan habe.«

Jack spürte, wie der Druck auf seiner Brust noch stärker wurde, so sehr, dass er Schwierigkeiten hatte, ruhig zu atmen.

»Es tut mir leid, Russell.«

Thompson seufzte. »Ich muss mich auf dich verlassen können, Jack, und zwar ohne Wenn und Aber. Die Army hat es dir möglich gemacht, nach Paris zu gehen, und dich dabei auch finanziell unterstützt.«

»Und dafür bin ich sehr dankbar, Russell«, versicherte Jack. »Ich weiß, dass du dich für mich eingesetzt hast. Deshalb bitte ich dich zu vergessen, wie ich soeben reagiert habe. Ich bin amerikanischer Soldat und stehe im Dienst meines Landes.« Er machte eine Handbewegung in Richtung Seine und Pont Neuf. »Diese Schönheit hier hat mich die Realität wohl ein wenig vergessen lassen.«

»Was eigentlich gut ist«, stellte Russell in versöhnlicherem Tonfall fest. »Doch so wunderbar sich all das hier anfühlen mag, ist der Frieden eben dennoch bedroht.«

»Der Frieden ist bedroht«, wiederholte Jack, worauf Russell ihm mit einer Geste bedeutete, leiser zu sprechen. Dann nickte er.

»Ja, mein Freund, der Frieden ist bedroht. Und genau deshalb bin ich froh, dass ich dich gestern zufällig getroffen habe.«

Jack lag die Frage auf den Lippen, ob dies wirklich ein Zufall gewesen war, doch er schwieg und hörte seinem ehemaligen Vorgesetzten weiter zu.

»Vielleicht war es auch Schicksal«, fuhr dieser fort, »denn ich habe die halbe Nacht wach gelegen und darüber nachgedacht, ob es nicht klug wäre, dich um Hilfe zu bitten.«

»Du kannst auf mich zählen, Russell«, versicherte Jack, ohne zu wissen, worum es ging.

»Danke«, gab Russell zurück. »Darauf habe ich gehofft.« Er sah Jack an, dann blickte er wieder geradeaus auf die Seine.

»Und was soll ich tun?«

»Erst einmal«, erklärte Russell, »werde ich etwas für dich tun und dir eine Unterkunft besorgen. Außerdem werde ich dich auf eine Gehaltsliste setzen, damit du dir keine Gedanken mehr machen musst, woher du deine nächste Mahlzeit bekommst.«

»Danke«, war das Einzige, was Jack antwortete, abwartend, ob Russell mit der Sprache rausrückte, was genau er dafür tun sollte, doch dieser schwieg. Also fragte er nach einer Weile: »Und was genau ist meine Aufgabe?«

»Das erzähle ich dir, nachdem wir uns um deine Wohnung gekümmert haben«, erwiderte Russell. »Komm heute Abend um sechs zum Place du Tertre. Dann erfährst du mehr.«

»Eigentlich wollte ich heute noch zu Rose, um sie zu fragen, ob sie den Abend mit mir verbringt«, wandte Jack ein.

Russell stand auf. »Erst die Arbeit, dann das Vergnügen. Place du Tertre, sechs Uhr. Sei pünktlich, Jack. Ich mag es nicht, wenn man mich warten lässt.«

8. Kapitel

Hôtel Impérial, 19 Avenue Kléber

Bricht jetzt die ganze Fassade in sich zusammen?
— FRANK LEVANT

Frank war nach dem Frühstück mit Jack und dessen Freund Russell im Café de Flore ziellos durch die Gegend gelaufen, bis er schließlich in seine Suite im Hôtel Impérial zurückgekehrt war.
Trotz der frühen Stunde hatte er sich einen Whisky eingeschenkt und das Glas in einem Schluck geleert. Dann hatte er nachgefüllt und war mit seinem Whisky hinaus auf den Balkon getreten, um von dort das geschäftige Treiben zu beobachten, den Pulsschlag dieser schönen Stadt. Diesmal trank er in kleinen Schlucken, zog sich einen Stuhl heran und setzte sich. Die Füße auf dem Balkongeländer, schloss er die Augen. Eine Weile atmete er tief durch und versuchte, die Gedanken, die in seinem Kopf kreisten und seinen eigenen Puls in die Höhe trieben, zu verdrängen. Eine diffuse Furcht stieg in ihm auf, packte

ihn mit immer festeren Klauen. Bilder stiegen in seinem Kopf auf, die er einfach nicht vertreiben konnte. Bilder von New York, von seiner Familie, der Waffe, die er in den Händen gehalten hatte.

Er schlug die Augen auf und blickte durch die offene Balkontür zum Bett hinüber, unter dem der Koffer lag, der bei seiner Ankunft in Paris bis obenhin mit Geld gefüllt gewesen war. Inzwischen war er leer, Dollars in Francs eingetauscht und auf insgesamt vier Banken innerhalb von Paris verteilt. Vielleicht war es besser, wenn er den Koffer in die Seine warf und wartete, dass er sich langsam mit Wasser füllte und hoffentlich unterging. Er könnte ihn auch verbrennen und so die Erinnerungen, die er nach Paris mitgenommen hatte und mit sich herumschleppte wie einen zentnerschweren Sack Steine, in Rauch aufgehen lassen.

Frank schauderte. Ihm war übel bei dem Gedanken an all das, was er gesehen und getan hatte. Wie sollte er damit leben können? Wie? Er ging hinein, schenkte sich ein zweites Mal nach, dann trat er wieder auf den Balkon und blieb am Geländer stehen, um in die Tiefe zu blicken. Ein einziger Sprung, und sein Schmerz und die Angst hätten ein für alle Mal ein Ende. Er blickte auf das Glas in seiner Hand. Würde er nicht nur dieses, sondern noch ein oder zwei Gläser leeren, hätte er sich vielleicht genug Mut dafür angetrunken. Und wenn er dann später dort unten lag mit zerschmetterten Gliedern und der Sänger Frank Levant nicht mehr war als ein Haufen zerbrochener Knochen, würden die Menschen denken, er wäre betrunken gewesen und hätte ganz einfach das Gleichgewicht verloren, vor allem, wenn sie einen Blick in die Suite warfen und die geleerte Whiskyflasche vorfanden. Doch was würde dann in den Zeitungen über ihn berichtet werden? Dass er ein Trinker gewesen war und ein Mann, der die Kontrolle über sein Leben verloren hatte? Würde man um ihn trauern? Oder würde man ihn verlachen wegen seiner offensichtlichen Schwäche?

Frank erschrak und machte einen Satz rückwärts, als das gefüllte Glas ihm entglitt, mit einem lauten Klirren auf den Balkonboden fiel und in tausend Scherben zerbrach. Ein Teil des Whiskys war gegen seine Anzughose gespritzt, die nun in die Reinigung musste. Er schob die Scherben mit dem Schuh zusammen und kehrte in die Suite zurück, um seine Hose auszuziehen und sie in den bereits geleerten Wäschekorb zu geben. Das Zimmermädchen war schon da gewesen, doch Frank wusste, dass es am Nachmittag erneut nachsehen würde, ob es etwas für die Hotelreinigung gab oder Seife und Getränke aufgefüllt werden mussten.

Sein Blick fiel auf den Scherbenhaufen auf dem Balkon. Der kleine Unfall hatte zumindest bewirkt, dass sein Gedankenkarussell stehen geblieben war und er wenigstens einen Teil an Sicherheit zurückgewonnen hatte. Kopfschüttelnd sah er zum Geländer hinüber. Er hatte tatsächlich kurz erwogen, sich in die Tiefe zu stürzen. War er denn vollkommen wahnsinnig geworden?

Er trat erneut hinaus, schloss die Augen und streckte sein Gesicht der immer höher steigenden Sonne entgegen. Das Angstgefühl von vorhin hatte nachgelassen. Er musste an Jack denken, seinen Freund, der ihn mit seiner positiven Art schon so manches Mal aus einem der tiefen Löcher herausgeholt hatte, in die Frank regelmäßig fiel, wenn er wieder einmal fürchtete zu versagen. Es war auch nicht mehr das Gefühl, nicht gut genug zu sein und sein Publikum womöglich eines Tages nicht länger begeistern zu können, nein, es war die Begegnung mit Russell Thompson gewesen, die ihn derart aus der Fassung gebracht hatte.

Thompson war bei der US-Army und hatte somit nicht nur vor Ort Verbindungen, sondern auch in die alte Heimat. Seine durchdringenden Blicke und die mehr als neugierigen, ja beinahe schon inquisitorischen Fragen hatten ihn stutzig gemacht, genau genommen panisch werden lassen. Was wusste dieser Thompson über ihn, oder hatte er lediglich eine Ahnung? Dass dieser ihm die Fragen aus dem reinen Interesse eines Bewunderers gestellt hatte, glaubte Frank nicht. Ihm war, als hätte Russell Thompson die Antwort auf seine Frage, ob Frank schon in den Staaten als Sänger aufgetreten war, längst gewusst. Und womöglich hatte Thompson auch längst Erkundigungen eingezogen, wer er in Wahrheit war, wenn er nicht sogar herausgefunden hatte, dass es einen Frank Levant vor seiner Ankunft in Paris vermutlich nie gegeben hatte. Wie sollte er reagieren, wenn Thompson ihn damit konfrontierte? Wenn er seine wahre Identität tatsächlich herausfände, würde Frank binnen kürzester Zeit verhaftet werden, das war klar, auch wenn nichts eindeutig Belastendes gegen ihn vorlag.

Er öffnete die Augen und wurde vom Sonnenlicht geblendet. Trotz der angenehmen Wärme lief ihm ein kalter Schauer über den Rücken, und er spürte, wie er am ganzen Körper eine Gänsehaut bekam. Die Hände gegen die Schläfen gepresst, kehrte er in die Suite zurück. Er hatte das Gefühl, jeden Augenblick die Kontrolle zu verlieren, wollte laut aufschreien, wollte seine Angst herausbrüllen, genau wie seinen Schmerz.

Er eilte ins Bad, drehte den Wasserhahn auf, ließ das kalte Nass in seine Hände laufen und benetzte damit mehrfach das Gesicht. Dann sah er in den Spiegel. Der, der ihm entgegenblickte, hatte nicht das Geringste mit dem Frank Levant gemeinsam, der im Lido auf der Bühne stand und die Menschen unterhielt. Der Mann im Spiegel war blass, die Augen rot unterlaufen, in seinem Blick lag nichts als Angst.

Er drehte den Wasserhahn zu und stützte sich mit den Händen aufs Waschbecken. Wie sollte er das alles überstehen, wie der Hölle seiner Gedanken entfliehen?

Nachdem er einen Moment so dagestanden hatte, griff er nach dem Handtuch und trocknete sich ab.

Wieder sah er in den Spiegel, dann richtete er sich auf, hob die Mundwinkel und lächelte, tat, als würde er auf der Bühne stehen und mit dem Publikum spielen. Er behielt das Lächeln bei, und tatsächlich half es ihm, die Gedanken an das, was war, ein wenig zu unterdrücken und seine Unruhe wieder in den Griff zu bekommen. Da war es wieder, das falsche Lächeln. Das falsche Lächeln, dessentwegen Amelie seine Einladung zum Essen ausgeschlagen hatte. Das Lächeln gefror. Was bildete sich diese kleine Blumenhändlerin ein? Was wusste sie denn schon vom Leben und den Sorgen, die er in sich trug und gegen die nur ein falsches Lächeln half, das man der Welt und auch sich selbst zeigte, um nicht vollkommen wahnsinnig zu werden? Sollte sie sich mitsamt ihren Blumen zum Teufel scheren! Die Frauen der ganzen Stadt lagen ihm zu Füßen und hätten viel, womöglich sogar alles dafür gegeben, einen

Abend mit ihm verbringen zu dürfen. Er würde mit einer von ihnen vorliebnehmen, auf Amelie Girard konnte er getrost verzichten.

Frank blickte sich einen Moment lang in die Augen, dann streckte er seinem Spiegelbild die Zunge raus. Wie mochte es sich wohl anfühlen, einmal keine Maske aufzusetzen? Wie mochte es sein, wenn man so vollkommen bei sich war und ein Lächeln ganz von selbst kam, einfach, weil einem danach war – so wie bei Amelie?

Er stieß sich vom Waschbecken ab. Nein, das würde ihm niemals gelingen. Wahrscheinlich wäre es das Beste, einen Boten mit einer Nachricht und einer Schachtel Konfekt zu ihr zu schicken und sich zu entschuldigen, weil ihm für heute Abend etwas dazwischengekommen war. Ja, genau das würde er tun.

Auf dem Weg zum Telefon kam er am Klavier vorbei, welches das Hotel extra seinetwegen in diese Suite gestellt hatte, blieb stehen und strich mit einer fast zärtlichen Geste über die Tastenabdeckung. Früher hatte es ihn glücklich gemacht, sich zu Hause ans Klavier zu setzen und zu spielen, einfach so und nur für sich. Die Musik hatte ihn damals gerettet, hatte ihn abgegrenzt von dem, was seine Familie tat und was auch ihm als Weg vorgezeichnet gewesen war.

Frank zögerte, dann klappte er die Tastenabdeckung hoch, setzte sich auf die Klavierbank und legte seine Hände auf die Tasten, doch er schlug sie nicht an.

Ein warmes Gefühl durchflutete ihn, als er sich der vergangenen Zeiten erinnerte. Natürlich spielte er des Öfteren hier auf dem Klavier, doch dann stets, um für seine Show zu proben. Früher hatte er seine Songs selbst geschrieben, seit einem halben Jahr jedoch bezahlte er Claude Perrin, einen jungen Musiker dafür, eingängige Melodien mit leichten Texten quasi maßgeschneidert für ihn zu komponieren, die er dann bei seinen Auftritten zum Besten gab.

Sanft schlug er die ersten Töne an. Frank schloss die Augen und spielte eine Melodie. Seine Finger glitten nur so über die Tasten, wie von selbst bewegte sich sein Oberkörper zur Musik. Er öffnete die Augen, mit der linken Hand spielte er eine Abfolge hoher Töne, sanft, leicht, wie das Flattern von Schmetterlingsflügeln. Seine Finger wanderten in geschmeidigen Bewegungen weiter nach rechts, und Frank überkam eine Gänsehaut, als er spürte, dass er lächelte. Eine Weile summte er, dann begann er zum Klavierspiel zu singen.

»Für euch bin ich der Star, ganz einfach wunderbar,
mein Leben auf der Bühne, wie ein Traum.
Doch geht das Licht dann aus, das Publikum nach Haus,
dann fällt die Maske und ich mit ihr ins Nichts.«

Er atmete tief durch, machte eine Pause, dann spielte er weiter, diesmal eine andere Melodie.

»Wo ist die Hand, die mich aus der Tiefe zieht?
Wo ist der Halt, der die Dunkelheit besiegt?
Wo ist der Mensch, auf den ich mich stützen kann,
damit ich endlich wieder aufrecht gehen kann?«

Wieder machte er eine kurze Pause.

»Hilf mir aus der Dunkelheit heraus!
Tritt mit mir in die Welt dort hinaus!
Sei bei mir, lass uns Seit' an Seit' hier steh'n
und mit erhob'nem Haupt den Weg gemeinsam geh'n.«

Voller Inbrunst griff er in die Tasten, dann setzte er wieder ein:

»Hilf mir aus der Dunkelheit heraus!
Tritt mit mir in die Welt dort hinaus!
Sei bei mir, lass uns Seit' an Seit' hier steh'n
und mit erhob'nem Haupt den Weg gemeinsam geh'n.«

Er sang immer lauter, schlug die Tasten immer fester an und spürte, wie er mit jedem Wort, mit jedem Klang immer selbstbewusster, leidenschaftlicher und ja – glücklicher wurde, bis sich seine Augen mit Tränen füllten und seine Finger zur Ruhe kamen.

Eine Weile blieb er noch so sitzen und betrachtete seine Hände, dann stand er langsam auf und trat hinaus auf den Balkon. Es spürte ein Gefühl des Aufbruchs in sich, als wäre die Kraft in seinen Körper zurückgekehrt und gleichzeitig die Zuversicht, dass er hinter der dunklen Wolke, die über ihm zu schweben schien, ein paar Sonnenstrahlen ausmachen konnte.

Er würde Amelie nicht absagen, nein, er würde sie abholen, nicht erst heute Abend, sondern jetzt, wenngleich noch nicht einmal Mittag war. Zusammen mit ihr würde er Paris erkunden, statt schlecht gelaunt in seinen Räumlichkeiten zu sitzen und auf den nächsten Auftritt zu warten.

Entschlossen nahm er sein Jackett, setzte die Ballonmütze auf und verließ die Suite.

Während er sonst stets den Fahrstuhl nahm, lief er nun leichtfüßig die Stufen hinab, und als er im dritten Stock ankam, wäre er fast mit Arthur Chevalier, dem Besitzer des Impérial, zusammengestoßen.

»Oh, *pardon*, Monsieur Levant«, sagte dieser freundlich.

»Monsieur Chevalier, wie schön, Sie zu sehen«, gab Frank zurück. »Geht es Ihnen gut? Was macht Ihre reizende Familie? Ich hoffe, es sind alle gesund?«

»Wie überaus freundlich von Ihnen, Monsieur Levant. Ja, ich kann mich glücklich schätzen, alle sind bei bester Gesundheit. Ist alles zu Ihrer Zufriedenheit?«, gab der Hotelier zurück.

»Alles wunderbar, Monsieur Chevalier, haben Sie Dank.«

»Das freut mich sehr. Da ich Sie gerade treffe, Monsieur Levant, möchte ich Ihnen berichten, dass Sie heute Morgen bereits Gesprächsthema an unserem Frühstückstisch waren.«

»Ach ja?« Frank lächelte. »Darf ich fragen, warum?«, erkundigte er sich, obwohl er sich die Antwort denken konnte.

»Nun, meine Tochter Rose war gestern Abend in Ihrer Show und wie sie sagte, sogar in einer Loge zu Gast.«

»Ja, das stimmt. Ihre Tochter war die Begleitung eines meiner Freunde, Jack King.«

Chevalier nickte freundlich. »Sie hat meiner Frau und mir von dem Abend erzählt. Ach, was sage ich da – geschwärmt hat sie!

Meine Frau möchte Ihre Show unbedingt ebenfalls besuchen und liegt mir schon seit einer geraumen Weile damit in den Ohren. Wir werden also ebenfalls in Kürze ins Lido kommen.«

»Dann bestehe ich darauf, Ihnen meine Loge zu reservieren«, lud Frank ihn ein.

»Vielen Dank, doch tatsächlich besitzen auch wir dort eine Loge. Es wird meiner Frau und mir eine Freude sein, Ihren Auftritt zu genießen, Monsieur Levant.«

»Es wäre mir eine Freude, Monsieur Chevalier.« Damit eilte Frank leichten Fußes weiter die Treppen hinunter und betrat die Hotelhalle, wo er seine Ballonmütze aus Gewohnheit tiefer ins Gesicht zog. Er zögerte kurz, dann nahm er sie ab, und statt sein Gesicht vor den Menschen zu verbergen, grüßte er freundlich, sobald er erkannt wurde, und wünschte einen Guten Tag. Als er an Pierre Camin, dem Rezeptionisten, vorbeiging, hob er zum Gruß die Hand und musste schmunzeln, als er dessen verwunderten Gesichtsausdruck bemerkte.

Draußen auf der Straße atmete er tief durch und dachte an die Melodie, die er vorhin auf dem Klavier gespielt hatte. »Hilf mir aus der Dunkelheit heraus«, summte er und wandte sich nach rechts, um den Weg zu Amelies Blumenladen einzuschlagen. Wie könnte er sie wohl überzeugen, ihre Arbeit Arbeit sein zu lassen und mit ihm den Tag zu verbringen?

Leise vor sich hin pfeifend, schlenderte er durch die Straßen von Paris und konnte sich nicht erinnern, wann er sich zuletzt so gut gefühlt hatte. Dabei war ihm doch noch vor ein paar Stunden alles Grau in Grau erschienen, und er hatte sogar mit dem Gedanken gespielt, sich das Leben zu nehmen. War es wirklich nur die kurze Sequenz am Klavier, die seine Stimmung um einhundertachtzig Grad gedreht hatte?

Er hatte sein Leben lang musiziert, sobald sich ihm die Chance dazu geboten hatte, und die Musik war ihm stets ein Quell der Leichtigkeit und Lebensfreude gewesen. Seine Mutter hatte sein Talent sogar gefördert, während der Vater es mit einem Achselzucken abgetan hatte. Aber er hatte das Musizieren zumindest toleriert und es ihm nicht verboten, wenngleich sich Frank noch sehr gut an das Gefühl erinnerte, wie es gewesen war, wenn der Vater und die Brüder ihn verspotteten, sobald er auf dem Klavier oder dem Saxophon, das früher einmal seinem Großvater gehört hatte, spielte. Sie hatten ihm deutlich gemacht, dass die Musik in ihren Augen nicht mehr war als ein Zeitvertreib, und plötzlich wurde Frank klar, woher seine Furcht, niemals den Ansprüchen der Kritiker genügen und selbst den frenetischen Applaus des Publikums nicht als einen persönlichen Erfolg akzeptieren zu können, kam. Doch wie konnte er an dem, was er von Kindesbeinen an voller Leidenschaft verfolgt hatte, nur derart zweifeln? In diesem Moment gab er sich selbst das Versprechen, die Musik wieder als das Geschenk seines Lebens zu betrachten, so wie er es früher getan hatte.

Ehe er sich versah, fand er sich vor dem Blumenladen Fleurs de Paris auf dem Boulevard Saint-Germain wieder, wohin ihn seine Füße wie von selbst geführt hatten. Er hob den Kopf und lächelte, als er die Türklinke runterdrückte. Und er lächelte noch mehr, weil er spürte, dass es eben keine Maske war, die er aufsetzte.

»Guten Tag«, grüßte er beim Eintreten, als das Glöckchen über der Tür sein Kommen ankündigte.

»Guten Tag«, erwiderte Amelie seinen Gruß und sah von dem Gesteck auf, das sie soeben gestaltete. »Ah, Frank Levant. Es ist ganz sicher noch nicht acht Uhr. Ihr Besuch bedeutet dann wohl, dass Sie unsere Verabredung nicht wahrnehmen können.«

Frank trat näher an den Tresen heran. »Ganz im Gegenteil«, sagte er. »Ich bin hier, um Sie zu überreden, den Tag mit mir zu verbringen und heute Abend mit dem geplanten Essen abzuschließen.«

Amelie schüttelte lachend den Kopf. »O nein, Monsieur, das geht nicht. Ich habe zu tun.«

»Ist denn Ihre Angestellte …«, Frank versuchte, sich an den Namen zu erinnern, »ist denn Lina nicht da?«

»Doch, sie ist hinten. Aber wir haben beide zu tun.«

»Dann warte ich«, beschloss er, worauf Amelie erneut den Kopf schüttelte.

»Nein, Frank, ich habe noch über Stunden zu tun.«

»An dem Gesteck?«, fragte er.

»An diesem und an anderen. Außerdem muss ich noch Blumen ausliefern.«

»Wunderbar. Ich begleite Sie. Wie viele Gestecke müssen Sie denn machen?«

»Dieses hier ist gleich fertig, dann liefere ich die Blumen aus, und anschließend wird noch genug zu tun sein.«

»Im Verkauf?«

»Ja, im Verkauf.«

Frank sah sich um. »Sie wollen alle diese Blumen hier heute noch verkaufen?«, fragte er ungläubig und sah, wie sie nickte. »Und dann haben Sie frei?«

»Ja, dann habe ich frei«, bestätigte Amelie. In diesem Moment trat Lina von hinten durch die schmale Tür.

»Oh, Guten Tag, Monsieur Levant.«

»*Bonjour*, Lina!« Er deutete auf die Blumen in ihren Händen. »Ein wunderschönes Gebinde.«

»Vielen Dank, Monsieur«, gab Lina freundlich zurück.

»Nun«, wandte Frank sich wieder an Amelie. »Ich möchte Blumen kaufen.«

Amelie seufzte. »Ach ja? Und für wen?«

»Muss man darüber Auskunft geben?«, gab Frank gespielt empört zurück. »Fragen Sie das all Ihre Kunden?«

»Nein, nur Sie.« Amelie lachte.

»Und ich verweigere die Antwort.«

»Ach, Frank«, lenkte sie schließlich ein. »Wir können ja statt acht Uhr sieben Uhr sagen, wäre das für Sie in Ordnung?«

»Dann bleibt zu wenig vom Tag«, stellte Frank fest. »Also«, er deutete auf mehrere Kübel mit Blumen. »Diese gelben dort ...«

»Die Dahlien?«, fragte Amelie.

»Ja, Dahlien«, bestätigte Frank, obwohl er keine Ahnung hatte, ob die Blumen tatsächlich so hießen, »sollen bitte in einem großen Gebinde an Camille ins Café de Flore geliefert werden. Die Rosen dort«, er deutete auf einen weiteren Kübel, »an Rose Chevalier mit einem herzlichen Gruß von Jack King, und die orangefarbenen daneben ...«

»Die Gerbera?«, half Amelie ihm aus.

»Genau, die Gerbera bitte an Justine Marichal ins Lido.«

»Justine Marichal?«, fragte Amelie.

»Ganz recht. Sie ist Garderobiere im Lido, und ich bin mir sicher, sie wird sich über den Blumengruß freuen.«

»Ach, Frank«, sagte Amelie erneut und seufzte. »Sie sollen doch nicht wahllos Blumen schicken, nur damit ich den Tag mit Ihnen verbringe.«

»Ich bin noch nicht fertig«, entgegnete er. »Die weißen dort ...«

»Ich muss nicht alle Blumen verkaufen, Frank«, unterbrach sie ihn. »Das würde mir ohnehin nicht gelingen.«

Er lächelte sie an. »Dann binden Sie bitte diese drei Sträuße, wir liefern sie gemeinsam aus, und dafür übernimmt Lina für heute? Wäre das ein Kompromiss?«

Lina, die ihr Gesteck neben das von Amelie gestellt hatte, versicherte ihrer Chefin: »Geh nur. Ich schaffe das auch allein.«

Amelie war anzusehen, dass sie mit sich zu kämpfen hatte.

»Bitte, Amelie«, setzte Frank nach.

»Könnten wir auch die Gestecke ausliefern?«

»Aber ja.« Frank nickte. »Und anschließend die Sträuße für meine lieben Freundinnen Camille, Rose und Justine.«

»Nein.« Amelie schüttelte den Kopf. »Das möchte ich nicht. Ich verbringe auch so den Tag mit Ihnen.«

Frank spürte ein warmes Gefühl in sich aufsteigen.

»Das bedeutet mir viel«, sagte er, während Amelie die letzte Blume im Gesteck befestigte und ihre Schürze abband.

»Danke«, sagte sie an Lina gewandt.

»Ich wünsche euch einen wunderschönen Tag«, gab diese zurück.

Amelie verschwand nach hinten, offenbar um ihre Tasche zu holen. Als sie fort war, beugte sich Lina über den Tresen und flüsterte: »Es ist genau richtig, dass Sie so beharrlich sind. Amelie ist ein durch und durch glücklicher Mensch, doch sie will niemanden in ihr Herz lassen.« Sie sah sich um, als wollte sie sich vergewissern, dass Amelie nicht bereits zurückkam, dann blickte sie Frank ernst an. »Enttäuschen Sie sie nicht. Das hat sie nicht verdient.«

Frank schüttelte den Kopf. »Das werde ich nicht«, versprach er ihr.

»Was werden Sie nicht?«, fragte Amelie, die in diesem Moment wieder den Verkaufsraum betrat.

»Die Blumen so halten, dass ich sie knicke«, antwortete Frank sofort. »Keine Sorge, ich werde sehr achtsam sein.«

Amelie reichte ihm eines der Gestecke, das andere nahm sie selbst.

»Also dann«, sagte sie zu ihrer Angestellten, »schließ bitte ab, wenn ich nicht rechtzeitig wieder da sein sollte.«

»Sie wird nicht rechtzeitig wieder da sein.« Frank zwinkerte Lina zu, die hinter dem Tresen hervorkam und zur Tür ging, um ihnen zu öffnen.

»Mein erster Tag als Blumenlieferant«, stellte er fest, als sie nebeneinander übers Trottoir schlenderten, die duftenden Blumengebinde in den Händen. »Und ich werde Sie nicht enttäuschen, Mademoiselle Girard.«

9. Kapitel

Wohnung der Familie Chevalier, 25 Quai Anatole France

Heute Morgen erscheint mir der Himmel noch ein wenig blauer.

ROSE CHEVALIER

In einem fort summte Rose die Melodie des Liedes, das Frank Levant gestern zum Abschluss seiner großen Show zum Besten gegeben hatte. Sie ging ihr einfach nicht mehr aus dem Kopf, und auch die übrigen Eindrücke des gestrigen Abends ließen sie nicht mehr los.

Ja, sie war ein wenig beschwipst gewesen, das musste sie zugeben. Und sie war froh, dass Jack sie bis direkt vor die Haustür begleitet hatte. Nicht dass sie nicht allein hätte gehen können oder den Weg nicht mehr gefunden hätte. So viel Champagner war es nun auch wieder nicht gewesen. Doch Jack und sie hatten während des ganzen Rückwegs geplaudert und gelacht, und Rose hatte Fotos von ihm und dem nächtlichen

Paris gemacht, bis der Film ihrer Leica-Kamera voll war. Gleich nach dem Mittagessen wollte sie mit dem Fahrrad zu Martin fahren, der am Place d'Italie Nummer 7 sein Atelier hatte, um sie entwickeln zu lassen.

Sie tupfte sich etwas Creme auf die Lippen und ließ ihren Zeigefinger kurz darauf ruhen. Jack hatte sie gestern Abend zum Abschied geküsst. Genau genommen, sie ihn, denn er hatte sie lediglich umarmt und mit den Lippen ihre Wangen berührt. Gerade als er sich lösen wollte, hatte sie ihm blitzschnell einen Kuss auf den Mund gegeben, worauf er sie noch fester in seine Arme gezogen und sie zärtlich geküsst hatte. Bei der Erinnerung daran lief ihr ein so wohliger Schauer über den Rücken, dass sie kurz die Augen schloss und tief durchatmete. Jack King. Kein sehr klangvoller Name. Nichtsdestotrotz übte er eine unwiderstehliche Anziehungskraft auf sie aus. Ja, sie fühlte sich zu ihm hingezogen wie noch zu niemandem zuvor und wollte am liebsten ständig in seiner Nähe sein. Entsprechend bedauerte sie, dass sie nicht wusste, wo er eigentlich wohnte oder wie sie ihn erreichen konnte. Hoffentlich würde er sich bald wieder melden, dachte sie ungeduldig. Was hatte er noch gesagt? Dass er ein Zimmer über einem Buchladen hatte? Oder war es ein Café gewesen? Rose konnte sich partout nicht erinnern, und zwar nicht, weil es sie nicht interessiert oder sie ihm nicht zugehört hatte, sondern weil sie nur dem Klang seiner Stimme gelauscht hatte, ohne den Inhalt seiner Worte aufzunehmen. Sie hatte so viel Spaß mit Jack gehabt und war so ausgelassen gewesen wie noch nie in ihrem Leben. Unten am Ufer der Seine hatte Jack zu singen begonnen, dann hatte er sie in seine Arme gezogen und mit ihr getanzt, und Rose hatte sich so glücklich und frei gefühlt, als gäbe es in diesem Moment nur Jack und sie, die milde Frühlingsluft, den Tanz, die Musik und das Lachen.

»Was seufzt du denn so schwer?«, riss eine Stimme sie aus ihren schwelgerischen Gedanken.

Rose zuckte zusammen und drehte sich zu ihrer Mutter um, die von hinten an sie herangetreten war.

»Moment, das war gar kein schweres Seufzen, richtig?« Francine Chevalier legte ihre Hände auf die Schultern der Tochter und sah diese an. »Es war ein verliebtes Seufzen, nicht wahr?«

Rose senkte die Lider und schlang die Arme um ihre *maman*.

»Ich weiß auch nicht, was mit mir los ist«, versuchte sie zu erklären. »Ich habe ihn ja gestern erst kennengelernt und nur einen einzigen Abend mit ihm verbracht. Aber ...«, sie überlegte, »nun ja, Jack ist so anders. Er scheint jeden Moment seines Lebens zu genießen, er ist bemüht, ist charmant und witzig. Er übertreibt vollkommen, das weiß ich, doch er reißt mich mit und gibt mir ein gutes Gefühl.«

»Er übertreibt? Was meinst du damit?«, fragte Francine.

Rose zuckte mit den Achseln. »Nun, er gibt mir das Gefühl, nur Augen für mich zu haben, tut so, als gäbe es niemand anderen auf der Welt als mich. Wir haben auf dem Nachhauseweg getanzt, *maman*, einfach so, am Ufer der Seine. Er springt auf Bänke, singt laut, er ...«, sie suchte nach den richtigen Worten und senkte den Blick, »er gibt mir das Gefühl, etwas ganz Besonderes zu sein.«

»Nun, um zu begreifen, dass du etwas ganz Besonderes bist, brauchst du doch diesen Amerikaner nicht«, gab Francine zu bedenken. »Das weißt du auch so. Doch ich verstehe, was du meinst.« Francine nahm eine Hand von Roses Schulter und strich ihr liebevoll eine Strähne aus dem Gesicht.

»Ja, wirklich? Du findest mich nicht albern?«

»Nein, ich finde dich durchaus nicht albern«, gab die Mutter in diesem warmherzigen Tonfall zurück, den Rose so sehr an ihr liebte. »Ob du es glaubst oder nicht, ich erinnere mich selbst noch allzu gut an dieses Gefühl, auch wenn es mehr als dreißig Jahre zurückliegt.«

»Du und Papa?«, fragte Rose lächelnd.

»Ja, ich und Papa«, bestätigte Francine. »Dein Vater war genauso. Nicht dass wir am Seineufer getanzt hätten, obwohl Arthur auch das zuzutrauen gewesen wäre. Aber es war diese Art, wie er mich behandelt hat, wie er mich angesehen hat, wenn ich mit ihm sprach oder wenn ich spürte, dass er mich beobachtete, wenn wir in Gesellschaft waren – als würde es für ihn nur mich geben. Und du musst wissen, dass dein Vater ein überaus stattlicher und gut aussehender Mann war, für den sich auch andere Frauen interessierten.«

Rose schmunzelte bei dem schwärmerischen Ton, den die Stimme ihrer Mutter angenommen hatte. »Er ist noch immer stattlich und gut aussehend«, stimmte sie ihr zu.

»Ja, das ist er.« Francine nickte. »Doch inzwischen wissen die anderen Frauen, dass sie die Finger von ihm zu lassen haben.«

Rose lachte auf. »*Maman*, du klingst ja richtig eifersüchtig.«

»Nein, durchaus nicht, denn es gibt keinen Grund für mich, eifersüchtig zu sein. Damals wie heute nicht.« Sie hob den Zeigefinger. »Aber wachsam schon.«

Rose löste ihre Umarmung und setzte sich auf die bequeme Chaiselongue am Fenster. Der lindgrüne Samt schimmerte, wenn das Sonnenlicht darauf fiel. »Warum hast du dich in Papa verliebt, *maman*? Ich meine, es gab doch sicher auch andere junge Männer, die gern mit dir ausgehen wollten, oder nicht?«

»Natürlich gab es die«, bestätigte Francine, und ihrem Lächeln war durchaus ein gewisser Stolz anzumerken. »Ich war eine sehr hübsche junge Frau, auch wenn man mir das heute nicht mehr ansehen mag.«

»Du bist noch immer wunderschön, *maman*.«

»Danke, mein Liebling.« Francine setzte sich neben ihre Tochter und griff nach einem großen Kissen, das sie auf ihrem Schoß platzierte, um die Ellbogen darauf zu stützen und das Gesicht in die Hände zu legen. Rose sah ihr deutlich an, dass sie in den Erinnerungen schwelgte.

»Und woher wusstest du, dass Papa der Richtige für dich war?«, löcherte sie ihre Mutter weiter mit Fragen.

Francine überlegte einen Moment. »Dein Vater hat etwas ganz Besonderes für mich getan«, antwortete sie dann. »Er hat mir etwas versprochen.«

»Wirklich? Und was?« Rose beugte sich aufgeregt vor.

»Er hat mir versprochen, dass ich mich niemals langweilen würde, sollte ich mich für ein Leben mit ihm entscheiden, denn er würde sich jeden Tag etwas einfallen lassen, um mich zu unterhalten und zum Lachen zu bringen. Dieses Versprechen hat er gehalten, bis zum heutigen Tage. Uns verbindet eine ganz besondere, einzigartige Liebe. Und das Ergebnis dieser Liebe bist du.« Sie streckte den Arm aus und strich zärtlich mit den Fingerspitzen über Roses Wange.

Rose war so gerührt, dass ihr fast die Tränen kamen. »Ach, *maman*.« Sie umarmte die Mutter erneut und drückte sich fest an sie. »Also rätst du mir nicht zur Vorsicht in Bezug auf Jack?«

»Ich rate dir, ehrlich zu dir selbst zu sein, mein Liebling. Lass all das zu, was du fühlst. Doch wenn du spürst, dass ein Gefühl in dir dich zur Zurückhaltung mahnt und du zu zweifeln beginnst, dann höre auf deine innere Stimme. Sie kennt dich besser als du dich selbst.«

»Ich danke dir so sehr.« Rose legte den Kopf schräg und sah ihre Mutter nachdenklich an. »Ehrlich gesagt, hätte ich nicht mit einer solchen Antwort gerechnet.«

»Und weshalb nicht?«

»Nun ja, ich ging davon aus, du würdest mich zur Zurückhaltung mahnen, weil die bösen jungen Männer alle nur das Eine wollen«, scherzte Rose und hoffte, dass ihre Mutter es ihr nicht übelnahm.

»Ich bin längst nicht so altmodisch, wie du annimmst, mein Schatz«, stellte Francine fest. »Und ich sehe ja das Funkeln in deinen Augen. Ich kenne diesen Blick, habe ihn selbst im Spiegel gesehen. Es würde nichts bringen, dich zu ermahnen oder dir etwas zu verbieten. Glaub mir, ich weiß, wovon ich rede. Ich habe damals auch nicht auf deine *grand-mère* gehört. Zum Glück. Wer weiß, ob dein Vater und ich dann heute hier wären.«

»Du bist wunderbar, *maman*«, brachte Rose dankbar hervor.

»Ich möchte einfach nur, dass du glücklich bist«, sagte Francine lächelnd, dann stand sie auf. »Komm mit«, sagte sie zu Rose, die ihr aus dem Zimmer in die Küche folgte, wo es herrlich nach dem Braten duftete, den Dorette, die Köchin der

Chevaliers, für heute Mittag vorbereitet hatte und der nun im Backofen garte. Dorette selbst war nirgendwo zu sehen.

Francine griff nach einer Kanne mit heißem Kaffee, schenkte zwei große Tassen mit viel Milch ein und stellte sie auf den Tisch, an dem Rose bereits Platz genommen hatte. Anschließend nahm sie eine kleine Brioche mit Hagelzucker und teilte sie mit einem Messer in zwei Hälften – ein Ritual, das Mutter und Tochter pflegten, wann immer sie sich etwas zu erzählen hatten.

»Weißt du«, sagte Francine und trank einen Schluck Milchkaffee, »damals war der Erste Weltkrieg gerade mal vier Jahre vorbei. Ich lernte deinen Vater durch Elian kennen, mit dem ich damals zum Tanz im Café Massons verabredet war.« Rose sah, wie bei dieser Erinnerung ein Lächeln auf das Gesicht ihrer Mutter trat. »Das Café Massons gibt es schon viele Jahre nicht mehr«, fuhr Francine fort, »und nun ja, die Freundschaft zwischen deinem Vater und Elian auch nicht, obwohl die beiden zusammen gedient hatten, was Männer für gewöhnlich sehr verbindet.«

»Kein Wunder, wenn Papa diesem Elian die Freundin ausspannt!« Rose kicherte.

»Ich war nicht mit Elian liiert«, stellte Francine klar. »Ich wollte lediglich mit ihm zum Tanzen gehen.« Francine berührte ihre Schulter. »Ich trug an dem Abend ein dunkelgrünes Kleid mit Spitze am Ausschnitt. Du musst wissen, dass das damals die neueste Mode war.«

»Du hast bestimmt toll ausgesehen.«

»Dein Vater sagte mir später, er wusste vom ersten Moment an, dass ich die Frau seines Lebens war.«

Rose legte sich die Hand auf die Brust. »Oh«, hauchte sie verzückt. »Wie schön.«

Sie schwiegen eine Weile und aßen die Brioche, dann fragte Rose: »Weißt du, was aus diesem Elian geworden ist?«

»Nun, eine Weile hat er weder mit mir noch mit deinem Vater auch nur ein Wort gesprochen. Er war furchtbar gekränkt, obwohl ich lediglich zweimal mit ihm ausgegangen war.« Francine verdrehte die Augen. »Nicht lange danach lernte er seine spätere Frau kennen, mit der er fünf Kinder bekam.«

»Habt ihr noch Kontakt?«, wollte Rose wissen.

Francine schüttelte den Kopf. »Er ist schon vor vielen Jahren mit Rosalie und den Kindern aufs Land gezogen.« Sie nahm ihre Tasse zur Hand und ließ die hellbraune Flüssigkeit kreisen, dann fuhr sie fort: »Doch worauf ich eigentlich hinauswollte ... Du lebst heute in einer völlig anderen Zeit als wir damals. Als wir uns 1922 kennenlernten und entschieden, zusammenzubleiben, hat dein Vater alles darangesetzt, für uns etwas aufzubauen. Wie du weißt, hat er von seiner Familie nichts mitbekommen, sodass die einzige Unterstützung damals vonseiten meiner Mutter, deiner *mamie*, kam. Sie hat uns geholfen, so gut sie konnte, doch letztendlich ist es dem unermüdlichen Fleiß deines Vaters zu verdanken, dass wir heute so vermögende Leute sind und der Name Chevalier für etwas steht.«

»Er hat mir immer gesagt, dass er ohne dich all das nicht geschafft hätte«, wandte Rose ein.

»Er ist ein so guter Mensch«, meinte Francine. »Es stimmt schon, ich habe getan, was ich konnte, um ihn zu unterstützen. Eine unserer größten Befürchtungen war es, keine Kinder bekommen zu können – es hat eine ganze Weile gedauert, bis ich mit dir schwanger wurde. Doch im Nachhinein war es gut so, denn während der fast sechs Jahre, die wir verheiratet waren, bevor du auf die Welt kamst, hatten wir so viel Arbeit mit dem Aufbau des Hotels, dass ich vermutlich kaum Zeit gehabt hätte, mich vernünftig um dich zu kümmern.« Sie sah Rose liebevoll an. »Und als du dann da warst, habe ich dich oft genug mitnehmen müssen, weil wir damals noch nicht so viele Angestellte hatten, die sich um alles kümmerten.«

»Ich habe die Zeit im Hotel geliebt«, brachte Rose schwärmerisch hervor. »Ganz besonders mochte ich den Geruch in der Wäschekammer, wenn die Laken und Bezüge aus der Heißmangel kamen.«

»Ja, und dort hast du auch so manchen Unsinn getrieben.« Francine hob mit gespielter Strenge den Zeigefinger. »Aber ich habe es ebenfalls geliebt, dort zu sein«, stellte sie fest. »Doch weißt du«, sie griff über den Tisch nach Roses Hand, »obwohl ich aus einer wohlhabenden Familie stamme, mussten dein Vater und ich vieles entbehren. Arthur wollte es stets selbst schaffen und hat nur dann Unterstützung angenommen, wenn er gar zu verzweifelt war.« Francine streichelte zärtlich Roses Finger. »Heute ist natürlich alles ganz wunderbar, und wir könnten glücklicher und dankbarer nicht sein. Aber die Erinnerung an die Jahre nach 1939 und das, was der Krieg mit uns gemacht hat, bereitet mir noch heute Angst, auch wenn ich genau weiß, dass diese Zeiten hinter uns liegen.« Sie sah Rose an. »Doch es hat mir auch gezeigt, wie wichtig es ist, den Augenblick zu leben. Du sollst es besser haben als wir damals.«

Rose konnte spüren, wie nah der Mutter diese Worte gingen.

»Ich habe das schönste Leben der Welt«, sagte sie mit Dankbarkeit in der Stimme. »Papa und du habt mir nie das Gefühl gegeben, dass ich Angst haben müsste. Nicht einmal während der Besatzungszeit der Deutschen. Ich war nur unglücklich darüber, dass ich zu jener Zeit nicht ins Hotel durfte, aber den Grund dafür habe ich natürlich verstanden.«

»Das hätte uns noch gefehlt, dass die Deutschen dich zu Gesicht bekommen«, erboste sich Francine. »Zum Glück waren sie nicht alle so, und dein Vater hat es geschickt verstanden, zumindest den Schein aufrechtzuerhalten und sie als Gäste im Haus zu bewirten. Doch ich erinnere mich noch sehr gut, dass Arthur sagte, manche von ihnen würden sich aufführen wie Tiere.« Francine schüttelte den Kopf. »Ich weiß, dass man niemals eine ganze Gruppe dafür verurteilen darf, wenn Einzelne sich nicht zu benehmen wissen oder wirklich schlimme Dinge tun.« Sie lächelte freudlos. »Das beste Beispiel dafür ist unsere Hedwig. Sie ist dir wie eine zweite Großmutter, und sie ist Deutsche.«

»Ja, aber mit einer gehörigen Wut auf ihr Volk.«

»Das ist wahr«, räumte Francine ein. »Doch weißt du, auf diesen Amerikaner bezogen, diesen Jack ...«

»Ja?«

»Wenn du spürst, dass er ein besonderer Mensch in deinem Leben sein könnte, solltest du nicht zögern, herauszufinden, ob dieses Gefühl stimmt. Keiner von uns weiß, was morgen ist und was das Leben für uns bereithält. Dein Vater und ich haben nach dem ersten Großen Krieg von 1914 bis 1918 gedacht, wir müssten nie wieder einen Krieg erleben, doch nur einundzwanzig Jahre später kam schon der zweite. Wer weiß, was künftig sein wird und ob die Menschen etwas daraus gelernt haben? Es gibt nichts von Dauer und Beständigkeit, nichts, worauf wir wirklich bauen können. Alles kann von heute auf morgen der Vergangenheit angehören. Daher will ich, dass du lebst, Rose, jetzt und jeden Tag. Ich weiß nicht, ob dieser Jack der richtige Mann für dich ist oder nicht. Doch wenn er dich zum Lachen bringt, wenn ihr zusammen tanzt und eure Zeit genießt, dann wünsche ich dir von Herzen, dass dies so bleibt. Lebe, meine Rose, lebe! Es gibt nur das Hier und Jetzt.«

10. Kapitel

Rue de Seine

Ich bin mir nicht sicher, was das alles soll.

AMELIE GIRARD

Es war ihr tatsächlich schwergefallen, ihre anfängliche Abwehrhaltung aufzugeben, nachdem Frank und sie zusammen die bestellten Gestecke abgegeben hatten und nun schon seit Stunden zusammen die Stadt besichtigten. Wobei besichtigen nicht einmal der richtige Ausdruck war, da sie eigentlich nur an den zahlreichen wundervollen Galerien und Sehenswürdigkeiten wie dem Louvre vorbeischlenderten, während sie sich weiter über Gott und die Welt unterhielten.

Amelie war froh, dass sie sich von Frank hatte überreden lassen, die Arbeit im Blumenladen heute einmal Lina zu überlassen, genoss sie die Abwechslung doch sehr, genau wie Franks Gesellschaft.

»Wohin geht es als Nächstes?«, fragte Frank und sah sie mit leuchtenden Augen von der Seite an.

»Ich weiß nicht.« Sie sah auf die Uhr. Es war gerade erst halb fünf. »Für das Abendessen ist es zu früh, obwohl ich zugeben muss, dass ich tatsächlich ein wenig hungrig bin.«

»Wollen wir in ein Café gehen?«, schlug Frank vor. »Wie wär's mit dem Les Deux Magots? Es liegt ja fast auf dem Rückweg zum Boulevard Saint-Germain, und ich bin gern dort. Das Gebäck ist einfach fantastisch!«

Rose stimmte begeistert zu, hakte sich bei ihm ein, und gemeinsam strebten sie über die Rue de L'Echaudé und die Rue de L'Abbaye ihrem Ziel am Place Saint-Germain-des-Prés entgegen.

Amelies Magen knurrte voller Vorfreude. Sie war eine Naschkatze und liebte vor allem die köstlichen *tartelettes*, die man in den guten Cafés von Paris genießen konnte.

»Ich würde Sie gern besser kennenlernen«, sagte Frank in ihre Gedanken hinein. »Wer ist Amelie Girard?«

Amelie zuckte mit den Achseln. »Da gibt es nicht viel zu erzählen«, stellte sie fest. »Ich bin Blumenhändlerin, das wissen Sie. Und im Grunde mache ich eben den ganzen Tag nichts anderes, als Blumen zu binden in der Hoffnung, dass die Menschen sich daran erfreuen. Für mich ist es der schönste Beruf der Welt.« Sie deutete auf ein Schaufenster, an dem sie soeben vorbeikamen.

»Dort zum Beispiel.« Amelie blieb stehen. »Das Gesteck habe ich gestern gebunden. Eigentlich soll man sich die Stoffe ansehen, die hier verkauft werden, und wahrscheinlich nehmen die meisten Menschen es gar nicht wahr, weil sie sich nur für die ausgelegten Waren interessieren. Aber durch die Blumen wirkt alles freundlicher.«

Frank betrachtete das Gesteck. »Sie sind in meinen Augen eine ebensolche Künstlerin wie einer der Maler, die in dieser Stadt so zahlreich vertreten sind«, stellte er fest. »Nur dass Ihre Kunst vergeht.«

»Ja, die Vergänglichkeit«, sinnierte Amelie nun und spürte, wie sie von einem Hauch von Traurigkeit gestreift wurde, der jedoch schnell wieder verflog. »Ich liebe es, den Menschen Freude zu bereiten, denn letztendlich mache ich mir damit selbst eine Freude.«

Sie schlenderten langsam weiter.

»Haben Sie sich deshalb für den Beruf entschieden?«, fragte Frank.

»Nein.« Amelie schüttelte den Kopf. »Mir war mein Weg sozusagen vorgezeichnet.« Sie sah ihn von der Seite an. »Früher gehörte der Blumenladen meiner Mutter. Und als sie krank wurde, habe ich immer mehr und mehr Aufgaben übernommen.« Sie schluckte, weil sie spürte, dass es ihr schwerfallen würde, die nächsten Worte auszusprechen. »Damals war ich einundzwanzig. Und vor zwei Jahren ist meine Mutter dann gestorben. Seitdem gehört der Laden mir, und ich bin dafür verantwortlich.«

»Wie alt sind Sie, wenn ich fragen darf?«

»Fünfundzwanzig«, antwortete Amelie, dann schüttelte sie den Kopf. »Ach nein, ich hatte ja letzte Woche Geburtstag. Ich bin also jetzt sechsundzwanzig.«

»Moment.« Frank blieb stehen. »Das klingt ja, als hätten Sie Ihren Geburtstag vergessen!«

Amelie zuckte mit den Achseln. »Nun ja, es war letzten Sonntag, und sonntags bleibt der Laden geschlossen. Deshalb hat Lina es wohl auch vergessen, denn sonst denkt sie immer daran. Aber mir ist der Tag ohnehin nicht wichtig.«

Frank schüttelte den Kopf. »Das ist ja furchtbar. Ich meine, einen Geburtstag muss man doch feiern!«

»Nein«, widersprach sie energisch. »Da bin ich vollkommen anderer Ansicht. Man muss jeden anderen Tag feiern, den Geburtstag jedoch nicht. So haben meine Mutter und ich es schon immer gehandhabt, auch als ich klein war.«

»Aber warum?«, fragte Frank.

Amelie zögerte, die Frage zu beantworten. Sie hatte noch nie mit einem anderen Menschen darüber gesprochen, nicht einmal mit Lina, die nicht nur ihre Angestellte, sondern ihre beste Freundin war. Genau genommen, ihre einzige, weil Amelie so viel damit zu tun hatte, den Blumenladen am Laufen zu halten, dass ihr für weitere Kontakte kaum Zeit blieb. Doch sie störte sich nicht daran, denn die Blumen waren ihr Leben, und sie hatte nicht das Gefühl, dass ihr irgendetwas fehlte, auch wenn ein außenstehender Betrachter dies womöglich ganz anders beurteilt hätte.

»Oh«, sagte Frank, der ihr Zögern offenbar bemerkt hatte, und blieb stehen. »Ist diese Frage zu persönlich?«

»Nein.« Sie schüttelte den Kopf. »Ich spreche nur sonst nicht darüber, das ist alles.« Sie gingen weiter nebeneinander her, und Frank ließ ihr die Zeit, ihre Gedanken zu sortieren.

»Es hat mit der Lebenseinstellung meiner Mutter und Großmutter zu tun«, begann sie dann zu erklären. »Und mit der Einstellung zum Tod.« Sie spürte, dass Frank sie ansah, während sie weiter geradeaus blickte. »Wissen Sie, in unserer Familie wurde das Leben nicht für selbstverständlich genommen, sondern als etwas sehr Kostbares betrachtet, und das hat einen Grund: Die Frauen in meiner Familie leben nicht besonders lange.«

Frank blieb erneut stehen und sah sie erschrocken an. »Wie meinen Sie das – die Frauen in Ihrer Familie leben nicht lange?«

Amelie löste ihren Arm und ging weiter, Frank schloss zu ihr auf.

»Es ist kein Fluch oder so etwas«, stellte sie fest, als er wieder an ihrer Seite war. »An so was glaube ich nicht. Aber schon meine Ururgroßmutter starb mit Mitte vierzig, meine Urgroßmutter ebenfalls, meine Großmutter dann mit achtundvierzig, genau wie meine Mutter. Meine Tante wurde fünfzig Jahre alt und hält damit sozusagen den Rekord.« Sie zuckte mit den Achseln. »Wir leben einfach nicht so lange wie andere Frauen, und deshalb ist es bei uns Tradition, jeden Tag im Leben zu feiern.«

»Aber das kann doch nun wirklich Zufall sein«, hielt Frank dagegen.

Amelie schwieg und überlegte, ob sie sich Frank anvertrauen sollte. Sollte sie es ihm sagen? Nein, so weit war sie noch nicht, sie wollte nicht preisgeben, dass sie ahnte, welche Krankheit sie in sich trug und dass es nur eine Frage der Zeit war, bis sich auch bei ihr Symptome zeigen würden. Nein, eine solche Last wollte sie Frank nicht zumuten.

»Mag sein. Aber ehrlich gesagt, ist es mir lieber, jeden Tag zu feiern, statt spätestens mit Mitte vierzig festzustellen, dass es mir wie den anderen Frauen meiner Familie geht und ich die Zeit meines Lebens mit Missmut vergeudet habe.«

»Und deshalb können Sie ausgerechnet Ihren Geburtstag nicht feiern? Das ist doch Unsinn! Amelie, auch auf die Gefahr hin, dass Sie mir dies verübeln, aber Sie reden das Schicksal ja geradezu herbei! Ich fände es wundervoll, Ihren Geburtstag mit Ihnen zu feiern, und zwar ohne dieses Damoklesschwert, das ständig über Ihrem Kopf zu schweben scheint.«

Amelie schwieg, da sie nicht wusste, wie sie auf seine Worte reagieren sollte. Zum Glück erreichten sie nun den Place Saint-Germain-des-Prés, und die Markisen des bei den Künstlern so beliebten Café Les Deux Magots kamen in Sicht.

Frank trat ein und hielt ihr die Tür auf, doch sie mussten feststellen, dass sämtliche Tische besetzt waren.

»Für zwei, bitte«, wandte Frank sich an eines der Serviermädchen, dem die Überraschung anzusehen war, einer solchen Berühmtheit gegenüberzustehen. »Sehr gern am Fenster.«

»Natürlich, sofort. Es wird gleich ein Tisch für Sie bereit sein.« Die junge Frau eilte davon, und nur einen Augenblick später sah Rose, wie zwei Kellner einen kleinen Tisch an eines der Fenster trugen und für sie zurechtmachten.

Der Oberkellner trat auf sie zu. »Wenn Sie mir bitte folgen wollen?«, bat er und ging unter den Blicken der neugierigen Gäste voran zu dem Tisch am Fenster, wo er Amelie den Stuhl zurechtrückte. »Ich lasse Ihnen gleich die Karte bringen.«

»Vielen Dank«, gab Frank zurück, setzte sich aber nicht. »Ich müsste kurz Ihr Telefon benutzen«, teilte er dem Ober mit und fügte, an Amelie gewandt, hinzu: »Es dauert nur einen Moment. Suchen Sie sich schon mal etwas Schönes aus, und bestellen Sie ruhig für mich mit. Ich bin gleich zurück.«

Amelie nickte nur und sah ihm nach, dann nahm sie die Karte entgegen, die eine herbeigeeilte Serviererin ihr reichte.

Doch anstatt einen Blick hineinzuwerfen, sah sie aus dem Fenster. Bis gerade eben hatte die Sonne geschienen, nur ein paar Wolken hatten einen möglichen Schauer angekündigt. Nun jedoch begann es zu regnen, erst tröpfelnd, dann jedoch öffnete der Himmel seine Schleusen, und es ergoss sich ein wahrer Sturzbach. Sie war froh, im Trockenen zu sitzen und raussehen zu können, während die Passanten auf den Straßen sich beeilten, Schutz vor dem Regen zu finden. Hoffentlich ging dieser Frühlingsschauer ebenso rasch vorbei, wie er gekommen war.

Sie riss den Blick vom Fenster los und sah sich im Lokal um, wobei ihr nicht entging, dass viele Blicke auf sie gerichtet waren. Eilig hob sie die Karte vors Gesicht, froh, sich dahinter verstecken zu können. Es war ihr unangenehm, ja richtiggehend peinlich, wie die anderen Gäste sie beäugten und sich offenkundig zu fragen schienen, in welchem Verhältnis sie zu Frank Levant stand. Bislang hatte sie sich keine Gedanken darüber gemacht, vielleicht auch deshalb nicht, weil sie bis auf die Zeit mit Vincent nie mit einem Mann ausgegangen war.

Vincent war der Mann gewesen, den sie hatte heiraten wollen, doch das lag jetzt vier Jahre zurück. Sie hatte ihn ihr halbes Leben lang gekannt, schon seit damals, als sie noch gemeinsam zur Schule gegangen waren. Sie war gerade mal fünfzehn gewesen, als sie beschlossen hatten, eines Tages vor den Altar zu treten und eine Familie zu gründen. Nur zwei Jahre später war er es gewesen, der sie zur Frau gemacht hatte, obwohl das nichts war, was sie ihrer Mutter je anvertraut hätte. Wie groß ihre Angst damals gewesen war, von ihm schwanger zu werden! Spätestens dann hätte sie bei Geraldine die Karten auf den Tisch legen müssen. Einige Zeit später war ihre Mutter krank geworden, und während alle anderen jungen Frauen tanzen gingen und sich mit Freunden trafen, hatte Amelie Geraldine mehr und mehr im Laden unterstützen und später pflegen müssen. Natürlich wusste sie, dass sie eine Mitschuld, vielleicht sogar den größten Anteil daran trug, dass Vincent und sie sich schließlich entzweit hatten. Doch dass er sich hinter ihrem Rücken mit Penelope eingelassen und Amelie die beiden schließlich in flagranti erwischt hatte, hatte sie zutiefst schockiert. Und als er dann noch behauptete, sie sei doch selbst schuld, weil sie nie Zeit für ihn hatte, versetzte er ihr einen Stich, dessen Narbe sie noch heute spürte. Seither hatte sie niemanden mehr in ihr Herz gelassen und sich von Männern ferngehalten. Sie wollte lieber glücklich sein mit den Blumen, mit denen sie sich den ganzen Tag umgab, denn Blumen täuschten sie nicht.

Es dauerte länger als erwartet, bis Frank an den Tisch zurückkam. Nun jedoch nahm er mit einem breiten Strahlen auf dem Gesicht wieder Platz.

»So«, stellte er fest. »Das wäre erledigt.«

»Und was ist erledigt, wenn ich fragen darf?«

»Sie dürfen fragen, doch noch werden Sie keine Antwort bekommen.« Er zwinkerte ihr zu. »Was haben Sie bestellt?«

»Gar nichts. Ich war abgelenkt von dem heftigen Schauer draußen, und die Bedienung war auch noch nicht da«, teilte Amelie ihm mit.

In diesem Moment brachte das Serviermädchen zwei Gläser Champagner an ihren Tisch.

»Mit einem Gruß des Hauses und unserer Verehrung, Monsieur Levant.«

Frank bedankte sich, dann fügte er hinzu: »Meine Verlobte war schon ein wenig überrascht, dass sie noch gar nicht bestellen konnte.«

Amelie sah ihn irritiert an und wollte gerade etwas erwidern, als sich die Serviererin nervös bei ihr entschuldigte und sich nach ihrem Wunsch erkundigte.

»Ich hätte gern einen Kaffee und eine *tarte au caramel*«, bestellte Amelie, woraufhin Frank das Gleiche für sich orderte. Sobald die junge Frau außer Hörweite war, beugte Amelie sich über den Tisch.

»Was soll das, Frank? Wir sind nicht verlobt! Warum stellen Sie mich so vor?«, flüsterte sie leise.

»Noch nicht«, gab Frank zurück und reichte ihr eines der Champagnergläser. »Nichtsdestotrotz wäre jetzt der passende Moment, auf das förmliche Sie zu verzichten und zum Du überzugehen.«

Amelie sah ihn fassungslos an. Sie fühlte sich heillos überrumpelt. Was bildete der Kerl sich eigentlich ein? Dachte er, er könnte sich ein solches Verhalten herausnehmen, nur weil er berühmt war? Nun, bei ihr war er damit an der falschen Adresse!

»Lass uns anstoßen!« Frank hob das Glas.

»Nein.« Amelie ließ ihr Glas unberührt stehen. »Ich möchte, dass du mit diesem Unsinn aufhörst. Das Du ist für mich in Ordnung, aber ich bin nicht deine Verlobte, und ich will nicht, dass du so etwas behauptest.« Sie zog die Stirn in Falten. »Im Ernst, Frank. Wenn so etwas noch einmal vorkommt, stehe ich auf und gehe!«

Frank starrte sie an wie ein begossener Pudel, dann stellte er langsam das Glas zurück auf den Tisch und schaute verlegen auf seine Hände. »Bitte entschuldige«, sagte er leise. »Es tut mir leid, dass ich dich in meinem Überschwang so überrollt habe. Ich ... ich bin einfach glücklich, dass wir hier sind und einen so wundervollen Tag miteinander verbringen, da habe ich wohl eine Grenze überschritten.«

Amelie nickte. »Ich bin keine Frau, die man mit Schmeicheleien beeindrucken kann, genauso wenig wie mit Berühmtheit oder Geld. Aber das darf ich dir nicht zum Vorwurf machen – wir kennen uns schließlich kaum.«

»Du hast recht«, räumte er kleinlaut ein. »Wir kennen uns kaum, auch wenn ich das Gefühl hatte, dass wir einander dennoch sehr nahestehen.« Er räusperte sich, dann fragte er mit einer Stimme, die nicht mehr war als ein Flüstern: »Bist du mir böse?«

Amelie zögerte. »Nein«, antwortete sie und verschränkte nun ihre Hände auf dem Tisch, weil sie nicht recht wusste, wohin damit. Überrascht stellte sie fest, dass Frank über den Tisch griff und seine Hand auf ihre Hände legte. Ihr entging nicht, dass seine Finger zitterten.

»Ich mag dich, Amelie, nicht zuletzt wohl auch deshalb, weil dich diese ganze Scheinwelt offenbar ganz und gar nicht beeindruckt. Du bist ehrlich, warmherzig echt. Ich fühle mich wohl, wenn ich in deiner Nähe bin und beobachte, woran du dich erfreust.« Er senkte den Blick, dann sah er sie wieder an, und in seinen Augen lag in diesem Moment etwas sehr Zerbrechliches. »Unsere Motive mögen unterschiedlich sein, doch ich glaube, wir beide haben unsere Gründe, einfach nur glücklich werden zu wollen – so wie wahrscheinlich jeder Mensch auf dieser Welt.« Wieder machte er eine kurze Pause, schien zu überlegen. »Ich würde dich gern besser kennenlernen, Amelie. Und ich würde mir gern etwas von der Leichtigkeit abschauen, mit der du durchs Leben gehst.«

Die Serviererin kam an den Tisch, stellte die Gedecke vor ihnen ab und wünschte *bon appétit*.

Frank zog seine Hand zurück und hob nun das Champagnerglas. »Können wir jetzt miteinander anstoßen?«, fragte er.

Amelie sah ihn an, dann hob sie ebenfalls das Glas.

»Ich trinke auf uns«, verkündete er. »Auf dass wir uns immer besser kennenlernen und uns vom anderen helfen lassen, glücklich zu werden.«

»Der Gedanke gefällt mir. Auf uns!«, stimmte Amelie zu, und sie ließen die Gläser aneinanderklingen.

Eine gute Stunde später brachen sie auf. Der Regenschauer war vorbei, der Himmel wieder klar.

»Ich habe uns im Hôtel Impérial einen Tisch reserviert«, sagte Frank und bot ihr den Arm.

»Aber wir haben doch gerade erst Kaffee getrunken und Kuchen gegessen!«, wandte sie ein.

»Ach, wir haben noch ein ganzes Stück zu gehen«, erwiderte Frank gelassen. »Bis dahin haben wir sicher wieder Appetit.«

Amelie widersprach nicht, wenngleich sie fest davon überzeugt war, kaum einen Bissen runterbringen zu können.

Auf dem Weg zum Impérial mieden sie die Hauptstraßen und nahmen stattdessen die kleineren Gassen. Als Frank ihre Hand nahm, zog Amelie ihre nicht zurück. Vorhin im Les Deux Magots war ihr klar geworden, dass sie ihn tatsächlich besser kennenlernen wollte, denn der Mann, der an dem kleinen

Cafétisch vor ihr saß, war ein ganz anderer als der Showstar, der das Publikum im Lido begeisterte. Er war ihr gegenüber zurückhaltend, beinahe scheu, und wirkte ausgesprochen sensibel. Sie hatte sich nach seinem Leben vor Paris erkundigt, und sie hatte schnell gemerkt, dass er über diese Zeit nicht gern sprach. Noch schien er nicht bereit, ihr seine Seele zu öffnen, was sie verstand, denn sie war es auch nicht. So etwas brauchte Zeit, und sie hoffte, dass ihnen diese zuteilwurde. Am liebsten wäre sie immer weiter Hand in Hand mit ihm durch die Stadt gegangen und hätte das zarte Band genossen, das sie gerade erst geknüpft hatten, doch nach einer knappen Stunde erreichten sie das Impérial, und der Page öffnete ihnen mit einer tiefen Verbeugung die Tür.

»Monsieur Levant.« Der Rezeptionist kam hinter dem Tresen hervor und eilte auf Frank und Amelie zu. »Mademoiselle.«

»Monsieur Camin«, grüßte Frank.

Der Rezeptionist beugte sich nah an Frank heran und flüsterte ihm etwas zu, was Amelie nicht verstehen konnte, da soeben ein Hotelbediensteter an sie herangetreten war und sie fragte, ob sie ihren Mantel ablegen wolle.

»Vielen Dank, Monsieur Camin«, hörte sie Frank nun sagen, der ihren Arm berührte und ihr so bedeutete, mit ihm zusammen zum Restaurant des Hotels hinüberzugehen.

Als sie den Gastraum betraten, stellten sich eilig die Kellner und Serviererinnen auf und stimmten ein Geburtstagslied an.

Alle Blicke waren auf sie gerichtet, und Amelie wäre am liebsten im Boden versunken, als nun ein etwa vierzigjähriger Herr in einem schwarzen Anzug und mit weißen

Handschuhen auf sie zutrat, ihr zum Geburtstag gratulierte und Frank und sie unter dem Applaus des Personals und der anwesenden Gäste zu ihrem Tisch geleitete, auf dem ein Kübel mit Champagner bereitstand. Daneben, auf einem Beistelltisch mit Rollen, thronte eine prachtvolle Geburtstagstorte.

Amelies Gesicht fing an zu glühen, und so glücklich sie auf dem Weg hierher mit Frank gewesen war, so sehr wünschte sie sich in diesem Moment, in einem Mauseloch verschwinden und dadurch den Blicken der fremden Menschen entgehen zu können.

»Deshalb hast du vorhin telefoniert, nicht wahr?«, fragte sie leise, als sie endlich Platz genommen hatten.

»Alles Liebe nachträglich zu deinem Geburtstag.« Er nahm wieder ihre Hand.

»Danke«, brachte sie zögerlich hervor und schenkte ihm ein gequältes Lächeln.

»Jetzt weiß ich genau, was du meinst«, sagte Frank.

»Womit?«

»Mit dem Lächeln, das nicht echt ist«, antwortete er.

Sie spürte, wie sich das schlechte Gewissen in ihr meldete, und errötete. »Es tut mir leid«, stieß sie gepresst hervor. »Ich weiß, dass du mir eine Freude machen willst, und ich möchte nicht undankbar erscheinen ...«

»Nein, mir tut es leid«, stellte er klar. »Ich habe das ganze Brimborium hier bestellt, bevor mir klar wurde, dass du so etwas nicht magst. Ich wollte dich überraschen, wahrscheinlich auch beeindrucken«, gestand er ihr. »Doch seitdem hat sich etwas verändert.«

»Inwiefern?«

Frank beugte sich weiter vor, ohne ihre Hand loszulassen. »Wir haben uns erlaubt, den anderen ein Stück weit sehen zu lassen, wie wir in Wahrheit sind.«

Noch bevor Amelie etwas dazu sagen konnte, trat ein Kellner an ihren Tisch.

»Wir wünschen, mit einem Fünf-Gänge-Menu überrascht zu werden«, sagte Frank und sah Amelie an, die fast unmerklich nickte. »Der Sommelier soll einen Wein dazu empfehlen.« Der Kellner deutete eine Verbeugung an und entfernte sich, offenbar war ihm nicht entgangen, dass zwischen seinen beiden Gästen eine eigenartige Spannung in der Luft lag. »Du spürst es auch, nicht wahr?«, fragte Frank, nun wieder an Amelie gewandt.

»Was?«, gab sie zurück, obwohl sie zu wissen glaubte, worauf er hinauswollte.

»Dass etwas geschehen ist heute Nachmittag. Ich meine, mit uns.«

Amelies Herz schlug plötzlich schneller. »Ich hätte noch Stunden mit dir durch die Gassen gehen und plaudern können«, hörte sie sich selbst sagen. »Ich war fast enttäuscht, als wir das Hotel erreichten. Viel lieber wäre ich weiter mit dir allein gewesen. Sieh dich nur um: Immer wieder blicken die Gäste hierher – du bist eben der berühmte Frank Levant.«

»Und mit dem willst du im Grunde gar nicht zusammen sein, richtig?«

Amelie fühlte sich elend. Was war nur los mit ihr? Ihre Gefühle spielten völlig verrückt, und am liebsten wäre sie aufgesprungen, hinausgerannt und einfach nur gelaufen, um endlich wieder einen klaren Kopf zu bekommen. Stattdessen blieb sie sitzen und blickte Frank bedauernd an.

»Entschuldige mich kurz!«, bat er und stand auf.

»Bitte, Frank, keine weitere Überraschung!« Ihre Stimme klang beinahe flehentlich.

»Nein, keine weitere Überraschung«, versicherte er ihr und ging eiligen Schrittes hinaus. Einige Minuten später war er wieder da und streckte ihr die Hand entgegen. »Komm mit mir mit, bitte!«, forderte er sie auf.

Amelie nahm ihre Serviette vom Schoß und legte sie auf den Tisch. Dann stand sie auf.

»Was hast du vor?«

Frank lächelte nur, nahm ihre Hand und führte sie aus dem Restaurant.

»Was ist mit dem Essen?«, fragte sie, als sie die Hotelhalle betraten, doch im selben Moment sah sie einen Koch auf sie zukommen, der einen Korb in der Hand trug.

»Wie von Ihnen gewünscht, Monsieur Levant«, sagte er und hielt Frank den Korb entgegen.

»Vielen Dank«, gab Frank zurück, zog einen Schein aus seiner Hosentasche und reichte ihn dem Mann, während er mit der anderen Hand den Korb entgegennahm.

Amelie sah ihn verwundert an.

»Kennst du den Jardin du Luxembourg?«, fragte er, während er sie in Richtung Ausgang schob.

»*Bien sûr*. Den Schlosspark«, antwortete Amelie. »Die Blumen dort sind wundervoll.«

»Eben. Und genau dort werden wir heute unser Abendessen einnehmen.« Er deutete auf den Korb. »Baguette, Käse, Wein und ein paar Früchte. Mehr nicht.«

Amelie lachte. »Ist das dein Ernst?«

»Mein voller Ernst«, bekräftigte Frank, dann liefen sie ausgelassen die Stufen vor dem Hotel hinunter und rannten über das Trottoir, lachend und unbeschwert.

Amelie konnte nicht sagen, was es war, was Frank und sie auf eine ganz eigene, fast magische Weise miteinander verband, aber sie spürte, dass sie es gern herausfinden wollte. Denn ganz tief in ihrem Innern trug sie die Hoffnung, dass ihre Sehnsucht nach Glück womöglich doch noch gestillt werden könnte.

II. Kapitel

Park Bois de Boulogne

Von der Leichtigkeit, die hier in Paris mein ständiger Begleiter war, ist nichts mehr zu spüren.

Jack King

Er war stundenlang herumgelaufen, ohne dass er bewusst eine bestimmte Richtung eingeschlagen hätte. Das Gespräch mit Russell hatte ihn mehr als nur nachdenklich gestimmt. Irgendwie hatte er das Gefühl, als hätte ihn das, was er in Amerika so unbedingt hatte zurücklassen wollen, nun eingeholt und seine unbekümmerte Art, die Welt zu sehen und das Leben in Paris zu genießen, wie eine Seifenblase zerplatzen lassen.

Er hatte sich Russell gegenüber nicht undankbar zeigen wollen und war sich der Verpflichtung seinem Land gegenüber durchaus bewusst, stimmte es doch, was Russell gesagt hatte. Nur wegen des G.I.-Bill-Programms für Soldaten, die während des Zweiten Weltkriegs gedient hatten, bekam er überhaupt die Gelegenheit, sich ein Leben in dieser wundervollen Stadt aufzubauen. Er hatte geglaubt, die Army und der Krieg würden endgültig hinter ihm liegen, was anscheinend naiv gewesen war. Doch nun, da Russell ihm seine Verpflichtung, dem Vaterland auch weiterhin zu dienen, vor Augen geführt hatte, machte sich eine diffuse, nicht recht zu greifende Furcht in ihm breit.

Wobei benötigte der Major so dringend seine Hilfe? Er war nur ein einfacher Soldat gewesen, wie sollte er der Army da von Nutzen sein? Und jetzt war er Maler, ein erfolgloser noch dazu, der nicht die geringste Ahnung von irgendwelchen geheimen Dingen hatte, die in Paris offenbar vor sich gingen. Was sollte er tun, um Major Russell Thompson und seinem Vaterland zu helfen? Es mochte hundert andere ehemalige US-Soldaten geben, die ebenfalls eine neue Heimat in Paris gefunden hatten und die Russell Thompson sicher gern behilflich wären.

Die Hände in den Hosentaschen vergraben, trat Jack missmutig gegen einen Stein, der vor ihm auf dem Weg lag. Der Stein schoss ein Stück nach vorn und blieb liegen. Jack trat erneut dagegen, dann blickte er auf, um sich zu orientieren. Wo war er eigentlich gelandet? Diese Gegend kannte er nicht. Er drehte sich einmal um seine eigene Achse und blickte dann den Weg zurück, den er gekommen war. Er befand sich in einem Park, das war offensichtlich. Doch wo? Jack sah auf die Uhr – es war bereits fast halb vier. Er war schon seit Stunden unterwegs, hatte gar nicht bemerkt, dass er die belebten Straßen der Stadt verlassen hatte. Ein junges Paar kam ihm entgegen, und Jack fragte, wo er sich befand, dann erkundigte er sich nach dem Weg zum Montmartre.

Er sei im Bois de Boulogne, erhielt er als Auskunft, anschließend ließ er sich die Strecke erklären. Jack hatte von dem Park schon einmal gehört, jedoch nicht geglaubt, so weit gegangen zu sein. Bis zur Rue de la Bûcherie müsste er etwa sieben Kilometer zurücklegen, er würde also gute eineinhalb Stunden brauchen.

Es dauerte eine Weile, bis ihm die Gegend wieder bekannt vorkam. Es begann ein wenig zu nieseln, und Jack schlug den Kragen seines Jacketts hoch und senkte den Kopf. Das Wetter passte zu seiner Stimmung, und er wusste, dass er heute seine Staffelei und Farben gar nicht erst hervorzuholen brauchte. Nicht nur weil er bei diesem Wetter draußen ohnehin nicht malen könnte, sondern vielmehr weil er sich bei den zahllosen Gedanken, die ihm unablässig durch den Kopf wirbelten, ganz sicher nicht auf seine Arbeit konzentrieren könnte.

Nachdem er die große Grünanlage Square Alexandre-et-René-Parodi passiert hatte, bog er auf die Avenue de la Grande Armée ein und erreichte bald den Arc de Triomphe de l'Étoile, eines der bekanntesten Wahrzeichen von Paris. Obwohl er schon oft davorgestanden hatte, war er auch jetzt wieder beeindruckt von dem rund fünfzig Meter hohen Gewölbebogen.

Der Regen wurde stärker, und Jack lief weiter zur Avenue des Champs-Élysées, um sich unter einem Vordach unterzustellen. Er wollte den Schauer abwarten, doch der Regen schien immer heftiger zu werden. Es war noch ein gutes Stück bis zur Rue de la Bûcherie, und um sechs war er bereits mit Russell Thompson am Place du Tertre verabredet. Zwar war dieser nicht weit von seiner Unterkunft entfernt, doch nass, wie er war, würde er sich zuvor vollständig umziehen müssen, es wäre also besser, nicht mehr allzu viel Zeit verstreichen zu lassen. Leicht widerstrebend trat er unter dem Vordach hervor und eilte weiter.

Er folgte der Avenue des Champs-Élysées bis zum Place de la Concorde mit dem charakteristischen Obelisken. Der Regen prasselte nur so auf ihn herab, und inzwischen war er bis auf die Haut durchnässt und hatte kein trockenes Stück Stoff mehr am Leib.

Als er schließlich das Ufer der Seine erreichte, wurde der Regen weniger, und bald darauf, in Höhe des Louvre, verzogen sich die Wolken vollends. Noch bevor er seine Lieblingsbrücke, die Pont Neuf, erreichte, hatte es aufgehört zu regnen, und die Sonne brach durch die Wolken. Jack überquerte die Seine und die Île de la Cité, wandte sich an ihrem Ende nach links auf den Quai des Grands Augustins, um nach wenigen Minuten schließlich in der Rue de la Bûcherie anzukommen.

»Was ist denn mit dir passiert?«, fragte George, als Jack das *Le Mistral* betrat.

»Ich habe eine unfreiwillige Regendusche genommen«, antwortete Jack, durchquerte den Laden und eilte die Stufen hinauf in seine Kammer. Oben angekommen, sah er erneut auf die Uhr – es war bereits nach fünf. Eilig fing er an, sich zu entkleiden, doch er hatte Mühe, die klatschnassen Sachen vom Körper zu streifen.

Sein Blick fiel auf die beiden Theaterkarten, die auf dem Tisch lagen und die er als Erinnerung an den gestrigen Abend behalten wollte. Seine Mundwinkel zuckten in die Höhe, als er an Rose dachte, die er eigentlich heute hatte besuchen wollen, um sie dazu zu überreden, sich erneut mit ihm zu verabreden.

Er hob seine nassen Sachen auf und ging damit ins Bad, wo er sie an eine Wäscheleine hängte. Anschließend nahm er sich aus der Kommode frische Unterwäsche und öffnete den Schrank. Er hatte nur einen einzigen Anzug zum Wechseln, aber wenigstens hatte er gerade erst seine Hemden in Ordnung gebracht. Sobald er fertig angezogen war, blickte er auf seine Uhr und ging dann zum Tisch. Nachdenklich nahm er die beiden Theaterkarten in die Hand. Rose. Sie war so schön und klug. Ihr Lächeln war hinreißend, und in ihrem Blick lag etwas so herzlich Unbekümmertes, dass ihm das Herz noch schwerer wurde bei dem Gedanken, sie nicht sehen zu können, weil er sich mit Russell treffen musste.

Und wenn er nun einfach nicht hinginge? Sicher wäre Russell von ihm enttäuscht, und das zu Recht. Jack schüttelte den Kopf. Natürlich würde er hingehen. Auf ihn war stets Verlass gewesen, und er würde Thompson auch jetzt nicht enttäuschen, ganz abgesehen davon, dass er nicht sicher war, welche Folgen dies für ihn haben könnte. Doch bevor er aufbrach, wollte er im Restaurant von Madame Lilou vorbeischauen und sie bitten, ihn das Telefon benutzen zu lassen, damit er Rose anrufen konnte. Seine Stimmung hob sich, aber dann fiel ihm ein, dass er nicht wusste, unter welchem Anschluss die Chevaliers zu erreichen waren, und er seit seiner Ankunft in Paris noch nie versucht hatte, eine Telefonnummer herauszufinden.

Wie dies in den Staaten ging, wusste er. Doch hier? Würde sein Französisch dafür ausreichen? Vielleicht könnte er Madame Lilou um Hilfe bitten. Nein, auch das war nicht möglich, denn ein neuerlicher Blick auf die Uhr verriet ihm, dass nicht mehr genug Zeit für einen Abstecher zum Restaurant war, wollte er nicht riskieren, zu spät zu dem Treffen mit Russell zu kommen. Seufzend legte er die Theaterkarten wieder auf dem Tisch ab, strich seine immer noch nassen Haare zurück, setzte den Hut auf und verließ die Unterkunft.

»Victor Hugo ist weit mehr als nur ein Klassiker«, hörte er George sagen, als er das *Le Mistral* durchquerte. Der Buchhändler stand am Tresen und unterhielt sich mit einem Mann, den Jack noch nie gesehen hatte. »Sein Einfluss auf moderne Werke ist noch heute in den Werken vieler junger Schriftsteller zu erkennen.«

»Dem stimme ich zu«, pflichtete der Mann ihm bei. »Wenngleich ich der Ansicht bin, dass er auch die Politik entscheidend geprägt hat.«

»Tatsächlich denke ich, dass die schriftstellerische Arbeit Hugos von der politischen zu trennen ist«, entgegnete George und sah kurz auf, als Jack die Hand zum Gruß hob und die Tür öffnete, um auf die inzwischen wieder trockene Straße hinauszutreten.

Die Luft war kühler als am Nachmittag, und Jack bedauerte, dass er seinen Mantel oben gelassen hatte, doch wenn er rechtzeitig zu dem Treffen mit Russell kommen wollte, blieb ihm keine Zeit mehr, ihn zu holen. Also unterdrückte er ein leichtes Frösteln und machte sich auf den Weg.

Um kurz vor sechs erreichte er den Place du Tertre, sah sich um und ging langsam weiter. Er konnte Russell nirgendwo sehen, obwohl weit weniger Menschen als sonst unterwegs waren. Bestimmt hatten die meisten vor dem Regen Reißaus genommen und verzichteten darauf, ihre Bilder heute noch einmal auszustellen.

Plötzlich spürte er eine Hand auf der Schulter und drehte sich abrupt um.

»Russell«, gab er erschrocken von sich. Er hatte ihn nicht kommen sehen, obwohl er gerade eben noch genau in die Richtung geblickt hatte, aus welcher der Major nun an ihn herangetreten war.

»Nie die Deckung aufgeben, Soldat«, sagte Russell, »und die Augen immer überall haben.«

Das ungute Gefühl, das Jack den ganzen Weg über begleitet hatte, verstärkte sich. Er nickte wortlos.

»Komm«, forderte Russell ihn auf. »Ich möchte dir etwas zeigen.«

»Wohin gehen wir?«, erkundigte er sich.

»Das wirst du gleich sehen«, antwortete Russell ausweichend und setzte sich so zügig in Bewegung, dass Jack sich beeilen musste, mit ihm Schritt zu halten.

»Hast du heute gar nicht mehr gemalt?«, fragte Russell, als er zu ihm aufgeschlossen hatte.

»Nein, wieso?«, wollte Jack verwundert wissen, doch er bekam keine Antwort. Hatte Russell etwa an den Orten, an denen er üblicherweise saß, nach ihm gesucht? Doch wusste er überhaupt, wo Jack seine Staffelei aufzustellen und seine Bilder anzubieten pflegte? Ja, gab er sich selbst die Antwort, die er instinktiv längst kannte. Russell hatte ihn gestern Abend keineswegs rein zufällig im Lido getroffen, sondern wusste sehr genau, wo Jack seine Tage verbrachte.

»So, da wären wir«, verkündete Russell, als sie vor einem Hauseingang in der Rue Cortot stehen blieben.

»Wo wären wir?«, fragte Jack.

»Lass dich überraschen«, antwortete Russell, zog einen Schlüssel hervor und schloss die Tür auf, dann ging er vor Jack die Treppe hinauf. Im ersten Stock angekommen, öffnete er eine Appartementtür auf der linken Seite und bedeutete Jack, einzutreten.

Jack kam seiner Aufforderung nach, ging über den Flur und fand sich in einem Wohnzimmer mit einem Tisch, zwei Sesseln und einer Kommode, auf der ein Radio stand, wieder. Außerdem gab es zwei Stehlampen und einen höheren Schrank mit Glaseinsatz, hinter dessen Türen Porzellan und Gläser zu erkennen waren.

»Wo sind wir hier?«, fragte er.

»Wir sind in deiner Wohnung«, antwortete Russell. »Also, wenn du sie haben willst. Da hinten befinden sich ein Schlafzimmer, eine kleine Küche und das Bad.«

Jack sah sich um. »Ich glaube kaum, dass ich sie mir leisten kann«, stellte er fest.

»Darum musst du dir keine Gedanken machen. Sie gehört uns, und du musst keinen müden Franc dafür bezahlen.«

»Uns?«

»Unserem gemeinsamen Vaterland«, antwortete Russell. »Komm, ich zeige dir den Rest.«

Jack folgte Russell aus dem Wohnzimmer hinaus, ging dann mit ihm in die Küche und besichtigte anschließend Schlafzimmer und Bad, bevor sie in die Küche zurückkehrten. Russell trat an einen der Schränke, holte zwei Gläser und einen Whisky hervor und stellte alles auf dem Küchentisch ab. Dann setzte er sich und füllte die Gläser.

»Nimm Platz«, forderte er Jack auf und schob ihm ein Glas zu.

»Und? Wie gefällt es dir?«

»Gut. Die Wohnung ist weit besser als meine Unterkunft über dem Buchladen«, stellte Jack fest.

»Na dann.« Russell hob das gefüllte Glas und wartete, bis Jack es ihm gleichtat. »Auf deine neue Unterkunft.« Sie ließen die Gläser aneinanderklingen.

»Einfach so?«, fragte Jack, nachdem er einen Schluck getrunken hatte.

»Du klingst wirklich sehr misstrauisch«, stellte Russell fest.

»Was ist los mit dir, dass du mir nicht vertraust?«

»Ich vertraue dir«, hielt Jack dagegen. »Doch du wirst verstehen, dass ich mich frage, was ich dafür zu tun habe.«

»Nichts, was ich nicht ohnehin von dir erwarten würde«, erwiderte Russell. »Die Wohnung ist nur die Beigabe.«

Jack trank noch einen Schluck, abwartend, was Russell als Nächstes sagen würde, doch dieser sah ihn nur an.

»Und was genau erwartest du von mir?«, brach er nach einer Weile das Schweigen.

»Weit weniger, als du vermuten wirst«, antwortete Russell. »Ich möchte, dass du weiter deiner Arbeit als Maler nachgehst und dich lediglich ein wenig umhörst in den Künstlerkreisen, in denen du ohnehin verkehrst.«

»Umhören? Und worauf soll ich achten?«

»Auf alles, was dir ungewöhnlich erscheint«, gab Russell vage Auskunft.

Damit wusste Jack nichts anzufangen. »Ungewöhnlich ... Da müsstest du schon genauer werden, Russell. Ich habe absolut keine Ahnung, worum es eigentlich geht.«

Thompson füllte die Gläser nach.

»Also gut«, sagte er zögernd, als würde er sich erst in diesem Moment dazu entscheiden, Jack ins Vertrauen zu ziehen. »Es gibt da jemanden, der falsche Informationen an die Öffentlichkeit bringen will, deren Inhalt zu einer massiven Belastung für die französisch-amerikanischen Beziehungen werden könnte. Dieser Jemand soll sich angeblich in Künstlerkreisen bewegen.«

»Hm. Was für Informationen?«, fragte Jack.

»Nun, der Frieden ist nicht jedermanns Sache«, antwortete Russell. »Es geht um Unterlagen, die der Presse zugespielt werden sollen.« Russell sah ihn an. »Hast du von dem Toten gehört, der aus der Seine gezogen wurde?«

»Ja.«

»Er war Journalist und unseren Informationen zufolge kurz davor, den falschen Informanten auffliegen zu lassen. Deshalb wurde er offenbar getötet.«

Jack zuckte kaum merklich zusammen.

»Sein Name war Antoine Marchand. Er galt als angesehener Journalist und wird erkannt haben, dass ein Komplott gegen Amerika im Gange ist. Eine solche Weitsicht trauen wir nicht jedem zu.«

»Wir?«

»Ich bin nicht der Einzige, der zu verhindern versucht, dass diejenigen, die unser Verhältnis zu Frankreich zerrütten wollen, damit durchkommen.«

Jack überlegte. Er war von etwas ganz anderem ausgegangen, vor allem aber schien das, was Russell sagte, genau seinen eigenen Interessen und Werten zu entsprechen. Wer auch immer den Frieden gefährden wollte, musste selbstverständlich daran gehindert werden. Er trank noch einen Schluck Whisky und stellte das Glas dann energisch ab. In ihm machte sich Erleichterung breit. »Ich bin dabei«, sagte er. »Ich freue mich, wenn ich etwas für mein Land tun kann. Dass ich dafür auch noch eine so schöne Wohnung bekomme, ist ein mehr als großzügiger Lohn.«

»Du erhältst zudem eine nicht unbeträchtliche Aufwandsentschädigung für deine Auslagen«, erinnerte ihn Russell.

Jack hob beschwingt das Glas. »Die Gehaltsliste ...« All seine Sorgen waren von einem Augenblick auf den anderen verschwunden. »Also«, fragte er den Major, »was genau soll ich tun?«

Thompson stieß das Glas gegen seins. »Ich bin froh, dass du zur Vernunft gekommen bist. Na dann, hör zu, Jack«, forderte er ihn auf und begann zu erzählen, und während Jack zuhörte, hatte er das Gefühl, dass sein neues Leben, das er hier in Paris führen wollte, jetzt erst richtig begann.

12. Kapitel

Wohnung der Familie Chevalier, 25 Quai Anatole France

Mein Alltag ist eine Anhäufung von besonderen Momenten, gleich einem impressionistischen Gemälde. Ich spüre, dass etwas Neues vor mir liegt. Und ich kann es kaum erwarten, das zu erleben.

ROSE CHEVALIER

Was war denn das für ein immer wiederkehrendes Geräusch?

Rose war nicht lange nach dem Mittagessen mit dem Fahrrad zum Place d'Italie gefahren, um den Film bei Martin zum Entwickeln abzugeben. Martin hatte ihr versprochen, dass sie die Fotos gleich morgen würde abholen können. Wie sehr sie sich schon darauf freute! Sie konnte es kaum erwarten, die Bilder von gestern Abend zu sehen, die zunächst sie und dann später Jack und sie gemacht hatten. Hoffentlich waren sie etwas geworden und nicht gar zu verwackelt, weil Jack und sie beim Fotografieren getanzt hatten.

Nach dem Besuch bei Martin war sie noch ein wenig durch die Stadt geschlendert, vor allem durchs Künstlerviertel, denn im Stillen hatte sie gehofft, Jack dort anzutreffen. Aber das war nicht der Fall gewesen, also war sie nach Hause zurückgekehrt und hatte sich mit Agatha Christies Kriminalroman *Death on the Nile* in ihr Zimmer zurückgezogen. Am liebsten las sie Bücher im Original, zumindest wenn diese auf Englisch, Deutsch, Italienisch oder Spanisch erschienen waren. Es half Rose dabei, die Sprachen, die sie beherrschte, »frisch« zu halten. Agatha Christie zählte zu ihren Lieblingsautorinnen, weil diese es so wunderbar verstand, die Lesenden in die Irre zu führen. Ihr gefiel es, auf jedes noch so kleine Detail zu achten, das später vielleicht noch wichtig werden könnte. Ein wenig erinnerte sie das an ihr Verständnis von Fotografie und Kunst, konnte doch das Alltägliche, das Unscheinbare, eine solche Schönheit in sich tragen, dass es sich lohnte, es zu fotografieren. Sie hatte jedoch schnell gemerkt, dass sie sich gar nicht richtig auf das Buch hatte konzentrieren können, da sie unablässig darauf lauschte, ob womöglich das Telefon oder die Türklingel läutete. Doch das geschah nicht.

Enttäuscht, weil Jack sich nicht bei ihr meldete, hatte sie sich nach dem Abendessen erneut in ihr Zimmer zurückgezogen. Ihren Eltern hatte sie gesagt, sie wolle das Buch zu Ende lesen und zeitig schlafen gehen, weil sie morgen früh wieder zur Universität musste und der gestrige Abend lang genug gewesen war. Und obwohl sie sich nicht wirklich hatte konzentrieren können, war sie bis zur letzten Seite gekommen und gleich danach eingeschlafen.

Bis dieses seltsame Geräusch sie geweckt hatte. Was mochte das sein? Wenn sie sich nicht täuschte, kam es von nebenan, aus dem Schlafzimmer ihrer Eltern. Nein, das stimmte nicht. Es kam von draußen ... und jetzt war es plötzlich verstummt. Stattdessen hörte sie nun die Stimme ihres Vaters. Rose schaltete das Licht ein, stand auf und ging zum Fenster, das sie öffnete, um hinunter auf die Straße zu blicken. Sie zuckte zurück, dann beugte sie sich wieder vor. Ihr Vater lehnte sich aus dem geöffneten Fenster des Nebenzimmers und schaute ebenfalls hinunter auf die Straße, wo Jack stand, die Lippen zu einem breiten Grinsen verzogen.

»Da bist du ja!«, lallte er. »Rose, meine wunderschöne Rose!«

»Würdest du deinem Verehrer sagen, dass er gefälligst den Mund halten soll, bevor noch alle Nachbarn wach werden?«, beschwerte sich Arthur.

»Natürlich, verzeih bitte, Papa«, gab Rose zurück. »Geh wieder schlafen.«

»Und wenn er schon meint, Steine auf unsere Fenster werfen zu müssen, dann soll er wenigstens dein Zimmer treffen und nicht unseres«, schimpfte Arthur weiter.

»Sicher, bitte verzeih«, wiederholte Rose beschämt.

»Ja, bitte verzeihen Sie!«, rief Jack laut hinauf. »Ich wollte nur zu der wunderschönen Rose.«

»Sei still!«, zischte Rose und sah, wie ihr Vater die Augen verdrehte.

»Gute Nacht, *ma petite fille*, und bitte, bring diesen Schreihals zum Schweigen.«

Rose nickte, worauf ihr Vater das Fenster schloss.

»Scht«, machte sie und hielt sich den Zeigefinger vor den Mund. »Ich komme runter. Aber nur, wenn du keinen Piep mehr von dir gibst.« Eilig schloss sie das Fenster und zog ihren

Morgenmantel über. Dann nahm sie ihre Schlüssel, warf einen raschen Blick in den Spiegel und fuhr sich durch die Haare. Zu gern wäre sie kurz ins Bad gegangen, um sich wenigstens zu kämmen oder bestenfalls ein wenig Parfüm aufzulegen, doch ihre Sorge, dass Jack weiter auf der Straße herumkrakeelen würde, war einfach zu groß.

»Ist etwas geschehen?«

Milou, das Mädchen der Chevaliers, trat aus ihrem Zimmer auf den Flur und sah Rose erschrocken an.

»Nichts, Milou. Gar nichts. Geh wieder schlafen.« Rose schlüpfte mit nackten Füßen in die Stiefel und nahm ihre Jacke von der Garderobe, die sie über den Morgenmantel zog.

Milou hatte kaum die Zimmertür hinter sich geschlossen, als Rose auch schon zur Wohnungstür huschte und die Treppe hinunter zur Haustür lief. Sie trat hinaus und sah Jack auf den Eingangsstufen sitzen. Als er sie erblickte, stemmte er sich mit einiger Mühe wieder hoch.

»Einen wunderschönen guten Abend, zauberhafte Rose.« Er versuchte, sich zu verbeugen, doch dabei geriet er ins Taumeln. Rose musste ihn festhalten, damit er nicht die Treppe hinunterfiel.

»Lass den Unsinn, Jack. Was ist denn nur in dich gefahren?«, schimpfte sie und sah zum Schlafzimmerfenster ihrer Eltern hinauf. Das Licht war erloschen, und sie konnte nur hoffen, dass die beiden, vielmehr ihre Mutter, nicht im Dunkeln hinter der Gardine standen und zu ihnen hinuntersahen.

»Ich hatte solche Sehnsucht nach dir.« Jack sah sie von der Seite an, dann grinste er breit, hob die Hand und berührte ihre Haare. »Du siehst süß aus, wenn deine Haare so abstehen.«

»Ich sehe überhaupt nicht süß aus. Du benimmst dich unmöglich. Ich sollte die Gendarmen rufen und dich abführen lassen«, stieß sie verärgert hervor.

»Aber warum sollen sie mich abführen? Ich bin doch gerade erst gekommen«, lallte er überrascht.

»Weißt du überhaupt, wie spät es ist?«, beschwerte sich Rose. Jack schüttelte den Kopf, dann schob er den Ärmel seiner Anzugjacke zurück und starrte auf seine Armbanduhr. »Die ist verschwommen, da musst du selbst nachgucken.«

Rose atmete tief durch und warf einen kurzen Blick aufs Zifferblatt. »Es ist fast halb drei in der Nacht, Jack.« Sie rieb sich die Arme. »Und es ist viel zu kalt, um sich hier draußen herumzutreiben.«

»Dann bittest du mich rein?«, fragte er erfreut. »Das ist nett von dir.«

»Ganz sicher bitte ich dich nicht herein«, widersprach Rose. »Du spinnst wohl. Ich kann mir lebhaft vorstellen, was meine Eltern von deinem Auftritt hier halten.«

»Denkst du, sie mögen mich nicht?« Er zog die Stirn in Falten.

»Ach, Jack, du bist völlig betrunken. Geh nach Hause und schlaf deinen Rausch aus.«

»Aber ich bin gekommen, um dir den Sternenhimmel zu zeigen«, widersprach er und hob die Hand. »Siehst du? Ganz viele Sterne, und die Nacht ist wunderschön klar.«

»In der Tat, ganz wunderschön. Trotzdem gehe ich jetzt ins Bett und du nach Hause. Gute Nacht.« Rose stand auf und blickte kurz nach oben. Das Schlafzimmerfenster ihrer Eltern war einen Spalt breit geöffnet. Vermutlich wollte ihre Mutter das Gespräch mitbekommen. Das konnte doch alles nicht wahr sein.

»Ich weiß aber den Weg nicht«, jammerte Jack. »Egal. Dann schlafe ich eben hier«, und anstatt die Treppe hinunterzusteigen und den Heimweg anzutreten, legte er sich auf die oberste Stufe und schloss die Augen.

»Bist du verrückt geworden? Du kannst hier nicht liegen und schlafen.« Sie rüttelte ihn. »Steh auf, Jack. Sofort!«

»Ich bin zu müde.« Er gähnte herzhaft.

»Jack!«, rief sie laut, zu laut, was sie sofort bereute, da nun ein Licht im oberen Stock des Nachbarhauses anging und gleich darauf das Fenster geöffnet wurde.

»Was zum Teufel ist denn da unten los?«, fragte Monsieur Kempé verärgert.

»Entschuldigung, Monsieur Kempé!«, rief Rose hinauf. »Es kommt nicht wieder vor.«

»Hoffentlich!«, entgegnete dieser unwirsch, dann wurde das Fenster wieder geschlossen.

»Um Himmels willen, Jack, ich bitte dich!«, flehte Rose leise. Was sollte sie nur tun?

Ein weiteres Licht ging an, diesmal im Haus, kurz darauf trat ihr Vater vor die Tür. Arthur Chevalier schüttelte den Kopf. »Da hast du dir ja einen feinen Verehrer angelacht, *ma petite fille*.«

»Es tut mir so leid, Papa. Er hat sich einfach hier hingelegt und will schlafen.«

»Weißt du, wo er wohnt?«, fragte Arthur. »Dann hole ich den Wagen, und wir fahren ihn nach Hause.«

Rose schüttelte den Kopf. »Nein, ich weiß es nicht.«

»Ich wohne in der Rue de … nein, jetzt nicht mehr«, lallte

Jack. »Jetzt wohne ich in der ...«, er brach ab, und Rose sah ihren Vater Hilfe suchend an.

»Na schön, junger Mann, sei's drum.« Arthur fasste Jacks Arm und zog ihn hoch.

»Aufstehen, mein Junge. Sie verbringen die Nacht bei uns.«

»Wirklich?« Rose sah ihren Vater überrascht an.

»Willst du ihn etwa hier liegen lassen, oder sollen wir ihn ins Auto laden und so lange durch die Gegend fahren, bis ihm wieder einfällt, wo er wohnt?«, gab Arthur zurück.

Rose antwortete nicht, sondern fasste stattdessen beherzt Jacks anderen Arm. Gemeinsam schafften sie ihn durchs Treppenhaus in die Wohnung, wo sie bereits Roses Mutter kopfschüttelnd erwartete.

»Es tut mir leid, *maman*«, brachte Rose kleinlaut hervor.

»Wenn du ihn nicht dazu aufgefordert hast, gibt es keinen Grund, dass du dich entschuldigst«, ließ Arthur sich keuchend vernehmen. »Entschuldige dich nie für die Taten der anderen. Sie würden es für dich auch nicht tun.«

Francine deutete wortlos in Richtung Wohnzimmer. »Ich habe ein Laken auf die Chaiselongue gelegt. Dort kann er schlafen.«

»Der Kerl ist ja zentnerschwer«, beschwerte sich Arthur, nachdem sie sich ihrer Last entledigt hatten. »Man mag es ihm nicht ansehen, aber Hunger leidet er nicht.«

»Danke, Papa«, sagte Rose. »Ich weiß wirklich nicht, wie er auf die dumme Idee gekommen ist, einfach hier aufzutauchen.«

»Ich schon.« Arthur schmunzelte. »*L'amour, ma petite fille. L'amour!*«

Rose spürte, dass sie rot wurde. »Ich hole ihm noch ein

Kissen und eine Decke, dann gehe ich wieder schlafen. *Merci beaucoup, maman et papa!*«

Ihre Eltern tauschten einen Blick. »Komm, Arthur, gehen wir wieder ins Bett«, sagte ihre Mutter dann und sah sie streng an. »Ich erwarte, dass du deine Zimmertür verschließt.« »Selbstverständlich, *maman*«, versicherte Rose.

Arthur beugte sich zu ihr und gab ihr einen Kuss auf die Wange. »Es mag dumm sein, was er getan hat«, flüsterte er und blickte auf Jack, »doch sein Motiv ist durchaus verständlich.«

Rose schaute verlegen zu Boden. »Gute Nacht, Papa. Und nochmals vielen Dank.«

Arthur zwinkerte ihr zu, dann legte er den Arm um Francines Schulter und verließ zusammen mit ihr das Wohnzimmer.

Rose blieb allein mit Jack zurück, der lächelnd auf der Chaiselongue lag. So ein dummer Kerl! Und wie peinlich ihr das alles war! Trotzdem konnte sie sich das Schmunzeln nicht verkneifen. Eilig holte sie ein Kissen aus dem großen Schrank im Flur, schob es ihm unter den Kopf, dann breitete sie eine weiche Wolldecke über ihm aus.

»Rose«, seufzte Jack zufrieden und drehte sich auf die Seite.

Was für ein dummer, verrückter Kerl! Doch das warme, ja sogar verliebte Gefühl, das sie bei seinem Anblick verspürte, konnte und wollte sie nicht leugnen. Sie gab einen Kuss auf ihren Zeigefinger, legte diesen auf seine Wange, dann drehte sie sich um und kehrte in ihr Zimmer zurück. Wie von der Mutter befohlen, verschloss sie ihre Tür, doch wenn sie ehrlich war, hätte sie sie am liebsten weit offen stehen lassen.

Den Rest der Nacht über tat Rose kein Auge mehr zu und wälzte sich bloß unruhig im Bett hin und her. Am frühen Morgen hielt sie es nicht mehr aus, ging ins Bad, machte sich frisch und kleidete sich an. Dann setzte sie sich auf die Bettkante und lauschte auf die Geräusche im Haus. Gegen sechs hörte sie Milou in der Küche klappern. Auf dem Flur klappte eine Tür. Rose sprang auf und eilte aus dem Zimmer. Ihr Vater war soeben aus dem Bad gekommen und schickte sich an, ins Schlafzimmer zurückzukehren, um sich anzukleiden.

»*Bonjour*«, flüsterte sie ihm zu.

»Guten Morgen, *ma petite fille*«, gab er gut gelaunt zurück und zog den Gürtel seines Morgenmantels enger. »Na, hast du noch ein wenig Schlaf bekommen?«

»Eher nicht«, gab Rose kleinlaut Auskunft. »Papa«, sagte sie dann, »was soll ich denn jetzt mit ihm machen?« Sie deutete mit einer Kopfbewegung in Richtung Wohnzimmer.

»Nun, das Beste wäre wohl, du würdest ihn wecken und ins Bad schicken, damit er sich zurechtmachen kann. Nur nicht in unseres. Wenn er da drin ist und deine Mutter hineinwill, möchte ich nicht dabei sein!« Er schmunzelte amüsiert. »Und anschließend frühstücken wir alle zusammen.« Arthur rieb sich die Hände. »Wollen wir doch mal sehen, was für ein junger Mann dieser Jack King ist.«

»Du willst, dass er bei uns frühstückt?«, fragte Rose überrascht.

»Na, sicher«, gab Arthur ganz selbstverständlich zurück. »Wieso überrascht dich das? Essen Amerikaner heutzutage nicht mehr?«

Rose legte den Kopf schräg. »Bitte veralbere mich nicht,

Papa. Ich fühle mich ohnehin nicht gut nach dem Theater heute Nacht.«

»Ach, *ma petite fille,* du siehst das alles viel zu eng. Ja, deine *maman* wird kritisch sein, doch wie du weißt, ist sie ein herzensguter Mensch. Außerdem wäre es um einiges unangenehmer, wenn er sich jetzt davonschleichen würde wie ein geprügelter Hund und wir ihn dann irgendwann offiziell kennenlernen.« Er legte ihr den Zeigefinger unters Kinn. »Nun geh schon. Schreiten wir der peinlichen Situation hoch erhobenen Hauptes entgegen!« Arthur zwinkerte ihr zu, dann kehrte er ins Schlafzimmer zurück und schloss die Tür hinter sich.

Rose atmete noch einmal tief durch, straffte die Schultern und klopfte an die Wohnzimmertür. Jack schlief noch, als sie eintrat.

Rose ging zu ihm und berührte vorsichtig seine Schulter. »Jack«, flüsterte sie. »Jack, wach auf.«

Er gab ein Geräusch von sich, das in Roses Ohren wie ein Knurren klang. Dann drehte er sich auf die andere Seite und schlief weiter.

»Jack«, flüsterte sie erneut, und als er wieder nicht wach wurde, rüttelte sie ihn beherzt. »Jack! Aufstehen!«

Er schreckte hoch, kniff mehrere Male die Augen zusammen und schüttelte den Kopf, als wollte er ihn auf diese Weise frei bekommen. Überrascht sah er sie an.

»Rose? Wo bin ich?«

»Du bist bei uns zu Hause«, erklärte sie, worauf er erschrocken die Augen aufriss.

»Bei euch zu Hause?«, echote er.

»Allerdings. Du hast heute Nacht unten auf der Straße

gestanden, Steine gegen das Schlafzimmerfenster meiner Eltern geworfen und wolltest dann auf den Stufen vor dem Haus schlafen.«

Jack entglitten sämtliche Gesichtszüge. »Bitte, Rose, sag mir, dass du mich auf den Arm nimmst. Das ist nicht wahr, oder?«

Sie verschränkte die Arme und schmunzelte. »Was denkst du, weshalb du in diesem Moment in unserem Wohnzimmer auf der Chaiselongue liegst?«

Jack schloss die Augen und atmete geräuschvoll aus. Dann stand er eilig auf.

»Ich bitte vielmals um Entschuldigung, Rose. Mein Verhalten ist unentschuldbar. Ich werde sofort gehen, und ich kann dich nur bitten, mir zu verzeihen, wenngleich ich verstehe, dass ...«

»Komm«, unterbrach Rose seinen Redeschwall. »Ich zeige dir, wo das Bad ist, damit du dich frisch machen kannst. Anschließend können wir frühstücken.«

Jack war tiefrot geworden. »Denkst du wirklich, dass deine Eltern damit einverstanden sind?«

Sie zuckte mit den Achseln. »Wer weiß. Du wirst es wohl herausfinden müssen!« Sie lachte. »Keine Sorge, ich veralbere dich nur. Mein Vater hat den Vorschlag gemacht.«

»Tu das bitte nicht, Rose, ich fühle mich schon elend genug.«

»Tja, das hättest du dir überlegen müssen, bevor du Steine gegen das Schlafzimmerfenster meiner Eltern geworfen hast.«

Jack schlug sich beide Hände vors Gesicht, schüttelte den Kopf, dann nahm er seine Schuhe und folgte Rose in das an ihr Zimmer angrenzende Bad.

Rose setzte sich auf einen Sessel am Fenster und wartete. Es würde wieder ein schöner Tag werden, darauf ließ der wolkenlose Himmel schließen, der sich im Licht der aufgehenden Sonne rosa färbte. Wie lange das Frühstück wohl dauerte, überlegte sie. Ob sie es noch schaffte, vor der Universität bei Martin vorbeizugehen, um die entwickelten Bilder abzuholen? Vielleicht könnte Jack sie begleiten?

Die Badezimmertür wurde geöffnet, und Jack kam heraus.

»Auf in den Kampf«, sagte er. »Ich hoffe, deine Eltern verzeihen mir.«

»*Bien sûr*, allerdings kommt es sicherlich darauf an, wie sehr du jetzt deinen Charme spielen lässt«, zog sie ihn auf und ging ihm voran ins Esszimmer.

Ihre Mutter, die morgens stets etwas später aufstand, war noch nicht zugegen, doch ihr Vater saß wie immer schon am Kopfende des Tisches und nahm soeben einen Schluck Kaffee. Rose ging zu ihm und gab ihm einen Kuss auf die Wange, wie sie es jeden Morgen tat. Dann deutete sie auf Jack, der etwas zögerlich den Raum betrat.

»Papa, darf ich dir Jack King vorstellen? Jack, das ist mein Vater, Arthur Chevalier.«

Arthur erhob sich und reichte Jack die Hand. »Guten Morgen, Monsieur King.«

»*Bonjour*, Monsieur Chevalier.«

»Bitte, setzen Sie sich doch. Milou, unser Mädchen, hat neben Rose für Sie eingedeckt.«

»Vielen Dank, Monsieur«, antwortete Jack, und Rose konnte ihm ansehen, dass er sich alles andere als wohlfühlte.

»Sie hatten gestern offenbar einen lustigen Abend«, gab

Arthur unverblümt von sich und grinste breit. »Sie sind ja so weiß wie ein Savonnières.«

»Ein Savonnières?«, wiederholte Jack.

»Das ist ein Kalkstein«, erklärte Rose, worauf Jack kurz die Mundwinkel hob.

»Nun, genauso fühle ich mich auch.« Jack sah Arthur an. »Ich bitte vielmals um Entschuldigung für mein ungebührliches Verhalten, Monsieur Chevalier. Ich kann mir nicht erklären, wie das passieren konnte.«

»Das kann ich Ihnen erklären. Sie haben sich bis zur Besinnungslosigkeit volllaufen lassen«, gab Arthur launig zurück.

»Ich weiß, dass dies durch nichts zu entschuldigen ist, und ich versichere Ihnen …«

»Ach, hören Sie auf!« Roses Vater lachte. »Das ist doch jedem Mann schon mal passiert, manch einem sogar öfter.« Er schenkte sich Kaffee nach. »Greifen Sie zu, Jack. Die Croissants sind noch warm, und es wird Ihnen guttun, etwas zu essen.« Er stellte die Tasse ab. »Rose hat erzählt, dass Sie Maler sind?«

Rose lächelte ihren Vater an. Er hatte eine so wunderbare Art, mit Menschen umzugehen, und sie hoffte stets, dass man sich in ihrer Gegenwart genauso wohlfühlte wie in seiner.

»Das stimmt«, gab Jack zurück. »Also, ich versuche es zumindest.«

»Was nun? Versuchen Sie es, oder malen Sie?«

»Ich male, doch ich verkaufe noch nicht sonderlich viel.«

»Das eine hat mit dem anderen nichts zu tun. Wenn Sie malen, sind Sie Maler. Nur weil Sie noch nicht genügend Menschen von Ihrer Kunst überzeugen konnten, sind Sie es dennoch«, stellte Arthur fest. »Was malen Sie am liebsten?«

»Das kommt darauf an. Ich habe eine Weile versucht, Szenen einzufangen, beispielsweise in einem Café oder auch im Park. Es ging mir um die Stimmung der Menschen, um Lachen, Gespräche, all solche Dinge. Doch ich bin inzwischen dazu übergegangen, Bauwerke zu malen, weil diese sich besser verkaufen. Zumindest behaupten das die anderen Künstler.«

»Und? Stimmt es?«

»Nein.« Jack schüttelte den Kopf. »Leider nicht.«

»Dann sollten Sie zu dem zurückkehren, was Sie selbst möchten. Ein Künstler, der nur auf Verkauf aus ist, wird es niemals zu etwas bringen.« Arthur hob den Zeigefinger. »Mit der Kunst kein Geld zu verdienen, ist nicht weiter wild. Sich untreu zu werden, dagegen schon.«

»Ich finde auch, du solltest lieber das malen, was dich erfüllt«, pflichtete Rose ihrem Vater bei.

»Ja?«, gab dieser zurück. »Und wenn die Leute die Bilder nicht kaufen?«

»Dann musst du dir eben nebenher etwas suchen, wovon du leben kannst.« Rose überlegte. »Vielleicht solltest du deine Bilder mal meiner Mutter zeigen«, schlug sie vor. »Sie kauft des Öfteren bei den Künstlern um den Montmartre und lässt die Bilder im Hotel aufhängen. Vielleicht gefällt ihr, was du malst.«

»Das werde ich sehr gern machen«, versicherte Jack.

»Guten Morgen.« Rose wandte sich um und sah Francine im Türrahmen stehen.

»Ah, da bist du ja, *mon amour*. Wir haben gerade von dir gesprochen.« Arthur deutete von Jack zu Francine. »Jack King, das ist meine Frau. Falls Sie sich gefragt haben sollten, woher meine Tochter die Schönheit hat – da ist die Antwort.«

Jack sprang auf, machte einen Schritt auf Francine zu und deutete eine Verbeugung an. »Es ist mir eine Freude, Sie kennenzulernen.«

»Und mir ist es eine Freude, Sie auf eine andere Art kennenzulernen als heute Nacht«, gab Francine mit gekräuselten Lippen zurück.

Rose sah, wie Jack erneut tiefrot anlief. »Ich bedauere wirklich außerordentlich, wie ich mich benommen habe«, beeilte er sich zu versichern. »Ich hoffe so sehr, dass Sie mir eine zweite Chance geben und ich mich Ihnen gegenüber so zeigen kann, wie ich bin.«

»Ich gehe davon aus, dass ihr schon darüber gesprochen habt?«, fragte Francine an Arthur und Rose gewandt, ohne auf Jacks Bemerkung einzugehen, und sowohl sie als auch Jack setzten sich.

»Selbstverständlich«, versicherte Arthur seiner Frau. »Es ist bereits alles geklärt.« Er zwinkerte Rose zu, die den Blick senkte. Ihr war die Situation fürchterlich unangenehm, und Jack tat ihr leid, wenngleich ihr bewusst war, dass er wahrhaftig über die Stränge geschlagen hatte. Aber er war doch noch jung, und vielleicht war er verliebt … Sie verspürte ein flaues Gefühl, ein Flattern im Bauch und nahm sich eilig ein Croissant, obwohl sie ganz und gar nicht hungrig war.

»Mögen Sie Fußball, Jack?«, hörte sie ihren Vater fragen und schaute auf.

»Ich interessiere mich noch nicht lange dafür, sondern erst seit ein Freund mich mit ins Stadion genommen hat. Der Stimmung dort kann man sich nur schwer entziehen.«

»Wenn Sie sich spontan entscheiden müssten, welche

Mannschaft würden Sie bevorzugen?«, bohrte Arthur, und am liebsten hätte Rose Jack die Antwort zugeflüstert, die in den Augen ihres Vaters als die einzig richtige galt, doch das wäre in dieser kleinen Runde zu auffällig gewesen.

Jack hob ein wenig hilflos die Hände. »Ich fürchte, dass ich gleich noch einmal ins Fettnäpfchen trete, denn natürlich weiß ich, dass Stade Français die meisten Anhänger hat. Doch wie sagten Sie noch gleich? Ich solle mir selbst treu bleiben? Das tue ich, und deshalb muss ich mich für Racing Club de Paris aussprechen.«

»Ha!«, rief Arthur. »Wunderbar! Wunderbar! Sie gefallen mir, Jack.«

»Wirklich? Sie sind kein Stade-Français-Anhänger?«

»Ganz im Gegenteil. Ich mag die Mannschaft nicht. Die Jungs können Fußball spielen, das stimmt. Doch sie sind blutleer und ohne jede Leidenschaft. Und dieses Jahr werden wir sie weghauen.«

»Bitte, Arthur«, seufzte Francine, doch Arthur redete sich gerade erst heiß.

»Sie müssen mitkommen, Jack! Ich habe Dauerkarten, und Rose und ich werden am Wochenende zum Spiel gehen. Abderrahman Mahjoub wird auf dem Feld stehen. Der hat eine Geschwindigkeit, wenn er erst mal ins Laufen kommt!«

»Vielen Dank, Monsieur. Es wäre mir wirklich eine große Freude, dabei sein zu können ...« Er schaute zu Rose hinüber. »Natürlich nur, wenn du gestattest.«

Rose nickte. Ihr Vater warf einen Blick auf die Uhr, trank einen letzten Schluck Kaffee und schob eilig seinen Stuhl zurück.

»Ich muss ins Hotel«, verkündete er, stand auf und klopfte Jack auf die Schulter. »Das Spiel ist am Samstag. Kommen Sie gegen Mittag hierher, dann machen wir uns gemeinsam auf den Weg.« Er wandte sich zum Gehen.

»*Un moment, mon cher*«, sagte Francine und stand ebenfalls auf. »Ich bringe dich noch zur Tür.«

»Dein Vater ist nett«, sagte Jack, nachdem die beiden das Esszimmer verlassen hatten. »Und lustig.« Er verzog das Gesicht. »Doch ich denke, deine Mutter kann mir nicht besonders viel abgewinnen.«

»Es liegt an dir, sie vom Gegenteil zu überzeugen«, meinte Rose.

»Möchtest du das denn?«, fragte Jack.

Rose blickte ihn an, sagte aber nichts. Denn sie war sich sicher, dass er die Antwort in ihren Augen lesen konnte.

13. Kapitel

Café de la Paix, 5 Place de l'Opéra

Mir gefällt nicht immer, was ich tun muss. Doch ich weiß, dass es richtig ist, so zu handeln.
Russell Thompson

Russell war zufrieden mit dem Verlauf des gestrigen Abends, auch wenn sein Kopf heute schmerzte, als schlage dort drinnen jemand mit einem Vorschlaghammer um sich.

Es war nicht ganz leicht gewesen, Jack zu überzeugen und sich seiner uneingeschränkten Loyalität zu versichern. War Russell anfänglich noch davon ausgegangen, ihn allein mit einer Wohnung und einem zwar nicht großen, aber doch festen Gehalt überzeugen zu können, sich der Sache anzuschließen, so hatte er schon beim Gespräch am Seineufer feststellen müssen, dass er mit seiner vorherigen Einschätzung falsch lag.

Jack war eben kein Mensch, dem Geld viel bedeutete, also hatte Russell seine Strategie geändert und Jack bei seiner Ehre gepackt, was gut funktioniert hatte. Er mochte den jungen

Mann, und es behagte ihm nicht, ihn derartig für seine Zwecke einzuspannen, doch schlussendlich ging es einzig und allein darum, den Spion ausfindig zu machen, um sein Land vor großem Schaden zu bewahren. Zum Glück hatten sie durch den Tod des Journalisten Antoine Marchand zumindest einen Aufschub bekommen, doch damit war das Problem nur aufgeschoben, doch keinesfalls gelöst. Der Spion würde diese verdammten Papiere einem anderen Journalisten zuspielen, und es war nur eine Frage der Zeit, bis es so weit war. Es sei denn, sie konnten ihn vorher stoppen.

Russell sah auf die Uhr. Es war an der Zeit, sich auf den Weg zu seinem Treffen mit Robert McMullan zu machen, seinem Vorgesetzten beim Geheimdienst, für den er nun schon seit über fünf Jahren tätig war. Als McMullan ihn damals anwerben wollte, hatte er zunächst gezögert, doch ihm war schnell klar geworden, wie wichtig es war, seinem Land künftig auf diese Weise zu dienen. Offiziell war er noch immer Major der US Army und seit Kriegsende im diplomatischen Bereich tätig, doch das stimmte nicht. Er war ein Spion, genau wie der Mann, dem es das Handwerk zu legen galt, doch anders als dieser handelte er im Auftrag der Vereinigten Staaten von Amerika und hatte dafür zu sorgen, dass der noch immer fragile Frieden anhielt. Und damit ihm das gelang, musste er auf Männer wie Jack zurückgreifen.

Das Sonnenlicht blendete ihn, als er vor die Tür trat. Er hätte ein Schmerzmittel einnehmen sollen, hatte er entgegen seiner Gewohnheit gestern Abend doch ziemlich über die Stränge geschlagen, wenngleich er nicht im Ansatz so betrunken gewesen war wie Jack. Sie hatten dessen ersten Auftrag noch in der Wohnung in der Rue Cortot mit mehreren Gläsern Whisky begossen und waren anschließend im Restaurant von dieser Madame Lilou, offenbar einer Bekannten von Jack, zum Rotwein übergegangen. Danach waren sie durch die Pariser Kneipen gezogen, wobei Russell weit weniger getrunken hatte als Jack. Wie es diesem heute Morgen gehen mochte, wollte Russell sich lieber nicht vorstellen.

Er schlug den Weg zu dem Café ein, in dem er mit McMullan verabredet war, und kam als Erster dort an. Russell kannte das Café de la Paix, war er doch schon öfter hier gewesen. Direkt hinter dem Eingang befand sich die Garderobe, eine Treppe führte nach unten zu den Toiletten. Außer den Toiletten gab es dort noch einen Personalraum, aber keinen weiteren Ein- oder Ausgang. Im Erdgeschoss befanden sich neben dem Gastraum ein Büro und die Küche, von der aus man durch eine Hintertür in den Innenhof gelangte. Russell kannte sich genau aus. In seinem Metier war es wichtig, sich stets einen Überblick über die Örtlichkeiten zu verschaffen genau wie über die Personen, die sich dort aufhielten.

Blitzschnell schweifte sein Blick durch den Gastraum.

Heute waren fünfzehn der insgesamt knapp vierzig Tische des traditionsreichen Cafés besetzt. An zwei Tischen gleich beim Eingang saß jeweils eine einzelne männliche Person, eine aufgeschlagene Zeitung in den Händen, die übrigen waren überwiegend mit Pärchen besetzt. Ohne es noch bewusst wahrzunehmen, prägte er sich alle besonderen Merkmale der Gäste ein.

Russell nahm Platz und ließ sich von der Bedienung ebenfalls eine Zeitung bringen, um so zu tun, als würde er lesen, während er auf McMullan wartete, der kurz darauf das Café betrat und sich zu ihm setzte.

Russell ließ die Zeitung sinken und wünschte seinem Vorgesetzten einen guten Morgen.

»Morgen«, gab McMullan knapp zurück. »Hast du schon bestellt?«

»Nur einen Kaffee. Ich wollte auf dich warten«, antwortete Russell.

McMullan hob die Hand, bedeutete der Bedienung, ihnen zwei Frühstücksgedecke zu bringen, dann drehte er sich mit gerunzelter Stirn zu Russell um.

»Du siehst nicht eben gut gelaunt aus«, stellte Russell fest.

McMullan schüttelte den Kopf und fuhr sich durch die schwarzen Haare. »Bin ich auch nicht.« Er rückte seinen Stuhl näher an den Tisch heran und beugte sich vor. »Marchand hatte einen Partner«, sagte er leise.

Russell sah ihn überrascht an. Damit hatte er nicht gerechnet. »Verdammt«, entfuhr es ihm leise. »Wen?«

»Luis Brasseur, wenn meine Informationen stimmen. Ich habe erst vorgestern davon erfahren. Das hätte uns nicht durchrutschen dürfen, verdammt noch mal!«

Russell machte eine Kopfbewegung, mit der er McMullan bedeutete, dass die Bedienung kam.

»Zweimal das Frühstück«, sagte sie und stellte die Gedecke vor ihnen ab.

»Luis Brasseur«, wiederholte Russell leise, als sie wieder weg war, riss ein Stück von seinem Croissant ab, strich etwas Butter darauf und steckte es in den Mund. Wie gut es tat, etwas in den Magen zu bekommen! »Ich weiß, dass er Journalist ist. Doch in welcher Verbindung steht er zu Marchand?«

»Nun, eigentlich solltest du das wissen. Bist ja lange genug hier in Paris.« Der Vorwurf, der in seiner Stimme mitschwang, war nicht zu überhören. McMullans ruppige, häufig überhebliche Art ließ sich mitunter nur schwer ertragen. »Erinnerst du dich noch an den Skandal um Didier Butan?«, fragte er jetzt.

»Den Richter?«, vergewisserte sich Russell.

»Genau den. Es hieß, er habe damals dafür gesorgt, dass einige Franzosen, die während der Besatzung für die Deutschen tätig waren, straffrei blieben. Auch wenn es um Mord ging.«

»Wie lange ist das jetzt her?«

»Müssten so vier Jahre sein«, antwortete McMullan. »Damals haben Marchand und Brasseur auch schon zusammengearbeitet. Letztendlich haben die beiden entscheidend dazu beigetragen, dass die Sache aufgeflogen ist, und dadurch Didier Butan zu Fall gebracht.«

»Was ist aus ihm geworden?«

»Hat sich erhängt«, antwortete McMullan knapp. »Aber seine Witwe kassiert noch immer aus der Pariser Staatskasse eine stattliche Rente.«

»Liegen Brasseur die Informationen von Marchand vor?«

»Genau das sollst du rausfinden«, meinte McMullan.

»Wo finde ich diesen Brasseur?«

»Soll ich dir auch noch die Schuhe zubinden?«

Russell antwortete nicht. McMullan war gut in seinem Job und verstand sich darauf, an Informationen zu kommen wie kein Zweiter, was unter anderem an seinen äußerst aggressiven Verhörmethoden liegen mochte, zumindest erzählte man sich das. Menschlich gesehen war er alles andere als sympathisch. Wahrscheinlich brachte das der Job so mit sich. Russell war froh, wenn die Treffen mit Robert McMullan überschaubar blieben, auch wenn sie an einem Strang zu ziehen hatten, um den Kontaktmann zu finden, dem der Spion die Beweisunterlagen aller Wahrscheinlichkeit nach als Nächstes zuspielen würde.

McMullan griff in die Innentasche seiner Jacke und zog ein Foto hervor.

»Das ist Brasseur, wie er gerade seine Wohnung in der Rue de Condé verlässt. Ich bin ihm den gesamten gestrigen Tag gefolgt. Er hat im Grunde nichts anderes getan, als von einem Café ins nächste zu gehen, zu rauchen, Espresso zu trinken und Zeitung zu lesen. Außer mit den jeweiligen Bedienungen hat er mit kaum jemandem gesprochen, doch er hat sich genau wie ehedem Marchand auffallend oft im Künstlerviertel aufgehalten.« McMullan schüttelte den Kopf. »Und ich bezweifle sehr, dass er sich wirklich für die Bilder interessierte.«

»Aber er hat sich mit niemandem getroffen?«, hakte Russell nach.

Sein Vorgesetzter verneinte. »Es kann natürlich sein, dass er vorsichtig ist und nicht riskieren will, dass wir oder jemand anders ihm draufkommen«, fügte er dann hinzu und trank einen Schluck Kaffee. »Am wahrscheinlichsten ist, dass einer der Künstler, deren Bilder er sich angesehen hat, zu seinen Kontaktpersonen zählt. Ich bin nicht nahe genug an ihn rangekommen, um die Gespräche zu belauschen.«

»Wenn er wirklich gemeinsam mit Antoine Marchand an der Sache dran war, wird er nach dessen Tod noch vorsichtiger sein«, überlegte Russell. »Gibt es eigentlich schon Erkenntnisse darüber, wer für den Tod dieses Journalisten verantwortlich sein könnte?«

McMullan schüttelte den Kopf. »Vielleicht war Marchand auch einfach zur falschen Zeit am falschen Ort und ist Opfer eines ganz normalen Überfalls geworden.«

»Das glaubst du doch selbst nicht«, gab Russell zurück. »Schließlich hatten wir ihn schon eine Zeit lang im Blick und haben nur darauf gewartet, dass er sich endlich mit dem Spion trifft, damit wir an die Unterlagen gelangen! Zu dumm, dass Marchand getötet wurde, bevor das Treffen stattfinden konnte.«

»Ja, zu dumm«, antwortete McMullan und blickte sich misstrauisch um. »Ich vermute, dass die Roten was damit zu tun haben. Deswegen müssen wir die Unterlagen ja auch unbedingt sicherstellen. Dieses rote Pack ist überall, nicht auszudenken, was passiert, wenn es an die Informationen gelangt.«

Russell schwieg. Er kannte McMullans geradezu panische Angst vor den Sowjets gut und wusste, dass dieser fest an eine Unterwanderung russischer Spione glaubte, die sich in Zivil überall herumtrieben und irgendwann zuschlugen. Und auch wenn Russell die Sowjets ebenfalls als Bedrohung empfand, so konnte er sich doch nicht vorstellen, dass dies der Realität entsprach.

»Ich bin einen Schritt weiter, was unseren Zugang zu den Künstlern angeht«, berichtete er. »Ein früherer GI, Jack King, der jetzt als Maler hier lebt, ist meine Eintrittskarte.«

»Und kannst du ihm trauen?«

»Ich werde ihm bestimmt keinen reinen Wein einschenken.« Russell riss ein weiteres Stück von seinem Croissant ab und griff nach dem Buttermesser.

»Was hast du ihm gesagt, worum es geht?«

»Genau das, was du mir nahegelegt hast.« Russell strich Butter auf das fluffige Gebäck. »Ich bin so nah wie möglich an der Wahrheit geblieben.« Er steckte das gebutterte Stück Croissant in den Mund, kaute und schluckte. »Ich habe ihm gesagt, dass Unterlagen mit Falschinformationen in Umlauf gebracht werden sollen, die die Beziehungen zwischen Amerika und Frankreich massiv belasten, womöglich sogar zerstören könnten. Dass die Informationen echt sind, habe ich ihm natürlich nicht auf die Nase gebunden.«

McMullans Mundwinkel zuckten in die Höhe, dann wurde sein Gesicht wieder ausdruckslos.

»Ich werde mich in nächster Zeit an King dranhängen, quasi als alter Freund vom Militär, und mich unauffällig umhören. Er hat einen recht interessanten Freundeskreis.«

»Geht es auch etwas genauer?«

Russell nickte und sah sich nun selbst prüfend im Café um, bevor er flüsterte: »Was weißt du über Frank Levant?«

»Meinst du *den* Frank Levant? Diesen Sänger?«

»Genau den.« Russell griff nach seiner Tasse.

»Ehrlich gesagt, nicht viel. Amerikaner, soweit ich weiß, und seit vier Jahren in Paris. Ist sehr erfolgreich, doch bisher niemand, auf den wir ein Auge gehabt hätten.« McMullan sah ihn fragend an. »Wieso? Was ist mit ihm?«

»Keine Ahnung«, gab Russell zurück. »Vielleicht gar nichts. Ist nur so ein Gefühl.« Er legte eine Hand in den Nacken, wie er es oft tat, wenn er über etwas nachdachte. »Er ist ein Freund von King. Ein sehr guter Freund, würde ich sogar sagen. Ich habe ihn gestern kurz kennengelernt, und mein Gefühl sagt mir, dass mit ihm etwas nicht stimmt.«

»Dein Gefühl?« McMullan war die Skepsis deutlich anzumerken.

»Du weißt schon«, setzte Russell nach. »Es war die Art, wie er sich verhalten hat. Wie er meinen Fragen ausgewichen ist. Dem war es nicht recht, dass ich etwas über ihn wissen wollte.«

»Ich kann ihn ja mal durchleuchten«, bot McMullan an.

»Mach das. Schaden kann's nicht.«

»Glaubst du, er hat was mit unserer Sache zu tun?«, fragte McMullan.

Russell überlegte kurz, dann schüttelte er den Kopf. »Nein, eher nicht. Wir gehen davon aus, dass einer der Straßenkünstler als Mittelsmann zwischen diesen Journalisten und dem Spion fungiert, nicht eine Showgröße wie Frank Levant. Dennoch hält er mit irgendetwas hinterm Berg, deshalb war er mir gegenüber auch so kurz angebunden.«

»Oder er kann dich einfach nicht ausstehen«, bot McMullan eine alternative Erklärung an, worauf Russell mit den Achseln zuckte.

»Klar, kann auch sein. Trotzdem kann es nicht schaden, ihn unter die Lupe zu nehmen.«

McMullan leerte seine Tasse und legte ein paar Scheine auf den Tisch. Sein Croissant hatte er nicht angerührt.

»Für mich wird's Zeit. Ich kontaktiere dich, wenn sich was ergibt. Du hängst dich an diesen Brasseur dran. Melde dich, wenn du was hast. Wir können uns einen solchen Reinfall wie mit Marchand nicht noch mal leisten, hörst du? Wäre der Kerl nicht im letzten Moment aus dem Verkehr gezogen worden, hätte es böse für uns ausgehen können.« Damit stand er auf, nickte Russell zu und verließ das Café.

Als er weg war, nahm Russell dessen Croissant und verschlang es mit wenigen Bissen, dann drehte er die Fotografie um, die er mit der verdeckten Seite auf den Tisch gelegt hatte. Luis Brasseur.

Er versuchte, sich das Gesicht einzuprägen, vor allem aber die Statur und die Körperhaltung. Im Laufe der Jahre hatte Russell es sich angewöhnt, mehr darauf zu achten als auf das Gesicht, das man mit einem Bart, falschen Augenbrauen oder einer Perücke mühelos verändern konnte. Die Körperhaltung dagegen war in der Regel unverwechselbar.

Der Mann, den er betrachtete, war Anfang dreißig. Hose und Jackett passten nicht zusammen, doch auf Russell wirkte es, als wäre dies gewollt. Unter dem Jackett trug der Journalist ein Hemd, auf seiner Schulter war ein Riemen zu erkennen. Offenbar trug er eine Tasche bei sich, die auf dem Foto nicht zu sehen war. Der Armhaltung entnahm Russell, dass die Tasche vermutlich größer war.

Er ließ den Blick noch einen Moment auf dem Foto ruhen, dann steckte er es in die Innentasche seines Jacketts, stand auf und verließ das Café. Die Sonne war um einiges höher gewandert, und es war wärmer geworden, dennoch fröstelte er, als er ein Taxi anhielt und den Fahrer anwies, ihn in die Rue de Condé zu bringen. Dort angekommen positionierte er sich fast genau an der Stelle, an der das Foto, das McMullan ihm übergeben hatte, aufgenommen worden war. Eine Weile blieb er dort stehen und wartete, dann nahm er sich erneut ein Taxi, diesmal ins Künstlerviertel Montmartre. Es war beinahe Mittag, vermutlich hatte Brasseur seine Wohnung längst verlassen. Russell würde sich während der nächsten Tage bereits in aller Frühe gegenüber dem Hauseingang positionieren, der auf dem Foto zu erkennen war, und so nach und nach den Tagesablauf des Journalisten kennenlernen. Doch heute war es dafür zu spät. Am Place du Tertre stieg Russell aus und schlenderte los. Es war ein strahlend schöner Tag, und die Künstler hatten ihre Werke wie an einer Perlenschnur rechts und links der Straße positioniert, einige sprachen mit den Menschen, die ihre Werke betrachteten, andere wiederum saßen auf den Schemeln vor ihren Leinwänden und malten. Russell nickte dem einen oder anderen anerkennend zu, als würde er sich für deren Kunst interessieren. Plötzlich blieb er abrupt stehen. Ein Stück von ihm entfernt stand Frank Levant. Ein Gemälde in den Händen, sprach er mit dem Künstler, der es gemalt hatte.

Als hätte er Russells Blicke gespürt, sah Levant auf und entdeckte ihn, sodass ihm nichts anderes übrig blieb, als grüßend die Hand zu heben und auf den Sänger mit der albernen Ballonmütze zuzueilen. Als glaubte er wirklich, dass man ihn damit nicht erkannte!

»Na, das ist ja eine Überraschung!«, rief er betont freundlich. »Guten Morgen, Frank.«

»Major Russell Thompson, sieh an«, gab Frank verhalten zurück. »Was treibt dich in diese Gegend? Ich hätte dich nicht für einen Kunstliebhaber gehalten.«

»Ich arbeite noch daran«, gab Russell in verbindlichem Tonfall zurück. »Und du?«

Levant deutete auf die Leinwand in seinen Händen. »Nun, ich überlege, dieses Bild für eine Freundin zu kaufen.«

Russell trat an Franks Seite und betrachtete das Gemälde. Es zeigte das Denkmal einer sitzenden Frau, die zur Seite blickte.

Auf dem Steinsockel darunter stand der Name *George Sand* geschrieben.

»George Sand?«, sagte Russell. »Für mich sieht das Denkmal aus wie eine Frau.«

»Du kennst dich wirklich nicht mit Kunst aus«, stellte Frank fest. »George Sand war das Pseudonym von Amantine Aurore Lucile Dupin de Francueil, einer französischen Schriftstellerin, genau genommen, einer der bestbezahlten ihrer Zeit. Sie verfasste anfänglich Texte mit ihrem Geliebten Jules Sandeau unter dem Pseudonym J. Sand, woraus sich ihr späteres Pseudonym George Sand ergab.«

»Vielen Dank für den kleinen literaturgeschichtlichen Exkurs«, gab Russell zurück und konnte nicht verhindern, dass eine gewisse Arroganz in seinen Worten mitschwang. Dieser überhebliche kleine Wicht von einem Sänger mit seiner belehrenden Art konnte seine Weisheiten gern für sich behalten.

»Aber gerne doch.« Frank blickte wieder auf das Gemälde. »Das Denkmal steht im Jardin du Luxembourg«, fuhr er fort. »Und ich glaube, es würde meiner Freundin wirklich gefallen.« Er wandte sich dem Künstler zu. »Wie viel wollen Sie dafür haben?«

»Einhundert Francs, Monsieur.«

Russell lachte laut auf. »Einhundert Francs? Wenn Sie die Hälfte dafür kriegen, können Sie glücklich sein.«

Frank warf ihm einen Blick zu, reichte dann das Gemälde an den Künstler und sagte: »Ich nehme es. Seien Sie so gut und schlagen es mir in Papier ein.«

Der Mann strahlte über das ganze Gesicht. »Sehr gern, Monsieur Levant.«

Frank griff in seine Hosentasche, reichte dem Künstler das Geld und wandte sich dann an Russell. »Kunst liegt im Auge des Betrachters und findet dort auch stets ihren Wert.«

»Wenn du mich fragst, hätte jemand, der nicht Frank Levant ist, weit weniger dafür bezahlt«, entgegnete Russell.

»Und wenn schon«, gab Frank zurück.

Russell sah zu dem Künstler, der nun damit beschäftigt war, das Bild zu verpacken, und fasste ihn genauer ins Auge. War es möglich, dass die einhundert Francs gar nicht der Gegenwert für das Bild waren, sondern dass er soeben Zeuge einer Geldübergabe für eine bestimmte Information geworden war? Wäre Frank so dreist, diese Art von Geschäft direkt vor seinen Augen abzuwickeln? Selbstverständlich, gab er sich selbst die Antwort. Warum sollte Frank sich auch zurückhalten, wenn es denn tatsächlich so war? Schließlich konnte er nicht wissen, welchen Auftrag Russell erfüllte. Zu gern hätte er das Papier aufgerissen und nachgesehen, ob sich neben dem Bild womöglich noch ein Notizzettel oder Ähnliches darin befand. Doch er hielt sich zurück. Stattdessen prägte er sich Gesicht, Statur und Körperhaltung des Künstlers ein, bis er sicher war, den Kerl überall zu erkennen. Außerdem beschloss er, Frank von jetzt an im Auge zu behalten. Er war gespannt, was McMullans Recherchen zutage förderten. Mit diesem Frank Levant stimmte tatsächlich etwas nicht, und er würde herausfinden, was.

»Ich muss dann mal weiter«, sagte Russell, während Levant das verpackte Gemälde entgegennahm. Er tippte zum Abschied an seine Hutkrempe, dann ging er weiter, ohne sich noch einmal umzusehen, doch Frank Levants Blick in seinem Nacken war auch so deutlich zu spüren.

14. Kapitel

Place du Tertre

Ich fühle, dass mein Leben jetzt neu beginnt.
FRANK LEVANT

Er sah Russell noch einen Moment lang nach, nachdem dieser sich verabschiedet hatte und davongegangen war. Frank wusste nicht, was er von diesem Army-Major halten sollte. Er war Jacks Vorgesetzter gewesen, und wenn man Jack glauben konnte, war Russell Thompson ein guter Mann.

Wahrscheinlich war sein Misstrauen ihm gegenüber lediglich seinem eigenen schlechten Gewissen geschuldet, dennoch konnte er sich des Gefühls nicht erwehren, dass er vor Russell auf der Hut sein musste.

Gedankenversunken winkte er einem Taxi, das eingeschlagene Gemälde in der Hand. Wie hatte Thompson ihn hier gefunden? Wen verschlug es schon zum Place du Tertre, wenn man sich nicht für Kunst interessierte?

Das Taxi hielt, er stieg ein und teilte dem Fahrer die Adresse von Amelies Blumenladen mit. Amelie ... Hoffentlich würde sie sich über sein Geschenk freuen, hatten sie doch gestern Abend genau vor diesem Denkmal im Jardin du Luxembourg gemeinsam gepicknickt. Es war ein so schöner Tag gewesen, so unbeschwert und leicht, und als er sie schließlich nach Hause gebracht hatte, war sie es gewesen, die den Schritt auf ihn zugemacht und ihn geküsst hatte. Bei der Erinnerung daran trat ein Lächeln auf Franks Lippen, genau wie heute Morgen und immer dann, wenn er an diesen himmlischen Moment zurückdachte. Ihm ging die Melodie des Liedes durch den Kopf, das er gestern auf dem Klavier in seiner Suite gespielt hatte, und er begann zu summen, während ihm die Worte zu der Melodie still im Kopf umhergingen. Ja, Amelie half ihm tatsächlich aus der Dunkelheit hinaus und auch, die Welt mit anderen Augen zu sehen.

Der Verkehr vor ihnen staute sich, es ging nur langsam voran, dabei konnte Frank es kaum noch erwarten, endlich zu ihr zu kommen.

»Sie können hier anhalten, den Rest des Weges lege ich zu Fuß zurück, haben Sie vielen Dank!«, sagte er daher kurz entschlossen zu dem Taxifahrer, bezahlte und stieg aus. Auf dem Trottoir blieb er einen Moment stehen und atmete tief durch. Er hatte alles hinter sich gelassen, als er vor vier Jahren nach Paris gekommen war, hatte neu anfangen wollen. Dennoch wollte das Gefühl nicht weichen, nie wirklich angekommen zu sein. Ja, er hatte Geld und Erfolg und konnte sich glücklich schätzen, doch seine tiefe Trauer, gepaart mit der Angst vor Entdeckung, die ihn sonst so nah an den Abgrund führte, war immer noch da. Nur Amelie gelang es, sie ein wenig zu mildern. Vielleicht schaffte sie es mit ihrer so positiven Weltsicht, ihn dazu zu bringen, die Vergangenheit endlich loszulassen und ein neues Leben zu beginnen.

Mit jedem Schritt, den er sich dem Blumenladen näherte, wuchs seine Zuversicht. Nie zuvor hatte er erwogen, seine Seele zu erleichtern und einem Menschen anzuvertrauen, was er getan hatte. Doch jetzt, bei Amelie, fragte er sich das erste Mal, ob er es wagen konnte, ehrlich zu ihr zu sein. Was mochte es für ein Gefühl sein, »Seit' an Seit' zu steh'n« und »mit erhob'nem Haupt den Weg gemeinsam zu geh'n«, genau wie in seinem Lied?

»Frank!«, hörte er jemanden hinter sich rufen und sah sich überrascht um. In einiger Entfernung erblickte er Jack, der mit einem jungen Fräulein an der Hand auf ihn zugeeilt kam.

»Frank, na endlich!«, rief der Freund. »Ich habe dich schon mehrere Male gerufen!« Etwas außer Atem blieb Jack vor ihm stehen und deutete auf seine Begleiterin. »Darf ich vorstellen?«

»Das wird nicht nötig sein«, erwiderte Frank. »Rose Chevalier, nicht wahr?« Er sah, wie ein herzliches Lächeln ihr Gesicht zum Strahlen brachte.

»Guten Tag, Monsieur Levant. Wie schön, Sie persönlich kennenzulernen.«

»Es ist mir eine Freude.« Frank beugte sich vor, gab Rose einen Handkuss und sah dann Jack an. »Ich dachte, du hättest übertrieben. Doch Mademoiselle Chevalier ist wirklich genauso hübsch, wie du sie beschrieben hast.«

Rose senkte bescheiden den Blick, doch es war ihr anzumerken, dass sie sich über das Kompliment freute.

»Na, na«, gab Jack zurück. »Nicht ganz so galant, wenn ich bitten darf.« Sein breites Lächeln verriet Frank, dass er nur spaßte.

»Vielen Dank für den wundervollen Abend in Ihrer Loge, Monsieur Levant«, sagte Rose nun.

»Bitte, einfach Frank. Jacks Freunde sind auch meine Freunde.«

»Aber nur bis zu einem gewissen Punkt«, mahnte Jack und hob den Zeigefinger.

Frank grinste. »Was macht ihr in dieser Gegend?«, erkundigte er sich dann.

Rose zog einen Umschlag aus ihrer Handtasche. »Ein Freund von mir ist Fotograf, er hat ein Studio am Place d'Italie. Wir haben Fotos dort abgeholt und beschlossen, bei dem schönen Wetter einen Spaziergang zu machen – Jack will mir seine neue Wohnung zeigen!«

»Rose schwänzt dafür sogar einen Teil ihrer Vorlesungen«, fügte Jack augenzwinkernd hinzu, woraufhin diese ihm einen leichten Klaps auf den Arm gab.

»Du hast eine neue Unterkunft? Woher denn das so plötzlich?«, wollte Frank wissen, aber Jack winkte ab.

»Das ist eine andere Geschichte, die erzähle ich dir bei unserem nächsten Frühstück, denn natürlich werde ich weiterhin im Café de Flore vorbeischauen – ich kann dich doch nicht mit deinem Croissant und deinem *Café au lait* allein lassen!«

Frank schmunzelte. »Du fotografierst also viel?«, wechselte er das Thema und deutete auf die Kamera, die Rose um den Hals trug.

Rose nickte. »Ich habe die Kamera fast immer dabei, um den Moment festzuhalten. Es sind auch Fotos von dir in dem

Umschlag. Ich habe sie während deiner Bühnenshow gemacht.«

»Darf ich sie sehen?«, fragte Frank.

»Aber natürlich, gern.«

»Kannst du das mal halten?«, bat Frank und hielt Jack das Gemälde entgegen.

»Aber sicher. Was ist da drin? Wirst du meiner Malerei etwa untreu?«

»Ein Geschenk für eine Freundin«, gab Frank knapp Auskunft.

»Oho, eine Freundin?«, wiederholte Jack amüsiert. »Kenne ich sie?«

Frank ging nicht auf die Frage ein, sondern ließ sich von Rose die Bilder reichen und blätterte diese durch. Die ersten zeigten Jack von der Seite, wie er im Licht der Außenbeleuchtung vor dem Lido stand und offenbar auf Rose wartete. Dann kamen zwei Fotos, die im Eingangsbereich des Lido aufgenommen worden waren und das Publikum vor Beginn der Show zeigten. Es folgten Bilder aus der Loge hinunter in den Saal, dann eines von der Bühne, kurz nachdem sich der Vorhang geöffnet hatte, denn es waren lediglich vier Showgirls zu sehen, die gerade von oben die Treppe hinunterkamen. Auf dem nächsten Foto war er selbst zu sehen, wie er ebenfalls die Showtreppe hinunterkam, die Showgirls rechts und links neben ihm bereits auf ihren Positionen.

»Du bist überaus begabt, Rose«, lobte Frank. »Es gibt Bilder von Fotografen, die eigens dafür engagiert werden, Fotos während der Show zu machen, und die sind weder so scharf, noch fangen sie die Stimmung so ein, wie es dir gelingt.«

»Vielen Dank!« Rose streckte die Hand nach den Bildern aus. »Es ist wie immer im Leben«, stellte sie dann fest. »Es geht nur um den richtigen Moment.«

»Aber du fotografierst nicht beruflich, sondern studierst, wenn du nicht gerade schwänzt, wie Jack soeben verraten hat.« Er zwinkerte. »Darf ich fragen, welches Studium du absolvierst?«

Rose legte den Kopf schräg. »Angefangen habe ich mit Kunstgeschichte, doch ich habe auch Vorlesungen im Bereich Architektur besucht.« Sie zuckte mit den Achseln. »Ich wäre auch an weiteren Studienbereichen interessiert, doch ich weiß nicht, ob ich mich dafür ebenfalls einschreiben soll. Wenn ich ehrlich bin, habe ich mitunter das Gefühl, in einem Boot zu sitzen, das vom Wind mal in die eine, dann wieder in die andere Richtung getrieben wird.« Sie seufzte.

»Du scheinst wirklich viele Talente zu haben, Rose«, stellte Frank fest. »Wenn ich dir einen Rat geben darf: Mach das, wozu dein Herz dir rät.«

»Das versuche ich, doch ich fürchte, wenn ich so weitermache, studiere ich noch jahrelang, ohne dass irgendwann ein Abschluss in Sicht ist.«

Frank nickte. Er konnte gut nachvollziehen, wie es ihr gehen mochte, hatte er doch oft ganz ähnlich empfunden. Er wollte ihr gerade die Fotos zurückgeben, als sein Blick auf ein Detail fiel, das ihm den Atem stocken ließ. Ungläubig hielt er die Aufnahme näher vor seine Augen, um besser erkennen zu können, was er sah. Eine Gänsehaut lief über seinen gesamten Körper, und er musste sich zusammenreißen, um nicht zu zittern.

»Was ist?«, fragte Jack, der die plötzliche Veränderung offenbar bemerkt hatte.

Frank antwortete nicht, starrte nur weiter wie gebannt auf das Foto. Das konnte nicht sein. Das *durfte* nicht sein.

»Du siehst aus, als hättest du einen Geist gesehen«, hörte er wie aus weiter Ferne Jacks besorgte Stimme und sah auf.

»Danke«, brachte er hervor und gab Rose die Fotos zurück. »Ich muss jetzt dringend los«, sagte er tonlos und wandte sich zum Gehen.

»Ist wirklich alles in Ordnung mit dir, Frank?«, fragte Jack skeptisch.

Nein, nichts war in Ordnung. Gar nichts. Der Himmel war gerade eingestürzt, doch das konnte Frank dem Freund nicht sagen.

»Darf ich das eine Foto behalten?«, fragte er Rose, ohne auf Jacks Frage einzugehen, und deutete auf das Bild, das er soeben noch angesehen hatte.

»Das hier? Sicher.« Rose nickte und gab ihm die Aufnahme, dann verstaute sie den Umschlag wieder in ihrer Handtasche.

»Danke.« Er ließ das Foto in seiner Jacketttasche verschwinden und setzte sich in Bewegung.

»Frank! Frank, dein Gemälde!«, rief Jack ihm besorgt nach. »Was ist denn los? Kann ich dir irgendwie helfen?«

»Nein. Das Gemälde kannst du behalten, ich brauche es nicht mehr!« Frank hob die Hand und entfernte sich schnellen Schritts. Nach ein paar Metern fing er an zu laufen. Er bog um die nächste Ecke, hastete weiter die Straße entlang und verringerte das Tempo erst, als ihm wieder mehr und mehr Menschen entgegenkamen. So tief es eben ging, zog er seine Ballonmütze ins Gesicht, senkte den Kopf und blickte nur gelegentlich auf, um sich zu orientieren. Er kam auf eine Litfaßsäule zu, an der mehrere Plakate mit seinem Konterfei hingen und auf die Show im Lido hinwiesen. An einer Plakatwand vor einer der Hauswände war er ebenfalls zu sehen. Übelkeit stieg in ihm auf. Er ging weiter, lief wieder ein Stück – und wieder blickte ihm von überallher sein eigenes Gesicht entgegen. Er drehte sich einmal um die eigene Achse. *Frank Levant, Frank Levant, Frank Levant!* Wie von Sinnen fing er an, die Plakate abzureißen, eines nach dem anderen.

»He, Sie, hören Sie auf damit!«, hörte er jemanden rufen, wirbelte herum und sah einen Gendarmen auf sich zueilen.

Er warf die zerfetzten Plakate zu Boden und rannte weiter, bis er die Avenue des Champs-Élysées und schließlich das Lido erreichte. Überlebensgroß blickte sein Konterfei von dem riesigen Werbeplakat auf ihn herab. Ja, hier bin ich, schien es zu spotten, der große Frank Levant, ein Nichts, ein Niemand, ein Verbrecher!

Man hatte ihn gefunden. Er hatte den Kontinent verlassen und hier in Europa, im wunderbaren Paris, eine neue Heimat gefunden, ein neues Leben, das sich nun als Trugbild entpuppte. Die Wahrheit hatte ihn eingeholt, die Wahrheit oder, besser gesagt, der Fluch, der seit seiner Geburt auf ihm lastete. Und nun hatten sie ihn gefunden, und Frank wusste, was man mit Männern wie ihm machte. Er hatte es gehört, er hatte es gesehen. »Männer wie wir enden alle auf die gleiche Weise«, hatte sein Vater stets gesagt. Und was seine Brüder und ihn selbst anging, hatte sein Vater recht behalten. Doch im Gegensatz zu ihnen hatte Frank nie einer von ihnen sein wollen. Er hatte musizieren wollen, und das schon, seit er denken konnte. All die Kämpfe, die Gewalt, die gelebte Skrupellosigkeit – und immer ging es nur um Macht und Geld, und davon am besten unbegrenzt viel. Es war alles so unglaublich sinnlos.

Frank schlug sich die Hände vors Gesicht, versuchte zu atmen, doch die Angst vor dem, was kommen würde, überwältigte ihn. Hier vor dem Lido, mitten auf dem Trottoir der Champs-Élysées, umgeben von Passanten, hatte er das Gefühl, jeden Augenblick die Besinnung zu verlieren. Er klappte den Mund auf und wieder zu, dann blickte er auf seine zitternden Hände.

»Monsieur Levant, ist alles in Ordnung?« Er spürte eine Hand auf der Schulter, wirbelte erschrocken herum und sah sich dem Mitarbeiter des Lido gegenüber, der ihm stets die Tür aufhielt, wenn er das Gebäude betrat. Ja, Frank kannte ihn, denn für gewöhnlich wechselten sie ein paar freundliche Worte miteinander. Er hieß, er hieß ... Frank schüttelte den Kopf. Warum nur fiel ihm der Name nicht mehr ein?

»Alles in Ordnung«, stieß er gehetzt hervor. »Alles in Ordnung.«

»Möchten Sie sich vielleicht drinnen einen Moment hinsetzen und ein Glas Wasser trinken, Monsieur Levant? Sie sehen blass aus.«

»Ein Wasser, ja, ein Wasser wäre gut. Danke.« Frank hielt auf den Eingang zu, dann blieb er stehen. »Ist außer Ihnen schon jemand da?«, fragte Frank nervös.

»Nur das Personal, wie immer, Monsieur Levant. Bis zur Vorstellung ist es ja noch eine Weile hin.«

»Das Personal«, wiederholte Frank. Was, wenn er sich als Kellner dort eingeschlichen hatte, um Frank abzufangen, sobald er das Theater betrat? Was, wenn er bereits in dessen

Garderobe lauerte, um ihn zu erstechen oder erschießen oder ihn qualvoll zu ersticken?

»Ich muss gehen«, sagte er hastig. »Ich muss …« Er ließ den Satz unvollendet, machte kehrt und eilte davon.

»Monsieur Levant!«, hörte er den Mitarbeiter rufen, doch Frank drehte sich nicht mehr um.

Er lief weiter und weiter, ohne Ziel, bis er sich am Ufer der Seine wiederfand. Dort sah er sich um, und als er nichts Auffälliges bemerkte, setzte er sich auf eine der Bänke, zog die Mütze vom Kopf und knetete sie zwischen den Fingern. Anschließend zog er das Foto hervor, das Rose gemacht hatte, und betrachtete es. Ja, es war ganz eindeutig Alessio Brambilla, der älteste Sohn von Alessandro Brambilla, der nach dem Tod seines Vaters dessen Geschäfte in New York übernommen hatte.

Frank gab sich nicht der Illusion hin, dass Alessio Brambilla ihn womöglich nicht erkannt hatte. Vielleicht war es nur ein Zufall, dass er sich in Paris aufhielt, vielleicht war er aber auch seinetwegen hier, um Frank umzubringen und damit noch das letzte Mitglied seiner Familie auszulöschen. Dabei ging von Frank doch nun wirklich keine Gefahr aus. Er hatte alles hinter sich gelassen, hatte nicht nur seinen Namen geändert, sondern sein ganzes Leben. Tony Masseria gab es nicht mehr. Er war damals in dem Kugelhagel gestorben genau wie der Rest seiner Familie. Es war schrecklich gewesen, seine Mutter nur ein Stück entfernt von ihm am Boden liegen zu sehen, röchelnd, von mehreren Kugeln getroffen, während er reglos in Deckung hinter dem Bücherschrank kauerte, darauf hoffend, dass Brambillas Männer abzogen, weil sie dachten, alle erwischt zu haben. Doch dann war dieser Mann gekommen,

Giuseppe Luciano, der damals das gewesen war, was man in den früheren Zeiten den *Underboss* genannt hätte. Nach Alessandro Brambillas Tod war er dessen Nachfolger geworden. Luciano durchschritt seelenruhig den Raum, stieg über die Leichen derer hinweg, die Frank geliebt hatte, und blieb stehen, als er sah, dass Franks Mutter noch lebte. Frank wurde eiskalt bei der Erinnerung an diesen Moment. Er hatte in seinem Versteck gesessen, die Waffe in der Hand, und zugesehen, wie ein Mitglied seiner Familie nach dem anderen abgeknallt wurde, wohl wissend, dass auch er so gut wie keine Chance hatte, seinen achtundzwanzigsten Geburtstag in drei Wochen zu erleben. Er hatte bereits mit seinem Leben abgeschlossen, als Luciano die Waffe auf seine Mutter richtete. Noch heute sah er vor sich, wie sie den Kopf zur Seite drehte und ihre Blicke sich trafen. Trotz ihrer Schmerzen, hatte seine Mutter ihn angelächelt, ein liebevolles Lebewohl. Dann hatte Luciano abgedrückt, hatte auf sie gefeuert, dreimal, viermal, mitten in ihre Brust. Und dann endlich hatte auch Frank die Waffe gehoben und Luciano in den Leib geschossen, so lange, bis keine einzige Kugel mehr in seiner Pistole war und er das Geschrei von Brambillas Leuten hörte, die nun erneut ins Gebäude stürzten.

Bis heute wusste er nicht, wie es ihm gelungen war, sich vor ihnen zu verstecken, erinnerte sich nur noch daran, wie er die mit bloßem Auge kaum erkennbare Tapetentür hinter dem Bücherschrank geöffnet hatte und in die winzige Geheimkammer geschlüpft war, von der nur die engsten Familienmitglieder wussten. Dort hatte er fast einen ganzen Tag gesessen und darauf gewartet, dass er die Flucht ergreifen konnte. Als er sich schließlich hinausgewagt hatte, war niemand mehr da gewesen. Brambillas Männer, die ihrerseits ihr Leben hatten lassen müssen, waren von ihren Leuten weggeschafft worden, nur die Leichen der Familie Masseria lagen im ganzen Haus verteilt, und bis heute konnte Frank sich nicht verzeihen, dass er sie nicht beerdigt hatte. Stattdessen hatte er einen großen Koffer mit dem Geld gefüllt, das sein Vater im Geheimfach der großen Kommode gestapelt hatte, und mehrere Pässe dazugelegt, von denen einer auf den Namen Frank Levant ausgestellt war. Er hatte das Bild aus seinem eigenen Pass gelöst und in den fremden Pass geklebt. Wer Frank Levant gewesen war oder ob er überhaupt jemals existiert hatte, wusste er nicht. Nur dass es seither keinen Tony Masseria mehr gab, sondern nur noch Frank Levant, den größten Showman in ganz Paris.

Frank starrte noch eine Weile auf das Foto, dann blickte er auf das Wasser der Seine. Was sollte er tun? Es gab niemanden, den er um Hilfe bitten konnte. Wobei auch? Hilfe, um seine eigene Ermordung zu verhindern? An die Gendarmerie konnte er sich auch nicht wenden. Was sollte er schon sagen? Dass ihn ein Mann umbringen wollte, dessen Vater bereits seine gesamte Familie hatte auslöschen lassen? Dessen Stellvertreter Tony Masseria erschossen hatte, der Sohn einer sizilianischen Mafiafamilie, den es schon seit über vier Jahren nicht mehr gab?

Frank presste sich die Hände vors Gesicht und versuchte, seine Gedanken zu ordnen. Was, wenn Alessio Brambilla ihn womöglich doch nicht erkannt hatte und im Lido gewesen war, um sich einfach nur zu amüsieren, wie alle anderen Besucher auch?

Frank schüttelte den Kopf. Nein, das war ein naiver Gedanke. Er würde Paris den Rücken kehren und erneut fliehen müssen, obwohl er gerade erst Amelie gefunden hatte und mit ihr die Hoffnung auf ein wenig Glück.

Es begann zu regnen, und die Menschen, die sich in der Nähe befanden, beeilten sich, um sich irgendwo unterzustellen. Doch Frank blieb einfach sitzen und blickte weiter auf den Fluss, während sich die Tränen auf seinen Wangen mit dem Regenwasser mischten.

15. Kapitel

Avenue des Gobelins

Nur zu gern nehme ich das Leben leicht. Doch ich werde meine Augen nicht davor verschließen, wenn es ein Freund nicht kann.

JACK KING

Jack war so verblüfft darüber, dass Frank ihm einfach das Gemälde überlassen hatte, dass es ihm für einen Moment die Sprache verschlug. Auch Rose sah ihn überrascht an.

»Was war denn das?«, entfuhr es ihr.

Jack schüttelte den Kopf. »Er hat so einige egozentrische Momente, das stimmt. Aber etwas wie das eben habe ich noch nie bei ihm erlebt.« Jack deutete auf die Fotos. »Es war, als hätte er einen Geist gesehen, findest du nicht?«

»Ja, das trifft es wirklich gut«, stimmte Rose ihm zu.

»Was genau war denn auf der Aufnahme? Ich habe sie mir vorhin gar nicht so genau angesehen, weil ich mich mehr auf die konzentriert habe, auf denen wir beide zu sehen sind.«

Rose zuckte mit den Achseln. »Nichts Besonderes, nur das Publikum aus dem Lido. Ich habe das Foto von oben aus der Loge gemacht, als die Leute gerade wieder ihre Plätze einnahmen.« Sie legte nachdenklich den Kopf schräg. »Mir schien es, als hätte Frank darauf jemanden erkannt, mit dem er nicht gerechnet hatte.«

»Ja, das war auch mein Eindruck. Trotzdem finde ich seine Reaktion eigenartig. So habe ich ihn noch nie erlebt.«

»Machst du dir Sorgen um ihn?«, fragte Rose.

»Ehrlich gesagt, ja«, bestätigte Jack. »In seinem Blick lag etwas Seltsames …«

»Angst«, sagte Rose. »In seinem Blick lag Angst.«

»Ja.« Jack nickte. »Genau das dachte ich auch.«

»Willst du ihm lieber nachlaufen?«, fragte Rose nun. »Ich meine, er ist immerhin dein Freund.« Sie nahm Jacks Hand. »Deine neue Wohnung kannst du mir auch später noch zeigen, und zu den Vorlesungen schaffe ich es heute ohnehin nicht mehr.«

»Vielleicht wäre es das Beste«, stimmte Jack zu. »Doch ich habe keine Ahnung, wo ich nach ihm suchen sollte.« Er deutete in die Richtung, in die Frank verschwunden war. »Und so eilig, wie er sich davongemacht hat, könnte er jetzt schon wer weiß wo sein.«

»Ich mache dir einen Vorschlag«, kündigte Rose an. »Wir gehen jetzt dort entlang und halten nach ihm Ausschau. Wenn wir ihn nicht finden, können wir es nicht ändern, doch dann haben wir es wenigstens versucht.«

Jack lächelte, beugte sich vor und gab ihr einen raschen Kuss. »Du bist wunderbar. Ja, lass uns gehen.« Er sah auf das eingepackte Gemälde in seiner Hand. »Und nun muss ich auch noch das sperrige Ding mit mir rumschleppen!«

»Ach, du bist es doch gewohnt, Leinwände zu tragen!«, tat Rose seinen Einwand ab und hakte sich bei ihm unter.

Eine ganze Weile folgten sie der Straße, in die Frank eingebogen war, doch er war nirgendwo zu sehen.

»Frank wohnt im Hotel deines Vaters«, stellte Jack fest, wenngleich er wusste, dass Rose dies bekannt war. »Vielleicht ist er ja inzwischen dort.«

»Nun ja, das Impérial liegt in der anderen Richtung«, hielt Rose dagegen. »Und selbst wenn er ins nächste Taxi gestiegen wäre, könnte er jetzt noch nicht da sein. Lass uns erst einmal weitergehen und sehen, ob wir ihn doch noch finden. Wenn nicht, rufen wir im Hotel an und fragen nach.«

Sie gingen weiter, sahen sich immer wieder in alle Richtungen um, und dann blieb Rose plötzlich stehen.

»Sieh mal«, sagte sie und deutete auf eine Litfaßsäule.

Im ersten Moment wusste Jack nicht, was sie meinte, dann jedoch bemerkte er, dass einige Plakate, die die Show des großen Frank Levant im Lido anpriesen, teilweise abgerissen waren, nur noch Reste davon klebten an der Säule. Unten am Boden lagen größere Papierstücke, die der Wind noch nicht davongetragen hatte – die Plakate waren also vor nicht allzu langer Zeit beschädigt worden.

»Und da auch!«, rief Rose aufgeregt und deutete auf eine Plakatwand, von der ihnen das in Fetzen gerissene Gesicht von Frank Levant entgegenstrahlte.

Rose und Jack gingen hinüber und blieben vor der Wand stehen. Aus dem Mülleimer daneben ragten mehrere zusammengeknüllte Plakate. Jack zog eines davon heraus und entfaltete es. »Tatsächlich«, sagte er zu Rose. »Auch darauf ist Frank abgebildet!«

»Ein ganz schöner Schaden«, hörte er eine sonore Stimme sagen und drehte sich um. Hinter ihnen stand ein Gendarm, der den Schaden kopfschüttelnd betrachtete. »Diese Vandalen haben einfach keinen Respekt vor fremdem Eigentum.« Der Mann deutete auf die zerstörten Plakate. »So was kostet schließlich alles Geld.«

»Haben Sie gesehen, wer das war?«, wollte Jack wissen.

Der Gendarm nickte. »Ein Mann, durchschnittlich groß, durchschnittliche Statur ...«

»Trug er eine Ballonmütze?«, fiel Jack ihm ins Wort.

»Sie kennen ihn?« Der Gendarm streckte den Rücken durch und bedachte Jack mit einem strengen Blick.

Jack blieb ihm eine Antwort schuldig, nahm Roses Hand und zog sie weiter.

»Denkst du, das war Frank?«, flüsterte sie ihm besorgt zu, als sie ein Stück entfernt waren.

Jack sah sie von der Seite an. »Ich fürchte schon. Aber warum reißt er seine eigenen Plakate ab? Was ist nur in ihn gefahren?«

»Hat er das schon mal gehabt?«, fragte Rose, nun mit deutlicher Sorge in der Stimme. »Ich meine, irgendetwas scheint ihn ja vollkommen aus der Fassung gebracht zu haben. Kannst du dir wirklich nicht vorstellen, was?«

Jack schüttelte den Kopf.

Schweigend setzten sie ihre Suche fort, und schließlich gelangten sie zur Avenue des Champs-Élysées und lenkten ihre Schritte zum Lido.

Clément, der eine Art Mädchen für alles für das Theaterhaus war, stand vor der Tür.

»Guten Tag, Clément«, grüßte Jack und berührte kurz seinen Hut.

»Guten Tag«, gab dieser zurück. »Ach, das ist gut, dass ich Sie gerade hier treffe, Monsieur Jack. Ich mache mir ein wenig Sorgen um Monsieur Levant.«

Jack trat näher an Clément heran. »Warum? Was ist geschehen? War er hier?«

»Ja, Monsieur Jack, er war hier. Und er hat sich wirklich ganz eigenartig benommen.« Clément fuhr sich mit Daumen und Zeigefinger über das Gesicht. »Ganz blass war er und …«, Clément suchte nach den richtigen Worten, »und aufgeregt. Er hat dort hinaufgesehen zu dem *affiche publicitaire* mit seinem Konterfei, und mir schien, als führte er Selbstgespräche. Ich habe ihn gefragt, ob alles in Ordnung sei, und ihn gebeten, hereinzukommen, sich einen Moment zu setzen und ein Glas Wasser zu trinken …«

»Also ist er drinnen?«, fiel Jack ihm ins Wort und machte einen Schritt in Richtung Eingang.

»Nein, Monsieur Jack, das ist es ja. Erst hat er zugestimmt, doch dann hat er mich ganz eigenartig angesehen, so …«, wieder suchte er nach den richtigen Worten. »So als würde ich ihm etwas Schlechtes wollen. Und dann ist er davongelaufen. Ja, wirklich, gelaufen ist er!«

Jack presste die Lippen aufeinander. Was war nur in Frank gefahren?

»Er hat Ihnen nicht zufällig gesagt, wohin er wollte?«, schaltete sich Rose in das Gespräch ein.

»Nein, Mademoiselle. Er ist gerannt, als wäre der Teufel persönlich hinter ihm her.«

»Und in welche Richtung?«, hakte Jack nach.

Clément streckte den Arm aus. »Er ist noch nicht lange weg, Monsieur Jack.«

»Vielen Dank, Clément«, sagte Jack und blickte dem Faktotum des Lido fest in die Augen. »Es wäre sehr freundlich von Ihnen, wenn Sie niemandem davon erzählen, Clément. So etwas würde bei einer Berühmtheit wie Frank Levant allzu schnell die Runde machen.«

»Auf mich ist Verlass, Monsieur Jack.« Er tat, als würde er seinen Mund verschließen. »Von mir erfährt niemand etwas.«

Sie verabschiedeten sich eilig von Clément, dann gingen sie schnellen Schrittes weiter, getrieben von der Sorge um Frank. Irgendwann fing es an zu regnen, und der Tag, der so mild begonnen hatte, wurde empfindlich kühl.

Jack sah zu Rose, die zu frösteln schien, und legte ihr sein Jackett um die Schultern, was ihm ein dankbares Lächeln eintrug.

»Das Wetter wird langsam wirklich ungemütlich. Vielleicht sollten wir das Gemälde irgendwo ins Trockene bringen, bevor es noch Schaden nimmt«, schlug sie vor.

Jack blickte auf die eingepackte Leinwand in seiner Hand. Tatsächlich weichte das Papier an der Hinterseite bereits auf.

»Wir könnten zum Boulevard Saint-Germain zurückkehren und Camille, die Bedienung vom Café de Flore, bitten, es dort zu verwahren«, überlegte er.

Rose nickte. »Das wird das Beste sein, auch wenn wir klatschnass sein werden, wenn wir dort ankommen.«

»Halte dir das Jackett über den Kopf und bleib wenn möglich dicht an den Häuserfronten, die Vordächer und Markisen bieten ein wenig Schutz.« Damit eilten sie los.

Im Café de Flore angekommen, beeilte sich Jack, das nasse Papier zu entfernen und stellte erleichtert fest, dass das Gemälde unbeschädigt geblieben war. Es zeigte ein Denkmal von George Sand, und Jack gefiel es, wie der Künstler es in Szene gesetzt hatte. Beim Betrachten hatte man das Gefühl, nicht vor dem Gemälde, sondern vor dem Denkmal selbst zu verweilen und so in die Atmosphäre des Parks, in dem das Denkmal stand, einzutauchen.

»Das ist schön«, urteilte Rose, die sich neben ihn gestellt hatte und ebenfalls auf das Bild blickte. »Das Denkmal befindet sich im Jardin du Luxembourg«, erklärte sie. »Es ist schön dort.«

»Vielleicht sollten wir mal zusammen hingehen«, schlug Jack vor, dann kam ihm ein Gedanke. »Denkst du, wir treffen Frank dort an? Ich meine, da er dieses Gemälde gekauft hat, könnte ihm der Ort etwas bedeuten.«

»Ja, das wäre möglich«, stimmte Rose zu. »Sehen wir dort nach!«

»Einen Moment«, bat Jack. »Ich frage Camille, ob sie es für mich verwahrt, dann können wir wieder los.«

»Sicher.« Rose lächelte ihn an. Einen kurzen Moment verharrte Jack in der Bewegung. Das Jackett hatte nicht allzu viel genützt, und Rose sah reizend aus mit den nassen Haaren. Alles an ihr war einfach zauberhaft, und am liebsten hätte er sie in diesem Moment an sich gezogen, sie geküsst und nie wieder losgelassen. Doch die Sorge um Frank mahnte ihn, nicht länger zu verweilen, also gab er sich einen Ruck, trat zu Camille an den Tresen, hinter dem sie gerade einige Gedecke zusammenstellte, und hielt ihr das Gemälde entgegen.

»Bonjour, Camille.«

»Jack. Du bist spät dran heute. *Qu'est-ce que c'est?*« Sie streckte die Hand nach dem Bild aus, dann rief sie bewundernd: »*Oh, le tableau est très beau!*«

Er nickte. »Wärst du so nett, das Bild für mich zu verwahren? Ich habe ausnahmsweise woanders gefrühstückt und muss noch dringend etwas erledigen. Bei dem Regen würde es bestimmt beschädigt.«

»Aber sicher, Jack. Ich bringe es nach hinten ins Büro. Du kannst es mitnehmen, wenn du nächstes Mal kommst und es draußen wieder trocken ist.«

»Wunderbar. Vielen Dank.«

»Das ist nicht der Rede wert«, gab sie zurück und brachte das Gemälde nach hinten, während Jack zu Rose zurückkehrte.

»Von mir aus können wir«, sagte er und blickte durch den Glasscheibeneinsatz der Tür nach draußen. Es regnete noch immer, und wenn Jack es richtig sah, sogar noch heftiger als zuvor. Er zögerte. Konnte er Rose das zumuten? »Wollen wir da wirklich raus?«, fragte er sie.

Sie zuckte mit den Achseln. »Wir sind ohnehin schon nass. Außerdem geht es um deinen Freund.«

»Das ist auch wieder wahr«, stimmte Jack zu, dann drehte er sich um, weil er plötzlich Camilles Stimme hinter sich hörte.

»Hier, ihr zwei.« Sie hielt ihnen einen Regenschirm hin. »Du kannst ihn wieder mitbringen, wenn du das Bild abholst.«

Jack nahm ihr den Schirm dankbar ab. »Tausend Dank. Du bist ein Engel, Camille, weißt du das?«

»Selbstverständlich weiß ich das«, erwiderte Camille und hielt ihnen die Tür auf.

Die beiden gingen hinaus und schlugen den Weg zum Jardin du Luxembourg ein. Dort angekommen blieb Rose stehen. »Es wird schon alles gut werden«, sagte sie zu ihm und sah ihn aufmunternd an.

Jack beugte sich zu ihr und gab ihr einen Kuss. Es fühlte sich eigenartig an. Im Grunde kannten sie sich kaum, doch in Jacks Augen hatten sie sich gefunden, ohne einander gesucht zu haben, und er konnte sein Glück kaum fassen. Dass sie seine Sorge um Frank zu mildern versuchte, ließ ihn die Verbindung noch mehr spüren.

Als sie nach dem unangenehmen Frühstück mit Roses Eltern aufgebrochen waren, um bei Martin die entwickelten Fotos abzuholen, hatte er ihr von seiner neuen Wohnung erzählt, in die er noch heute umziehen wollte. Er hatte ihr vorgeschwindelt, dass die Kosten dafür von der US-Army im Rahmen des G.I.-Bill-Programms übernommen wurden, welches ihm den Aufenthalt in Paris überhaupt ermöglichte. Dass er als eine Art Spion für Russell fungieren sollte, hatte er natürlich für sich behalten. Was hätte er Rose auch sagen sollen? Im Grunde war ihm ja selbst nicht einmal klar, was überhaupt von ihm erwartet wurde. Er sollte Augen und Ohren offen halten, hatte Russell ihm aufgetragen. Worauf genau er jedoch achten sollte, wusste er nicht, und darüber würde er sich jetzt auch keine Gedanken machen. In erster Linie wollte er sein Glück mit Rose genießen – doch zuvor musste er sichergehen, dass mit seinem Freund alles in Ordnung war.

Rose führte ihn zu dem Denkmal von George Sand, das

auf dem Gemälde abgebildet war, doch dort war Frank nicht. Einen kurzen Moment blieben sie auf der grünen Wiese vor der Frau mit den aparten, in weißen Marmor gemeißelten Gesichtszügen und dem wallenden weißen Marmorkleid stehen, dann machten sie kehrt und hielten sich in Richtung Seine, wo sie sich ein Taxi zur Wohnung der Familie Chevalier nehmen wollten, da der Regen mittlerweile einem Trommelfeuer glich.

Jack fühlte sich völlig entmutigt, weil sie Frank nicht hatten finden können, und er machte sich große Sorgen, was den Freund umtrieb. In einem solchen Zustand hatte er ihn noch nie erlebt.

»Sieh nur, Jack, dort!«, riss Rose ihn plötzlich aufgeregt aus seinen trüben Gedanken und deutete auf eine Bank am Seineufer. Ein Mann saß reglos darauf, im prasselnden Regen, den Blick aufs Wasser gerichtet.

»Frank!«, entfuhr es Jack, und sie begannen zu laufen, bis sie die Bank erreichten. Jack reichte Rose den Schirm, die diesen nun auch schützend über Frank hielt.

»Frank, um Himmels willen, du bist ja nass bis auf die Knochen!«

Erst reagierte der Angesprochene nicht, dann schien ein Ruck durch ihn zu gehen, und er sah zu Jack auf, sagte aber kein Wort. Fast meinte Jack, der Freund würde ihn nicht erkennen, doch dann blickte er zu Rose.

»Rose Chevalier«, murmelte er und bemühte sich um ein Lächeln.

Auf Jack wirkte er vollkommen abwesend.

»Mensch, Frank«, stieß Jack aufgeregt hervor, »wir haben

dich überall gesucht! Was ist denn nur passiert?« Er sah Rose an. »Lass uns zu meiner neuen Wohnung gehen. Es ist nicht gut, wenn er in diesem Zustand das Hotel betritt.« Er fasste Frank am Arm. »Kannst du aufstehen, mein Freund?«

Frank nickte benommen, dann erhob er sich und setzte sich zusammen mit Jack in Bewegung.

»Es geht schon«, sagte er nach einem Moment, doch Jack behielt den Griff bei.

Es dauerte eine Weile, bis sie die Rue Cortot erreichten und endlich ins Trockene traten.

Zusammen gingen sie die Stufen hinauf, dann sperrte Jack die Appartementtür auf, ließ Frank und Rose eintreten und führte sie ins Wohnzimmer.

»Das Bad ist dort auf der rechten Seite«, sagte er. »Wir sollten die nassen Sachen ausziehen. Ich hole uns Decken und sehe zu, dass ich den Ofen hier befeuere« – er deutete auf einen altmodischen Ölofen in der Ecke des Zimmers –, »dann können wir unsere Kleidung trocknen.«

»Das ist eine ausgezeichnete Idee«, befand Rose. »Ich setze uns Teewasser auf, damit wir auch von innen warm werden. Ist dort die Küche?«

Jack nickte und sah den beiden nach, die sich in Richtung Bad beziehungsweise Küche entfernten. Er selbst betrat das Schlafzimmer, öffnete den Schrank und nahm drei warme Wolldecken heraus. Er schlüpfte aus der durchweichten Kleidung, wickelte sich in die Decke und kehrte ins Wohnzimmer zurück, wo er den Ölofen in Gang setzte. Anschließend klopfte er an die Badezimmertür. Frank öffnete. »Hier«, sagte er und reichte ihm eine Decke. »Für den Moment wird das gehen. Die nassen Sachen kannst du mir geben.« Er legte sie vor dem Ölofen ab, der bereits eine angenehme Wärme abstrahlte, dann ging er in die Küche und reichte Rose ebenfalls eine Decke.

»Vielen Dank, Jack«, sagte sie. »Der Tee ist gleich fertig.«

Jack nahm die beiden Küchenstühle, trug sie vor den Ofen ins Wohnzimmer und hängte die nassen Kleidungsstücke zum Trocknen über die Lehnen. Kurz darauf kam Rose herein, nun auch in eine Decke gewickelt, stellte ihre Schuhe vor den Ofen und fügte Rock, Bluse und Strümpfe hinzu.

»Es wird eine Weile dauern, bis alles wieder trocken ist, aber wie heißt es so schön? Abwarten und Tee trinken«, scherzte sie.

Jack deutete zum Fenster. »Sieh dir das an! Der Himmel ist wieder klar, und die Sonne strahlt.«

»*C'est la vie*«, gab Rose lächelnd zurück und nahm auf einem der Sessel Platz. Jack fand, dass sie absolut entzückend aussah.

»Den Tee musst du holen«, fügte sie hinzu, »ich habe nämlich keine Ahnung, wie ich gleichzeitig das Tablett und die Decke halten soll.«

Jack ging in die Küche, schlang sich die Decke um die Hüfte und trug dann das Teetablett zum Couchtisch, bevor er sich anschließend wieder ganz einwickelte. Nachdem er sich gesetzt hatte, schenkte er drei Tassen Tee ein. »Wie geht es Frank?«, fragte Rose leise und nahm sich eine Tasse.

Jack zuckte mit den Schultern. »Ich weiß es nicht. Er hat kaum etwas gesagt.«

Rose beugte sich noch weiter zu ihm vor. »Ich warte nur schnell ab, bis meine Kleidung nicht mehr ganz so durchweicht ist, dann nehme ich mir ein Taxi und fahre nach Hause«, sagte sie. »Es wird das Beste sein, wenn ihr in Ruhe reden könnt.«

Jack wollte widersprechen, hatte er sich doch darauf gefreut, Zeit mit Rose zu verbringen. Doch in der jetzigen Situation hatte sie vermutlich recht, und es war wohl besser, wenn er sich um Frank kümmerte und diesem zu helfen versuchte, ganz gleich, worum es bei der Sache überhaupt gehen mochte. Also nickte er nur.

»Dein Appartement ist wirklich schön«, fuhr Rose fort und sah sich neugierig im Wohnzimmer um. »Ich hatte mit etwas viel Einfacherem gerechnet.«

»Bis gestern stimmte das auch noch. Wenn du möchtest, kannst du mich gern begleiten, wenn ich meine Sachen aus der Kammer über der Buchhandlung hole. Dann bekommst du die traurige Wahrheit zu Gesicht, wie ich zuvor gehaust habe.« Jack trank ebenfalls einen Schluck. Eine gewisse Anspannung war spürbar, ganz so, als bemühten sie sich lediglich um ein zwangloses Gespräch, bevor Frank aus dem Bad kam. Es herrschte eine ganz eigenartig angespannte Stimmung, völlig anders als sonst, wenn Rose und er zusammen waren und sich jedes Gespräch, jedes Wort und jede Bewegung so leicht anfühlten.

Die Badezimmertür klappte, und im nächsten Moment betrat Frank das Wohnzimmer. Die Unsicherheit stand ihm im Gesicht geschrieben.

»Der Tee tut gut«, sagte Rose und schob die dritte Tasse zu ihm hin.

»Vielen Dank«, sagte Frank und nahm auf dem Sofa Platz. Er griff mit einer Hand nach der Tasse, mit der anderen hielt er die Decke zusammen.

Jack entging nicht, dass er zitterte. Der Freund war wirklich in einem erbärmlichen Zustand.

Eine ganze Weile sagte keiner etwas, dann hob Frank an: »Ich sollte euch das wohl erklären.«

»Ich muss dringend los«, sagte Rose, stand auf und trat zu dem improvisierten Wäscheständer vor dem Ölofen. »Hm, funktioniert *très bien*«, stellte sie fest, während sie ihre Kleidung an sich nahm. »Die Sachen sind schon fast trocken.« Sie verschwand in der Küche und kam kurz darauf angezogen wieder zurück. Die zusammengefaltete Decke legte sie auf die Couch.

Jack stand auf. »Ich bringe dich zur Straße und warte, bis du ein Taxi angehalten hast«, bot er an.

»Das ist nicht nötig, bleib du nur oben bei deinem Freund.« Sie wandte sich Frank zu. »Es war mir eine Freude, dich kennenzulernen, Frank«, sagte sie zu ihm, der nun ebenfalls aufstand, um sie zu verabschieden.

»Mir auch. Und bitte verzeih meinen desolaten Zustand.«

Rose schenkte Frank ein Lächeln, das ebenso Verständnis wie Mitgefühl verriet.

»Ich hoffe, wir sehen uns bald mal wieder«, antwortete sie.

»Ja, das hoffe ich auch«, gab Frank zurück.

Jack begleitete Rose zur Wohnungstür. Dort angekommen drehte sie sich um und zog den Umschlag mit den Fotos aus ihrer Handtasche.

»Hier«, sagte sie und reichte ihm eine der Aufnahmen, die sie beide am Ufer der Seine zeigte. »Ich habe noch so eine ähnliche. Das hier ist deine.«

»Vielen Dank.« Jack sah ihr tief in die Augen. »Ich fand es schön, dass wir die Stunden zusammen erlebt haben.« Er beugte sich vor und gab ihr einen Kuss. »Sehen wir uns morgen?«

»Ich weiß noch nicht genau.« Sie verzog das Gesicht. »So langsam, aber sicher müsste ich mich mal wieder in der Sorbonne blicken lassen.«

»Und danach?«

»Gern.« Sie sah sich um. »Komm einfach vorbei – du weißt ja, wo ich wohne.« Sie zwinkerte ihm zu. »Nur vielleicht nicht mitten in der Nacht ...«

Jack schaute verlegen zu Boden, doch bevor er etwas erwidern konnte, fuhr sie fort: »Und jetzt beeil dich, lass deinen Freund nicht länger warten. Er braucht dich!«

Damit hauchte sie ihm einen Kuss auf die Lippen, öffnete die Appartementtür und lief leichtfüßig die Stufen hinunter.

Seufzend schaute Jack ihr nach, dann kehrte er langsam ins Wohnzimmer zurück. Was auch immer Frank so zu schaffen machte – er hoffte inständig, er würde in der Lage sein, dem Freund zu helfen.

16. Kapitel

WOHNUNG DER FAMILIE CHEVALIER, 25 QUAI ANATOLE FRANCE

Ich habe das Gefühl, als hätte sich durch die Erlebnisse der letzten Tage mein ganzes Leben gedreht.

ROSE CHEVALIER

Als sie die Tür zur Wohnung ihrer Eltern aufschloss, hörte sie ihre Mutter herzlich lachen. Und da war noch eine andere Stimme, die sie zu kennen glaubte, doch konnte das wirklich sein? Nein, dachte Rose, sie musste sich irren. Warum auch sollte Hedwig, die liebe Freundin ihrer Großmutter, sich schon so bald nach ihrem letzten Besuch wieder in Paris aufhalten? Neugierig ging Rose ins Wohnzimmer, und ihr Herz machte einen kleinen Sprung, als sie feststellte, dass sie sich nicht getäuscht hatte.

»Hedwig!«, rief Rose begeistert und eilte auf die Besucherin zu, die sofort aufstand und ihre Arme ausbreitete.

»Meine Rose!«, rief Hedwig mit einer ebensolchen Begeisterung in der Stimme.

Die beiden umarmten sich und verharrten einen Moment, wenngleich sie sich vor gar nicht langer Zeit gesehen hatten.

»Ich hatte ja keine Ahnung, dass du kommst!«

»Es sollte eine Überraschung werden«, gab Hedwig freundlich zurück.

»Also die ist dir gelungen.« Rose nahm neben Hedwig auf dem Sofa Platz. »Dann hattest du auch keine Ahnung?«, fragte sie ihre Mutter.

»Erst seit gestern«, erklärte Francine. »Hedwig hatte mich gebeten, nichts zu sagen, weil sie dich und Papa überraschen wollte.«

»Wie lange wirst du bleiben?«, fragte Rose begeistert.

»Nun, ein paar Tage. Ich will bei der Schneiderin vorbeischauen.« Sie berührte den Stoff ihres Kleides, das augenfällig locker saß. »Ich habe wohl abgenommen. Zumindest passen mir einige Kleider nicht mehr, und ich möchte sie enger machen lassen.«

»Isst du denn nicht genug?«, erkundigte sich Rose voller Sorge.

Hedwig lachte auf. »Genau das hat deine Mutter mich vorhin auch gefragt. Und zwar in dem gleichen besorgten Tonfall wie du jetzt.« Sie nahm Roses Hand. »Keine Sorge, ich esse genug, und ich achte auch auf mich.«

»Gut.« Rose strich sanft über Hedwigs Finger.

»Ich habe Hedwig gerade von deinem Verehrer erzählt und wie er letzte Nacht Steine gegen unser Schlafzimmerfenster geworfen hat«, brachte ihre Mutter sie nun über den Stand des Gesprächs aufs Laufende.

Darüber hatten die beiden also eben so herzlich gelacht. Rose spürte, dass sie rot wurde, doch dann musste sie ebenfalls schmunzeln. »Jack hat sich heute Morgen dafür in Grund und Boden geschämt«, erklärte sie, worauf die drei Frauen nun gemeinsam losprusteten.

»Und er ist ein Künstler?«, fragte Hedwig, als sie sich wieder gefasst hatten.

»Ja, er ist Maler.« Rose nickte.

»Ach, ich liebe die Maler«, entfuhr es Hedwig begeistert. »Sie sind so überschwänglich und voller Leidenschaft! Ich kannte mal einen jungen Maler, der hatte fast immer und überall seine Staffelei, Farben und Pinsel dabei. Er war Belgier und hieß Lucien, und was dein Fotoapparat für dich ist, war für ihn die Leinwand. Er hat alles malen müssen, ganz gleich, was es war.« Hedwig lächelte bei der Erinnerung. »Manchmal brach er ein Gespräch mitten im Satz ab, einfach so, weil sein Blick auf irgendetwas fiel, das er unbedingt malen musste. Er war wirklich ein ganz besonderer Mensch.«

»War?«, hakte Rose nach. »Ist er schon tot?«

Hedwigs Miene wurde ernst. »Ja, leider. Er ist 1939, gleich zu Beginn des Krieges, gefallen. Er wurde nicht einmal dreißig Jahre alt.«

»Das tut mir leid«, sagte Rose leise.

»Ja, mir auch. Er war ein wunderbarer Mensch, so voller Lebensfreude. Ich glaube, er wäre eines Tages ein großer Künstler geworden, so leidenschaftlich, wie er gemalt hat. Doch wie viele andere auch ist er diesem sinnlosen Krieg zum Opfer gefallen. Wer weiß, welche Kunst, Musik oder auch Bauwerke entstanden wären, wären all die begabten Menschen, die diese hätten erschaffen sollen, nicht der aberwitzigen Ideologie der Nationalsozialisten zum Opfer gefallen!« Hedwig seufzte, dann nahm sie Roses Hand. »Aber erzähl mal, wie sieht er denn aus, dein Maler?«

»Er sieht sehr gut aus«, gab Rose Auskunft. »Warte, ich habe Fotos von ihm gemacht.« Sie zog den Umschlag aus der Handtasche.

»Wirklich? Zeig mal«, bat Hedwig.

Francine erhob sich aus ihrem Sessel und setzte sich mit aufs Sofa, um sich die Fotos ansehen zu können.

»Hier steht Jack vor dem Lido, wo wir uns verabredet hatten«, erklärte Rose, »hier ist Jack im Theater. Sein Freund Frank Levant hatte uns in seine Loge eingeladen.«

»*Oh la la* … Was für ein gut aussehender junger Mann«, schwärmte Hedwig. »Was für eine Augenfarbe hat er?«

»Blau«, antwortete Rose wie aus der Pistole geschossen, dann verstummte sie und errötete leicht.

»Und er ist ein Freund von Frank Levant?«, half Hedwig ihr über ihre Verlegenheit hinweg. »Den Namen habe ich schon mal gehört.«

»Die ganze Welt hat diesen Namen schon einmal gehört, Hedwig«, stellte Francine fest. »Er ist der wohl bekannteste Sänger in ganz Paris. Seine Shows im Lido sind, soweit ich weiß, immer ausgebucht.«

»Beeindruckend«, meinte Hedwig. »Hast du noch mehr Aufnahmen?«

Rose nickte. »Dieses Bild habe ich von oben aus der Loge aufgenommen. Seht nur, die Showgirls – und hier kommt der berühmte Frank Levant!«, rief Rose. Dass dieser in diesem Augenblick wie ein Häufchen Elend auf Jacks Sofa saß, behielt sie wohlweislich für sich. Berühmtheit hin oder her – er war ein Mensch, der ihnen soeben seine verletzliche Seite gezeigt hatte und der genau wie alle anderen Höhen und Tiefen erlebte.

»Ebenfalls ein sehr gut aussehender Mann«, fand Hedwig, worauf Francine zustimmend nickte.

»Da gebe ich dir recht«, pflichtete Roses Mutter ihr bei. »Er wohnt übrigens bei uns im Hotel.«

»Und hier ist Jack einmal richtig von vorne zu sehen«, lenkte Rose die Aufmerksamkeit zurück auf ihren Liebsten und zeigte den beiden Frauen ein weiteres Foto.

»Er hat ein ganz wunderbares Lachen«, fand Hedwig.

»Und dazu eine wirklich charmante Art«, fügte nun Francine hinzu, worauf Rose ihre Mutter überrascht ansah, doch noch bevor sie auf deren Worte reagieren konnte, reichte Hedwig ihr das Foto zurück und sagte: »Ich würde ihn gern kennenlernen. Stellt er seine Gemälde auch im Künstlerviertel aus?«

»Nun, ehrlich gesagt, weiß ich das gar nicht so genau. Ich habe ihn das erste Mal getroffen, als er seine Staffelei an der Seine aufgestellt hatte, um die Pont Neuf zu malen. Dort hat er mich ins Lido eingeladen, wir haben den Abend miteinander verbracht, und gestern hatte er dann seinen nächtlichen Auftritt vor dem Haus.« Rose schmunzelte. »Wenn ich ehrlich bin, kenne ich ihn also noch nicht besonders gut.«

»Dafür machst du aber den Eindruck, dass ihr schon recht vertraut miteinander seid«, erwiderte Hedwig, und Rose errötete prompt erneut.

»Ach, Liebes«, Hedwig legte ihr die Hand auf den Unterarm. »Du bist vierundzwanzig Jahre alt. Als ich in deinem Alter war, war ich bereits verheiratet.« Sie deutete auf Roses Mutter. »Du doch auch, nicht wahr?«

»Ja, das stimmt. Doch das waren damals auch andere Zeiten.« Sie schüttelte nachdenklich den Kopf. »Heute hat man sehr viel mehr Freiheiten. Meine Mutter, deine *mamie*«, ergänzte sie an Rose gewandt, »war ein wirklich aufgeschlossener Mensch, dennoch hat sie mit Argusaugen auf mich aufgepasst, weil sie nicht wollte, dass ich etwas tue, was sich für ein junges Fräulein nicht gehörte.« Francine lächelte bei der Erinnerung. »Sie hat Elian und mich damals schon verheiratet gesehen, während ich lediglich tanzen gehen wollte. Ihr könnt mir glauben, dass sie alles andere als begeistert war, als statt Elian Arthur vor der Tür stand, um mich abzuholen!«

»Ach? Ich kann mir gar nicht vorstellen, dass Marie so altmodisch war«, brachte Hedwig amüsiert hervor.

»Doch, glaub mir. Meine Mutter war ein Freigeist, aber ihre einzige Tochter hat sie scharf beobachtet«, sagte Francine. Sie zwinkerte Rose zu. »Doch keine Sorge, ich werde dir das Leben nicht so schwer machen.«

»Und dein Verehrer stand also gestern Nacht auf der Straße und hat Steinchen gegen das falsche Fenster geworfen«, nahm Hedwig den Faden wieder auf. Die Lachfältchen rund um ihre Augen kräuselten sich. »Ach«, rief sie dann bedauernd, »das habe ich nun davon, dass ich so allein und abgeschieden außerhalb wohne! Solche lustigen Sachen passieren bei mir nie.«

»Apropos allein und abgeschieden«, hakte Francine ein. »Könntest du dir nicht vorstellen, nach Paris zu ziehen? Nicht, dass du das Anwesen am Étang de Saclay ganz aufgeben sollst, aber es wäre wirklich beruhigend, dich mehr in unserer Nähe zu wissen.«

Rose beobachtete Hedwigs Reaktion genau, weil sie fürchtete, dass es zum Streit kommen könnte. Sie wusste ja, was für eine unabhängige Frau Hedwig war, und es hätte sie nicht gewundert, wenn sie Francines Vorschlag rundweg abgelehnt hätte. Doch tatsächlich lächelte Hedwig nur sanft und nahm Francines Hand.

»Weißt du, Liebes«, sagte sie lächelnd, »ich kann mir das sogar sehr gut vorstellen, eines Tages, wenn ich merke, dass ich nicht mehr in der Lage bin, das Anwesen zu bewirtschaften. Doch dieser Zeitpunkt ist noch nicht gekommen.« Sie sah von Francine zu Rose. »Ihr seid meine Familie, auch wenn ihr eigentlich Maries Familie seid.«

»Und du gehörst zu unserer Familie«, bekräftigte Francine. »Genau deshalb machen wir uns ja Gedanken um dich.«

»Das müsst ihr nicht. Ich bin längst nicht so allein, wie ihr vielleicht glauben mögt«, sagte Hedwig. »Ich habe noch immer unsere Freunde, die mich besuchen, und so weit ist Paris ja nun wirklich nicht entfernt. Auch deshalb würde ich gern so lange es geht dort wohnen bleiben, wenngleich es ohne Marie nicht mehr dasselbe ist.« Hedwig zog die Stirn in Falten. »Oder hast du eine andere Verwendung für das Anwesen?«, fragte sie mit einer gewissen Sorge in der Stimme und sah Francine an. »Ich meine, es gehört deiner Familie, und ich habe kein Recht ...«

»Halt, halt, halt«, fiel Francine ihr ins Wort. »Darum geht es nicht. Das Anwesen der Familie Morel ist weit mehr dein

Zuhause als meines, auch wenn ich dort aufgewachsen bin.« Francine legte den Kopf schräg. »Aber das weißt du doch, oder etwa nicht?«

»Im Grunde ja«, versicherte ihr Hedwig, »doch es ist eben keine Selbstverständlichkeit.«

»Doch, ist es«, widersprach Francine. »Hier geht es nicht um Besitz, sondern um die Sorge, dass es dir gut geht. Wir sind doch eine Familie, und in einer Familie sorgt man sich umeinander und füreinander. So ...« Francine warf einen Blick auf die Uhr. »Was wollen wir Schönes unternehmen? Einen Einkaufsbummel, einen Cafébesuch?«

»Von mir aus einfach einen Spaziergang durchs Künstlerviertel«, schlug Hedwig vor. »Was ist mit dir, Rose? Kommst du auch mit?«

»Aber ja, auf jeden Fall.« Rose sah an sich hinab. »Ich würde mich nur gern rasch umziehen und etwas zurechtmachen. Wartet auf mich, ich beeile mich!«

Sie sprang auf und eilte in ihr Zimmer, wo sie eine hellgrüne Hose in der so angesagten Bleistiftform aus dem Schrank nahm, dazu eine dunkelgrüne Bluse, einen dünnen Seidenschal im gleichen Farbton wie die Hose und einen cremefarbenen Kurzmantel. Sie zog sich um, frisierte ihre Haare und legte eine Lippenpflege auf. Anschließend musterte sie sich im Spiegel. Zwar lagen ihre kurzen Haare alles andere als perfekt, weil sie sich durch den Regenschauer von vorhin nun in der Stirn hochlockten, doch Rose fand, dass sie sich trotzdem durchaus blicken lassen konnte.

Sie zog den Kurzmantel über, verließ ihr Zimmer und ging zu den beiden Frauen ins Wohnzimmer zurück.

»Fertig«, sagte sie, lächelte Hedwig und ihre Mutter an und drehte sich einmal um sich selbst.

»So jung möchte ich auch noch einmal sein«, scherzte Hedwig und stand auf. »Einmal durch die Haare gekämmt und etwas Hübsches angezogen und schon fertig.«

»Dafür haben wir die Erfahrung der Jahre«, hielt Francine dagegen und erhob sich ebenfalls.

Gemeinsam verließen sie die Wohnung, stiegen ins Taxi und ließen sich ins Künstlerviertel Montmartre bis zum Square Joël-Le Tac fahren. Dort stiegen sie aus und hakten sich ein, sodass sie zusammen einen großen Teil des Trottoirs einnahmen, und ließen einander erst los, als ihnen immer mehr Menschen entgegenkamen.

»Möchtest du nach etwas Bestimmtem schauen?«, fragte Rose an Hedwig gewandt.

Hedwig schüttelte den Kopf. »Nichts Konkretes. Doch ihr kennt mich ja: Wenn ich etwas sehe, was mir gefällt, kann ich für nichts garantieren.«

»Ich würde gern zu Jean-Paul gehen«, meinte Francine. »Wir brauchen etwas für die Suiten im dritten Stock, die gerade neu eingerichtet werden. Zwar habe ich noch keine feste Richtung, doch die Arbeiten von Jean-Paul gefallen mir.«

»Vielleicht kannst du dir ja Jacks Arbeiten mal ansehen«, schlug Rose vor. »Es könnte doch sein, dass sie dir ebenfalls gefallen.«

»Eine gute Idee. Aber ich werde seine Arbeiten wirklich nur dann kaufen, wenn ich ganz und gar davon überzeugt bin«, erwiderte die Mutter.

Rose lächelte. »Ich habe nichts anderes erwartet.«

Sie schlenderten die Stände entlang und blieben das eine oder andere Mal stehen. Rose liebte die Atmosphäre in diesem Viertel. Alles war so bunt und voller Energie. Die Kunst umgab einen nicht nur, sie hüllte die Besucher förmlich ein, und es war, als würde sie in eine ganz eigene Welt eintauchen, die Rose wie ein Magnet anzog. Für sie war Montmartre Paris in seiner reinsten Form.

»*Bonjour*, Jean-Paul«, grüßte Francine, als sie den Stand des Malers erreichten, bei dem Roses Mutter schon so oft Bilder gekauft hatte.

»Ah, guten Tag, meine Damen.« Jean-Paul deutete eine Verbeugung an. »Bitte, sehen Sie sich um.«

Francine betrachtete zwei Bilder, die auf Staffeleien ausgestellt waren, dann ging sie zu den anderen Gemälden hinüber, die hintereinander an der Wand lehnten, und sah sich eines nach dem anderen an.

»Wie geht es Ihrer Familie, Jean-Paul?«, erkundigte sich Hedwig, die den Maler wohl schon ebenso lange kannte wie Francine.

»Ach, wissen Sie, Madame, meine *maman* hat mit der Gicht zu kämpfen«, gab er Auskunft. »Es fällt ihr schwer, die Arbeiten zu verrichten, die ihr früher so spielend von der Hand gingen. Aber Sie kennen sie ja, das hält sie nicht davon ab, weiter fleißig zu sein.«

»Das bedauere ich, Jean-Paul. Richten Sie Babette meine herzlichen Grüße aus«, bat Hedwig, griff in ihre Handtasche und zog einige Geldscheine hervor, »… und bitte geben Sie ihr dies. Sie soll sich aus der Apotheke etwas gegen die Schmerzen holen.«

»*Merci*, Madame.« Jean-Paul nahm die Scheine entgegen. Rose sah, wie etwas flatternd zu Boden fiel, und bückte sich, um einen Zettel aufzuheben, der offenbar zwischen den Geldscheinen gewesen war.

Jean-Paul, der dies ebenfalls bemerkt zu haben schien, streckte die Hand danach aus. Er wirkte plötzlich eigenartig nervös.

Rose sah zwischen Jean-Paul und Hedwig hin und her.

»Ich denke, das ist deiner«, sagte sie zu Hedwig. »Du musst ihn versehentlich mit aus der Tasche gezogen haben.« Hedwig sah sie mit einem merkwürdigen Blick an, fast so, als wäre sie zutiefst erschrocken. »Danke«, sagte sie knapp, nahm den Zettel entgegen und ließ ihn in ihrer Handtasche verschwinden, dann wandte sie sich betont munter Roses Mutter zu. »Nun, Francine, hast du etwas Schönes gefunden?«

»Ich überlege, ob ich die neuen Suiten damit ausstatte«, antwortete Francine und hielt eine Leinwand hoch. »Ich finde, es fängt ausgezeichnet die Stimmung ein. Haben Sie noch mehr in diesem Stil, Jean-Paul?«

Das Gemälde zeigte den Eiffelturm, bestach jedoch vor allem durch die Farben des Himmels, der in verschiedenen schwachblauen sowie kräftigen Rosa- und Orangetönen gehalten war.

Rose musste sofort an das Bild denken, das an dem Tag, als sie Jack bei der Pont Neuf begegnet war, ganz vorn in der Reihe seiner Gemälde gestanden hatte. Auch darauf war im Hintergrund der Eiffelturm zu erkennen gewesen, weiter vorn die Stufen einer steinernen Treppe, die offenbar zu einer Brücke über die Seine führte. Auch bei diesem Bild lag der Fokus auf dem Himmel, der dem Ganzen eine besondere Stimmung verlieh.

»Bedaure, Madame, das habe ich schon vor langer Zeit gemalt«, antwortete Jean-Paul an Francine gewandt. »Ich habe es nur mitgebracht, weil ich es noch zu Hause stehen hatte und hoffte, es verkaufen zu können.«

»Also haben Sie nur das eine in dieser Art?«, hakte Francine nach.

»*Oui, Madame, je suis désolé*, aber ich habe tatsächlich nur das eine.«

»Ich verstehe.« Francine stellte das Gemälde zurück zu den anderen und sah Rose und Hedwig an. »Wenn das so ist, lasst uns weitergehen und uns noch ein wenig umschauen.« Überrascht stellte Rose fest, dass Hedwig dem Maler die Hand reichte. »*Au revoir*, Jean-Paul, und noch einmal beste Grüße an Babette.«

»Auf Wiedersehen, die Damen. Ich hoffe, Sie finden beim nächsten Mal etwas«, gab Jean-Paul zurück und schüttelte Hedwigs Rechte. Als er die Hand zurückzog, schien sich etwas darin zu befinden. Täuschte sich Rose, oder hatte Hedwig ihm etwas gegeben? Womöglich den Zettel von vorhin?

Ihre Mutter und Hedwig schlenderten weiter zum nächsten Künstler. Rose sah ihnen verwirrt nach, dann setzte sie sich selbst in Bewegung. Sie konnte sich keinen Reim auf das machen, was soeben geschehen war. War überhaupt etwas geschehen? Was ging hier vor? Als sie den Zettel aufgehoben hatte, hatte sie gesehen, dass einige Zahlen darauf standen und ein Ort, in Hedwigs Handschrift geschrieben. *Grand Bassin Rond*, hatte sie erkannt, außerdem eine Zwei und eine

Vier. Vierundzwanzig. Hatte Hedwig vor, sich heimlich mit Jean-Paul zu treffen? Aber weshalb? Bei jemand anderem als Hedwig hätte Rose an eine *liaison secrète* gedacht, doch Jean-Paul war nicht älter als Mitte dreißig, noch dazu hatte Hedwig jahrelang eine lesbische Beziehung mit Roses Großmutter geführt, deshalb passte diese Vorstellung einfach nicht. Warum nur machte Hedwig ein solches Geheimnis aus diesem Zettel? Hedwig wusste, dass Rose ein Geheimnis für sich behalten konnte, das hatte sie jahrelang bewiesen, indem sie die amouröse Verbindung der beiden Frauen am Étang de Saclay für sich behalten hatte. Warum also vertraute sie sich ihr dann jetzt nicht an?

»Kommst du, Rose?«, rief Francine über die Schulter und holte sie so aus ihren Gedanken.

»Ja, natürlich!«, rief sie zurück, nickte Jean-Paul zu und folgte ihrer Mutter und Hedwig.

Grand Bassin Rond, ging ihr der Ort durch den Kopf, den Hedwig auf dem kleinen Zettel notiert hatte, die Zahlen bezeichneten vermutlich die Uhrzeit. Oder ein Datum? Am liebsten wäre sie in den Jardin des Tuileries, den Schlosspark in der Nähe des Louvre, gegangen und hätte an dem großen Wasserbecken mit der prächtigen Fontäne gewartet, ob Jean-Paul dort tatsächlich auftauchte, doch wann? An welchem Tag? Und vor allem: warum? Die Gedanken schwirrten ihr nur so durch den Kopf. Was um alles auf der Welt hatte das zu bedeuten?

17. Kapitel

Fleurs de Paris,
202 Boulevard Saint-Germain

Mit der Liebe ist es so eine Sache. Der Grat zwischen dem Gefühl höchsten Glücks und absolutem Elend ist schmaler als ein dünner Faden.

Amelie Girard

Amelie sah noch einmal durch das Fenster der Eingangstür nach draußen, bevor sie absperrte und das Schild umdrehte, auf dem stand, dass der Blumenladen geschlossen hatte. Sie war enttäuscht, dass Frank heute nicht vorbeigekommen war, nachdem sie gestern einen so wunderbaren Tag miteinander verbracht hatten.

Ihr Picknick im Jardin du Luxembourg, direkt bei dem Denkmal von George Sand, war einfach großartig gewesen, und wäre es nicht irgendwann zu kalt und auch zu dunkel geworden, hätte Amelie noch Stunden dort sitzen können.

Als Frank sie schließlich nach Hause gebracht hatte, war

sie es gewesen, die ihm in die Augen gesehen und ihn geküsst hatte. Es hatte sich richtig angefühlt, so vertraut wie sie sich über die Stunden geworden waren, doch nun, da er nichts von sich hatte hören oder sehen lassen, fragte sich Amelie, ob sie damit einen Schritt zu weit gegangen war. Oder hatte er nur deshalb nichts von sich hören lassen, weil ihm der Kuss als Bestätigung reichte, dass er, der große Charmeur, am Ende auch ihre harte Schale hatte brechen können und sie lediglich eine weitere in der langen Reihe von Frauen war, die er mit einem Fingerschnippen haben konnte?

Sie schwankte zwischen Enttäuschung und Wut, vor allem über und auf sich selbst. Wusste sie etwa nicht mehr, wie furchtbar weh es tat, wenn man verletzt wurde? Hatte sie denn aus der Sache mit Vincent wirklich gar nichts gelernt?

Andererseits war gerade mal ein Tag vergangen. Ein einziger Tag, was nicht zwingend etwas bedeutete. Frank hatte schließlich genau wie sie zu tun. Vielleicht traf er sich heute mit Claude Perrin, von dem er ihr erzählt hatte und der die Lieder für Frank schrieb, oder er arbeitete an seiner Show. Zwar stand sein nächster Auftritt, zu dem er Amelie eingeladen hatte, erst in ein paar Tagen an, doch das bedeutete ja nicht, dass er in der Zwischenzeit nur herumsaß und nichts tat.

Sie wandte sich von der Ladentür ab und schaltete das Licht aus. Dann ging sie nach hinten, spülte die Tassen, die Lina und sie heute benutzt hatten, und räumte auf. Als sie damit fertig war, schaltete sie auch hier das Licht aus, verließ die Geschäftsräume durch die Hintertür und trat in den Flur, von wo aus eine Treppe zu ihrer privaten Wohnung hinaufführte.

Amelie ärgerte sich, weil ihr Frank so gar nicht aus dem

Kopf gehen wollte und sie den ganzen Tag über abgelenkt gewesen war und ständig nach ihm Ausschau gehalten hatte. Ja, es stimmte, sie hatten sich unglaublich gut verstanden, und Amelie meinte, eine ganz neue Seite an ihm wahrgenommen zu haben – eine Seite, die er ihr bislang nicht gezeigt hatte. Doch womöglich maß sie dem viel zu viel Bedeutung bei, und es war so, wie sie von Anfang an gedacht hatte, immer wenn sie die Blumen lieferte: Er war freundlich, jovial – und falsch, genau wie sein falsches Lächeln, das seine Augen nicht erreichte.

Seufzend schloss Amelie die Tür zu ihrer Wohnung auf. Noch vor wenigen Tagen, bevor sie Frank kennengelernt hatte, war sie glücklich gewesen und hatte sich leicht gefühlt. Jeder Sonnenstrahl war ihr vorgekommen wie ein Geschenk, an jeder Blume hatte sie gerochen und sich daran erfreut. Alles war gut gewesen, wie es war, und von einem Moment auf den anderen war es das nun nicht mehr. Wie hatte sie nur so dumm sein können, in eine kurze Begegnung so viel hineinzuinterpretieren? Der große Frank Levant und Amelie Girard, eine einfache Blumenhändlerin? Lächerlich, genau das war es. Lächerlich.

Sie drückte die Tür hinter sich ins Schloss und lehnte sich für einen Moment dagegen. Tränen stiegen in ihre Augen. Sie blinzelte, dann fuhr sie zusammen, als die Türklingel schrillte. Hastig wischte sie die Tränen fort, dann öffnete sie die Tür, doch da war niemand. Der Besucher musste unten vor der Tür stehen, die sie von hier oben aus nicht öffnen konnte.

Amelie eilte die Stufen hinab, und sosehr sie sich auch dagegen sträubte, so hoffte sie doch, dass es Frank war. Durch das matte Glas der Haustür konnte sie die Statur eines Mannes erkennen.

Sie atmete einmal tief durch, dann öffnete sie die Tür, und ihr Herz machte einen kurzen Sprung.

»Frank«, begrüßte sie ihn und gab sich alle Mühe, ihre Freude, genau genommen ihre Erleichterung, nicht allzu deutlich zu zeigen. »Ich hatte nicht damit gerechnet, dass wir uns heute noch sehen.«

»Darf ich reinkommen?«, fragte Frank, der vollkommen verändert auf sie wirkte.

»Aber ja, natürlich. Dort hinauf und dann oben rechts.« Amelie gab den Eingang frei.

»Danke.«

Frank ließ Amelie den Vortritt, und es machte sie ein wenig nervös, dass er so dicht hinter ihr ging. Er hatte sie zur Begrüßung nicht umarmt und ihr auch keinen Kuss gegeben. Vielmehr wirkte er abweisend, wobei abweisend im Grunde auch nicht recht stimmte. Traurig war wohl eher das Wort, das in diesem Moment auf ihn zutraf. War er gekommen, um ihr zu sagen, dass er kein Interesse hatte, sie weiterhin zu treffen?

Amelie betrat ihre Wohnung und wartete, bis auch Frank drinnen war. Dann schloss sie hinter ihm die Tür, drehte sich zu ihm um und wollte etwas sagen, doch da umfasste er sie schon, zog sie an sich und gab ihr einen Kuss, der sie einen Moment lang schwindelig werden ließ.

Als sie sich endlich voneinander lösten, sah sie Tränen in seinen Augen.

»Es tut so gut, dich zu sehen«, flüsterte er, ohne sie loszulassen.

»Und ich freue mich so sehr, dass du gekommen bist.« Sie löste sich von ihm und ging ihm voran ins Wohnzimmer. »Ich habe leider nur Wasser und Tee da«, sagte sie entschuldigend und deutete zum Sofa. »Bitte, nimm Platz.«

»Ein Tee wäre wunderbar.«

»Mach es dir bequem«, schlug Amelie vor. »Ich bin gleich zurück.«

In der Küche entzündete Amelie das Herdfeuer und setzte den Kessel auf. Sie war nervös, doch vor allem überwog ihre Freude, dass Frank gekommen war. Sie holte zwei Tassen aus dem Schrank, stellte die Kanne mit dem Teesieb bereit und wartete, bis der Kessel pfiff, dann füllte sie das kochende Wasser in die Kanne, ließ den Tee einen Moment ziehen, bevor sie das Sieb herausnahm, Tassen, Kanne und Zucker auf ein Tablett stellte und dieses ins Wohnzimmer trug.

Frank saß mit verschränkten Händen an der vorderen Kante des Sofas. Amelie konnte ihm deutlich ansehen, dass ihn etwas beschäftigte.

»Ist alles in Ordnung?«, fragte sie, nachdem sie ihnen eingeschenkt hatte, und nahm neben ihm auf dem Sofa Platz.

»Sicher, es ist ...«, er brach ab. »Nein«, sagte er dann. »Nichts ist in Ordnung, gar nichts.« Er räusperte sich. »Es ist etwas geschehen, wodurch nichts mehr so ist, wie es war.« Er umfasste mit beiden Händen die Tasse, den Blick starr auf die Flüssigkeit gerichtet.

»Was ist passiert?«, fragte Amelie und stellte ihre Tasse ab, ohne einen Schluck getrunken zu haben.

Frank sah sie von der Seite an. »Ich kann es dir nicht sagen, so gern ich es auch würde.«

Amelie war einen kurzen Moment enttäuscht, doch dann besann sie sich darauf, dass sie selbst ihm gegenüber nicht offen war und es Dinge gab, über die sie nicht reden wollte.

»Ich verstehe«, sagte sie deshalb nur. »Kann ich dir irgendwie helfen?«

Frank schüttelte den Kopf. »Nein.« Er nahm ihre Hand, führte sie an seinen Mund und gab einen Kuss darauf. »Nein, niemand kann mir helfen. Aber es tut gut, bei dir zu sein.«

»Du kannst mir vertrauen, das weißt du«, versicherte Amelie ihm.

»Ja, das weiß ich. Sonst wäre ich nicht gekommen.« Er strich zärtlich mit dem Finger über ihre Hand, und Amelie, der nicht entging, wie verzweifelt er war, zog ihn an sich.

Frank hielt sich an ihr fest, als wäre er ein Ertrinkender und sie sein Rettungsanker.

Eine ganze Weile blieben sie so sitzen, ohne dass einer von ihnen sprach. Dann richtete Frank sich wieder auf und fragte mit brüchiger Stimme: »Dein Bild von mir muss ziemlich bröckeln, nicht wahr?«

»Nein.« Amelie schüttelte den Kopf und streichelte seine Wange. »Offen gesagt erscheinst du mir jetzt und hier echter als je zuvor.« Sie sah zum Fenster. Draußen wurde es dämmrig. »Ich würde gern mehr für dich tun, wenn ich könnte«, fügte sie sanft hinzu.

Frank folgte ihrem Blick. »Könnte ich heute hier auf deinem Sofa übernachten?«, bat er dann. »Ich möchte nicht zurück ins Hotel. Nicht heute. Bitte frag mich nicht nach den Gründen.«

Amelie nickte. »Natürlich kannst du hier schlafen. Du kannst bleiben, solange du willst.«

»Danke.« Frank sah ihr tief in die Augen, und Amelie beugte sich zu ihm vor, bis ihre Lippen sich trafen. Sie küssten sich, erst sanft, fast zögerlich, dann mit immer wachsender Leidenschaft.

»Nein«, sagte Frank nach einer Weile und setzte sich abrupt aufrecht, »ich will auf keinen Fall die Situation ausnutzen.« Amelie musste lächeln. Sie wusste um Franks Ruf. Er war berühmt, und die Damen lagen ihm zu Füßen. Dass er Dutzende an jedem Finger haben konnte, war ihr vollkommen klar. Es rührte sie, dass er sie nicht in die gleiche Kategorie einordnen wollte wie die anderen namenlosen Gespielinnen, mit denen er sich sonst vergnügte, doch sie musste sich eingestehen, dass sie ihn begehrte und sie sich wünschte, dass es ihm umgekehrt genauso ging. Verblüfft hörte sie sich selbst fragen: »Weil du die Situation nicht ausnutzen willst, oder weil ich als Frau nicht attraktiv genug für dich bin?«

Frank gab einen erstickten Laut von sich, als könnte er nicht glauben, was sie soeben gesagt hatte, dann beugte er sich vor und küsste sie voller Leidenschaft.

»Ich habe noch nie eine so wunderschöne Frau getroffen wie dich«, stieß er atemlos hervor, als er die Lippen von ihren löste. Seine Hände strichen über ihren Hals, glitten tiefer zu ihren Brüsten, und Amelie spürte, wie eine Woge der Lust über sie hinwegrollte.

»Das Einzige, was ich will, ist, dass es mir gelingt …«, flüsterte Frank mit belegter Stimme.

»Dass dir was gelingt?«, hauchte Amelie.

»Ich wünschte, ich könnte dich dazu bringen, mich zu lieben.«

Zitternd vor Erregung, verzehrte sie sich nach seiner Berührung, danach, dass er sie zu der Seinen machte, doch sie zwang sich zur Zurückhaltung. »Aber du kannst jede Frau haben, die du willst«, stellte sie fest.

»Kann ich das?« Seine Hände wanderten noch tiefer, schoben sich unter den Saum ihrer Bluse, tasteten sich vorsichtig vor zu der zarten Spitze ihres BHs.

Amelie wagte es kaum zu atmen. »Aber ja, natürlich«, wisperte sie dann und legte ihre Hände auf seine, um sie festzuhalten, wenngleich sie sich nichts sehnlicher wünschte, als sich den Gefühlen hinzugeben, von denen sie geglaubt hatte, sie für immer verdrängt zu haben. Wie sehr wünschte sie sich, das innerliche Beben zu empfinden, das sie damals bei Vincent verspürt hatte und das sich nun sehr viel gewaltiger Bahn zu brechen schien.

»Dich eingeschlossen?«, riss Frank sie aus ihren Gedanken, und beinahe hätte sie vor Enttäuschung geseufzt. Ihr Körper stand in Flammen, doch ihr Verstand sagte ihr, dass Frank die Frage ernst meinte. Außerdem wollte sie sich ihm nicht hingeben, wollte sich nie wieder so verletzen lassen wie einst von Vincent ...

»Ich hatte nicht vor, mich in dich zu verlieben«, wich sie aus und rückte ein Stück von ihm ab, sodass er seine Hände zurückziehen musste.

»Ich weiß«, erwiderte Frank bedrückt und schien nicht recht zu wissen, was er tun sollte.

Einen Moment saßen sie nur da, dann nahm Amelie Franks Hand. Jetzt oder nie, dachte sie. Sie durfte nicht für ewig an der Vergangenheit festhalten, sie musste nach vorn blicken, und Frank war der Mann, mit dem sie zusammen sein wollte, den sie begehrte. »Ich *könnte* mich aber in dich verlieben.« Sie räusperte sich. »Ich denke, ich habe mich sogar schon in dich verliebt. Nicht in Frank Levant, den Sänger und Star, sondern in dich als Menschen.«

»Und ich habe mich in dich verliebt, wunderbare, wunderschöne Amelie Girard ... Nein«, fügte er dann hinzu, »noch viel mehr: Ich glaube, ich liebe dich, denn du lehrst mich, das Leben wieder zu lieben.« Er sah sie an. Seine Augen waren dunkel vor Begierde, was das Verlangen in Amelie nur noch mehr entfachte.

»Dann liebe mich«, flüsterte sie, lehnte sich zurück und ließ sich von ihm in Gefilde der Leidenschaft führen, von deren Existenz sie nicht einmal geahnt hatte.

18. Kapitel

Rue de Condé

Endlich geschieht etwas, sodass wir in dieser Sache vorankommen können.

RUSSELL THOMPSON

Er hätte es niemandem gegenüber zugegeben, doch Russell fühlte sich langsam zu alt für die Aufgabe, stundenlang an ein- und derselben Stelle zu stehen und auf eine Haustür zu starren in der Hoffnung, dass diese endlich geöffnet wurde.

Auch aus diesem Grund war er erleichtert, als Luis Brasseur das Gebäude verließ und sich zwar nicht hastig, aber doch entschiedenen Schrittes auf den Weg machte.

Wenigstens war der Himmel heute klar, und auch die Sonne ließ sich vereinzelt blicken, während es in den letzten Tagen oft über viele Stunden hinweg heftig geregnet hatte.

Er wartete einen kurzen Moment, dann folgte er Brasseur in einigem Abstand und beeilte sich nur dann, wenn der Journalist um die nächste Häuserecke bog. Er wollte auf keinen Fall, dass dieser ihn bemerkte, doch er durfte ihn auch nicht aus den Augen verlieren. Brasseur trug eine braune Tasche bei sich, womöglich die, deren Schulterriemen auf dem Foto zu sehen gewesen war. War es möglich, dass Brasseur seine Notizen und Unterlagen immer mitnahm, weil er befürchtete, dass diese ihm aus seiner Wohnung gestohlen werden könnten? Oder hatte er nichts als einen Block und ein paar Stifte darin, doch warum war die Tasche dann so groß? Was trugen Journalisten sonst mit sich herum?

Je länger Russell ihm folgte, desto offensichtlicher wurde es, wohin Brasseur unterwegs war, befanden sie sich doch auf direktem Weg in Richtung Montmartre. Doch noch etwas bemerkte er, während er dem Journalisten nachging: Er war nicht der Einzige, der Brasseur beschattete. Ein Mann in einem hellen Anzug, mit vollem, dunklem Haar und etwa so groß wie er selbst, war ihm schon vor einer Weile aufgefallen – vermutlich ein weiterer Agent. Russell schätzte ihn auf nicht älter als Anfang dreißig.

Zunächst war der Mann hinter ihm gewesen, doch irgendwann hatte er ihn überholt, als Russell so tat, als würde er ein Schaufenster betrachten. So hatte er nun nicht nur Brasseur, sondern auch den Agenten vor sich. Russell ließ sich etwas zurückfallen und verringerte den Abstand zwischen ihnen erst wieder, als sie den Place du Tertre erreichten. Ab hier behielt der Major Brasseur genau im Blick, um zu sehen, ob und wenn ja an welchen Ständen dieser länger verweilte. Der Agent ging an dem Journalisten vorbei, blieb ein Stück entfernt stehen und fasste einige Gemälde ins Auge, doch als Brasseur zu ihm aufschloss, setzte er sich eilig wieder in Bewegung – viel zu auffällig für Russells Geschmack. Hatte der Journalist sich zuvor in Sicherheit gewiegt, könnte dieser verdammte Idiot im hellen Anzug alles zerstören.

Russell zwang sich, den Blick von dem Dummkopf loszureißen und sich auf Brasseur zu konzentrieren, der sich soeben mit einem der Maler unterhielt. Einen Augenblick später griff der Journalist in seine Hosentasche und zog etwas hervor. Russell kniff die Augen zusammen. Es handelte sich um ein kleines Bündel Banknoten, dessen war er sich ganz sicher. Brasseur gab die Scheine dem Maler, der ihm im Gegenzug etwas sehr Kleines reichte, das der Journalist sofort in seiner Hosentasche verschwinden ließ, ohne auch nur einen Blick darauf geworfen zu haben. Was genau es war, konnte Russell nicht erkennen. Nur dass es sich definitiv nicht um ein Gemälde handelte, stand zweifelsfrei fest.

Alles war ganz schnell gegangen, und wer nicht genau hinsah, hätte den Vorgang bestimmt nicht bemerkt. Russell wunderte sich, dass Brasseur derart unvorsichtig agierte. Offenbar fühlte er sich vollkommen sicher. Er schmunzelte, denn ein falsches Sicherheitsgefühl führte für gewöhnlich zu Übermut und der wiederum zu Unvorsichtigkeit. Der Journalist würde ihm seine Aufgabe allem Anschein nach leicht machen, vorausgesetzt, dieser Volltrottel von Agent verdarb nicht alles.

Der Künstler und Brasseur verabschiedeten sich, dann setzte der Journalist sich wieder in Bewegung. Russell hielt etwas Abstand, während der Mann in dem hellen Anzug Brasseur nur allzu dicht auf den Fersen war.

Brasseur bog um die nächste Ecke. Russell folgte ihm und sah ihn ein paar Meter weiter ein Café betreten. Der andere

Agent war nicht zu sehen. Vermutlich war er weitergegangen und würde kurz darauf kehrtmachen, um nicht von Brasseur entdeckt zu werden.

Russell betrat ebenfalls das Café, nahm sich eine der am Eingang bereitliegenden Zeitungen und setzte sich an einen Tisch in der Ecke, von wo aus er einen guten Überblick über den gesamten Raum hatte. Der Eingang war links von ihm, es gab einen Tresen, hinter dem eine Bedienung stand, eine weitere kassierte soeben bei einem jungen Paar ab. Brasseur hatte an einem Tisch nicht weit von Russell entfernt Platz genommen und seine Tasche neben sich auf einem Stuhl abgestellt. Die Bedienung trat an seinen Tisch, und Russell hörte, wie der Journalist ein Frühstück bestellte. Russell selbst nahm nur einen Kaffee.

Er sah sich im Café um. Außer den beiden Tischen, an denen Brasseur und er Platz genommen hatten, waren noch drei weitere Tische besetzt. Die übrigen acht waren frei.

Brasseur griff in seine Hosentasche und zog offenbar das hervor, was er vorhin von dem Künstler am Place du Tetre bekommen hatte. Russell streckte sich ein wenig, um besser erkennen zu können, was es war. Der Journalist entfaltete einen kleinen Zettel, warf einen kurzen Blick darauf und ließ ihn sogleich wieder in der Hosentasche verschwinden.

Die Kellnerin brachte Brasseur das Frühstück und kam gleich darauf mit dem bestellten Kaffee an Russells Tisch. Russell bedankte sich und bezahlte, dann hob er die Zeitung und tat, als würde er lesen, während er in Wahrheit Brasseur im Auge behielt.

Der Journalist blieb fast eine Stunde, aß und trank, doch er sprach mit niemandem außer der Kellnerin, dies jedoch auch nur der Bestellung wegen und beim Bezahlen. Dann stand er auf, legte den Riemen seiner Tasche über die Schulter und verließ das Café.

Russell folgte ihm kurze Zeit später. Der Journalist ging nicht auf direktem Weg in seine Wohnung zurück, sondern noch beim Markt vorbei, wo er einige Lebensmittel kaufte. Jetzt tauchte auch der Mann in dem hellen Anzug wieder auf. Er hielt sich in Brasseurs Nähe und tat so, als würde er die Auslagen betrachten. Wenn der Journalist diesen jetzt noch nicht bemerkt hatte, dann war er Russells Meinung nach der unvorsichtigste Mensch auf dem ganzen Planeten. Doch womöglich tat Brasseur auch nur so, als fühlte er sich unbeobachtet, während er seelenruhig die gekauften Waren in seiner geschulterten Tasche verstaute und sich wieder in die Rue de Condé begab, wo er sogleich im Hauseingang verschwand.

Russell sah auf die Uhr. Es war bereits kurz vor Mittag. Er musste sich dringend mit McMullan in Verbindung setzen, um diesem Bericht zu erstatten.

Der Mann in dem hellen Anzug positionierte sich auf der gegenüberliegenden Straßenseite, und am liebsten wäre Russell zu ihm gegangen und hätte ihn auf seine stümperhafte Arbeit angesprochen. Doch stattdessen bog er um die nächste Ecke, lehnte sich gegen die Hauswand und behielt von dort aus Brasseurs Wohnhaus im Blick. Er würde nur allzu gern einen Blick in die Tasche werfen, ohne dass Brasseur davon etwas mitbekam. Was mochte wohl darin sein? Würde es sich lohnen, etwas zu inszenieren, um daran zu kommen? Vermutlich handelte es sich um Unterlagen, allenfalls Notizen, überlegte Russell, doch die eigentlichen Papiere – die Beweise für abscheuliche Verbrechen – konnten sich nicht darin befinden. Hätte Brasseur sich bereits mit dem Spion getroffen und befände sich im Besitz dieser Beweise, hätte er die Bombe vermutlich längst platzen lassen, und der Skandal wäre in jeder französischen Zeitung nachzulesen gewesen. Dann würde es keinen Sinn mehr machen, Brasseur überhaupt noch zu beschatten. Genau genommen, wäre dann auch sein eigener Aufenthalt in Paris obsolet, da damit die Beziehungen zwischen Frankreich und Amerika für viele Jahre und Jahrzehnte zerstört wären – womöglich sogar für immer, wie McMullan glaubte. Doch genau das würde er verhindern. Nicht nur weil ihm vollkommen klar war, dass sich Frankreich dann den Sowjets annähern und die USA als gemeinsamen Feind ausmachen würde, sondern auch, weil es dann mit seiner eigenen Karriere aus und vorbei wäre.

Entschlossen stieß Russell sich von der Hauswand ab und ging ins nächste Café, um von dort aus McMullan anzurufen. Er selbst war nicht da, doch Russell konnte Steven Lloyd, der ebenfalls für den Geheimdienst tätig und McMullans rechte Hand war, erreichen und ihn bitten, dem Chef auszurichten, dass Russell in etwa zwanzig Minuten zum Café de la Paix aufbrechen und dort eine Stunde lang auf ihn warten würde. Würde McMullan innerhalb dieser Zeitspanne nicht auftauchen, wolle er erneut versuchen, mit ihm Kontakt aufzunehmen.

Nach dem Telefonat kehrte Russell in die Rue de Condé zurück und betrachtete die Häuser gegenüber Brasseurs Wohnhaus. Zu seinem Bedauern gab es hier kein Hotel, in dem er sich hätte einquartieren können, um so einen bequemen Beobachtungsposten einzunehmen. Doch er könnte natürlich versuchen, dort ein Zimmer anzumieten, die momentan häufig angeboten wurden. Gerade Witwen, deren Männer nicht mehr aus dem Krieg heimgekommen waren, besserten so ihre Haushaltskassen auf.

Er würde McMullan diesen Vorschlag unterbreiten, denn es war möglich, ja sogar wahrscheinlich, dass dieser bereits auf die gleiche Idee gekommen war und hinter einer der Gardinen genau in diesem Moment ein Agent auf ihn herunterblickte, der genau wie er und der Mann im hellen Anzug mit der Aufgabe betraut war, Brasseur nicht aus den Augen zu lassen. Russell wusste, dass McMullan stets mehrere Eisen im Feuer hatte. Sein Vorgesetzter war ein fähiger Mann, der nichts dem Zufall überließ, und genau deshalb musste die Vorgehensweise koordiniert werden und nicht im Alleingang erfolgen. Vor allem jetzt, da Brasseur offenbar eine Nachricht erhalten hatte, überbracht durch den als Mittelsmann fungierenden Maler. Bestimmt stand ein Treffen bevor, womöglich sogar die Übergabe der Unterlagen. Und genau diesen Moment mussten sie abpassen, sich die Beweise schnappen und vernichten. Denn was auch immer es war, was diesem Brasseur übergeben werden sollte: Es war so viel wert, dass Antoine Marchand dafür hatte sterben müssen. Schenkte Russell der Aussage seines Vorgesetzten Glauben, dass die USA nichts mit dessen Tod zu tun hatten, lag der Gedanke nahe, dass noch weitere Parteien in die Sache involviert waren – eine erschreckende Vorstellung, die Russell nervös machte.

Nachdenklich gab er seinen Beobachtungsposten auf und machte sich auf den Weg zum Café de la Paix. Dort angekommen setzte er sich genau an den Tisch, an dem er und

McMullan auch beim letzten Mal gesessen hatten. Russell bestellte sich einen Kaffee, und noch bevor die Bedienung diesen brachte, betrat McMullan das Café.

»Ich hatte nicht so schnell mit dir gerechnet«, begrüßte Russell seinen Vorgesetzten.

Die Bedienung servierte den Kaffee und fragte McMullan, was sie ihm bringen könne.

»Dasselbe«, gab er knapp Auskunft, worauf die junge Frau wieder verschwand.

»Also?« McMullan sah Russell abwartend an.

»Deine Vermutung war richtig. Der Mittelsmann ist einer der Künstler.«

»Wer?«

»Ich kenne seinen Namen noch nicht, doch den in Erfahrung zu bringen wird ein Leichtes sein«, antwortete Russell.

»Er hat Brasseur einen Zettel übergeben, vermutlich mit einem Treffpunkt.«

»Für wann und wo?«

»Ich habe den Zettel nicht gelesen, Robert.«

»Wäre aber besser gewesen. Dann wüssten wir mehr.«

Russell legte den Kopf schräg. Was sollte dieses überhebliche Getue?

»Hätte ich hingehen und ihn bitten sollen, mich einen Blick darauf werfen zu lassen?«

McMullans Kaffee kam. Sobald die Bedienung sich entfernt hatte, beugte McMullan sich vor und raunte: »Es dürfte also bald so weit sein. Du bleibst an ihm dran, ist das klar?«

»Mir schon. Doch wenn die Sache glattgehen soll, solltest du deinen Leuten beibringen, vorsichtiger zu sein.«

»Was meinst du?« McMullan zog die Stirn in Falten.

»Ach, komm schon. Dunkle Haare, Anfang dreißig, über einen Meter achtzig, trägt heute einen hellen Anzug. Im Moment steht er gegenüber von Brasseurs Wohnhaus. Und wenn dieser eines der Fenster zur Straße hin hat, kann er ihm fröhlich zuwinken.«

McMullan blickte Russell an. »Ich werde ihn abziehen.«

»Mach das. Und ersetz ihn durch einen, der etwas von dem Job versteht, bevor Brasseur die ganze Sache platzen lässt und wir wieder bei null anfangen müssen.«

McMullan hob die Tasse und trank einen Schluck.

»Hast du Leute in dem Gebäude gegenüber?«, wollte Russell wissen.

»Ja, zwei.«

»Gut. Die sollen sich mal in Brasseurs Wohnung umsehen, sobald er das Haus verlässt.«

»Okay.«

»Wo genau sind unsere Jungs platziert?«

»In dem roten Gebäude mit der Holztür«, gab McMullan Auskunft. »Du musst nach Max fragen.«

»Max, alles klar.« Russell nickte. »Wird erledigt. Sobald Brasseur das Gebäude verlässt, hänge ich mich wieder an ihn. Wäre gut, wenn du noch jemanden abstellen könntest. Zu zweit ist es leichter, ihm zu folgen, ohne dass er Verdacht schöpft. Die beiden aus dem Haus gegenüber sollen seine Wohnung durchsuchen.« Russell beugte sich vor. »Ich will unbedingt wissen, was in der Tasche ist, die er immer bei sich trägt. Sollte er sie ausnahmsweise in der Wohnung lassen, will ich, dass sie sich die zuerst vornehmen.«

»Geht klar.«

Schweigend leerten sie ihre Tassen, dann flüsterte Russell: »Um was genau geht es in den Unterlagen eigentlich?«

»Das muss dich nicht interessieren«, antwortete McMullan wie aus der Pistole geschossen.

»Tut es aber.«

»Du hast einen einfachen Auftrag«, fasste sein Vorgesetzter knapp zusammen. »Du sollst den Spion enttarnen und uns sowohl ihn als auch die Unterlagen übergeben. Das ist alles.«

»Wenn ich in den Besitz der Unterlagen komme – und das werde ich, darauf kannst du dich verlassen –, erfahre ich es ohnehin.«

»Du übergibst uns die Unterlagen und hältst dich ansonsten da raus. Das ist ein Befehl.«

McMullan lächelte spöttisch. »Glaubst du wirklich, dass ich auf dich angewiesen bin? Es gibt genug Männer wie dich, die nur darauf brennen, für mich zu arbeiten.«

»Ich glaube, dass Leute wie du über kurz oder lang scheitern«, gab Russell zurück. »Eines sollte dir klar sein: Wenn uns das alles hier um die Ohren fliegen sollte, werde ich in meinen Kreisen und selbstverständlich ganz im Vertrauen durchblicken lassen, wer dafür verantwortlich ist.« Russell spürte eine gewisse Genugtuung, als er im Blick seines Gegenübers lesen konnte, dass die Drohung angekommen war. Er schaute zur Tür. Sein Blick blieb an einem Mann hängen, der kurz nach McMullan das Café betreten hatte. Täuschte er sich, oder beobachtete dieser sie?

»Lass uns ein andermal darüber sprechen«, sagte Russell mit eindringlicher Stimme. McMullan sah ihn verdutzt an, dann schien er zu begreifen, denn er hob die Hand, um der Bedienung zu winken.

»Ich melde mich«, sagte Russell knapp, stand auf und verließ das Café. Draußen überquerte er in raschem Tempo die Straße und suchte in einem der Hauseingänge Schutz, von wo aus er unbemerkt das Café im Auge behalten konnte. Nur einen Moment später trat McMullan ins Freie.

Russell wartete, die Tür fest im Blick. Nun kam auch der andere Mann heraus, sah nach rechts und links und beeilte sich dann, McMullan zu folgen. Russell hatte also recht gehabt. Hier war offenbar etwas ganz anderes, sehr viel Größeres im Gange. Wenn jemand McMullan beschattete, dann bedeutete das, dass noch eine andere Organisation an der Sache dran war. Womöglich sogar eine andere Regierung. Vielleicht lag McMullan mit seiner Hysterie, die Sowjets betreffend, doch nicht so falsch, wie Russell bislang geglaubt hatte. Eines jedoch stand fest: Wer auch immer für die Überwachung seines Vorgesetzten verantwortlich war – er hatte die Rechnung ohne Russell gemacht.

19. Kapitel

Wohnung der Familie Chevalier, 25 Quai Anatole France

Ich wäre am liebsten den ganzen Tag nur glücklich. Doch da ist ein Gefühl, das mich unruhig sein lässt.

ROSE CHEVALIER

Rose war beunruhigt. Sie hatte die halbe Nacht wach gelegen und sich von einer Seite auf die andere gedreht, während ihre Gedanken unablässig um die eigenartige Szene mit Hedwig und Jean-Paul, dem Maler, kreisten.

Was hatte das nur zu bedeuten?

Sie hatte Hedwig am gestrigen Nachmittag und auch am Abend einige Gelegenheiten gegeben, sich ihr zu erklären, sie ins Vertrauen zu ziehen. Schließlich hatte Hedwig genau mitbekommen, wie Rose sie nach dem Vorfall am Stand angesehen hatte, doch sie war einfach darüber hinweggegangen, hatte diesbezüglich kein einziges Wort verloren.

Solange Rose Hedwig nun schon kannte, hatte nie etwas Unausgesprochenes zwischen ihnen gestanden, nun jedoch schon. Warum bewahrte Hedwig ein Geheimnis vor ihr?

Sie hatte der Lebensgefährtin ihrer verstorbenen *grand-mère* nicht gesagt, dass sie hatte lesen können, was in Hedwigs Handschrift auf dem Zettel stand, der zwischen den Geldscheinen gesteckt hatte und zu Boden gefallen war. Stattdessen hatte sie während des gesamten gestrigen Abends darauf gewartet, dass Hedwig sie zur Seite nahm, um ein klärendes Gespräch zu führen. Doch das hatte sie nicht getan, auch heute nicht.

Nun saßen sie schon wieder beim Abendessen, und Rose folgte dem Gespräch eher am Rande, als Hedwig unvermutet das Wort an sie richtete.

»Was denkst du, Rosie, willst du mir nicht morgen mal deinen Jack vorstellen? Er hat doch vorhin angerufen, nicht wahr?«

»Ja, das hat er«, bestätigte Rose. »Ich habe ihm wegen des Fußballspiels abgesagt, und weil du hier bist, haben wir noch kein neues Treffen vereinbart, falls du etwas vorhast.«

»Ach, Liebes, du hättest dich doch ruhig verabreden können!«, rief Hedwig.

»Du bist selten genug hier«, entgegnete Rose. »Da möchte ich die Zeit lieber mit dir verbringen.« Rose spürte, wie schwer es ihr fiel, diese Worte auszusprechen. Sie war so enttäuscht von Hedwig! Weshalb nur war es plötzlich so schwierig zwischen ihnen, was zuvor leicht und ausschließlich von Liebe und Vertrauen geprägt gewesen war?

»Wie wär's, wenn du dich morgen Nachmittag mit ihm verabredest?«, schlug Hedwig vor. »Dann kann ich ihn kennenlernen, bevor ich übermorgen wieder abreise.«

»Sicher.« Rose zuckte die Achseln. »Ja, das kann ich machen.«
»Rose«, sprach ihre Mutter sie an, »ist irgendetwas? Hattet ihr Streit?«
Rose sah Francine an. »Wer? Hedwig und ich?«, fragte sie.
»Unsinn. Weshalb solltet ihr auch streiten? Nein, ich meine natürlich Jack und dich.«
Rose schüttelte den Kopf. »Nein. Zwischen Jack und mir ist alles in Ordnung. Er hatte heute vor, seine Kammer über dem Buchladen zu räumen und seine Sachen in die neue Wohnung zu bringen.«
»Ach, dabei hättest du ihm aber doch helfen können!«
»Ja, sicher. Doch wie gesagt, ich wollte die Zeit mit Hedwig auskosten. Sie ist viel zu selten hier.« Rose bemühte sich um ein Lächeln. »Außerdem besitzt Jack ohnehin kaum etwas, das er rüberbringen musste. Hauptsächlich wohl seine Gemälde, und sicher hat ihm jemand von seinen Freunden dabei geholfen.«
»Rose«, schaltete sich ihr Vater ein. »So kenne ich dich gar nicht. Irgendetwas brennt dir doch auf der Seele. Ist es noch immer wegen des Fußballspiels?«
»Nein, Papa. Mach dir darum bitte keine Gedanken. Vielleicht bekomme ich eine Erkältung. Ich fühle mich ein wenig matt.«
»Eine Erkältung?« Francine stand auf, kam um den Tisch herum und legte ihre Hand auf Roses Stirn.
»Temperatur hast du nicht. Jag mir bitte nicht so einen Schrecken ein! Du bist doch nie krank. Als du das letzte Mal *malade* warst, trugst du noch Zöpfe.« Sie setzte sich wieder.
»Wenn es euch nichts ausmacht, würde ich mich gern zurückziehen«, sagte Rose. »Wie gesagt, mir ist irgendwie nicht gut.«

»Aber sicher«, stimmte Arthur mit Sorge in der Stimme zu.

Rose stand auf, legte ihre Serviette auf den Tisch, wünschte allen einen guten Abend und ging in ihr Zimmer, wo sie sich aufs Bett legte. Sie fühlte sich elend, doch nicht etwa, weil sie krank gewesen wäre. Enttäuschung und ein Gefühl der Zurückweisung waren es, die ihr zu schaffen machten.

Rose sah auf die Uhr. Es war gerade mal halb neun.

Grand Bassin Rond, ging es ihr wieder durch den Kopf. Sie liebte den Jardin des Tuileries, saß gern an dem großen Wasserbecken, vor allem im Sommer, und genoss sowohl das Wasser als auch den Anblick des so kunstvoll angelegten Parks. Manche Besucher brachten sich sogar Stühle mit, um dort verweilen zu können. Wann genau der Park erbaut worden war, wusste Rose nicht. Nur dass es irgendwann zur Barockzeit gewesen sein musste.

Grand Bassin Rond hatte auf dem Zettel gestanden und eine Vierundzwanzig. Mitternacht. Wollte sich Hedwig wirklich um Mitternacht dort mit Jean-Paul treffen? Weshalb? Und hätte das Treffen dann nicht bereits gestern stattfinden müssen, als Hedwig Jean-Paul den Zettel übergeben hatte? Genau aus diesem Grunde hatte Rose gestern Nacht die Ohren gespitzt. Sie hatte unbedingt herausfinden wollen, ob Hedwig noch einmal fortging, hatte sich noch nicht einmal bettfertig gemacht, um im Fall der Fälle schnell aufspringen und Hedwig folgen zu können, doch diese hatte das Haus nicht verlassen. Bis um kurz vor halb drei in der Nacht hatte Rose wach gelegen und auf jedes Geräusch gelauscht, dann war sie irgendwann eingeschlafen und heute Morgen um sechs komplett bekleidet wieder aufgewacht.

Sie nahm das Buch von ihrem Nachttisch und versuchte zu lesen, doch ihre Gedanken wollten einfach nicht aufhören zu kreisen. Nachdem sie dieselbe Seite wieder und wieder gelesen hatte, ohne auch nur den Hauch ihres Inhaltes aufzunehmen, gab sie auf. Sie klappte das Buch zu. Wie sehr sie sich doch wünschte, dass es an ihre Tür klopfte und Hedwig hereinkäme, um mit ihr zu sprechen, doch Hedwig kam nicht. Rose wurde immer unruhiger, wusste sie doch genau, in welche Gefahr sich Hedwig in der Vergangenheit begeben hatte.

Irgendwann hörte Rose, dass ihre Eltern und Hedwig sich eine gute Nacht wünschten, und sah auf ihren Wecker; es war Viertel vor elf. Kurz danach vernahm sie Schritte auf dem Flur, dann klappte die Badezimmertür. Nach einer Weile klappte die Badezimmertür erneut, Schritte waren zu hören und verklangen. Anschließend blieb alles still.

Rose seufzte. Bestimmt würde sie wieder bis tief in die Nacht wach liegen, ohne dass sich etwas tat. Sie kam sich so albern vor. Trotzdem konnte sie keine Ruhe finden, denn neben ihrer Sorge um Hedwig stieg noch ein anderes Gefühl in ihr auf, ein Gefühl, das sie noch zu gut aus ihrer Kindheit kannte: der Verdacht, dass eine Gefahr von ihr ferngehalten wurde, von der sie auf keinen Fall Kenntnis bekommen sollte – so wie früher im Krieg, als ihre Eltern sie vom Hôtel Impérial ferngehalten hatten, damit die Deutschen sie nicht zu Gesicht bekamen. Auch damals hatte eine eigenartige Stimmung geherrscht, und sie hatte gespürt, dass sie ihr irgendetwas vorenthielten. So wie nun Hedwig. Was war es, was man ihr jetzt vorenthalten, wovor man sie jetzt womöglich bewahren wollte? Schwebte Hedwig etwa in Gefahr? Ihre Familie?

Rose spürte, dass ihr vor lauter Sorge die Tränen kamen. Sie setzte sich gerade auf, um ins Bad zu gehen und sich das Gesicht mit etwas Wasser zu kühlen, als sie durch die geschlossene Tür neuerliche Schritte vernahm. Schritte, die nicht aus dem Schlafzimmer ihrer Eltern nebenan kamen, was bedeutete, dass entweder Milou oder aber Hedwig über den Flur schlich.

Rose huschte zur Zimmertür und presste das Ohr daran. Ein leises Knarren war zu hören. Rose bückte sich, zog lautlos den Schlüssel aus dem Schloss und blickte hindurch, doch es war niemand zu sehen. Das Auge vor dem Schlüsselloch, wartete sie einen Moment lang. Nichts geschah, doch dann wurde plötzlich die Badezimmertür geöffnet, und Hedwig kam heraus. Rose wollte ihren Beobachtungsposten schon aufgeben, als sie bemerkte, dass Hedwig vollständig bekleidet war. Entweder würde sie sich erst jetzt bettfertig machen, oder aber ...

Tatsächlich. Hedwig schlich zur Garderobe, die Straßenschuhe in der Hand, nahm ihren Mantel vom Haken und die Wohnungsschlüssel aus der kleinen Schale auf dem Flurtisch, schloss die Haustür auf und ging hinaus.

Hastig richtete Rose sich auf, schlüpfte eilig in ihre Ballerinas, in denen sie sich nahezu lautlos bewegen konnte, und schlich ebenfalls aus der Wohnung. Im Treppenhaus blieb sie stehen und lauschte, doch offenbar hatte Hedwig das Gebäude bereits verlassen.

Während sie die Stufen hinunterhuschte, streifte Rose ihren Mantel über, dann zog sie ein Tuch aus der Manteltasche und legte es sich um den Kopf. Anschließend öffnete sie vorsichtig die Haustür.

Sie sah Hedwig über die Straße eilen.

Sobald sie auf der gegenüberliegenden Seite angekommen war, lief Rose ihr nach, eng an die Wand gedrückt, damit Hedwig sie nicht bemerkte. Ein ganzes Stück weiter den Quai Anatole France hinunter kam sie an dem alten Haus vorbei, in dem sie früher oft mit ihrer Freundin Laurie gespielt hatte. Es stand seit vielen Jahren leer, die Besitzer waren irgendwann fortgezogen, hatten das Gebäude jedoch nie verkauft. Das Haus war ein Schandfleck in der Gegend, und ihr Vater hatte sogar schon ein Angebot für das Haus gemacht, um es abreißen und etwas Neues, Gepflegtes entstehen zu lassen, doch die Eigentümer hatten damals nicht einmal reagiert.

Rose hatte es ihrem Vater nicht gesagt, doch sie war froh, dass das alte Gemäuer noch immer stand. Von der Straße verwehrte ein gut drei Meter hoher Zaun die Sicht auf das alte Gebäude. Wer jedoch wie Rose in der Gegend aufgewachsen war, der wusste, dass es ein zusammenhängendes Zaunstück gab, das an nur einem Nagel hing und das man zur Seite schieben konnte, um sich Zugang zum Grundstück zu verschaffen. Und bei dem Gebäude selbst musste man nur die Luke zum Kartoffelkeller öffnen und konnte dann über eine Rutsche direkt hineinschliddern. Zumindest damals, als sie Kind gewesen war. Laurie und sie hatten oft Ärger bekommen, wenn sie total verdreckt nach Hause gekommen waren. Doch weder Laurie noch sie hatten jemals verraten, wo sie sich so schmutzig gemacht hatten. Nicht mit einer einzigen Silbe.

Rose schmunzelte bei der Erinnerung, dann konzentrierte sie sich wieder auf Hedwig, die nun kurz vor der Pont Royal war.

Rose huschte hinterher, wobei sie immer wieder stehen blieb und sich in Hauseingänge drückte, damit der Abstand zwischen ihnen nicht zu gering wurde. Sie hatte große Sorge, dass Hedwig sie auf der Brücke über die Seine entdeckte, denn inzwischen hegte sie keinen Zweifel mehr daran, dass Hedwig zum Grand Bassin Rond im Jardin des Tuileries unterwegs war.

Ihre Sorge war unberechtigt – Hedwig drehte sich nicht um. In gebührendem Abstand folgte sie ihr in Richtung Wasserbecken und ging hinter einigen Bäumen in Deckung. Überrascht stellte sie fest, wie viele Menschen um diese Uhrzeit noch hier waren. In den meisten Fällen handelte es sich um Pärchen, die sich in der romantischen Atmosphäre der eingeschalteten Laternen, deren Licht sich sanft auf dem Wasser spiegelte, ein paar schöne Stunden machen wollten. Viele von ihnen gingen in den warmen Monaten noch weiter in den Park hinein, um dort ungestört zu sein. Es war ein offenes Geheimnis und hatte auch schon zu mancher Beschwerde geführt, wenn sich dort vor allem junge Leute miteinander vergnügten.

Rose sah zu Hedwig, die nun langsam auf das Wasserbecken zuschlenderte. Hätte Rose es nicht besser gewusst, würde sie denken, sie wäre nur eine Spaziergängerin.

Einen Moment wartete sie noch, dann gab sie ihre Deckung auf und huschte zu den Büschen hinüber, von wo aus sie einen guten Überblick hatte.

Hedwig spazierte langsam um das Wasserbecken herum, setzte sich dann auf dessen Rand, legte den Kopf in den Nacken und blickte in den Sternenhimmel. Eine Gruppe von drei Männern, die offenbar betrunken waren, hielt auf den Brunnen zu und setzte sich ein Stück entfernt von Hedwig hin. Die

Männer hatten eine Flasche Wein bei sich, aus der sie der Reihe nach tranken. Von Jean-Paul war weit und breit nichts zu sehen. Einer der Betrunkenen sprach Hedwig an, offenbar um ihr ebenfalls von dem Wein anzubieten, was Hedwig lachend ablehnte.

Auf einmal nahm Rose ganz in der Nähe eine Bewegung wahr, etwas weiter vorn und ebenfalls bei den Büschen. Eilig duckte sie sich, dann spähte sie vorsichtig hinüber und blinzelte einige Male, weil sie glaubte, dass ihre Augen ihr einen Streich spielten. Nur wenige Meter von ihr entfernt kauerte Russell Thompson, Jacks Freund aus der Army, hinter einem üppig gewachsenen Strauch und beobachtete Hedwig offenbar ebenfalls. Rose wagte kaum zu atmen, als nun ein zweiter Mann dazukam.

»Hat Brasseur seinen Mittelsmann bereits getroffen?«, hörte Rose den Mann, der soeben hinzugekommen war, Russell Thompson fragen.

»Der Kerl will ein Spiel mit uns spielen«, antwortete Russell. »Der hat sich den zwei Clowns dort angeschlossen und tut so, als würden sie zusammengehören.«

»Vielleicht ist es einer von den beiden?«, schlug der andere vor.

»Dann hätte Brasseur sich kaum die Mühe gemacht, die zwei hierherzubringen«, gab Thompson zurück. »Nein, der Mittelsmann kommt erst noch.«

»Und die Frau daneben?«

»Die Dame dort?«, fragte Russell. »Eher unwahrscheinlich. Außerdem hat sie, wie es aussieht, nichts bei sich, was sie übergeben könnte. Aber wer weiß – wenn wir auch nur den Verdacht haben, dass sie der Spion sein könnte, schlagen wir zu.«

Rose schloss die Augen. Spion, Mittelsmann ... Um Himmels willen, was hatte das zu bedeuten? Sie hatte es geahnt, hatte gewusst, dass die Lebensgefährtin ihrer *mamie* mit ihrer Vergangenheit nicht abgeschlossen hatte. Ihre Sorge, dass sie sich in Schwierigkeiten bringen könnte, war also durchaus berechtigt. Hedwig war früher in der Résistance, im Widerstand, gewesen und war damals hohe Risiken eingegangen, um sich den Nationalsozialisten zu widersetzen. Aber der Krieg war doch vorbei. Die Deutschen waren geschlagen und aus dem Land vertrieben. Worin war Hedwig denn nun schon wieder verwickelt? Warum konnte sie das, was gewesen war, nicht einfach auf sich beruhen lassen? Nachdenklich krauste Rose die Stirn. Jack hatte ihr Russell Thompson als Major der Army vorgestellt. Doch was hatte er mit Hedwig zu tun? Was genau war seine Aufgabe hier in Paris? Anscheinend war er auf der Suche nach einem Spion ... einer Spionin?

Rose wurde es heiß und kalt bei diesem Gedanken. Vorsichtig, Schritt für Schritt, zog sie sich zurück, brachte Abstand zwischen sich und die beiden Männer und schlich an den Büschen entlang, bis sie die Bäume erreichte. In sicherer Entfernung blieb sie stehen und blickte zu Hedwig, die sich inzwischen mit einem der drei Männer unterhielt. Etwa mit diesem Brasseur, von dem Thompson und der andere gesprochen hatten? Wer war er, und auf welchen »Mittelsmann« warteten die Männer am Grand Bassin Rond angeblich? Auf Jean-Paul, den Maler vom Place du Tertre, dem Hedwig den Zettel zugesteckt hatte?

Um Gottes willen – worum auch immer es bei dieser Sache ging, sie musste etwas tun, etwas unternehmen. Sie musste Hedwig warnen, bevor die Falle zuschnappte und sie womöglich nicht mehr herauskam.

Zwei Paare schlenderten über den Weg und erschraken, als Rose plötzlich hinter den Büschen hervor- und auf sie zutrat. »Entschuldigung!«, sagte sie eilig. »Ich weiß, meine Bitte ist ungewöhnlich, aber könnten Sie mir wohl einen Gefallen tun?«

Die beiden Männer und Frauen blickten Rose fragend an.

»Worum geht es denn?«, fragte schließlich eine der Frauen, die Rose auf etwa Anfang dreißig schätzte.

»Nun ja, da drüben auf dem Rand des Wasserbeckens sitzt meine Großmutter. Sie ist verwirrt und läuft immer wieder von zu Hause fort. Sie liebt es, in Gesellschaft zu sein und etwas zu trinken – und wie Sie sehen, hat sie bereits Anschluss gefunden.« Sie deutete auf die kleine Gruppe am Grand Bassin Rond. »Ich werde sie dort kaum allein wegbekommen«, sagte Rose und lächelte verlegen.

»Und wie können wir Ihnen helfen?«

»Es wäre nett, wenn Sie mir den Rücken stärken und uns vielleicht bis zur Straße begleiten könnten? Den restlichen Weg bis nach Hause schaffe ich für gewöhnlich allein.«

Die vier tauschten Blicke, dann nickte die Frau, die soeben mit Rose gesprochen hatte. »Wir helfen Ihnen.«

»Vielen Dank.« Rose zog das Kopftuch etwas tiefer ins Gesicht und ging im Kreis der anderen zum Brunnen hinüber, während sie darauf achtete, sich so zu halten, dass Russell Thompson und dessen Kollege sie in der Gruppe nicht ausmachen konnten.

»*Salut, grand-mère!*«, rief sie laut, noch bevor sie Hedwig erreichten.

Hedwig schaute erschrocken auf und sah Rose mit weit aufgerissenen Augen an.

»*Mamie*, du weißt doch, dass du nicht weglaufen sollst!«, redete Rose weiter. »Komm, *grand-mère*, ich bringe dich nach Hause.« Sie ging auf Hedwig zu, nahm ihre Hände und zog sie vom Beckenrand. »Keine Sorge, *mamie*, es ist alles in Ordnung. Es ist niemand hinter dir her oder will dir etwas Böses.« Rose betonte den letzten Satz in der Hoffnung, Hedwig würde verstehen, was sie ihr damit sagen wollte.

Und tatsächlich: »Wo bin ich?«, fragte Hedwig und sah sich erstaunt um.

Rose atmete erleichtert auf.

»Es ist alles gut, *grand-mère*, lass uns nach Hause zurückkehren. Das hier sind meine Freunde. Wir gehen jetzt zusammen durch den Park zur Straße, uns kann nichts passieren, ja?«

»Ja, wie du meinst«, antwortete Hedwig, ohne Roses Hände loszulassen.

Rose blickte den Mann an, mit dem Hedwig gesprochen hatte. Sie hatte ihn noch nie zuvor gesehen. In seinen Augen lag tiefe Besorgnis, um nicht zu sagen Angst. Fast unmerklich nickte sie ihm zu. »Und deine Freunde hier sollten auch nach Hause gehen«, fügte sie hinzu.

»Wir gehen noch lange nicht nach Hause«, widersprach einer der beiden anderen Männer lallend. »Die Nacht ist doch viel zu schön, um zu schlafen!«

»Gehen Sie dort entlang«, riet Rose und deutete in die entsprechende Richtung, weg von Russell Thompson. »Da hinten in den Büschen«, sie warf einen Blick über die Schulter, »sitzen einige Vögel, die zu so später Stunde gefährlich sein können.«

»Brauchen Sie uns noch?«, fragte die Frau, die Rose zusammen mit den anderen begleitet hatte.

»Wären Sie so nett, uns noch bis dort hinten zur Ecke zu bringen?«, bat Rose.

Die Frau nickte. »Sicher.«

Rose hakte sich bei Hedwig unter und achtete darauf, im Schutz der Gruppe zu bleiben, sodass Thompson und dem anderen Mann der Blick auf sie beide weiterhin verwehrt war. Auf dem Weg zur Straße spürte sie, wie Hedwig zitterte.

»Vielen Dank«, sagte Rose, als sie außer Sichtweite waren. »Ab hier schaffen wir es allein.«

»Keine Ursache. Und alles Gute für Sie«, wünschte einer der Männer, dann schlenderten die beiden Pärchen davon.

Rose blickte hinter sich um die Ecke und sah, dass Thompson und der andere ihre Deckung hinter den Büschen aufgegeben hatten und nun schnellen Schrittes hinter ihnen hereilten.

Sie packte Hedwigs Arm.

»Komm«, sagte sie nur, nahm Hedwigs Hand und rannte los. So schnell sie konnten, liefen sie über die Brücke und bogen dann nach rechts ab. Die Schritte ihrer Verfolger hallten hinter ihnen auf dem Pflaster. Keinesfalls würden Hedwig und sie es bis zur Wohnung der Chevaliers schaffen.

»Hier rein!«, rief Rose, schob die Bretter beim Zaun des alten Hauses beiseite und zerrte die ältere Frau durch die Lücke. Anschließend brachte sie die Bretter wieder in die Ausgangsposition.

»Hier entlang«, zischte sie und bedeutete Hedwig, ihr zu folgen. Sie hörten die Schritte der Männer, die nun an dem Zaun vorbeiliefen. Rose und Hedwig verharrten geduckt und lauschten angestrengt. Täuschte Rose sich, oder kamen die Männer zurück?

Sie blickte Hedwig an, deren Gesicht im schwachen Mondschein angstverzerrt war, und legte den Zeigefinger auf die Lippen. Anschließend bedeutete sie Hedwig, sich aufzurichten, und schlich dieser voran zum Haus, wobei sie einige Male strauchelte, weil das Unkraut im Laufe der Jahre noch mehr geworden war als früher. Vor allem die Brombeeren wucherten unkontrolliert und verwehrten ihnen mit ihren dornigen Ranken den Weg. An der Hauswand angekommen, duckten sie sich erneut.

»Sie müssen hier irgendwo sein!«, hörten sie Russell vom Trottoir aus rufen.

»Wenn sie nicht vorher abgebogen sind«, hielt der andere Mann dagegen.

»Wo sollten sie denn abgebogen sein? Nein, die verstecken sich hier ganz in der Nähe, so schnell können die nicht laufen!«

»Was ist hier hinter?« Russell klopfte einige Male gegen den Zaun.

»Keine Ahnung«, gab der andere zurück. »Doch da können sie unmöglich so schnell rübergeklettert sein. Vor allem nicht die Alte.«

Rose schluckte. Wenn sie die losen Bretter fanden, war alles aus.

»Auch wieder wahr«, pflichtete Russell ihm bei. »Das haben sie ganz sicher nicht geschafft. Kümmern wir uns lieber um Brasseur. Vielleicht konnten die anderen ihn erwischen.«

»Aber das bringt uns keinen Schritt weiter! Den Spion kennen wir damit immer noch nicht. Oder denkst du ernsthaft, es könnte die Alte gewesen sein?«

»Ich weiß es nicht.«

»Würdest du sie wiedererkennen?«, hörte Rose den anderen Mann nun fragen. »Ich meine, wir waren schließlich ein ganzes Stück entfernt.«

»Schwierig«, erwiderte Russell nachdenklich. »Aber auch nicht unmöglich.«

»Was glaubst du, was sie Brasseur übergeben wollte, wenn sie es denn tatsächlich war?«

»Wenn ich das wüsste ... Komm, gehen wir. Hier können wir nichts mehr ausrichten.«

Wieder hörten sie Schritte, doch weder Rose noch Hedwig rührten sich. Erst nach einer ganzen Weile richteten sie sich auf, doch sie stiegen nicht durch den Zaun zurück auf die Straße, sondern blieben auf dem Grundstück. Wer wusste schon, ob Russell und sein Begleiter ihnen nur eine Falle stellen wollten?

Rose bedeutete Hedwig, auf sie zu warten, dann huschte sie ein paar Meter an der Hauswand entlang und rutschte über die Kartoffelluke in den Keller, kurz darauf öffnete sie von innen die Eingangstür. Alles war noch genauso wie damals, als sie mit Laurie hier gespielt hatte. Im Erdgeschoss gab es keine Möbel mehr, doch in den oberen Räumlichkeiten – ehemalige Schlafzimmer – hatten noch Betten gestanden.

Vorsichtig stieg sie die mittlerweile morschen Stufen hinauf, warf einen Blick in eines der Zimmer und winkte Hedwig zu sich. Erschöpft setzten sich die beiden Frauen auf eines der

Betten und fingen an zu husten, als eine gewaltige Staubwolke in die Luft wirbelte.

»Wie lange wollen wir hier warten?«, fragte Hedwig, nachdem sich der Staub gelegt hatte.

»Keine Ahnung«, gab Rose zurück, »das ist nicht mein Metier. Du scheinst dich da um einiges besser auszukennen als ich.« Sie lächelte schwach.

»Bist du gar nicht böse auf mich?«, fragte Hedwig leise.

»Doch, bin ich. Aber nicht, weil wir jetzt hier sitzen, sondern weil du mir nicht vertraut hast.«

»Ich hatte kein Recht, dich da mit reinzuziehen.«

»Du hattest aber auch kein Recht, es nicht zu tun«, hielt Rose dagegen und nahm Hedwigs Hand. »Wir können hier erst mal nicht raus. Erzählst du mir, was los ist?« Sie sah die frühere Lebensgefährtin ihrer Großmutter an.

Hedwig atmete mehrmals tief durch. »Was sagt dir der Name Klaus Berger?«

»Klaus Berger?«, wiederholte Rose. »Hm, nichts.«

»Und der ›Schlächter von Paris‹?«

»Der Schlächter von Paris?« Rose fröstelte. »Ja, den Begriff habe ich tatsächlich schon einmal gehört.«

»Es ist kein Begriff, sondern eine Bezeichnung. Und noch dazu eine sehr passende.« Hedwig hielt Roses Hand und strich zärtlich mit dem Finger darüber.

»Ich werde dir von ihm erzählen. Ich werde dir überhaupt alles erzählen.«

20. KAPITEL

JACK KINGS WOHNUNG, RUE CORTOT

War ich noch vor Kurzem ein Fähnlein im Wind, so habe ich nun das Gefühl, meinen Weg klar vor mir zu sehen.

JACK KING

Jack war erschöpft. Erschöpft und auch ein wenig enttäuscht, hatte er doch den Umzug von der Kammer über dem Buchladen *Le Mistral* zu seiner neuen Wohnung in der Rue Cortot ganz allein erledigen müssen. Natürlich war es keine große Sache gewesen, die paar Habseligkeiten, die er sein Eigen nennen konnte, dorthin zu schaffen, doch er hätte sich gefreut, wenn Frank dabei gewesen wäre, vor allem aber Rose. Immerhin ging es für ihn um einen Neuanfang. Natürlich verstand er, dass sie im Moment keine Zeit für ihn hatte, da die Freundin ihrer verstorbenen *mamie*, die für Rose selbst eine Art Großmutter war, gerade bei den Chevaliers zu Besuch weilte. Und dennoch hätte er es schön gefunden.

Er hatte gestern Morgen vom Café de Flore aus in der Wohnung der Chevaliers angerufen und mit Rose gesprochen. Schon wenn er daran dachte, machte sein Herz einen kleinen Sprung. Ja, er war bis über beide Ohren in Rose verliebt. Und während er sonst das Leben und auch die Liebe stets leichtgenommen hatte, so war es dieses Mal etwas vollkommen anderes.

Natürlich hatte er mit seinen neunundzwanzig Jahren so manchen Flirt erlebt und schöne Zeiten mit Frauen verbracht. Doch mit Rose war es anders. Allein der Gedanke an sie, an ihre Haut, ihr Haar, ihr herzliches Lachen ließen Schauer über seinen Körper laufen. Wie es wohl wäre, morgens neben ihr aufzuwachen?

Zum ersten Mal in seinem Leben hatte er das Gefühl, sich binden zu wollen. Er wollte mit Rose zusammen sein, mit ihr den Sonnenuntergang erleben und sie des Nachts in seinen Armen halten, bis die Sonne erneut am Himmel erstrahlte. Er wollte leben, lieben, lachen, wollte sie in seinen Gemälden festhalten. Rose, Rose und immer wieder Rose.

Jack goss sich einen Kaffee auf und trat mit der Tasse ans Fenster. Die Sonne ging gerade erst auf, und auch wenn der Ausblick nicht so schön war wie der vom Balkon über dem Buchladen, so genoss Jack es dennoch, hier zu stehen und die warmen Farben zu beobachten, die mit jedem Moment an Intensität zunahmen. Er spürte, dass er ernster geworden war, und vermutlich war es das erste Mal während seiner Zeit hier in Paris, dass er das Gefühl hatte, sich dem wahren Leben stellen zu wollen, mit all seinen Verpflichtungen.

Und dazu zählte nicht nur die Verpflichtung gegenüber Rose, sondern auch die gegenüber seinem Vaterland. Was ihn zu der Frage zurückführte, was konkret er für Major Thompson – Russell – tun sollte. Er sollte sich umhören, ja, aber worüber sollte er ihm Bericht erstatten? Es lag absolut in Jacks Interesse, dafür zu sorgen, dass die guten Beziehungen zwischen Frankreich und Amerika ungetrübt blieben, schließlich passten diese beiden Nationen hervorragend zusammen, wie man an ihm und Rose festmachen konnte – und allein das wäre seinen Einsatz wert.

Rose. Bei dem Gedanken an sie musste er lächeln – schon wieder. Er beschloss, zum Frühstück ins Café de Flore zu gehen und sie von dort aus anzurufen in der Hoffnung, dass sie heute Zeit für ein Treffen hatte. Oder sollte er besser direkt zur Wohnung der Chevaliers gehen? Nein, entschied er. Ein Telefonat war weit unaufdringlicher, schließlich wollte er Rose nicht überfallen. Außerdem hoffte er, Frank im Café de Flore anzutreffen. Der Freund hatte sich seit vorgestern nicht mehr bei ihm gemeldet. Sie hatten darauf gewartet, dass ihre Kleidung vor dem Ölofen trocknete, dann hatte Frank sich angezogen und war gegangen, ohne Jack anzuvertrauen, was ihn derart die Fassung hatte verlieren lassen, dass er die Plakate mit seinem Konterfei von der Litfaßsäule und den Wänden gerissen hatte. Auch auf Jacks Frage, ob dies etwas mit dem Foto zu tun hatte, wollte er keine Antwort geben.

Zu Jacks Überraschung war Frank gestern nicht im Café de Flore erschienen, um dort wie üblich zu frühstücken. Jack vermutete, dass er sich nach dem Zusammenbruch ausschlafen und erholen wollte, und er hoffte, dass er ihn heute wieder bei seinem üblichen Frühstücksgedeck antreffen würde.

Jack trank den letzten Schluck Kaffee und spülte seine Tasse ab, dann zog er sein Jackett über und schickte sich an, die Wohnung zu verlassen.

Sein Blick fiel auf das Foto, das Rose ihm geschenkt hatte. Er hatte es auf den kleinen Tisch in der Küche gelegt, weil er noch heute einen Rahmen dafür kaufen wollte. Eigenartig, er hatte nie zuvor das Bedürfnis verspürt, ein Foto zu rahmen. Offenbar stand er vor großen Veränderungen im Leben, und er freute sich darauf. Er nahm das Foto in die Hand, das Rose und ihn am Ufer der Seine zeigte und das Rose mit einem aufziehbaren Selbstauslöser gemacht hatte, den sie auf den Auslöseknopf der Kamera schraubte. Für Jack gab es auf eine unvergleichliche Art die Stimmung wieder, in der Rose und er sich befunden hatten, und das Glück dieses Abends schien förmlich aus der Aufnahme zu sprühen. Er war in Versuchung, einen Kuss darauf zu hauchen, fürchtete aber, das Papier zu beschädigen. Also strich er nur zärtlich mit dem Zeigefinger über Roses Gesicht und steckte das Bild dann in die Innentasche seines Jacketts.

Bis zum Montmartre waren es von seiner neuen Wohnung aus nur ein paar Hundert Meter, bis zum Café de Flore jedoch ein ganzes Stück zu gehen, dennoch war es ihm wichtig, dort nach Frank zu sehen. Unter den Künstlern am Montmartre konnte er sich auch am Nachmittag noch umhören und bestimmt auch selbst ein wenig malen.

Jack verließ seine Wohnung und machte sich auf den Weg, der ihn bei Madame Lilou vorbeiführte, die gerade dabei war, vor ihrem Restaurant zu fegen.

»Guten Morgen, Madame Lilou! Ist das nicht ein herrlicher Tag?«, grüßte Jack.

Madame Lilou stützte sich auf den Besenstiel. »Ah, Monsieur Jack. *Bonjour!* Ich habe gehört, dass Sie fortgezogen sind?«
»Keine Sorge, Madame Lilou. Nur in die Rue Cortot. Sie wissen doch, dass ich niemals weit von Ihnen wegziehen würde.« Er zwinkerte ihr zu.
»Sie sind ein Schmeichler, Monsieur Jack.« Sie hob gespielt mahnend den Zeigefinger. »Also verdienen Sie jetzt richtiges Geld mit Ihrer Kunst?«
Jack überlegte nur einen Wimpernschlag lang. Natürlich würde er der Restaurantbesitzerin nicht darlegen können, woher er tatsächlich sein Geld bezog.
»*Oui,* Madame Lilou. Sie hatten vollkommen recht. Eines Tages findet Kunst, die von Herzen kommt, immer einen Bewunderer.«
»Ach, Monsieur Jack, das freut mich so sehr für Sie. Sie strahlen aber auch wie die Sonne selbst.«
Jack trat verschwörerisch einen Schritt näher und räusperte sich. Er hatte Madame Lilou gleich nach seiner Ankunft in Paris kennengelernt, und sie hatte von da an fast jeden seiner Schritte begleitet, hatte sich mit ihm gefreut, wenn es etwas Freudiges gab, und ihm Trost gespendet, wenn er Niederschläge einstecken musste. Und sie hatte ihn ein ums andere Mal bewirtet, auch wenn er gerade kein Geld hatte. Ja, sie war ein Herzensmensch, diese Madame Lilou, und nun wollte Jack sie an seinem Glück teilhaben lassen.
»Das Strahlen hat noch einen anderen Grund«, ließ er sie daher wissen. »Ich bin verliebt.«
»Ah.« Madame Lilou lachte auf. »Die Mademoiselle, mit der Sie das Rendezvous hatten?«

»Genau die. Moment«, bat er, griff in seine Innentasche seines Jacketts und holte das Foto hervor. »Das ist sie, Rose Chevalier.«

»Monsieur Jack«, brachte Madame Lilou schwärmerisch hervor, »was für eine wunderschöne Mademoiselle!« Sie betrachtete das Foto. »Und was für ein hübsches Paar!« Sie reichte ihm die Fotografie zurück. »Sie sind wirklich sehr glücklich, nicht wahr?«

»O ja, Madame Lilou, ich könnte die ganze Welt umarmen.« Sie lehnte den Besen an die Wand und breitete die Arme aus. »Beginnen Sie mit mir, Monsieur Jack!«, forderte sie ihn lachend auf, worauf er sie umschlang und herzlich drückte.

»Ich liebe Sie, Madame Lilou!«, rief er voller Glück.

»Und ich Sie, Monsieur Jack! Kommen Sie mit Mademoiselle Rose in mein Restaurant und seien Sie mein Gast – ich werde Ihnen das beste Essen servieren, zur Feier all der guten Dinge, die Ihnen widerfahren.«

Jack drückte sie erneut. »Ach, Madame Lilou, ich muss Sie einfach mal malen. Sie sind für mich das, was die Seele dieser Stadt ausmacht.« Er tat, als würde er einen Schriftzug an die Wand pinseln. »Madame Lilou – die Seele von Paris! Nun muss ich aber weiter.

Genießen Sie den Tag, Madame Lilou, Seele von Paris!« Er verbeugte sich.

»*Au revoir,* Monsieur Jack. Und vergessen Sie nicht, hier ist immer ein Tisch für Sie frei!«

»Ich denke daran. *Au revoir*, Madame Lilou!«

Leichten Schritts setzte er den Weg fort, und als er nach etwa einer Stunde am Café de Flore ankam, war Camille gerade damit beschäftigt, die Stühle draußen aufzustellen.

»Guten Morgen, Camille.«

»Guten Morgen, Jack. Wie geht's?«

»Wunderbar!«, gab er zurück. »Kann ich mich schon reinsetzen?«

»Sicher. Ich stelle nur noch eben die Stühle auf, dann komme ich.«

»Vielen Dank.« Jack betrat das Café und nahm seinen üblichen Platz an dem Tisch ein, an dem er sonst mit Frank saß. Sein Blick fiel auf das Klavier, auf dem der Freund schon so manches Mal die Tasten angeschlagen hatte, wenn er in ausgelassener Stimmung gewesen war und es ihm einmal nicht darum ging, möglichst unerkannt zu bleiben. Heute saß er nicht an seinem Platz, und Jack kam nicht umhin, sich zu fragen, wie es dem Freund wohl ging. Er hoffte inständig, dass er jeden Moment durch die Tür kam und sich zu ihm setzte, wie immer. Dann könnte er auch gleich das Gemälde mit dem Denkmal von George Sand mitnehmen, das Camille hinten im Büro aufbewahrte. Frank hatte es einer Freundin schenken wollen, doch Genaueres hatte er Jack auch nachher, vor dem Ölofen in seiner neuen Wohnung, nicht erzählt. Er fragte sich gerade, welche Frau dem Freund wohl so viel bedeuten mochte, dass er ihr ein solches Geschenk machte, als Camille zu Jack an den Tisch trat, der zu dieser frühen Stunde der einzige Besucher war.

»Wie immer, Jack?«

»Ja, wie immer, Camille. Ach, sag bitte, war Frank zwischenzeitlich hier?«

»Frank Levant?« Camille schüttelte den Kopf. »Nein.«

»Hm«, machte Jack. »Das Gemälde, das du für mich aufbewahrst, gehört ihm. Ich hatte gehofft, ihn hier zu treffen, damit er es mitnehmen kann. Aber natürlich kann ich es auch abholen.«

»Wie du möchtest, Jack. Es kann aber ebenso gut noch hinten im Büro liegen. Mich stört es nicht.«

»Danke, Camille. Dann würde ich es noch dort lassen«, entschied Jack.

»*Pas de problème*. Ich hole dir dein Frühstück.«

»Vielen Dank.«

Camille verschwand hinter dem Tresen und durch eine Tür in die Küche. Jack sah auf die Uhr, es war noch nicht mal halb neun. Um diese Zeit konnte er unmöglich in der Wohnung der Chevaliers anrufen, auch wenn ihm klar war, dass dort alle längst wach waren. Doch Jack erinnerte sich an die Worte seiner Mutter, die immer gesagt hatte, wenn zu früh am Morgen ein Anruf kam, war jemand gestorben. So unsinnig das auch war, hatte es sich doch in sein Bewusstsein geprägt, und er konnte sich nicht erinnern, jemals vor neun Uhr zum Hörer gegriffen zu haben, und das würde er auch heute nicht ändern.

Camille brachte sein Frühstück, und nach und nach füllte sich das Café. Manche Besucher kannte Jack, die meisten sogar, andere hingegen hatte er noch nie gesehen.

Immer, wenn jemand reinkam, blickte Jack auf in der Hoffnung, dass es Frank sein könnte. Doch das war nicht der Fall. So langsam machte er sich wirklich Sorgen um den Freund.

Um kurz nach neun bat er Camille, zwei Telefonate führen zu dürfen, die er natürlich zusammen mit seinem Frühstück bezahlen würde. Als Erstes ließ er sich mit dem Hôtel Impérial verbinden und bat darum, zur Suite von Frank Levant durchgestellt zu werden.

»Ich bedauere«, teilte ihm der Rezeptionist am anderen Ende der Leitung mit, »Monsieur Levant ist nicht im Haus.«

»Hm«, erwiderte Jack. »Ich bin ein Freund von Monsieur Levant und mache mir ein wenig Sorgen um ihn. Könnten Sie mir sagen, ob er wirklich nicht im Haus ist oder nur nicht gestört werden möchte? Ich will lediglich sichergehen, dass alles in Ordnung ist.«

Der Rezeptionist zögerte. »Wie war bitte Ihr Name?«

»Jack King.«

Eine kurze Pause entstand, dann hörte Jack wieder die Stimme des Rezeptionisten. »Nun, Monsieur King, einer meiner Kollegen hat mir bestätigt, dass sie ein Freund von Monsieur Levant sind. Offen gesagt, sind wir auch ein wenig in Sorge, denn wir haben Monsieur Levant bereits seit vorgestern nicht mehr gesehen.«

»Wie bitte?« Jack schluckte schwer. »Er hat nicht im Hotel geschlafen?«

»Nein, Monsieur King. Doch natürlich ist uns Monsieur Levant zu keiner Auskunft verpflichtet, und wenn er nicht im Hotel schlafen möchte, gebietet es die Diskretion, von unserer Seite aus keine Fragen zu stellen.«

Jack wurde heiß und kalt. Er war davon ausgegangen, dass Frank, nachdem er seine nassen Sachen vorgestern bei ihm getrocknet hatte, auf direktem Weg ins Hotel zurückgekehrt war. Nun zu hören, dass er dort nie angekommen war, ließ Jack das Schlimmste befürchten. Ja, Frank hatte bei seinem Aufbruch weitaus gefasster gewirkt, doch was, wenn er sich täuschte und der Freund sich etwas angetan hatte? Warum nur hatte er Jack nicht sagen wollen, was ihn so aufgewühlt hatte? Frank hatte zutiefst verzweifelt gewirkt, doch Jack war davon ausgegangen, dass der Freund schon mit ihm sprechen würde, wenn er den Zeitpunkt für richtig hielt.

»Monsieur King? Sind Sie noch dran?«

»Ja, ja, sicher. Ich ...«, Jack zögerte, »ich überlege nur, wo er sein kann«, antwortete er dann.

»Denken Sie, dass etwas geschehen sein könnte? Wäre es angebracht, die Gendarmerie einzuschalten?«, hakte der Rezeptionist nach.

Jack überlegte fieberhaft. Russell. Vielleicht könnte er ihm weiterhelfen. Doch was, wenn Frank sich woanders eingemietet hatte, um sich für eine Weile vollkommen zurückzuziehen? Er wäre sicher nicht erfreut, wenn Jack ihm die Polizei auf den Hals jagte.

»Nein«, entschied Jack. »Ich denke, ich weiß, wo Monsieur Levant sich aufhält. Sollte ich mich täuschen, gebe ich Ihnen Bescheid«, erklärte er.

»Dafür wären wir Ihnen sehr verbunden, Monsieur King. Darf ich Ihren Anschluss notieren, sollte es Nachfragen geben?«

»Ich bedauere, ich habe keinen eigenen Anschluss«, entschuldigte sich Jack. »Doch ich werde mich wieder bei Ihnen melden.«

»Vielen Dank. Dann hoffe ich, bald von Ihnen zu hören. *Au revoir.*«

»*Au revoir*«, gab Jack zurück, legte auf und atmete geräuschvoll aus. Hoffentlich war Frank nichts zugestoßen! Er hätte ihn vorgestern nicht einfach gehen lassen dürfen.

»Camille, ich muss los«, wandte er sich an die Bedienung.

»Wolltest du nicht zwei Telefonate führen?«

»Ja, aber jetzt nicht mehr.« Er bezahlte eilig und verließ das Café. Erst jetzt wurde ihm bewusst, dass er nicht die geringste Ahnung hatte, wie er Russell erreichen konnte. Er wusste ja nicht mal, wo der Major wohnte, war dieser doch stets bei Jack vorstellig geworden. Wie sollte er Russell eigentlich kontaktieren, wenn er etwas herausfand?

Jack kam sich in diesem Augenblick unglaublich dumm vor. Ihm wurde bewusst, dass er wie ein Schlafwandler durchs Leben ging, ohne Dinge zu hinterfragen oder sich wirklich für etwas zu interessieren, außer für seine Kunst und seine leichte Art zu leben. Nun schüttelte er den Kopf über so viel Oberflächlichkeit. Genau das hatten ihm Interessenten wiederholt vorgeworfen: dass es seiner Kunst an Tiefgang, an Seele fehlte. Offensichtlich traf dies nicht nur auf seine Kunst zu.

Jack kehrte zum Montmartre zurück in der Hoffnung, dort womöglich auf Russell zu treffen, der seine eigenen Ermittlungen anstellte. Doch nachdem er das gesamte Viertel wieder und wieder abgelaufen war, musste er diese Hoffnung aufgeben. Fieberhaft überlegte er, was er tun könnte. Wohin sollte er gehen, und wohin könnte Frank gegangen sein? Hätte er doch nur nach der Frau gefragt, für die das Gemälde bestimmt war und die Frank als Freundin bezeichnet hatte. Vielleicht war er ja dort und alles war in bester Ordnung?

Die Gedanken kreisten in Jacks Kopf, und er fühlte sich elend, so gar nichts tun zu können.

Schließlich entschied er, dass es vermutlich das Beste war, in seine Wohnung zurückzukehren und dort zu warten, bis Russell sich bei ihm meldete. Oder Frank, was ihm noch wesentlich lieber wäre. In jedem Fall aber würde er Russell fragen, wie er ihn künftig erreichen konnte. Jack hätte aus der Haut fahren können. Hoffentlich ging das alles gut.

21. Kapitel

Fleurs de Paris,
202 Boulevard Saint-Germain

Die Verzweiflung, die ich noch vorgestern spürte, ist Euphorie gewichen.

Frank Levant

Amelie wehrte sich spielerisch, als Frank sie umfasste und sie so daran hindern wollte, das Bett zu verlassen.

»Ich muss zur Arbeit, Frank. Wenn ich noch einen weiteren Tag sage, dass ich mich nicht gut fühle, wird Lina bestimmt darauf bestehen, hochzukommen und sich um mich zu kümmern.«

»Nur noch einen Moment«, raunte er und begann ihren Hals zu küssen.

»Ich weiß genau, was aus diesem einen Moment wird«, schimpfte Amelie lachend und versuchte, ihn wegzudrücken.

»Ja, ich auch.« Er küsste weiter ihren Hals.

»Nein!« Amelie wand sich unter ihm und schob ihn von sich.

Frank seufzte, ließ es aber zu, dass Amelie sich frei machte. »Ich will dich eben nicht wieder hergeben«, entschuldigte er sich.

Amelie setzte sich auf die Bettkante, zog ihren Morgenmantel über und sah ihn über die Schulter hinweg an. »Ich will dich auch nicht wieder hergeben«, versicherte sie ihm, »trotzdem muss ich arbeiten.«

»Ich habe genug Geld, dass du nie wieder arbeiten müsstest«, beharrte er.

»Wie schön für dich.« Amelie stand auf. »Und ich habe einen Blumenladen und Kunden, die sich auf mich verlassen.«

Frank seufzte erneut. »Na gut«, gab er nach. »Dann lass mich dir wenigstens ein Frühstück machen, bevor du nach unten gehst.«

»Bien sûr?«

»Ja, wirklich. Mach du dich zurecht. Ich kümmere mich darum.«

»Danke, das ist lieb von dir. Außer meiner Mutter hat noch nie jemand Frühstück für mich gemacht.« Sie stand auf und zog den Gürtel ihres Morgenmantels zusammen.

»Das erleichtert mich«, stellte Frank fest. »Zumindest zeigt es, dass die Männer sich bei dir nicht die Klinke in die Hand geben. Oh, Moment, ich habe nur Spaß gemacht«, fügte er eilig hinzu, als er Amelies betroffenen Gesichtsausdruck bemerkte. »Ich weiß sehr genau, dass du nicht so bist.«

»Gerade noch mal die Kurve bekommen«, antwortete Amelie und stemmte ihre Hände in die Hüften. »Na los, Monsieur Levant, *vite, vite!* Die Küche ist dort hinten. Ich brauche nicht lange, um mich fertigzumachen.«

»Jawohl, Mademoiselle.« Frank stand auf, lächelte und zog sie in seine Arme. Amelie wirkte durch die gemeinsame Zeit, die sie so intensiv miteinander verbracht hatten, vollkommen verändert auf ihn. Zuvor hatte sie etwas Unsicheres, Zögerliches an sich gehabt. Nun jedoch schien sie voller Selbstvertrauen zu sein, und Frank liebte es, wie selbstverständlich sie miteinander umgingen. Es war, als wäre bei ihnen beiden ein Knoten geplatzt, und so oft er auch Nächte mit Frauen verbracht hatte, so war es nun etwas vollkommen anderes. Amelie war zwar erst sechsundzwanzig Jahre alt und damit sechs Jahre jünger als er, doch sie wirkte so reif auf ihn, dass es ihm fast schien, als wäre sie die Ältere von ihnen beiden.

Nachdem sie im Bad verschwunden war, ging er in die Küche, setzte den Wasserkessel auf, dann holte er Eier, Brot, Butter und den restlichen Aufschnitt aus der Vorratskammer und deckte den Tisch. Als der Wasserkessel pfiff, bereitete er die Kanne mit dem Filter und Kaffeepulver vor und goss das Wasser darauf. Anschließend schlug er drei Eier auf, verquirlte diese mit einer Gabel und würzte mit Salz und Pfeffer. Zu guter Letzt stellte er die Pfanne auf den Herd, gab etwas Butter dazu, ließ sie schmelzen und füllte die verquirlten Eier hinein.

Kurz darauf kam Amelie aus dem Bad. Sie trug ein Kleid mit Blumenmuster und hatte ihr blondes Haar mit einem dazu passenden Band zurückgebunden.

»Setz dich«, sagte er zu ihr. »Das Frühstück ist gleich fertig. Du siehst übrigens wunderschön aus.«

»Vielen Dank.« Sie gab ihm einen Kuss. »Für das Kompliment und das Frühstück.«

»Hm. Habe ich dafür nicht zwei Küsse verdient?«

»Ich weiß ja, was aus einem Kuss zu viel bei dir werden kann«, scherzte sie, doch als er eine Tasse mit dampfendem Kaffee vor sie hinstellte, küsste sie ihn erneut.

Frank wendete das gestockte Ei mit einem Holzlöffel, ließ es auf einen Teller gleiten und stellte diesen ebenfalls auf den Tisch.

»Guten Appetit«, wünschte er, nachdem Amelie sich bedient hatte.

»Danke schön. Ich muss schon sagen, daran könnte ich mich gewöhnen.«

»Ich mich auch«, stimmte Frank zu und füllte sich ebenfalls den Teller.

»Ehrlich gesagt, hätte ich nicht gedacht, dass du so etwas kannst«, meinte Amelie.

»Was? Rühreier zubereiten?«

»Dich selbst versorgen. Ich meine, darum lebst du doch im Hotel, oder nicht? Weil dort alles für dich erledigt wird. Es wird für dich gekocht, aufgeräumt, deine Kleidung gewaschen ...«

»Du denkst, das ist der Grund, weshalb ich im Hotel lebe?«, fragte Frank.

»Ja, sicher. Stimmt das denn nicht?«

Frank überlegte kurz, ob er ihr eine ehrliche Antwort geben sollte, doch ein Blick in ihre Augen genügte, um seine Bedenken beiseitezuschieben.

»Ich lebe nicht im Hotel, um versorgt zu werden«, stellte er klar. »Ich lebe im Hotel, weil es kein Zuhause ist.«

Amelie ließ ihre Gabel sinken. »Wie meinst du das?«

»Eine Wohnung, ein Haus, ja sogar nur ein Zimmer, das man mietet oder kauft, ist ein Zuhause. Es ist der Ort, an dem man lebt, den man nach seinen Vorstellungen einrichtet, der eine persönliche Handschrift trägt. Es ist ein Ort, an dem man sich wohlfühlt. Vor allem aber ist es ein Ort, an dem Menschen sind, die einen lieben und denen man etwas bedeutet, an den man Freunde einlädt.«

»Und warum willst du das nicht?«

»Aus Angst«, antwortete Frank sogleich. »Wenn du willst, nenn es auch Feigheit.«

Amelie blickte ihm fragend in die Augen. »Das musst du mir erklären, Frank.«

»An einem solchen Ort müsste ich mich der Realität stellen, dass es niemanden gibt, der dort auf mich wartet.«

»Aber Frank, ich lebe doch auch allein.« Sie lächelte. »Also normalerweise – wenn du nicht gerade hier bist und wir uns mehr als einen ganzen Tag lang einschließen.«

Frank zuckte mit den Achseln. »Wer weiß. Vielleicht bist du mutiger als ich oder ...«, er suchte nach den richtigen Worten. »Ich weiß einfach nicht, ob ich das könnte. Solange ich im Hotel lebe, befindet sich mein Leben in der Schwebe. Ich muss nur meinen Koffer packen und kann am nächsten Tag gehen. Ich bin niemandem verpflichtet, außer vielleicht dem Lido.«

»Dann geht es dir also vor allem darum? Dass du keine Verpflichtung eingehen willst?«

»Möglich. Zumindest dachte ich das bisher.« Er nahm ihre Hand. »Wir kennen uns noch nicht lange, Amelie, doch ich habe das Gefühl, dass mit dir alles anders ist. Bei dir möchte ich bleiben.« Er zog seine Hand zurück und raufte sich die Haare.

»Amelie, die letzten zwei Tage ...«, er schüttelte den Kopf, »es waren ja nicht einmal volle zwei Tage«, korrigierte er sich,

»nun ... die letzten zwei Tage waren womöglich die schönsten meines ganzen Lebens. Nicht nur weil wir uns wieder und wieder geliebt haben, sondern weil sich alles so echt, so selbstverständlich anfühlte. Ich habe gar nicht darüber nachgedacht, was ich dir anvertrauen kann und was nicht. Ich habe es einfach getan, einfach gesagt, was ich dachte und fühlte, und es kam mir richtig vor. Ich wünschte, es könnte immer so sein.«

»Aber das, was wir hier hatten, ist doch nicht das richtige Leben, Frank«, gab Amelie zu bedenken. »Ich habe meinen Blumenladen, du das Lido.«

»Und wenn wir nun all das nicht hätten, Amelie, könntest du dir dann vorstellen ...«, er brach ab, versuchte, seine Gedanken zu ordnen. »Ich will hier nicht wieder weg, Amelie.«

»Du kannst bleiben, solange du willst, Frank«, versicherte sie ihm.

»Das klingt nach einem Aber.«

»Ja, es gibt ein Aber. Du kannst bleiben, solange du willst, aber du darfst dich nicht vor dem Leben verstecken. Warum auch immer du vorgestern Abend hierhergekommen und wovor auch immer du davongelaufen bist, es ist noch dort draußen, Frank. Und je früher du dich durchringst, dich dem zu stellen, desto besser.«

»Und wenn es etwas ist, das sich nicht einfach so klären lässt?«, fragte er bedrückt.

»Ich weiß es nicht. Aber gibt es nicht immer irgendeine Lösung?« Sie legte ihre Hand auf seine. »Wenn du willst, kannst du mit mir darüber sprechen. Vielleicht kann ich dir helfen.«

»Dabei kann mir niemand helfen«, stellte Frank fest. »Doch du hast recht, es nützt nichts, wenn ich mich hier verkrieche.«

Amelie sah auf die Uhr und stand auf. »Ich muss nach unten und den Laden aufschließen«, sagte sie. »Doch ich wäre wirklich gern für dich da, wenn du dich durchringen könntest, mir zu vertrauen.«

»Ich vertraue dir«, versicherte er, doch was sollte er ihr sagen? *Ich bin ein Mörder und lebe unter falschem Namen hier, aber ich wünsche mir, dass du mich trotzdem liebst?* Nein, das war wohl kaum möglich.

»Ich muss jetzt wirklich gehen.« Amelie ging zur Küchentür.

»Wäre es dir recht, wenn ich heute Abend wiederkomme?«, rief er ihr nach.

»Heute Abend?« Sie blieb stehen und warf einen fragenden Blick über die Schulter. »Hast du da nicht einen Auftritt?«

Frank zog scharf die Luft ein.

»Ja, richtig. Doch ich weiß nicht, ob ich auftreten kann. Ich fühle mich nicht gut. Mein Hals.«

Amelie war anzusehen, dass sie ihm kein Wort glaubte.

»Warte ... Wenn ich doch auftreten würde, würdest du dann in meiner Loge sitzen?«

Amelie zögerte, doch schließlich nickte sie. »Ja, ich denke schon.«

Ein Lächeln huschte über Franks Gesicht. »Ich freue mich auf dich.« Er sah, wie sie sein Lächeln erwiderte und ihm einen Luftkuss zuwarf. »*Au revoir*, großer Frank Levant, *à ce soir*!« Damit verließ sie die Küche, und kurz darauf hörte Frank, wie krachend die Tür ins Schloss fiel.

Er räumte den Frühstückstisch ab, dann machte er sich im Bad frisch und verließ ebenfalls die Wohnung. Für einen kurzen, bangen Moment fragte er sich, ob er je hierher zurückkehren würde oder ob das, wovor er davongelaufen war, ihn einholte.

Würde Alessio Brambilla später im Lido sein und versuchen, seinem Leben ein Ende zu setzen? Und war es richtig, jetzt zu gehen und Amelie womöglich nie wiederzusehen? Viel wichtiger noch: War es richtig von ihm gewesen, sie am Abend in seine Loge zu bestellen und sie womöglich einer Gefahr auszusetzen?

Noch vor nicht langer Zeit wäre es ihm vermutlich gleich gewesen, dass Alessio Brambilla ihn gefunden hatte, doch nun, da er sich in Amelie verliebt hatte, war alles anders. Nun wünschte Frank sich nichts sehnlicher, als zu leben, zu lieben und endlich die Vergangenheit hinter sich zu lassen.

Frank verließ die Wohnung, deren Tür ebenfalls laut krachend hinter ihm ins Schloss fiel. Erschrocken fuhr er zusammen, erinnerten ihn laute Geräusche wie dieses doch stets an die Schüsse an jenem furchtbaren Tag, an dem er seine Familie verloren und Giuseppe Luciano erschossen hatte.

Unten auf der Straße hielt er ein Taxi an und bat den Fahrer, ihn zum Hôtel Impérial in die Avenue Kléber zu bringen.

»*Bonjour*, Monsieur Levant«, grüßte der Portier, als Frank vor dem Luxushotel aus dem Taxi stieg, und hielt ihm die Tür auf.

»Guten Morgen«, gab Frank zurück und trat an den Empfang.

Der Rezeptionist sah auf. »Monsieur Levant, welche Erleichterung!«

»Guten Morgen, Monsieur Camin«, grüßte Frank.

»Monsieur Levant, wir waren schon in Sorge über Ihre Abwesenheit, wenn ich mir die Bemerkung erlauben darf ... Es hat bereits ein Freund von Ihnen angerufen und sich nach Ihnen erkundigt.«

Frank stutzte. Sofort sah er Alessio Brambillas Gesicht vor sich. »Haben Sie notiert, wie der Freund heißt?«

»*Bien sûr.*« Pierre Camin griff nach einem Zettel. »Ein gewisser Monsieur Jack King. Er bat um eine Benachrichtigung, sobald Sie zurück sind.«

Frank atmete erleichtert aus. »Vielen Dank, Monsieur Camin. Ich werde mich baldmöglichst mit ihm in Verbindung setzen.«

Der Rezeptionist reichte Frank den Schlüssel und wünschte ihm einen schönen Tag.

In seinem Zimmer legte er die Kleidung, die er seit nunmehr zwei Tagen trug, in die Wäsche und trat unter die Dusche, wo er sich minutenlang das Wasser übers Gesicht laufen ließ. Die Zeit mit Amelie war einzigartig gewesen, und nur zu gern hätte er noch eine Weile in dieser rosaroten Scheinwelt verweilt, in der er einfach nur er selbst hatte sein können, ohne den Ruhm und Rummel um seine Person und ohne die Angst vor Alessio Brambilla und dessen Leuten oder der Entdeckung durch die Behörden. Schließlich hatte er einen Mord begangen, auch wenn die Situation und das Blutbad, das Brambillas Männer angerichtet hatten, diesen durchaus zu rechtfertigen vermochten. Denn Frank zweifelte keine Sekunde daran, dass Giuseppe Luciano auch ihn erschossen hätte, sobald er ihn dort neben dem Schrank hätte kauern sehen.

Wieder drangen die Bilder von damals mit aller Gewalt in Franks Bewusstsein. Eilig öffnete er die Augen, griff nach der Seife und schäumte sich ein. Wieder und wieder war er die

Situation in den vergangenen Jahren im Kopf durchgegangen, und immer hatte er sich gefragt, wie er all das besser hätte lösen können. Jeder andere Mensch, der nicht in den Kreisen aufgewachsen war wie er, hätte das Naheliegendste getan und die Polizei gerufen. Doch Frank war sicher, dass er dann heute nicht mehr am Leben wäre. Sie hätten ihn gekriegt, die Brambillas, und noch bevor es auch nur zum Prozess hätte kommen können, wäre er bereits tot und begraben gewesen. Ein neues Leben, so wie er es sich aufgebaut hatte, wäre vollkommen ausgeschlossen gewesen.

Er schaltete die Dusche aus und trocknete sich ab. Dann ging er, nur mit dem Handtuch um die Lenden, zum Telefon und ließ sich mit dem Café de Flore verbinden in der Hoffnung, Jack dort anzutreffen. Die Wahrscheinlichkeit, dass er um diese Zeit dort war, war groß.

Camille meldete sich.

»*Bonjour*, Camille, hier spricht Frank Levant. Ist Jack zufällig da?«

»Ich bedaure. Er war hier, doch er ist bereits wieder gegangen.«

»Ah, wie ärgerlich«, gab Frank zurück. »Wenn er wiederkommen sollte, wäre es reizend, wenn Sie ihm ausrichten würden, dass es mir gut geht. Er versteht dann schon, was ich meine.«

»Sicher, das mache ich. Ach, Monsieur Levant, ich habe ein Gemälde für Sie in Verwahrung, das Jack mir vor zwei Tagen gebracht hat.«

»Das Gemälde, richtig«, erinnerte Frank sich nun an das Bild, das er für Amelie gekauft und ihr letztendlich nicht gegeben hatte. »Ich lasse es bei Ihnen abholen.«

»Es eilt nicht«, versicherte die Bedienung ihm freundlich. »Es liegt sicher im Büro, wo es niemanden stört.«

»Vielen Dank, Camille. Dann bis bald.«

»*Oui, à bientôt*, Monsieur Levant.«

Frank legte auf. Er hatte ein schlechtes Gewissen. Kein Wunder, dass der Freund sich Gedanken um ihn machte in Hinblick auf den Zustand, in dem er ihn vor zwei Tagen verlassen hatte.

Frank überlegte, was zu tun war. Ihm war klar, dass er sich Hilfe suchen musste, wenn er nicht wollte, dass seine Angst vor Brambilla die Kontrolle über sein Leben übernahm. Hielt man sie nicht auf, bekamen Männer wie Alessio immer, was sie wollten, und sie taten, was sie wollten. Und wenn Alessio Brambilla Frank tot sehen wollte, so würden seine Tage gezählt sein.

Es war nun mal tatsächlich so, wie sein Vater damals gesagt hatte: »Männer wie wir enden alle auf die gleiche Weise.« Und daran würde er nichts ändern können.

Er dachte an Amelie und seine Liebe zu ihr. Wie schön wäre es, wenn sie nur ein wenig mehr Zeit hätten! Wenn er sie überreden könnte, alles hinter sich zu lassen und mit ihm fortzugehen! Er hatte so viel Geld, dass sie ein wunderbares Leben führen konnten, irgendwo weit weg an einem Ort, an dem noch nicht einmal Brambilla und seine Leute ihn aufzuspüren vermochten. Sie könnten in der Karibik leben und sich immerwährend die Sonne auf die Haut scheinen lassen. Oder in Norwegen bei den Fjorden, in den Hügeln Schottlands, zurückgezogen in einem der alten Schlösser. Oder in den Niederlanden, die für ihre vielen Blumen bekannt waren.

Nein, spürte Frank plötzlich mit aller Deutlichkeit, er würde nicht kampflos aufgeben. Er würde sich Hilfe suchen, würde versuchen, die Spirale der Gewalt zu durchbrechen. Vielleicht könnte er sich an diesen amerikanischen Major wenden, diesen Russell Thompson. Immerhin schien Jack ihm zu vertrauen, und er vertraute Jack.

Frank zog sich an und verließ entschlossen seine Suite, um Jack zu suchen. Vielleicht konnten sie Alessio Brambilla gemeinsam Einhalt gebieten, und seine Liebe zu Amelie hätte doch noch eine Chance.

22. Kapitel

12 Rue Jean Mermoz

Ich habe es vermasselt. Und das macht mich wahnsinnig.

RUSSELL THOMPSON

Die Gedanken wuselten in seinem Kopf wie Bienen über eine Wabe. Seit gestern war so viel passiert, dass er gar nicht schnell genug nachkam, um alles zu verarbeiten.

Brasseur hatte sich mit dem Spion getroffen, und ihm war es nicht gelungen, diesen dingfest zu machen, vorausgesetzt, die ältere Frau am Grand Bassin Rond war tatsächlich eine Spionin gewesen.

Noch konnte Russell nicht nachvollziehen, wer tatsächlich alles involviert gewesen war. Die Gruppe, die plötzlich auftauchte, hatte ihm und seinem Kollegen Mike Davis, der ihm von Russell zur Seite gestellt worden war, die Sicht auf Brasseur und die Frau verwehrt, sodass die beiden hatten fliehen können.

Er war so wütend auf sich, die Sache nicht früher durchschaut und damit alles vermasselt zu haben, dass er die ganze Nacht kein Auge zugetan hatte. Am meisten beschäftigte ihn die Frage, wer die Frau mit dem Kopftuch war, die sich der Alten im Schutz der Gruppe genähert hatte und mit dieser davongerannt war. Sie musste ein Profi sein, war es ihr doch nicht nur gelungen, unerkannt zu bleiben, nein, sie war mit der mutmaßlichen Spionin auch noch spurlos verschwunden. Wie sollte er das nur Robert McMullan beibringen? Da würde es ihm auch nichts nützen, dass er neue Informationen bezüglich McMullans eigener Beschattung durch den Mann aus dem Café hatte. Diesem war er gestern bis zum Boulevard Mortier gefolgt, wo, wie Russell und jeder andere Agent wusste, der französische Geheimdienst untergebracht war.

Anschließend war er in das Gebäude gegenüber Brasseurs Appartement zurückgekehrt und hatte zusammen mit zwei anderen Agenten gewartet, bis der Journalist gegen kurz nach halb zwölf am Abend das Haus verlassen und sich auf den Weg zum Grand Bassin Rond gemacht hatte. Zu dem Treffen mit dem Spion, das im Chaos geendet hatte.

Mike und er hatten noch gute zwei Stunden lang die Gegend abgesucht, um die beiden Frauen zu finden, die vor ihnen geflohen waren. Vergeblich. Sie waren von einem Moment auf den anderen wie vom Erdboden verschluckt gewesen.

Missmutig und mit den Händen in den Hosentaschen stapfte Russell nun die Stufen zu dem Büro im zweiten Stock hinauf, in dem er während der ganzen Zeit, die er nun schon für den Geheimdienst arbeitete, weniger als ein Dutzend Mal gewesen war. McMullan und er hatten sich fast immer in Cafés getroffen. Und im Grunde wäre es Russell auch jetzt lieber gewesen, da Robert McMullan an einem öffentlichen Ort mit Sicherheit weniger schnell aus der Haut fahren würde als hier.

»*Good morning!*«, grüßte er Luise Bertran, eine Amerikanerin, die die meiste Zeit ihres Lebens in Frankreich verbracht und einen Franzosen geheiratet hatte. Russell wusste nicht viel über Luise, die offiziell für eine amerikanische Im- und Exportfirma namens Global Logistics arbeitete und stets die Erste war, die Besucher zu Gesicht bekamen. Als Russell nun an ihren Schreibtisch trat, glaubte er, schon ihrer Miene entnehmen zu können, was er sich gleich würde anhören müssen. Wahrscheinlich hatte jeder in diesen Räumlichkeiten heute Morgen McMullans Verärgerung zu spüren bekommen.

»Gehen Sie direkt durch.« Luise Bertran bemühte sich um ein kurzes Lächeln, dann spannte sie einen Briefbogen in die Schreibmaschine und begann zu tippen.

Direkt hinter dem Empfang befand sich ein Großraumbüro mit Schreibkräften, und wie jedes Mal fragte sich Russell, womit die Mitarbeiterinnen befasst waren, denn dass die jungen Frauen, die an ihren Schreibtischen in die Tasten hauten, eben nicht für eine Im- und Exportfirma arbeiteten, war jedem klar, der hier einen Termin hatte. Wahrscheinlich war es besser, dass er nicht jedes Geheimnis dieser Organisation kannte.

Russell durchquerte das Großraumbüro, an dessen Ende sich eine Tür zu einem Flur befand, von dem mehrere Büros abgingen. Das von Robert McMullan, an dem »Richard Schneyder CEO« stand, befand sich ganz hinten.

Russell atmete tief durch, bevor er klopfte und auf ein zorniges »Herein!« die Tür öffnete.

»*Good morning*«, grüßte Russell beim Eintreten erneut und schloss die Tür hinter sich.

»Kannst du mir mal sagen, was da für eine verdammte Scheiße gelaufen ist?«, schnauzte McMullan, ohne seinen Gruß zu erwidern.

Russell setzte sich unaufgefordert auf den Besucherstuhl an McMullans Schreibtisch, der um einiges tiefer war als der Sessel, in dem McMullan saß. Natürlich, schließlich wollte McMullan sein Gegenüber überragen.

»Ich habe es vergeigt, in Ordnung?«

»Vergeigt? Du hast vielleicht unsere einzige Chance, die Sache zu verhindern, zerschlagen.« McMullan knallte die flache Hand auf den Schreibtisch. »Wie ein verdammter Anfänger.«

Russell antwortete nicht. Was hätte er auch sagen sollen? Er wusste, dass in dieser Situation jedes Wort zu viel war und er in den nächsten Minuten nichts würde tun können, als McMullans Beschimpfungen über sich ergehen zu lassen.

»Dank dir haben wir nichts! Gar nichts! Wir wissen nicht, wer die Frau war«, zählte sein Vorgesetzter an den Fingern auf, »wer sie da rausgeholt hat, und eine Übergabe hat auch nicht stattgefunden. Wir sind wieder am Anfang, verdammte Scheiße, und wir stehen da wie die Vollidioten! Wenn sie Brasseur etwas übergeben haben sollte, dann können wir diesen verdammten Dreck vielleicht schon morgen landesweit in jeder Zeitung lesen und fliegen schneller hier raus, als wir bis drei zählen können.« McMullans Gesicht war puterrot angelaufen, und hätte Russell ihn nicht schon mehrmals so erlebt, hätte er wohl befürchtet, dass dieser jeden Moment einem Herzinfarkt erliegen würde. »Du und dieser Schwachkopf Davis habt euch von einer betagten Alten abhängen lassen!«, brüllte McMullan weiter. »Oder war sie vielleicht gar nicht alt, sondern ihr wart einfach nur verdammt langsam?«

»Doch, war sie, und wir waren auch nicht langsam, wir waren nur …«

McMullan sprang auf, trat ans Fenster und drehte Russell den Rücken zu. »Ich bin von verdammten Idioten umgeben«, fiel er ihm ins Wort.

Russell wartete, ob noch weitere Beschimpfungen auf ihn einprasselten. Als dies nicht der Fall war, sagte er: »Ich glaube nicht, dass sie Brasseur etwas übergeben hat. Sie hatte zumindest keine Unterlagen dabei.«

McMullan fuhr herum. »Und wenn sie ihm nun einen Ort genannt hat, wo er die Unterlagen findet? Was dann?«

»Du hast recht. Das ist natürlich möglich.«

»Oh, danke sehr! Dann denkst du also auch, dass wir ziemlich sicher voll in der Scheiße sitzen.«

»Ich glaube nicht, dass die Sache mit der Gruppe geplant war«, hielt Russell dagegen. »Auf mich wirkte das improvisiert. Jemand muss uns bemerkt haben und hat die Frau deshalb da rausgeholt.«

»Welche Gruppe?« McMullan ging zurück zu seinem Schreibtischsessel und ließ sich hineinfallen.

»Hat Davis dir das nicht berichtet?«, fragte Russell.

»Was soll er mir berichtet haben, verdammte Scheiße?« Wieder schlug McMullan mit der flachen Hand auf den Schreibtisch.

Russell fiel es alles andere als leicht, ruhig zu bleiben. Aber er riss sich zusammen und beschrieb seinem Vorgesetzten bis ins kleinste Detail die Szene, die sich am Grand Bassin Rond zugetragen hatte.

McMullan zündete sich eine Zigarette an und nahm einen tiefen Zug. »Dann habt ihr die beiden Frauen also verloren«, stellte er abschließend fest. »Und was jetzt?«

»Waren unsere Leute in Brasseurs Wohnung, während er weg war?«, fragte Russell.

»Ja, aber Fehlanzeige. Keine Notizen, kein Hinweis, gar nichts. Nur dreckiges Geschirr, ein voller Aschenbecher und billige Kleidung.«

»Und wo ist Brasseur jetzt?«

»Wieder in seiner Wohnung.«

»Sollte er sich bereits im Besitz der Unterlagen befinden, können wir ihm diese nur auf dem Weg in die Redaktion abnehmen«, überlegte Russell. »Vielleicht hat er sie aber noch gar nicht, und wir schlagen zu, sobald eine Übergabe erfolgt.«

»So wie gestern, meinst du? Das hat ja hervorragend geklappt!«, spottete McMullan.

»Du kannst ja einen fähigeren Mann als mich an die Sache ranlassen«, schlug Russell vor. »Oder du hörst endlich auf zu schmollen, und wir arbeiten wieder.« Er hielt dem Blick seines Vorgesetzten stand, dessen Körpersprache sich nun veränderte.

»Und wie?«

»Es gibt noch einen weiteren Spieler auf dem Feld, von dem wir bisher nichts wussten.«

McMullan setzte sich gerade hin und drückte seine Zigarette im Aschenbecher aus. »Von wem redest du?«

»Ich kenne seinen Namen noch nicht, aber ich weiß, für wen er arbeitet«, verkündete Russell.

»Und willst du's mir auch verraten?«, schnauzte McMullan.

»Natürlich kann es von dieser Sache losgelöst sein, doch irgendwie glaube ich das nicht.« Russell beugte sich vor. »Als wir uns gestern getrennt haben, ist dir ein Mann gefolgt. Und zwar einer vom französischen Geheimdienst.«

»Was?« McMullan sah ihn zornig an. »Bist du dir sicher?«

»Ja, bin ich. Ich bin ihm bis zu deren Quartier gefolgt. Sie wollen also wissen, was du so treibst. Und das wird einen Grund haben.«

McMullan schien zu überlegen. »Dieser elende Mistkerl Gernon. Ich habe ihn noch vor Kurzem bei einem Empfang getroffen. Und nun lässt er mich beschatten.«

Russell wusste, dass Jules Gernon beim französischen Geheimdienst die gleiche Position innehatte wie Robert McMullan bei ihnen. Man kannte sich, scherzte miteinander, und manchmal, wenn man einen gemeinsamen Feind ausmachte, tauschte man sogar Informationen. Doch dies eher selten, weil man sich lieber nicht in die Karten blicken lassen wollte.

»So sieht's aus«, antwortete Russell. »Die Frage ist nur, weshalb?«

»Ja, weshalb?« McMullan zündete sich die nächste Zigarette an und blies den Rauch aus.

Einen Moment sagte keiner von beiden etwas.

»Um Gernon kümmere ich mich«, entschied McMullan dann. »Und du siehst zu, dass du in Erfahrung bringst, wer verdammt noch mal diese gewiefte Alte war, mit der Brasseur sich getroffen hat. Ich glaube nicht, dass sie zufällig dort war. Nach dem, was du mir erzählt hast, gehe ich fest davon aus, dass sie in die Sache involviert ist, wenn sie nicht sogar tatsächlich die

Spionin oder wenigstens ein Mittelsmann – in diesem Fall eine Mittelsfrau – ist.«

Russell nickte nachdenklich. In seinem Kopf formte sich bereits ein Plan.

»Bring mir dieses Weibsstück und die Beweise«, forderte McMullan. »Noch so ein Ding lasse ich dir nicht durchgehen. Ich will Ergebnisse sehen.«

Russell erhob sich und nickte erneut. »Okay«, sagte er. »Ich melde mich.« Er wandte sich zur Tür.

McMullan knurrte eine Antwort, zog an seiner Zigarette und drückte diese dann in den Aschenbecher, obwohl sie nur ein kleines Stück abgebrannt war.

»Ach, Russell!«, rief McMullan ihm nach.

Russell blieb stehen. »Ja?«

»Du wolltest doch, dass ich diesen Frank Levant durchleuchte.« McMullan griff nach einer Mappe, die er im obersten Schreibtischfach gelagert hatte, und zog einige Unterlagen heraus, die er Russell reichte.

»Und?« Obwohl er sich alle Mühe gab, konnte er seine Ungeduld kaum verbergen.

»Hier. Gar nicht mal uninteressant. Es gab mal einen Frank Levant in New York, doch der wurde vor über fünf Jahren ermordet. Man hat seine Leiche aus dem Hudson gefischt. Es wurde damals vermutet, dass die Mafia die Finger im Spiel hatte. Levant war der Sohn eines Belgiers, der wohl gute Geschäfte mit Waffen gemacht hat.«

Russell blätterte die wenigen Seiten durch und betrachtete dann das Foto, das sich darin befand.

»Das ist der echte Levant?«

»Richtig«, bestätigte McMullan. »Wer auch immer dieser Sängerknabe ist – Frank Levant ist er jedenfalls nicht.«

»Verstehe«, sagte Russell, ohne den Blick von dem Foto zu wenden. »Kann ich die Akte mitnehmen?«

»Tu dir keinen Zwang an. Wenn dieser Albtraum mit Brasseur ein Ende findet, stelle ich ein paar Leute ab, die herausfinden sollen, wer dieser Kerl tatsächlich ist. Doch im Moment habe ich dafür keine Kapazitäten. Meine Jungs sind komplett damit ausgelastet, die richtigen Journalisten und Polizisten zu bestechen und auszuhorchen. Sie müssen unbedingt mitbekommen, wenn diese Alte oder sonst wer versucht, die Unterlagen an die Öffentlichkeit zu bringen.« McMullan griff erneut nach der Zigarettenschachtel und klopfte damit auf die Schreibtischplatte. »Oder denkst du, dass dieser Frank Levant in unsere Sache verwickelt sein könnte? Dann müssen wir natürlich sofort handeln.«

Russell überlegte kurz. »Nein«, entschied er dann. »Er kommt mir zwar irgendwie suspekt vor, und mit diesem Eindruck liege ich offenbar richtig«, er deutete auf die Akte, »doch im Augenblick sehe ich keinen Zusammenhang mit unserem Fall.«

»Gut«, entschied McMullan. »Dann lassen wir ihm eine Gnadenfrist. Soll er ruhig noch ein paar Tage seine Liedchen trällern.«

Russell schmunzelte, dann öffnete er die Tür. »Danke, Robert.«

»Keine Ursache«, gab dieser zu Russells Überraschung zurück. Einen derart freundlichen Umgangston hatte er bei Robert McMullan noch nie erlebt.

Keine zwei Minuten später verließ Russell das Gebäude und machte sich in einem Taxi auf direktem Weg zum Place du Tertre. Er musste an Frank Levant denken oder wie auch immer dieser Kerl hieß. Hatte er doch gewusst, dass an dem Kerl etwas faul war! Schon bei ihrer ersten Begegnung im Café de Flore, als Jack sie miteinander bekannt gemacht hatte, war da dieses Gefühl gewesen, auf das Russell sich sein Leben lang hatte verlassen können. Außerdem war ihm der italienische Akzent nicht entgangen, so leicht er auch gewesen war, da konnte der Sängerknabe seine italienische Abstammung bestreiten, so viel er wollte. Wenn also der echte Frank Levant Opfer einer Mafiosi-Bande geworden war und der falsche Frank, der hier unter fremdem Namen Erfolge feierte, offenbar italienische Wurzeln hatte, war es nicht schwer, eins und eins zusammenzuzählen. Nur dass der Sänger ganz offensichtlich ein Einzelgänger war, passte für Russell nicht ins Bild. Diese italienischen Familien traten doch immer mindestens im Dutzend auf, und sie neigten nicht dazu, einen der Ihren in ein anderes Land abzuschieben, wo er fernab der Familie zu leben hatte, doch Ausnahmen bestätigten bekanntermaßen die Regel.

Russell schüttelte den Kopf, als könnte er so die Gedanken an Frank Levant daraus vertreiben. Er hatte jetzt Wichtigeres zu tun, als sich noch länger mit ihm zu beschäftigen. Und wie hatte McMullan noch gleich gesagt? Um den Sänger könnten sie sich immer noch kümmern, sobald diese Sache hier ausgestanden war. So und nicht anders würde Russell es handhaben. Ihm war klar, dass Eile geboten war, jetzt, da Brasseur verlässlich wusste, dass sie ihm auf den Fersen waren, genau wie der Frau, die ihn allem Anschein nach mit Informationen versorgte oder ihm sogar die Unterlagen überreichen wollte – wenn sie es nicht bereits getan hatte. Nein, Letzteres war unwahrscheinlich, die Frau hatte dem Journalisten nichts gegeben, das hätten Davis und er gesehen.

Am Place du Tertre stieg er aus. Von jetzt an würde er die Samthandschuhe ausziehen, auch wenn er damit seine Deckung aufgab. Entschlossen hielt er auf den Künstler zu, von dem Brasseur den Zettel erhalten hatte, und packte ihn am Kragen.

»So«, kündigte Russell an. »Wir beide werden uns jetzt mal unterhalten.«

»Aber Monsieur!« Der Künstler versuchte sich freizumachen, doch Russells Griff blieb eisern.

»Monsieur!«, rief nun der Maler vom Stand nebenan. »Lassen Sie ihn sofort los, sonst hole ich die Gendarmerie!«

»Ja, nur zu. Holen Sie sie. Bestimmt hat mein Freund hier großes Interesse daran zu singen, nicht wahr?«

»Lassen Sie mich los, Sie tun mir weh!«

»Ich werde dir gleich noch mehr wehtun«, knurrte Russell. »Es sei denn, du sagst mir, was ich wissen will.« Aus dem Augenwinkel sah Russell, wie die anderen Künstler sie umringten. Schon erhielt er den ersten Schubser, der ihn jedoch nicht das Gleichgewicht verlieren ließ.

»Das hier geht nur uns etwas an«, sagte er mit fester Stimme.

»*Ah non*, Monsieur, das geht uns alle etwas an«, stellte der Standnachbar klar.

»Lassen Sie den Mann los!«, befahl nun jemand mit einer Autorität, die Russell aufhorchen ließ. Neben ihm stand der Mann, der gestern McMullan gefolgt und später in das Gebäude gegangen war, in dem der Französische Geheimdienst einige Büros unterhielt.

Russell lockerte den Griff. »Sieh an.«

»Wir wissen beide, dass Sie keinerlei Befugnisse haben, ihn oder sonst jemanden in diesem Land zu befragen«, stellte der andere klar. »Ich schlage vor, Sie gehen jetzt, bevor wir die Sache größer werden lassen, als sie sein muss.«

»Und wenn mich das gar nicht stört?«, versuchte Russell den anderen zu provozieren.

Dieser ließ sich jedoch keinesfalls einschüchtern, sondern machte einen Schritt auf Russell zu. Er war erstaunlich groß, gerade mal zwei Fingerbreit kleiner als Russell selbst, der es gewohnt war, die meisten anderen zu überragen. Doch es war nicht die Größe, die Russell bewog, achtsam zu sein. Vielmehr war es die Ausstrahlung und Körperhaltung, die ihm verriet, dass der Mann ihm gegenüber keinesfalls klein beigeben würde.

»Ihr Amerikaner solltet lernen, wie ihr euch als Gäste eines Landes zu benehmen habt. Sie sind hier in Frankreich, Monsieur. Wir lieben den Wein und die Kunst und laufen nicht mit dem Lasso umher, um irgendwelche Kühe zu fangen.«

Einige der Umstehenden lachten.

»Und wenn wir schon so höflich sind, über euer schlechtes Benehmen hinwegzusehen, hört diese Toleranz doch auf, wenn ihr unsere Landsleute wie Vieh behandeln wollt.« Der Mann kam noch näher. »Sie sollten jetzt gehen. Alles andere kann Ihr Chef ja mit meinem klären. Und ihn da«, er deutete auf den Maler, »lassen Sie jetzt in Frieden, denn sonst wird das Folgen haben. Und ich rede hier nicht nur von der Tracht Prügel, die Sie beziehen werden.«

Russell sah sich um. Inzwischen hatten sich wohl sämtliche Künstler um sie versammelt und verfolgten ebenso gespannt wie wütend das Gespräch. Russell war klar, dass er nichts mehr erreichen konnte. Er hatte den Maler einschüchtern und dazu bringen wollen, ihm zu sagen, woher er die Nachricht für Brasseur erhalten hatte, und wäre nicht dieser Kerl vom Geheimdienst aufgetaucht, wäre es ihm wahrscheinlich auch geglückt. Doch er war ein Mann der Army, der wusste, wann Rückzug die beste Option war.

»Ich entschuldige mich für mein Verhalten. Ich habe da wohl etwas verwechselt«, sagte er daher zu dem Künstler und strich dessen Kragen glatt. »Bitte verzeihen Sie.«

Der Maler murmelte etwas Unverständliches, dann nickte er und nahm seinen Platz hinter dem Gemäldestand wieder ein.

»Eine kluge Entscheidung«, stellte der Franzose fest. »Es wäre bedauerlich, wenn ich zu einem späteren Zeitpunkt erfahren würde, dass Sie diesen Mann erneut belästigt haben, Major Thompson. Major Russell Thompson«, sprach er nun Russells vollständigen Namen aus.

»Sie sind ja gut informiert.«

»Das kommt davon, dass ich keine Zeit mit dem Einfangen von Kühen verschwende.«

Russell musterte ihn verächtlich, antwortete aber nicht.

Die anderen Künstler um sie herum trollten sich und gingen zurück zu ihren Ständen.

»Es wäre schön, wenn Sie mir auch Ihren Namen nennen würden.«

»Mag sein, dass Sie das schön fänden, Major Thompson, doch es ist nicht meine Aufgabe, sich um Ihr wertes Befinden zu kümmern. Ich wünsche einen guten Tag.« Ohne eine Antwort abzuwarten, machte er kehrt und schritt von dannen.

»Froschfresser«, murmelte Russell. Er hatte eine Niederlage einstecken müssen – schon wieder. Und wenn er so weitermachte, wurde das langsam zu einer mehr als unguten Gewohnheit. Doch so weit würde er es nicht kommen lassen, fremdes Land hin oder her. Am Ende riefen immer alle nach den Amerikanern, wenn sie selbst nicht weiterkamen, und genau so würde es auch diesmal wieder sein. Davon war Russell fest überzeugt.

Er spürte die Blicke der Künstler, die jeden seiner Schritte mit den Augen verfolgten, als er nun die entgegengesetzte Richtung einschlug. An den Maler würde er so einfach nicht noch mal rankommen. Obwohl ... Er vielleicht nicht, ein Künstlerkollege dagegen schon.

23. Kapitel

Jack Kings Wohnung, Rue Cortot

Mir ist, als wäre die Leichtigkeit dieser Stadt dem echten Leben gewichen.

JACK KING

Jack war schon vor gut einer Stunde in seine Wohnung zurückgekehrt, doch die Sorge um Frank ließ ihn nicht zur Ruhe kommen.

Er hätte ihn vorgestern nicht gehen lassen dürfen, und diesen Fehler würde er sich wohl niemals verzeihen. Ob Frank überhaupt noch lebte? Oder hatte er sich womöglich in die Seine gestürzt? Warum nur hatte der Freund ihm nicht anvertraut, was ihn derart die Fassung hatte verlieren lassen? Und warum hatte er, Jack, nicht drängender nachgefragt? Vielleicht hatte Frank geglaubt, es wäre Jack gleichgültig, was ihn umtrieb …

Es klingelte, und Jack zuckte zusammen. So sehnlichst er hoffte, Frank stünde vor der Tür, vermutete er doch eher, dass es Russell oder Rose waren, die ihn besuchten.

»Frank!«, entfuhr es ihm erleichtert, als er öffnete, und er umarmte den Freund so fest, dass dieser einen überraschten Laut von sich gab. »Mein Gott, Frank, ich habe mir solche Sorgen gemacht!«

Ein Lächeln huschte über das Gesicht des Freundes. »Es tut mir leid, dass ich mich nicht gemeldet habe. Pierre Camin, der Rezeptionist des Hôtel Impérial, hat mir ausgerichtet, dass du angerufen hast.«

»Jetzt komm erst mal rein.« Jack ließ Frank eintreten. »Ich weiß, du bist ein erwachsener Mann und es geht mich nichts an, aber wo zum Teufel hast du nur gesteckt?«, fragte er, ging Frank voran in die Küche und setzte den Wasserkessel auf. »Oder willst du etwas Stärkeres als Tee oder Kaffee?«, fragte er über die Schulter.

»Um diese Uhrzeit? Um Himmels willen, nein!«, gab Frank sofort zurück und hob abwehrend die Hände, aber er lächelte dabei. »Ich habe ein richtig schlechtes Gewissen, weil du dir so große Sorgen um mich gemacht hast.«

Jack nahm zwei Tassen aus dem Schrank und stellte sie auf die kleine Anrichte. »Als du weder im Café de Flore noch im Hotel anzutreffen warst, habe ich mir die schrecklichsten Szenarien ausgemalt.« Er drehte sich um und blickte den Freund ernst an. »Ich dachte wirklich, du hättest dir etwas angetan.«

Frank schwieg.

Der Wasserkessel pfiff.

»Kaffee oder Tee?«, fragte Jack.

»Kaffee, bitte.«

Jack befüllte den Filter mit Kaffeepulver und goss das kochende Wasser darauf, dann schenkte er zwei Tassen ein, stellte sie auf den Küchentisch und setzte sich zu Frank, der offenbar nach den richtigen Worten für eine Erklärung suchte.

»Ich war die letzten beiden Tage bei einer Frau«, sagte er schließlich.

»Bei der Freundin, für die du das Gemälde gekauft hast?«, fragte Jack.

Frank nickte. »Genau. Ihr Name ist Amelie, sie hat einen Blumenladen in Saint-Germain.«

Jack lächelte. »Der wohl schönste Grund, sich nicht zu melden.«

»Allerdings ist da noch etwas. Etwas, worüber ich nicht sprechen kann«, fügte Frank zögernd hinzu. »Nicht dass ich dir nicht vertraue«, versicherte er. »Aber es geht trotzdem nicht.«

»Okay«, erwiderte Jack. »Ich würde dich niemals drängen. Doch ich bin dein Freund, Frank, und ich möchte, dass du weißt, dass ich für dich da bin, solltest du deine Meinung ändern.«

»Danke, Jack. Ja, das weiß ich.« Frank trank einen Schluck Kaffee, dann noch einen und noch einen. »Auf dem Foto letztens«, sagte er leise, »da habe ich jemanden entdeckt, mit dem ich nicht gerechnet hatte.«

»So was dachte ich mir schon«, räumte Jack ein.

»Ich kann dir den Grund nicht nennen, doch dieser Mann ist gefährlich für mich.« Jack nickte abwartend. »Nun ja, ich habe keine Ahnung, wie die Sache ausgehen wird.«

»Wie gefährlich ist dieser Mann?«, wollte Jack wissen.

»Gefährlicher, als du dir vorstellen kannst.«

Jack bekam eine Gänsehaut. Er konnte Frank ansehen, wie ernst es ihm war, und auch wenn er sich keinen Reim auf das

Ganze machen konnte, hielt er den Freund keineswegs für jemanden, der schnell übertrieb. Es würde vermutlich etwas dran sein an dem, was er sagte.

»Kann ich dir irgendwie helfen?«, wollte er wissen.

»Ja«, antwortete Frank sofort, was Jack auf eine gewisse Weise beruhigte. Denn hier nur rumzusitzen und nichts zu tun und auch nicht zu wissen, worum es letztendlich ging, war kein Zustand, den er beibehalten wollte.

»Ich bin ein vermögender Mann, Jack«, fuhr Frank fort. »Und ich möchte für den Fall, dass mir etwas zustößt, dafür sorgen, dass mein Geld nicht einfach verloren ist.«

»Wie bitte?« Jack schüttelte den Kopf. Er wollte Frank helfen, doch nicht über Geld sprechen!

»Ich werde noch heute zu einem Advokaten gehen und einige Verfügungen treffen. Einen Teil meines Geldes sollst du bekommen, den anderen Teil Amelie. Es wäre nett von dir, wenn du mich begleiten würdest, damit du Einblick erhältst und dich für den Fall meines Ablebens darum kümmern kannst, dass mein letzter Wille umgesetzt wird.«

»Frank, ich will kein Geld, und ich will auch nicht zu einem Advokaten gehen. Ich will dir aus der Gefahr heraushelfen, in der du dich offenbar befindest«, stellte Jack klar.

»Ein ehrenhafter Gedanke«, gab Frank zurück, »aber nicht besonders weitblickend.« Er hob abwehrend die Hände. »Versteh mich nicht falsch. Ich werde definitiv versuchen, am Leben zu bleiben, doch die Leute, mit denen ich es hier zu tun habe, verhandeln für gewöhnlich nicht.«

»Ich weiß, ich sollte dich das nicht fragen, Frank. Aber in was bist du da hineingeraten?«

Frank sah ihn lange an. »Das kann ich dir nicht sagen, nur dass ich dich eindringlich bitte, mich zum Advokaten zu begleiten. Du bist mein Freund, Jack«, beharrte Frank.

Er überlegte einen Moment. Ihm war nicht wohl bei dieser Sache. Und dass Frank einfach nur seine Angelegenheiten regeln wollte, statt etwas gegen die Gefahr zu unternehmen, in der er sich offenbar befand, gefiel ihm überhaupt nicht. »Unter einer Bedingung«, antwortete er daher.

»Welcher?«

»Dass du über deinen Schatten springst und dir Hilfe holst.«

»Hilfe welcher Art?«

»Ich dachte an Russell Thompson«, brachte Jack den Namen des Majors ins Gespräch. »Er hat gute Kontakte. Und er ist Patriot. Wenn einem Amerikaner Gefahr droht, ist es Russell gleichgültig, was dahintersteckt. Er wird dir helfen.«

Frank lächelte. »Ehrlich gesagt, hatte ich auch schon daran gedacht. Allerdings ist es nicht so einfach.«

»Alles ist besser als zu sterben, findest zu nicht?«, widersprach Jack.

»Ein gutes Argument.« Frank wiegte den Kopf, als versuchte er abzuwägen, ob sie Russell tatsächlich einschalten sollten. »Nein«, sagte er dann. »Ich habe es mir anders überlegt. Wir gehen nicht zum Advokaten.«

»Ich bin erleichtert, dass du ...«, sagte Jack, doch Frank fiel ihm ins Wort.

»Wir werden stattdessen noch heute all mein Geld abheben und es hier bei dir aufbewahren. Niemand wird so dumm oder tollkühn sein, in einer Wohnung herumzustöbern, die der US-Army gehört.«

»Was sagst du da?« Jack sah ihn fassungslos an.

»Du hast mich richtig verstanden. Oder bist du nicht bereit, das Geld hier zu verstecken?«

Jack legte die Stirn in Falten. »Natürlich kannst du dein Geld hier lagern, bis die Sache überstanden ist«, sagte er dann. »Um was auch immer es hier überhaupt geht.«

»Danke.« Frank war die Erleichterung anzusehen. »Ich vertraue dir, Jack«, sagte er nun und beugte sich über den Tisch zu ihm vor. »Ich vertraue dir und darauf, dass du, für den Fall, dass mir etwas zustoßen sollte, in meinem Sinne handelst.«

»Was genau meinst du damit?«, fragte Jack, dem dieses Gespräch immer weniger behagte.

»Wie gesagt: Amelie Girard, meine Freundin«, begann Frank und lächelte, als er den Namen der jungen Frau erwähnte, »soll die eine Hälfte meines Vermögens bekommen und du die andere.«

»Ich will dein Geld nicht, Frank. Warum sagst du mir nicht einfach, was los ist, wenn du mir so sehr vertraust?«

Frank trank einen Schluck von dem mittlerweile abgekühlten Kaffee und stellte die Tasse dann wieder ab.

»Ich will es dir nicht sagen, weil ich mich schäme«, antwortete er zögernd, ohne Jack anzusehen.

»Aber ...« Weiter kam Jack nicht, weil Frank in diesem Moment die Hand hob und ihn so zum Schweigen brachte.

»Du wirst jetzt sagen, dass es keinen Grund dafür gibt. Du wirst sagen, dass nichts so schlimm sein kann, dass du es nicht verstehen würdest. Doch glaub mir, was ich getan habe, ist unverzeihlich.« Er sprang auf, trat vor das kleine Küchenfenster und blickte hinunter auf die Straße.

»Ich habe jemanden umgebracht!«, brach es nach einer ganzen Weile aus ihm heraus. »Ja, du hast richtig gehört, ich habe einen Menschen getötet!«

»Ich auch, während des Krieges«, antwortete Jack unsicher, weil es ihm am wahrscheinlichsten erschien, dass von dieser Zeit die Rede war, doch Frank schüttelte den Kopf.

»Ich rede hier nicht vom Krieg, Jack. Ich habe nie für unser Land gekämpft. Meine Familie hat dafür gesorgt, dass ich gar nicht erst eingezogen wurde.« Er setzte sich wieder. »Die Wahrheit ist, dass meine Familie der Cosa Nostra, der sizilianischen Mafia, angehörte. Meine Großeltern kamen als Einwanderer von Italien nach Amerika. Mein Großvater hat die Strukturen, die vor ihm sein Vater und womöglich auch schon dessen Vater in Italien aufgebaut hatten, eins zu eins übernommen und die Organisation in Amerika genauso aufgebaut und weitergeführt wie seinerzeit in Sizilien. Die Masserias hatten in allem ihre Finger drin, was irgendwie illegal war. Waffen, Prostitution, Drogen und während der Zeit der Prohibition natürlich auch Alkohol.«

»Die Masserias?«, wiederholte Jack ungläubig.

»Ja, die Masserias.« Frank drehte sich zu Jack um und deutete eine Verbeugung an. »Vor dir steht der jüngste Sohn und einzige Überlebende, Tony Masseria.«

Jack versuchte zu verstehen, was der Freund ihm soeben erzählt hatte. »Du heißt gar nicht Frank Levant?«

»Nein.« Frank schüttelte den Kopf. »Doch inzwischen bin ich zu Frank Levant geworden, denn Tony Masseria gibt es schon lange nicht mehr.« Er sah Jack nachdenklich an. »Weißt du, ich bin da hineingeboren worden. Ich hatte vier Brüder. Ich war der fünfte und jüngste Sohn und die größte Enttäuschung, die mein Vater sich vorstellen konnte. Während meine Brüder sich prügelten und sich in den Straßen von New York Respekt verschafften, wollte ich lieber Klavier spielen. Meine Mutter sorgte dafür, dass dies möglich war, sie war es, die mich förderte.« Franks Stimme wurde brüchig. »Ich erinnere mich noch heute an ein Streitgespräch, das sie mit meinem Vater führte, nachdem dieser mich mal wieder geohrfeigt hatte – aus welchem Grund auch immer. Einen Schwächling nannte mein Vater mich, eine Schande für die Familie. Meine Mutter nahm mich in Schutz, doch es waren ihre Worte, die mich mehr verletzten als die Schläge und Beleidigungen meines Vaters.«

»Was hat sie denn gesagt?«, fragte Jack, der Frank das Leid, das er noch immer in sich trug, deutlich ansehen konnte.

»Meine Mutter sagte, mein Vater solle aufhören, an mir herumzunörgeln. Sie hätte ihm immerhin vier richtige Söhne geschenkt, die er in seinem Sinne zu Männern machen könne, da würde er nicht auch noch mich brauchen.« Frank seufzte. »Ihr Eingeständnis, dass ich anders war, dass mit mir etwas nicht stimmte, einfach nur, weil ich Klavier spielen wollte, statt mich zu prügeln und später in die Geschäfte« – er malte mit den Fingern Anführungsstriche in die Luft – »der Familie einzusteigen, war schlimmer als seine Verachtung.«

»Es tut mir wirklich leid, mein Freund«, sagte Jack. »Ich weiß, wie es ist, einen Vater zu haben, der für einen nichts als Verachtung empfindet.«

»Ach ja?« Frank sah ihn überrascht an. »Das hast du mir nie erzählt.«

Jack zuckte mit den Achseln. »Im Grunde gibt es da nicht

viel zu erzählen. Ich bin auf dem Land aufgewachsen, im Westen von Kansas. Mein Vater hatte dort eine Farm von seinen Eltern übernommen. Er hat immer hart gearbeitet, um nicht zu sagen, geschuftet. Von mir hat er erwartet, dass ich es ihm gleichtat, doch ich wollte mich nie um die Rinder kümmern, ich wollte malen. Ich habe sogar mit einem Stock im Dreck gezeichnet, wenn ich kein Papier mehr hatte.« Jack lächelte schwach. »Deshalb habe ich auch nicht gezögert, als es darum ging, zur Army zu gehen. Ich wollte nur weg von dort, raus aus dem Staub und Schmutz, ganz gleich, wohin.«

»Dann weißt du, wie ich mich damals gefühlt habe«, antwortete Frank. »Nur dass es aus meinen Kreisen kein Entrinnen gab. Ich war Tony, der jüngste der Masseria-Brüder, und damit einer der legitimen Nachfolger meines Vaters. Auch wenn ich immer schon gesungen und Klavier gespielt habe, so war mein Weg doch vorgezeichnet.« Frank löste sich vom Fenster, kam wieder herüber und setzte sich.

Jack ließ Frank einen Moment, seine Gedanken zu sortieren, dann fragte er vorsichtig: »Du sagtest, du hättest jemanden umgebracht?«

»Ja. Sein Name war Giuseppe Luciano.«

»Giuseppe Luciano?«

»Er arbeitete für die Brambillas und war der zweite Mann hinter Alessandro Brambilla. Brambilla war das, was mein Vater für die Masserias war. Die beiden haben sich bekämpft und bekriegt, ging es doch immerhin darum, wer von ihnen sich als oberster Boss behaupten kann«, erklärte Frank. »Und dann ist das passiert, was in diesen Kreisen eines Tages immer passiert: Die Sache eskalierte.« Frank räusperte sich und fuhr sich mit der Hand durch die Haare. »Eines Tages drangen Brambillas Leute in unsere Villa ein und erschossen meine Familie und all unsere Leute. Es kamen auch welche von ihren eigenen Männern dabei ums Leben, doch ihre Verluste waren weit geringer als unsere.«

»Mein Gott, Frank, das tut mir leid. Ich kann mir nicht mal im Ansatz vorstellen, was du durchgemacht hast.« Jack schüttelte fassungslos den Kopf.

»Ich habe mich während der ganzen Schießerei wie ein Feigling neben einen Schrank gekauert«, fuhr Frank tonlos fort. »Ich hatte eine Waffe in der Hand, doch ich habe nicht für meine Familie eingestanden. Ich war starr vor Angst.« Er umschloss die leere Kaffeetasse fest mit beiden Händen. »Ich habe tatenlos zugesehen, wie Brambillas Leute ein Familienmitglied nach dem anderen töteten. Auch meine Mutter hat mehrere Kugeln abbekommen. Sie lag nur ein Stück von mir entfernt am Boden, und sie hat mich angesehen.« Seine Augen füllten sich mit Tränen. »Dann kam Giuseppe Luciano, stellte sich über sie und feuerte mehrere Kugeln auf sie ab. Das Bild werde ich wohl niemals aus dem Kopf bekommen.« Stöhnend schloss er die Augen.

Jack wusste nicht, was er sagen sollte, also legte er nur die Hand auf Franks Unterarm. »Und dann?«, fragte er leise.

»Und dann habe ich die Waffe gehoben und ihn erschossen«, antwortete Frank tonlos.

Jack stieß die Luft aus. »Jeder, der in dieser Situation gewesen wäre, hätte dasselbe getan.« Er suchte den Blick seines Freundes, aus dessen Auge sich eine Träne löste.

»Ich mache mir Vorwürfe, weil ich nicht früher geschossen

habe«, fügte Frank kaum hörbar hinzu und fuhr sich unwirsch mit dem Handrücken über die Wange. »Vielleicht hätte ich meine Mutter noch retten können. Vielleicht hätte ich auch andere Mitglieder unserer Familie retten können, wäre ich nur nicht so feige gewesen. Ich habe unsere Leute im Stich gelassen, Jack, und mich dadurch mitschuldig an ihrem Tod gemacht.«

»Das ist doch Unsinn«, hielt Jack dagegen. »Wenn du dich früher an der Schießerei beteiligt hättest, wärst du jetzt genauso tot wie der Rest deiner Familie. Frank, komm zur Besinnung. Dir blieb keine andere Wahl, als genau das zu tun, was du getan hast.«

»Es ist nett von dir, das zu sagen.« Frank sah Jack aus geröteten Augen an. »Also verachtest du mich nicht deswegen? Immerhin habe ich einen Menschen auf dem Gewissen.«

»Einen Menschen, der an der Ermordung deiner Familie beteiligt war und deine Mutter getötet hat. Und der auch dich erschossen hätte, wenn du ihm nicht zuvorgekommen wärst.« Jack umfasste Franks Hände, die dieser noch immer um die Tasse gelegt hatte.

»Frank, mein Freund. Ich verstehe dich! Ich wünschte, du hättest dich mir schon früher anvertraut.«

»Niemand außer dir kennt die Wahrheit«, gab Frank zurück.

»Ich danke dir für dein Vertrauen«, sagte Jack und zögerte kurz, bevor er fragte: »Und wen hast du auf diesem Foto gesehen?«

»Alessio Brambilla, Alessandro Brambillas Sohn«, antwortete Frank.

»Und du denkst, dass er dich erkannt hat?«, hakte Jack nach.

»Ich stehe Abend für Abend dort oben auf der Bühne, außerdem hängen überall im Theater Plakate von mir, genau genommen, in der ganzen Stadt ...« Frank sah Jack an. »Wie sollte er mich da nicht erkennen?«

»Wahrscheinlich hast du recht«, pflichtete Jack ihm bei, auch wenn ihm diese Vorstellung gar nicht gefiel. Jetzt war er es, der aufstand und ans Fenster trat, weil er das Gefühl hatte, Luft zu brauchen. »Es ist richtig, Russell Thompson um Hilfe zu bitten«, beharrte er dann. »Ich kenne ihn. Er wird sich hinter dich stellen, wenn er die Geschichte erfährt.«

»Oder aber mich verhaften lassen«, hielt Frank dagegen. »Doch wenn du meinst, werde ich ihm die Wahrheit sagen. Aber erst will ich, dass wir zusammen das Geld von meinen Bankkonten abheben. Nur zur Sicherheit. Amelie und du sollt es bekommen, falls mir doch etwas zustößt. Oder aber ...«, er brachte den Satz nicht zu Ende.

»Oder aber was?«

»Ich habe schon einmal einen Koffer voll Geld gepackt und anderswo ein neues Leben begonnen.« Er fuhr sich mit der Zunge über die Lippen. »Doch wenn ich ehrlich bin, will ich nicht noch einmal weglaufen. Ich möchte nicht ständig über die Schulter blicken müssen, voller Angst, Brambilla oder einer seiner Männer könnten hinter mir stehen.«

»Wir werden das gemeinsam durchstehen, Frank. Du bist damit nicht mehr allein«, versicherte er ihm und wollte sich gerade wieder setzen, als die Türklingel schrillte.

Die beiden Männer zuckten zusammen.

»Wer kann das sein?«, fragte Frank, und Jack konnte deutlich die Angst in seiner Stimme hören.

»Denkst du, jemand könnte dir hierher gefolgt sein?«, fragte Jack und spürte, wie sein eigenes Herz zu hämmern anfing.

»Möglich. Ich weiß es nicht«, flüsterte Frank. »Hast du eine Waffe hier?«

Jack schüttelte den Kopf. »Natürlich nicht.«

Es klingelte erneut.

»Ich gehe runter und sehe nach, wer es ist. Du verschließt hier oben die Tür. Wenn ich zurückkomme, werde ich zweimal schnell und danach zweimal langsam klopfen. Dann kannst du öffnen. Wenn ich dreimal schnell klopfe, fliehst du über den Balkon dort, hast du mich verstanden?«

»Und du?«

Jack kam nicht mehr zu einer Antwort, denn nun klingelte es bereits zum dritten Mal. Ohne den Schlüssel mitzunehmen, verließ er die Wohnung und zog die Tür hinter sich ins Schloss. Dann ging er mit einem mulmigen Gefühl im Bauch die Stufen hinab und öffnete die Haustür.

»Habe ich dich etwa aus dem Bett geholt?«, fragte eine wohlbekannte Stimme.

»Russell. Gott sei Dank! Du kommst genau zur rechten Zeit«, begrüßte Jack seinen früheren Vorgesetzten. »Komm rein.«

»Genau zur rechten Zeit?«, wiederholte der Besucher und stieg die Stufen hinter Jack hinauf.

Jack verwendete das vereinbarte Klopfzeichen, und Frank öffnete die Tür.

»Komm rein, Russell«, sagte Jack. »Frank kennst du ja.«

»Allerdings. Guten Morgen, Frank«, sagte der Major und betrat die Wohnung.

»Guten Morgen«, erwiderte Frank den Gruß.

»Gehen wir in die Küche, dann kann ich noch einen Kaffee aufgießen«, schlug Jack vor.
Frank und Russell setzten sich, während Jack sich um den Kaffee kümmerte.

Nachdem er Franks und seine Tasse erneut gefüllt und auch dem Major eine Tasse hingestellt hatte, nahm er ebenfalls Platz und wandte sich an seinen ehemaligen Vorgesetzten von der Army. »Es gibt Probleme, Russell, und wir bitten dich um deine Hilfe.«

»Was für Probleme?«, fragte der Major.

»Ich …«, begann Frank zögerlich, worauf Jack ihm aufmunternd zunickte. Wenn sie Russells Hilfe wollten, gab es jetzt nur einen Weg: absolute Offenheit.

»Ich bin nicht der, der du glaubst«, brachte Frank zögernd hervor. »Mein Name ist nicht Frank Levant.«

Russell sah von Frank zu Jack und wieder zu Frank, dann verschränkte er die Arme vor der Brust.

»Was du nicht sagst.«

Jack zog die Stirn in Falten. »Du wirkst nicht überrascht«, stellte er fest.

Russell zuckte mit den Achseln, doch er erwiderte nichts.

»Erzähl Russell, was du mir erzählt hast«, forderte Jack Frank auf, und während sein Freund dies tat, beobachtete Jack den Major genau. Ja, dachte er, Thompson musste schon vorher Bescheid gewusst haben, zumindest ansatzweise.

»… also bin ich nach Paris gekommen, um ein neues Leben zu beginnen. Ich war überzeugt, mit der Vergangenheit abgeschlossen zu haben, bis Alessio Brambilla im Lido aufgetaucht ist«, beendete Frank seinen Bericht.

»Und nun soll ich dafür sorgen, dass dieser Brambilla dich nicht in die Hände bekommt«, stellte Russell an Frank gewandt fest.

Frank nickte.

»Okay«, erwiderte der Major gedehnt. »Ich werde mich darum kümmern.«

Frank kräuselte die Stirn. »Einfach so?«

»Ja, einfach so«, bestätigte Russell. »Da wäre nur eine einzige Kleinigkeit, die ich mir im Gegenzug erwarte ...« Er sah Jack an.

»Und welche?«, fragte er.

»Da ist ein Maler, der bestimmte Informationen zurückhält, die für mich sehr wichtig sind. Bring ihn dazu, sie dir zu geben, Jack, und ich sorge dafür, dass deinem Freund Frank nichts geschehen wird.«

»Und wie soll ich das anstellen?«, fragte Jack, der aus irgendeinem Grund das Gefühl hatte, er wäre soeben in eine Falle getappt.

»Ich weiß es nicht.« Russell hob in einer hilflosen Geste die Hände. »Irgendetwas wird dir schon einfallen, wenn du willst, dass Frank sein Leben weiter in Sicherheit führen kann. Das sollte dir Motivation genug sein.«

Jack sah zu Frank, der nun die Stirn in Falten legte und den Kopf schüttelte.

»In Ordnung«, willigte Jack dennoch ein und sah Russell, der ungerührt dasaß, in die Augen. »Welcher Maler?«

Russell beschrieb ihm das Aussehen des Mannes und wo dieser seinen Stand am Place du Tertre hatte.

»Jean-Paul ...«, sagte Jack. »Ich kenne ihn.«

»Na, bestens«, lobte Russell. »So bekommen wir am Ende alle, was wir wollen.«

»Und um was für Informationen geht es?«, fragte Jack.

»Das werde ich dir sagen, wenn wir allein sind.« Russell sah Frank an. »Ist nicht persönlich gemeint.«

Jack blickte zwischen Frank und Russell hin und her. Hoffentlich würde das alles bald überstanden sein und seine größte Herausforderung wieder darin bestehen, seine Gemälde zu verkaufen. Diese vielen Geheimnisse waren einfach nicht seine Welt.

24. Kapitel

Wohnung der Familie Chevalier, 25 Quai Anatole France

Es ist, als wäre die rosarote Seifenblase um meine Welt herum zerplatzt.

ROSE CHEVALIER

»Nein! Das ist viel zu gefährlich, und das weißt du auch«, zischte Rose. »Es ist vollkommen ausgeschlossen, dass du erneut über Jean-Paul eine Nachricht an diesen Journalisten übergibst. Was, wenn die Amerikaner inzwischen wissen, dass er der Mittelsmann ist? Du darfst dich nicht mehr an ihn wenden!«

»Sei bitte nicht so laut!« Hedwig legte den Zeigefinger auf ihre Lippen und setzte sich zu Rose aufs Bett.

»*Maman* ist nicht da«, gab Rose zurück.

»Nein, Francine nicht, aber Milou. Was, wenn sie etwas mitbekommt?«

»Milou ist kein neugieriger Mensch«, stellte Rose klar, »und es würde ihr gewiss nicht einfallen zu lauschen.«

»Jeder Mensch ist neugierig«, widersprach Hedwig. »Der einzige Unterschied ist, wie weit der Einzelne seiner Neugierde nachgibt.«

Rose atmete tief durch. Schon seit ihre Mutter nach dem Frühstück die Wohnung verlassen hatte, stritten Hedwig und sie darüber, wie weiter vorzugehen war.

Sie hatten erst in den frühen Morgenstunden ihr Versteck in dem verlassenen Haus aufgegeben und waren in die Wohnung zurückgekehrt, voller Furcht, dass Russell Thompson und dessen Begleiter womöglich noch immer in der Nähe waren in der Absicht, sie doch noch zu schnappen.

Als sie endlich heimgekommen waren, hatten sie sich direkt in ihre Zimmer zurückgezogen, sich ihrer schmutzigen Kleidung entledigt, und zumindest Rose hatte sich bis zur Frühstückszeit schlaflos im Bett gewälzt. Sie hoffte inständig, dass Milou keine Fragen stellen würde, doch für gewöhnlich erledigte das Hausmädchen seine Arbeit, ohne sich über eventuelle Kapriolen seiner Arbeitgeber zu wundern.

»Du hast wahrscheinlich recht«, sagte Hedwig jetzt. »Es ist zu gefährlich. Wenn ich noch einmal versuche, mich mit diesem Journalisten zu treffen, werden die Amerikaner wissen, wer ich bin. Sie werden auch die Verbindung zu euch herstellen, denn es ist kein Geheimnis, dass Marie Morel und ich gemeinsam im Widerstand aktiv waren und Francine Chevalier Maries Tochter ist. Nicht nur dass ich damit dem Ruf der Familie schade, sie würden auch alles auf den Kopf stellen und dann das hier finden.« Hedwig deutete auf die Unterlagen, die auf einem kleinen Beistelltisch vor dem Bett lagen.

Rose runzelte die Stirn. Die Lebensgefährtin ihrer verstorbenen Großmutter hatte ihr erzählt, dass Marie und sie zusammen mit anderen Recherchen angestellt hatten, um die Machenschaften der US-Regierung aufzudecken, die einen Verbrecher wie Klaus Berger, der als »Schlächter von Paris« die schlimmsten Gräueltaten begangen hatte, davor schützte, seiner gerechten Strafe zugeführt zu werden, nur um ihn als Agenten für ihre eigenen Zwecke einzusetzen. Nun befand sich Hedwig im Besitz von Unterlagen, die dies eindeutig bewiesen, und sie wollte diese Beweise einem Enthüllungsjournalisten zuspielen, damit der den Skandal öffentlich machte. Es war nicht ausgeschlossen, nein, es war sogar wahrscheinlich, dass sie sich dadurch in große Gefahr begab, vor allem da ihr der Geheimdienst offenbar bereits auf den Fersen war.

»Sie dürfen die Unterlagen nicht in ihren Besitz bringen, denn damit hätten sie sämtliche Beweise und ich nichts mehr in der Hand«, insistierte Hedwig.

Rose blickte auf die Papiere, die sie gerade eben gelesen und anschließend aus einem Impuls heraus umgedreht hatte. Das, was dort stand und mit Beweisen untermauert war, war dermaßen widerlich und menschen-, ja lebensverachtend, dass Rose es kaum ertragen konnte.

»Diese Unterlagen gehören veröffentlicht, und wir müssen unbedingt verhindern, dass jemand sie in die Finger bekommt und möglicherweise vernichtet, bevor die Menschen die Wahrheit erfahren!«, erklärte sie daher mit Nachdruck.

»Genau darum geht es mir ja.« Hedwig nickte nachdenklich.

»Weißt du, deine Großmutter und ich haben damals in der Résistance gekämpft, weil alles, was diese verdammten Nazis taten, so abscheulich, so verachtungswürdig und unmenschlich

war, dass wir lieber gestorben wären, als dies einfach hinzunehmen. Wir erkannten sofort, dass das eingesetzte Vichy-Regime nur einem dienen würde, und zwar Hitler, niemals jedoch dem französischen Volk. Marie und ich waren auf uns allein gestellt, das hat uns verbunden. Schließlich wurden wir sowohl von der Gestapo als auch von Schergen des Vichy-Regimes verfolgt. Als Jean Moulin als einer unserer bedeutendsten Kämpfer schließlich dafür sorgte, dass alle zersplitterten Widerstandsgruppen sich gegen die Nationalsozialisten vereinten, hatten wir endlich das Gefühl, etwas erreichen zu können. Nun erleben zu müssen, dass dieses ...«, sie suchte nach den richtigen Worten, »dass dieses Pack, das gequält, gemordet und vergewaltigt hat, von einer Regierung, die sich unser Freund nennt, beschützt und nicht für seine Taten zur Rechenschaft gezogen wird, ist einfach unerträglich. Wenn ich mich in Gefahr begebe und dafür sterben muss, damit die Wahrheit ans Licht kommt, dann bin ich dazu bereit.«
Hedwig legte ihre Hände auf Roses. »Doch dir und deinen Eltern darf nichts geschehen. Ich muss euch da raushalten – irgendwie.«
Rose schüttelte den Kopf. »Das, was dort geschrieben steht, müssen die Franzosen erfahren«, entschied sie. »Ich könnte nicht damit leben, davon zu wissen und nichts getan zu haben.«
Hedwig berührte mit einer liebevollen Geste ihre Wange. »Wenn ich dich anschaue und reden höre, glaube ich, deine Großmutter vor mir zu sehen. Aber wir dürfen nicht riskieren, dich oder deine Eltern mit hineinzuziehen.« Hedwig nahm die Unterlagen und steckte sie zurück in den Umschlag. »Ich werde

dafür sorgen, dass die Welt davon erfährt. Doch wahrscheinlich ist es einfach nicht der richtige Zeitpunkt.«

»Du willst die Sache einstweilen auf sich beruhen lassen?«, fragte Rose und spürte, wie ihr Herz anfing, schneller zu schlagen. Sie schüttelte heftig den Kopf. »Aber Hedwig, sie sind dir doch schon auf den Fersen! Wenn wir die Papiere jetzt nicht diesem Journalisten …«

»Brasseur«, half Hedwig ihr mit dem Namen, »sein Name ist Luis Brasseur.«

»Ja, genau. Wenn wir die Unterlagen jetzt nicht Brasseur überreichen, spielen wir damit Russell Thompson und seinen Leuten in die Hände, und sei es auch nur dadurch, dass wir ihnen die Gelegenheit geben, weiter zu ermitteln, wer den Amerikanern auf die Füße treten will. Und dann werden sie dir über kurz oder lang auf die Schliche kommen.«

»Solange ich am Étang de Saclay bin, bestimmt nicht.«

»Bist du dir sicher? Ich bin da weniger überzeugt, schließlich hast du es mit dem US-Geheimdienst zu tun! Mit Amerikanern, die einen Mann wie Klaus Berger schützen, dem Hunderte, nein, Tausende Verbrechen zur Last gelegt werden. Klaus Berger, der Schlächter von Paris!« Rose drückte sich die Handflächen auf die Augen und spürte, wie sie anfing zu zittern – vor Wut, vor Abscheu, vor Verachtung. Ihr wurde bewusst, dass sie soeben ihren Glauben an die Gerechtigkeit verloren hatte, und ihre Sorge um Hedwig wuchs.

In dem verlassenen Haus, in dem sie sich vor Russell Thompson und dem anderen Mann versteckt hatten, hatte Hedwig sie in die Details eingeweiht und ihr erzählt, dass Klaus Berger im letzten Jahr unter falschem Namen nach Amerika emigriert war. Nicht jedoch, wie man in einem solchen Fall hätte vermuten können, illegal und ohne das Wissen der dortigen Behörden, sondern über die sogenannte Rattenlinie und mit voller Unterstützung der USA. Nie hätte Rose gedacht, dass so etwas möglich sein könnte. Sie kam sich dumm und naiv vor, weil sie bislang geglaubt hatte, dass doch gerade die Behörden der befreundeten Nationen an einem Strang und Menschen wie Berger und ihresgleichen zur Rechenschaft ziehen müssten. Allerdings hatte sie auch geglaubt, dass alle, die während des Krieges Gräueltaten begangen hatten, längst verhaftet und hinter Schloss und Riegel gebracht waren, was offenbar ganz und gar nicht der Realität entsprach.

So war bewiesen, dass Berger während der Besatzungszeit in der Suite eines Pariser Hotels Orgien abgehalten hatte, bei denen die Beteiligten gequält, vergewaltigt und gefoltert worden waren, nicht nur Männer und Frauen, sondern auch Kinder und Geistliche. Und das alles zu seinem persönlichen Vergnügen. Berger hatte vor nichts und niemandem Halt gemacht. Vor allem aber hatte er es auf Mitglieder der Résistance abgesehen. So folterte Berger auch einen Mann namens Jean Moulin, der laut Hedwig einer ihrer besten Freunde gewesen war.

Jean Moulin, so hatte Hedwig Rose erklärt, hatte es geschafft, die zersplitterten Lager der Résistance zu einen und eine wehrhafte Widerstandsgruppe gegen die Nazis aufzustellen. Dies hatte ihn zu einem der meistgesuchten Widerstandskämpfer werden lassen, bis er schließlich 1943 verhaftet wurde und auf dem Weg ins Konzentrationslager starb.

Rose hatte Hedwigs leeren Blick gesehen, als diese ihr von Moulin erzählte. Ihr selbst waren die Tränen gekommen, doch

Hedwig hatte nicht geweint. Einzig der Ausdruck in ihren Augen hatte Rose verraten, wie tief der Schmerz war, den Hedwig in ihrem Herzen trug.

»Wir *werden* dafür sorgen, dass dieser Luis Brasseur die Beweise bekommt, damit die Öffentlichkeit davon erfährt«, entschied Rose nun. »Das sind wir Bergers Opfern schuldig.«

»Die Leute, mit denen wir uns anlegen, sind gefährlich, Rose«, wandte Hedwig ein.

»Es gibt aber auch noch einen anderen Weg als über die Zeitung«, hielt Rose dagegen. »Wir sind nicht mehr im Krieg, Hedwig. Wir könnten uns an die Gendarmerie wenden, ihr die Beweise übergeben und fordern, dass ein Verfahren eingeleitet wird.«

Hedwig lächelte freudlos. »Wir mögen nicht mehr im Krieg sein, Rose, doch der Widerstand wird noch weit mehr gebraucht als früher, da die Seite, auf der man stand, sehr viel klarer definiert war als jetzt.« Hedwig seufzte. »Antoine Marchand, der Journalist, mit dem Brasseur zusammenarbeitete, hat sich an die Behörden gewandt. Und nun ist er tot.«

Rose schlug erschrocken die Hand vor den Mund. »Ist er hier in Paris ums Leben gekommen?«

Hedwig nickte. »Er wurde ermordet. Man hat seine Leiche vor nicht langer Zeit aus der Seine geborgen. Ich wollte mich bei meinem letzten Aufenthalt in Paris mit ihm treffen, doch er hatte wohl den Verdacht, dass etwas durchgesickert sein könnte. Wenige Stunden vor dem vereinbarten Treffen erhielt ich durch Jean-Paul die Nachricht, die Übergabe müsse um zwei Tage verschoben werden. Marchand wollte sich wieder melden, doch dazu kam es nicht mehr.«

»Weil er umgebracht wurde«, stellte Rose fest.

Hedwig nickte. »Weil er umgebracht wurde. Ich weiß nicht, wie man ihm auf die Schliche gekommen ist und wie er erfahren hat, dass er entdeckt wurde. Er hat mich gerade noch rechtzeitig gewarnt.« Hedwig atmete tief durch. »Bis zu dem Tag war Marchand mein Kontaktmann, doch er hatte mir erzählt, dass er mit Brasseur zusammenarbeitet.«

»Der nach Marchands Tod übernommen hat«, vollendete Rose den Gedanken.

»So ist es. Du siehst also, diejenigen, die hinter uns her sind, sind das nicht erst seit gestern Abend.«

»Aber erst seit gestern Abend kennen sie dein Gesicht«, widersprach Rose.

»Das stimmt«, räumte Hedwig ein und überlegte. »Und dieser Mann, dieser amerikanische Soldat ...«

»Russell Thompson«, half Rose mit dem Namen aus.

»Ja, genau. Russell Thompson. Den kennst du durch deinen Jack?«

»Oui. Jack hat in der Army unter ihm gedient. Russell hat Jack nach dem Krieg geholfen, in das G.I.-Bill-Programm aufgenommen zu werden, welches ihm den Aufenthalt in Paris überhaupt erst ermöglicht.«

»Verstehe.« Hedwig legte die Stirn in Falten.

»Thompson ist nett«, beharrte Rose. »Er hat Jack auch die Wohnung besorgt, in der er jetzt lebt.«

Hedwig nickte schweigend.

»Was ist?«, fragte Rose. »Was denkst du?«

»Nun ja.« Hedwig wiegte den Kopf. »Ich frage dich das nicht gern, aber könnte es nicht sein, dass Jack die Begegnung mit dir ganz bewusst herbeigeführt hat, weil sie mir womöglich schon weit näher sind, als ich dachte?«

Rose spürte ein flaues Gefühl in der Magengegend. Auf diese Idee war sie noch gar nicht gekommen. Konnte das sein? Sie ging die Momente, die sie mit Jack erlebt hatte, noch einmal in Gedanken durch, sah die Fotos vor sich, die sie gemacht hatten. Dann schüttelte sie den Kopf.

»Nein, Hedwig, es muss ein Zufall sein, dass Thompson in deiner Sache ermittelt und ich ihn durch Jack kennengelernt habe. Schließlich habe ich Jack fotografiert. Ich bin auf ihn aufmerksam geworden, nicht andersherum.«

»Und da bist du sicher? Ich meine, du nimmst doch oft den Weg entlang des Seine-Ufers. Hast du Jack je zuvor dort malen sehen?«

Rose überlegte. Ein Schauer lief über ihren Rücken. Hatte Hedwig womöglich recht?

»Vorher habe ich ihn nie dort gesehen, das stimmt«, räumte sie ein. »Er sagte, er wäre zum ersten Mal dort, weil er seinen Malstil ändern wollte. Seine bisherigen Werke hatten sich nicht verkauft, deshalb wollte er die Wahrzeichen und Bauten der Stadt malen, um mit seiner Kunst Geld verdienen zu können.« Rose spürte, wie ihr Herz immer schneller schlug.

Hedwig stand der Zweifel im Gesicht geschrieben. »Natürlich ist es möglich, dass das der Wahrheit entspricht«, sagte sie, nahm Roses Hand in ihre und lächelte schwach. »Doch ich habe schon zu viel erlebt, um noch an Zufälle zu glauben.«

»Das verstehe ich, aber mein Gefühl sagt mir, dass Jack ehrlich ist«, versuchte Rose, den Mann, der so große Gefühle in ihr weckte, zu verteidigen.

»Du bist verliebt, Rose. Da glaubt man immer, was einem gesagt wird. Man will es glauben. Doch die Menschen sind nun einmal nicht ehrlich. Wären sie es und wüssten wir alle stets, wen wir vor uns haben, würde nicht eine einzige Ehe geschieden.«

Rose fühlte sich von Moment zu Moment elender.

»Aber wenn Jack die Begegnung mit mir ganz bewusst gesucht hätte, weil die Amerikaner unsere Familie bereits im Verdacht haben, hätten sie uns dann nicht schon heute Morgen bei unserer Heimkehr hier empfangen? Ich meine, dann wäre es doch naheliegend gewesen, dass Russell und dessen Begleiter sich vor der Wohnung postiert hätten und wir ihnen direkt in die Arme gelaufen wären, oder nicht?«

»Das stimmt«, gestand Hedwig zu. »Es sei denn, sie haben sich ganz bewusst in der Nähe versteckt und uns beobachtet, um sicherzugehen, dass wir dieses Haus betreten. Wenn es so ist, müssen wir damit rechnen, dass wir ihnen in die Arme laufen, sobald wir hinausgehen.«

»Denkst du wirklich?«, zweifelte Rose. »Was sollte sie daran hindern, direkt hier hereinzustürmen, sich die Beweise zu schnappen«, sie deutete auf die Papiere, »und wieder zu verschwinden?«

»Sie sind Amerikaner«, stellte Hedwig klar. »Und die Chevaliers sind eine angesehene französische Familie. Würden sie ohne offizielle Befugnis hier eindringen, hätten wir bereits den Eklat, den die Amerikaner so dringend zu vermeiden versuchen.« Hedwig tippte auf die Unterlagen. »Sie wollen nur deshalb unbedingt in den Besitz dieser Beweise kommen, damit das amerikanisch-französische Verhältnis nicht belastet wird – da können sie sich nicht aufführen wie im Wilden Westen!«

»Und warum sollten sie das außerhalb dieser vier Wände tun?«, fragte Rose, noch immer nicht ganz überzeugt.

»Nun ja, weil sie es dann nach einem ganz gewöhnlichen Überfall aussehen lassen könnten. Sie rauben die Unterlagen, nehmen uns vielleicht noch den Schmuck ab und unser Geld, dann verschwinden sie. Und wenn wir bei der Gendarmerie Anzeige erstatten, gehen die Gendarmen von einem ganz normalen Raubüberfall aus, bei dem neben Wertsachen auch zufällig ein paar Papiere mitgenommen wurden. Niemand würde groß etwas unternehmen.«

»Aber wir wissen doch, was in diesen Unterlagen steht!«, beharrte Rose. »Wir können darüber Auskunft geben, selbst vor einem Gericht.«

»Es zählen nur Beweise, Rose. Etwas zu wissen, ist das eine. Dies dann auch beweisen zu können, steht auf einem ganz anderen Blatt.« Hedwig zog die Unterlagen wieder aus dem Umschlag heraus und deutete auf einen Abdruck in der oberen linken Ecke. »Siehst du das hier?«

»Ja, eine kleine Einbuchtung. Was ist das?«

»Der Abdruck einer Büroklammer«, erklärte Hedwig. »Er befindet sich nur auf den Personalunterlagen, nicht auf den anderen Papieren. Damit wurden die Akten bei den Nazis geheftet. Deshalb haben die Amerikaner das Ganze ›Operation Paperclip‹ genannt. Diese Büroklammerabdrücke finden sich bei den Originalunterlagen sämtlicher Leute, die die Amerikaner raus- und über den großen Teich geschmuggelt haben, wo sie eine neue Identität bekamen.«

»Moment«, bat Rose. »Willst du damit sagen, dass Berger nicht der Einzige war?«

Hedwig gab einen verächtlichen Laut von sich. »Die Amerikaner haben im großen Stil Nazis aufgenommen, die für sie irgendwie von Nutzen sein können – ganz gleich, welche Verbrechen diese begangen haben. Sogar Massenmörder. Wissenschaftler und Informanten jedweder Art bevorzugt.«

Rose konnte deutlich die Bitterkeit heraushören, die aus Hedwigs Worten sprach.

»Darf ich dich etwas fragen, Hedwig?«, erkundigte sie sich nach einer Weile leise.

»Sicher.« Hedwig nickte.

»Warum traust du diesem Brasseur, wenn du allen anderen nicht vertraust?«

»Wegen seiner bisherigen Arbeit«, antwortete Hedwig sofort. »Er und Marchand haben gemeinsam einiges aufgedeckt und sich nie von irgendwelchen Drohungen einschüchtern lassen. Dafür hat er mit dem Leben bezahlt. Er darf nicht umsonst gestorben sein.« Hedwig ballte die Hand zur Faust. »Brasseur ist vom gleichen Schlag. Es braucht unerschrockene Menschen wie die beiden, Menschen, die sich nicht einschüchtern lassen!«

»Und aus diesem Grund dürfen wir jetzt nicht aufgeben«, beharrte Rose. »Ich werde zu Jean-Paul gehen.«

»Ganz sicher nicht.« Hedwig schüttelte heftig den Kopf.

»Doch, ich werde gehen. Ich werde ein neues Treffen mit Brasseur vereinbaren.«

»Wahrscheinlich wird er sich ohnehin nicht mehr an Jean-Paul wenden, weil die ganze Angelegenheit zu heiß geworden ist«, mutmaßte Hedwig.

»Möglich. Aber wenn doch, dann muss er dort eine Nachricht vorfinden.«

»Brasseur wird künftig überwacht werden.« Hedwig schüttelte den Kopf. »Er wurde ja ohnehin schon überwacht«, machte sie dann deutlich. »Selbst wenn er zu einem Treffen käme, könnte er die Unterlagen nicht in Empfang nehmen, weil die Amerikaner sofort zuschlagen würden.«

»Es sei denn, sie finden ihn nicht.«

»Wie meinst du das?«, fragte Hedwig.

»Nun, ich spreche von einem Ablenkungsmanöver. Brasseur braucht die Gelegenheit, die Beweise einsehen zu können«, stellte Rose fest. »Doch um ihm einen Plan darlegen zu können, müssen wir mit ihm in Kontakt kommen.«

»Ja, sicher. Aber wie?«

»Nun, indem wir etwas vorbereiten.«

»Und was?« Hedwig kräuselte die Stirn.

»Wir werden Brasseur über einen Mittelsmann einen Treffpunkt nennen, den er nicht zu einer bestimmten Zeit aufsuchen muss. Stattdessen kann er kommen, wann er will, sodass er Gelegenheit hat, seine Verfolger abhängen.«

»Aber weder du noch ich können rund um die Uhr an einem solchen Treffpunkt auf ihn warten.«

»Das ist mir klar. Aber wir können einen Teil der Beweise dort deponieren und ihm später, wenn wir uns sicher sind, dass ihm keine akute Gefahr droht, den Rest übergeben.«

»Ich kann dir nicht ganz folgen«, sagte Hedwig, immer noch kopfschüttelnd.

»Das Impérial.« Rose sah Hedwig an.

»Nein«, widersprach diese sofort. »Auf gar keinen Fall. Ich

lasse nicht zu, dass dein Vater mit in die Sache hineingezogen wird.«

»Das wird er auch nicht«, stellte Rose klar. »Ich, Marian Dubios, die Sekretärin des Händlers René DeChamp, werde dort anrufen und ein Zimmer für meinen Chef reservieren. Telefonische Reservierungen werden im Impérial lediglich im Kalender und unter dem entsprechenden Namen vermerkt. Wenn der Gast eintrifft, füllt er gewöhnlich das Anmeldeformular aus, das im Terminfach abgelegt wird, und erhält seinen Schlüssel. Deshalb werde ich nachher Papa im Hotel besuchen, Pierre Camin ablenken und unbemerkt einen Anmeldezettel ausfüllen. Den schmuggle ich ins Terminfach, am besten gegen halb zwei, weil Camin dann in die Mittagspause geht. Seine Vertretung wird glauben, dass sich der Gast mit dem Namen DeChamp bereits bei Monsieur Camin angemeldet hat, und ihm den Schlüssel aushändigen. Und Camin wird denken, Brasseur alias DeChamp hätte sich bei der Vertretung angemeldet und ihm ebenfalls den Zimmerschlüssel geben!«

»Ich muss zugeben, das ist eine grandiose Idee«, lobte Hedwig. »Aber woher weiß Brasseur die Zimmernummer?«

Rose überlegte. »Die Bänke an der Seine«, antwortete sie dann. »Wir lassen ihm durch Jean-Paul die Nachricht zukommen, dass er auf der ersten Bank Platz nehmen und anschließend zu der Laterne direkt am Ufer gehen soll. Unter der Bank befestigen wir mit Klebeband einen kleinen Zettel mit weiteren Informationen. Sobald Brasseur ihn gelesen und vernichtet hat, wird er an der Rückseite des Laternenpfahls den nächsten Zettel vorfinden und so weiter und so fort. Selbst wenn ihn also jemand beobachtet und versucht, ihm einen der Zettel zu entreißen, kann er nichts damit anfangen, außer er hat sämtliche Zettel, und das wird nicht der Fall sein.«

»Du bist ja eine richtige Geheimagentin«, stellte Hedwig verblüfft fest und überlegte einen Moment. »Und wenn er sämtliche Informationen zusammengetragen hat, muss es ihm nur noch gelingen, ungesehen zum Hôtel Impérial zu gelangen.«

»Er wird seine Beobachter in die Irre führen müssen.« Rose nickte und sah Hedwig an. »Denkst du, dass Brasseur heute zu Jean-Paul gehen wird, um in Erfahrung zu bringen, ob dort eine Nachricht für ihn vorliegt?«

»Möglich. Ich weiß es nicht, aber wir sollten es einfach probieren. Ich denke, unsere Chancen stehen gut, denn Brasseur wird klar sein, dass die Amerikaner inzwischen wissen, dass Jean-Paul derjenige ist, der die Nachrichten überbringt. Es nützt ihnen nur nichts. Es reicht nicht zu wissen, wann und wo das nächste Treffen stattfinden wird. Die Amerikaner müssen an den herankommen, der die Beweise hat, und sie wissen nicht, ob derjenige allein oder mit Komplizen arbeitet. Sie können auf keinen Fall riskieren, jemanden festzunehmen, der die Unterlagen nicht bei sich hat. Bleibt nur noch die Frage, wie wir an Jean-Paul herantreten sollen, ohne die Familie Chevalier ins Blickfeld zu rücken.«

Rose überlegte, dann schmunzelte sie. »Warte«, sagte sie, »mir kommt gerade eine grandiose Idee«. Damit ging sie zur Tür und verließ das Zimmer. Sie hielt direkt auf das kleine Gemälde zu, das auf dem Flur neben der Garderobe hing, und nahm es ab. Kurz zögerte sie, dann ließ sie es so zu Boden fallen, dass es mit der Ecke zuerst aufschlug.

»O je, Mademoiselle Rose!« Milou kam herbeigeeilt, alarmiert durch den Krach.

»Ach, das ist aber ärgerlich«, sagte Rose und hob das Gemälde auf. Die untere Kante war eingedellt und an der Ecke ein Stück vom Rahmen abgeplatzt.

Milou schlug erschrocken die Hand vor den Mund.

»Keine Sorge, Milou, ich kümmere mich darum.« Das Bild in den Händen, kehrte Rose in ihr Zimmer zurück.

»Ich ahne, was du vorhast … Eine gute Idee«, lobte Hedwig und streckte Rose die Hand entgegen, damit diese ihr das Bild reichte, doch Rose schüttelte den Kopf.

»Sie suchen eine ältere Frau, also werde ich gehen.«

»Nein«, widersprach Hedwig. »Das kommt gar nicht infrage. Deine *mamie* würde sich im Grabe umdrehen, wenn ich ihre geliebte Enkelin in Gefahr brächte!«

»Du kannst es mir nicht ausreden«, stellte Rose klar. »Und wir haben keine Zeit, darüber zu streiten. Lass uns zusammen die Zettel fertig machen. Und während ich zum Place du Tertre gehe, bringst du sie unauffällig an.«

Rose konnte Hedwig ansehen, dass es ihr alles andere als recht war, doch schließlich nickte sie. »Du bist so stur wie deine *grand-mère*.«

»Danke schön. Ich nehme das als Kompliment. Und jetzt hole ich Zettel, Stift, Klebeband und Schere.« Zwinkernd verließ Rose erneut das Zimmer. »Beeilen wir uns«, sagte sie, als sie zu Hedwig zurückkehrte. »Eine gewisse Marian Dubios hat nämlich gerade im Impérial angerufen und ein Zimmer für René DeChamp reserviert, der heute gegen Mittag dort eintreffen soll.«

Hedwig legte ihr die Hand auf den Arm. »Vergiss bitte nicht, dass das hier kein Spiel ist«, mahnte sie. »Für diese Beweise ist bereits ein Mensch gestorben.«

»Glaub mir, Hedwig, dessen bin ich mir durchaus bewusst. Doch die Amerikaner damit durchkommen zu lassen, ist keine Option.«

»Was ist mit Jack?«, fragte Hedwig.

»Was soll mit ihm sein?«

»Verändert das hier deinen Blick auf ihn?«

Rose spürte, dass Hedwig die Frage ausgesprochen hatte, die auch sie selbst umtrieb.

»Ich weiß es noch nicht«, antwortete sie dann und griff nach dem ersten Zettel. »Komm, lass uns anfangen. Ich muss noch vor halb zwei im Hotel sein, damit alles klappt.«

»Und jetzt?«, fragte Hedwig, als sie die ersten Zettel fertig hatten.

Rose überlegte, dann sagte sie: »Jetzt müssen wir uns nur noch überlegen, wie wir ihm helfen können, seine Beobachter abzuschütteln. Und ich glaube, ich weiß auch schon, wie.«

25. Kapitel

Fleurs de Paris,
202 Boulevard Saint-Germain

Ich weiß noch nicht, wie sich alles entwickeln wird. Doch ich hoffe, dass Franks Gefühle für mich ebenso stark sind wie meine für ihn.
Amelie Girard

»Guten Tag, Monsieur. Was kann ich für Sie tun?«

Der junge Mann in dem schwarzen Anzug, der soeben den Blumenladen betreten hatte, zog eilig die Chauffeurmütze von seinem Kopf.

»*Bonjour.* Sind Sie Mademoiselle Amelie Girard?«

»*Oui,* die bin ich.«

»Dann ist das hier für Sie.« Er reichte ihr einen Umschlag. »Monsieur Levant hat mich gebeten, Ihnen zwei Karten für die heutige Abendvorstellung zukommen zu lassen.«

»Zwei?«

»Monsieur Levant sagte, für Mademoiselle Girard und eine

Mademoiselle Lina?« Der junge Mann sah Amelie an, als wäre er sich nicht sicher, ob er den Namen richtig wiedergegeben hätte.

»Das ist reizend, vielen Dank.«

»Sie sind persönliche Gäste in Monsieur Levants Loge.« Der junge Mann deutete eine Verbeugung an. »Einen guten Tag.«

»Ihnen auch. Au revoir.«

Kaum hatte der Chauffeur das Fleurs de Paris verlassen, da betrat auch schon Lina, die soeben Gestecke ausgeliefert hatte, den Blumenladen.

»Wer war das?«, fragte sie und sah dem Chauffeur nach.

»Ein Bote des Lido.« Amelie klappte den Umschlag auf. »Wir haben zwei Karten für die Show heute Abend bekommen.«

Lina kam um den Tresen herum. »Wer, wir?«

»Na, du und ich. Wir sind persönliche Gäste in Frank Levants Loge.« Amelie zog die beiden Eintrittskarten heraus und hielt sie Lina hin, die sie mit offenem Mund entgegennahm.

»Das ist nicht dein Ernst!«, rief sie staunend.

Amelie lächelte nur. Sollte sie Lina erzählen, was zwischen Frank und ihr gewesen war? Ihr Lächeln erstarb. Ob die Eintrittskarte als eine Art Gegenleistung für die letzten Nächte zu verstehen sein sollte? Amelie schüttelte den Kopf, um den finsteren Gedanken zu vertreiben. Wie konnte sie nur so schäbig von Frank denken? In den letzten Tagen hatte er ihr eine Seite von sich gezeigt, die er sonst bestimmt nicht preisgab. Oder war sie auf seine ganz bestimmte Masche hereingefallen, mit der er jede Frau rumkriegte?

»Was ist?«, fragte Lina und suchte ihren Blick. »Freust du dich denn gar nicht?«

»Doch, sicher.« Amelie blickte weiter auf die Karten. »Ich frage mich nur, ob ich wirklich hingehen will.«

»Aber warum das denn? Ich meine, solche Karten kosten viel Geld und ...«

»Eben. Und ich möchte nicht, dass dieser Mann denkt, er könnte uns damit kaufen.«

Lina fasste Amelies Schultern und suchte ihren Blick. »Was ist los mit dir, Amelie?«

Amelie atmete tief durch. Sie spürte, dass allein der Gedanke, Frank könnte nur mit ihr gespielt haben, sie auf eine Art und Weise verletzte, dass ihr heiß und kalt wurde. War es wirklich möglich, dass alles nur Kalkül gewesen war?

»Amelie?«

»Ich ...«, sie suchte nach den richtigen Worten. Lina kannte ihre Geschichte, wusste, wie es damals gewesen war mit Vincent und dass sie seither niemanden mehr in ihr Herz gelassen hatte. Sollte sie Lina die Wahrheit sagen? Vielleicht war es das Beste.

»Ich habe dich belogen«, sagte sie daher und sah Lina direkt in die Augen. »Ich war gestern nicht krank. Ich war oben in der Wohnung, zusammen mit Frank. Und das schon seit vorgestern Abend.«

Lina klappte der Mund auf. »Du hast mit Frank Levant geschlafen?«

»Ja, habe ich.« Amelie wand sich vor Verlegenheit, dabei war sie eine erwachsene, ungebundene Frau und konnte sich abgeben, mit wem sie wollte. Schließlich lebten sie nicht mehr im neunzehnten Jahrhundert.

Lina starrte sie verblüfft an. »Wie war es? Erzähl!«

»Das werde ich ganz sicher nicht tun«, erwiderte Amelie kopfschüttelnd und wandte sich wieder dem Gesteck zu, an dem sie arbeitete. »Und es geht auch gar nicht darum, wie es war. Ich will nur nicht, dass Frank denkt, er könnte mich damit bezahlen.« Amelie deutete mit einer Kopfbewegung auf die Eintrittskarten.

»Spinnst du?«, fragte Lina nun. »Ich meine, hast du auch nur einen Moment darüber nachgedacht, dass er sich womöglich in dich verliebt haben könnte und die Karten schickt, um dich in seiner Nähe zu haben?«

Schweigend blickte Amelie auf das Gesteck, in das sie nun die nächste Blume schob.

»Ich sage das nicht gern, Amelie«, fuhr Lina fort, »doch du musst aufhören, jedem zu misstrauen, weil du schon einmal verletzt wurdest. Frank Levant ist nicht Vincent.«

Amelie schaute auf. »Das habe ich auch nicht behauptet.«

»Behauptet nicht, aber es ist genau das, was du befürchtest.« Lina seufzte. »Amelie, du bist der netteste, freundlichste und liebenswürdigste Mensch, den ich kenne. Es ist ein Wunder, dass niemand zuvor so beharrlich war wie dieser Frank Levant. Mach das nicht kaputt, nur weil du glaubst, wieder verletzt zu werden.«

Amelie spürte, dass ihr die Tränen kamen.

»Ich war glücklich, Lina. Ich war glücklich, wie es war. Ich brauche keinen Mann in meinem Leben, ganz egal, ob er nun Frank, Vincent oder wie auch immer heißt. Ich habe jeden Moment genossen, mich an den Blumen erfreut. Und nun ...«

»Und nun was?«

»Und nun wünschte ich, dass Frank hier wäre und ich

einfach mit ihm zusammen sein könnte. Er fehlt mir, obwohl er erst ein paar Stunden weg ist. Vorher war alles in Ordnung für mich, doch jetzt ...« Sie ließ den Satz unvollendet.

Lina schloss Amelie in die Arme. »Du bist verliebt, meine Süße! Und zwar so richtig.« Nach einem kurzen Moment ließ sie Amelie wieder los und wedelte mit den Karten. »Und er, wie es aussieht, auch. Genieß es!«

Amelie sah Lina an und ließ ihren Tränen freien Lauf, während sie gleichzeitig lachte. Ihre Gefühle schlugen Purzelbäume, und sie schluchzte auf, dann lachte sie wieder.

»Ach, Amelie ...« Lina zog sie abermals in ihre Arme. »Das ist doch alles wunderschön! Die *Liebe* ist wunderschön!«

Amelie atmete geräuschvoll aus und wischte die Tränen von ihren Wangen.

»Dann bist du mir nicht böse, weil ich dich gestern belogen habe?«

Lina schmunzelte. »Hätte ich den wahren Grund gekannt, wäre mein Tag lustiger gewesen – ich hätte nämlich immerzu daran denken müssen, was ihr dort oben treibt, während ich hier brav die Blumen binde.«

Amelie stieß Lina scherzhaft gegen die Brust. »Du bist schlimm, weißt du das?«

»Ja, das weiß ich.« Lina lachte. »Und jetzt weiß ich auch, welche Entschuldigung ich vorbringen muss, sollte ich mich eines schönen Morgens in der gleichen Situation befinden.« Sie tat, als würde sie husten.

Amelie spürte, wie ihre Wangen anfingen zu glühen.

»Jetzt mal im Ernst, Amelie«, sagte Lina. »Du hast dieses Glück mehr verdient als jeder andere Mensch auf dieser Welt.

Mach es nicht kaputt, indem du an der Vergangenheit festhältst. Nicht jeder Mann ist schlecht. Ja, Frank Levant liegen die Frauen zu Füßen, doch er hat alles getan, um dich zu gewinnen. Gib ihm eine Chance, dir zu beweisen, dass er kein Vincent ist.«

»Und wenn er es doch ist?«, fragte Amelie und spürte, dass sie allein bei dem Gedanken daran eine Gänsehaut bekam.

»Dann ist es jetzt ohnehin zu spät«, antwortete Lina. »Du bist bereits in ihn verliebt, ob du es dir eingestehen willst oder nicht. Mach es nicht dadurch kaputt, dass du fürchtest, es könnte kaputtgehen. Denn dann wärst dieses Mal du schuld, und nicht er.«

Amelie atmete erneut tief durch, dann umarmte sie Lina. »Danke.«

»Schon gut.« Sie lösten sich voneinander. »Kommen wir jetzt zu den echten Problemen«, sagte Lina.

»Ach ja? Und die wären?«

»Was soll ich im Lido anziehen?« Lina deutete auf das Kleid, das sie trug. »Das hier ist schon eines der hübschesten Kleider, die ich besitze.«

Amelie nickte. »Bei mir ist es nicht viel anders.«

»Und was machen wir jetzt? So können wir uns nicht im Lido sehen lassen.«

»Das Lafayette«, schlug Amelie vor. »Wir machen den Laden heute früher zu, gehen in die Galeries Lafayette und kaufen uns Kleider.«

»Bist du verrückt? Weißt du, was ein Kleid dort kostet?«

»Ich habe etwas Geld auf die Seite gelegt«, sagte Amelie und verschwieg, dass sie gespart hatte, damit sie sich behandeln lassen konnte, sollte die Krankheit, die ihre Mutter und Großmutter hatten, auch bei ihr ausbrechen. Jetzt jedoch wollte sie nicht länger für eine Krankheit sparen, sondern ihr Leben leben. »Es wird reichen, um zwei Kleider zu kaufen, und es wird sicher noch etwas übrig bleiben.«

»Aber du kannst doch nicht dein Erspartes dafür nehmen«, wandte Lina ein.

»Und warum nicht?« Amelie hob die Hände. »Ich arbeite und arbeite und spare und spare und spare. Und wofür?«

»Da hast du recht. Doch für mich gilt das nicht. Wie du weißt, muss ich fast alles, was ich verdiene, zu Hause abgeben, sonst reicht es hinten und vorne nicht.«

Amelie kannte die Verhältnisse, in denen Lina lebte. Sie wohnte zusammen mit ihrer jüngeren Schwester Fanny und ihrer Mutter in einem kleinen Appartement. Der Vater hatte die drei vor vielen Jahren verlassen. Wenn Amelie sich richtig erinnerte, war Lina damals noch nicht einmal zehn Jahre alt gewesen und Fanny etwa sieben. Seither hatte die Mutter alles getan, um ihre beiden Töchter und sich selbst durchzubringen. Seit Lina eigenes Geld verdiente, war es um einiges einfacher, und zu den letzten Geburtstagen hatte Lina ihrer Mutter sogar statt des üblichen Blumenstraußes einen Schal und Pralinen schenken können. Doch viel mehr war eben nicht drin, auch wenn Amelie Lina sogar besser bezahlte, als manch andere Kraft in einem Blumenladen entlohnt wurde.

»Mach dir darüber keine Gedanken«, sagte Amelie nun. »Ich werde dir das Kleid schenken.«

»Das kann ich nicht annehmen«, widersprach Lina sofort.

»Du hast gar keine andere Wahl«, hielt Amelie dagegen. »Ich bestehe darauf und dulde keinen Widerspruch! Selbst wenn du morgen einen Millionär kennenlernst, werde ich das Geld für das Kleid nicht nehmen. Es ist ein Geschenk.«

Lina schlug die Hände vor den Mund. »Ist das wirklich dein Ernst?«

»Ja«, versicherte Amelie, »ist es.« Sie sah auf die Uhr. »Wir machen in zwei Stunden Schluss. Bis dahin müssen wir alle Gebinde ausgeliefert haben.«

Lina fiel ihr um den Hals. »Du bist wirklich die Allerbeste!« Fast hätte Amelie den Halt verloren, hätte sie sich nicht am Tresen abgestützt.

Die beiden jungen Frauen kicherten ausgelassen, dann machten sie sich an die Arbeit.

Amelie spürte, wie ihr Herz schneller schlug bei dem Gedanken, was sie beide heute erwarten würde. Sie trug sonst stets nur einfache Kleider. Zwar waren diese hübsch und meist mit floralen Mustern, aber eben nichts Besonderes. Heute jedoch würde sie sich zusammen mit Lina schick machen, und zwar richtig. Bei der Vorstellung, Frank damit zu überraschen, steigerte sich ihre Aufregung noch mehr. Sie hatte lange genug in ihrem Schneckenhaus gehockt, doch nun wollte sie mehr. Sie wollte sich nicht länger verkriechen, wollte nicht mehr unsichtbar sein. Sie wollte leben, lieben, lachen. Und sie wollte endlich als die Frau wahrgenommen werden, die sie wirklich war.

26. Kapitel

Place du Tertre, Montmartre

Ich will nicht zulassen, dass mein Pflichtbewusstsein mir nicht nur Paris, sondern auch meine Liebe raubt.

Jack King

Jack war unsicher, wie er sich verhalten sollte. Was genau erwartete Russell von ihm? Dass er zu Jean-Paul ging und ihn fragte, ob und in wessen Auftrag er geheime Nachrichten weitergab und an wen? Das war doch vollkommener Unsinn.

Offenbar hatte Russell selbst versucht, Jean-Paul diese Informationen zu entlocken, und war damit gescheitert. Wieso der Maler nun ausgerechnet ihm, einem Künstlerkollegen, die Antworten geben sollte, die er dem Major verweigert hatte, war Jack nicht klar. Er wusste ja nicht mal, wie er an die Sache rangehen sollte! Ganz abgesehen davon, dass Jean-Paul heute bereits mit Russell zusammengestoßen war und mit Sicherheit dichtmachen würde, wenn Jack ihn mit Fragen bombardierte.

Aber wenn er Frank helfen wollte, musste er irgendwie an die Information kommen. Schließlich wollte Russell diesen nur dann vor diesem Brambilla, oder wie der Kerl hieß, beschützen, wenn er zuvor von Jack erfuhr, was er wissen wollte. In Jacks Augen ergab das alles keinen Sinn: Wenn alle inzwischen wussten, dass Jean-Paul der Mittelsmann war und ein Journalist namens Brasseur der Kontaktmann, ging es doch nur noch darum, dessen Quelle ausfindig zu machen. Wozu also das ganze Theater? Jack konnte es sich nur so erklären, dass Russell und dessen Leute auf französischem Boden nicht so agieren konnten, wie sie gern wollten. Es war wohl eine Art Wettlauf, wer die Quelle – ein Spion oder eine Spionin, wie Russell ihm gesagt hatte –, die dem Journalisten Papiere zuspielen wollte, als Erstes auftat und die Beweise für was auch immer in die Hände bekam.

Dass nun jedoch ausgerechnet er für die notwendigen Informationen sorgen sollte, erschien Jack absurd. Oder sollte er Jean-Paul ins Gewissen reden, damit die Sache nicht vollends aus dem Ruder lief? Und da war noch eine andere Frage, die ihn beschäftigte: Wenn ihn sein Gefühl nicht trog, wurde er verfolgt, seit er seine Wohnung in der Rue Cortot verlassen hatte. Ließ Russell ihn etwa beschatten oder beobachtete ihn gar selbst?

»Guten Morgen, Jean-Paul«, grüßte Jack, als er zu dem Künstlerkollegen an den Stand trat.

»*Bonjour*, Jack. Ich habe dich während der letzten Tage gar nicht gesehen. Willst du deine Gemälde nicht mehr zum Verkauf anbieten?«

»O doch! Ich hatte nur einfach zu viel um die Ohren.« Jack bemühte sich um ein Lächeln, doch es war ihm nicht möglich, locker zu wirken, während er innerlich vollkommen verkrampfte. Jetzt oder nie, dachte er und klappte den Mund auf, um Jean-Paul nach Informationen auszuquetschen. »Ich habe da eine Frage an dich«, fing er an und hörte im selben Moment, wie jemand seinen Namen nannte.

»Jack?«

Jack sah zur Seite. »Rose!«, rief er überrascht und trat auf sie zu, um sie zu küssen, doch sie wich zurück und hielt ihm die Wange entgegen.

»Das ist ja eine Überraschung«, sagte sie, offenbar wenig begeistert, ihn zu sehen.

»Guten Morgen, Mademoiselle Chevalier«, grüßte Jean-Paul.

»*Bonjour*, Jean-Paul«, gab sie zurück, dann sah sie wieder Jack an. »Entschuldigung, ich wollte euch nicht unterbrechen.«

»Aber das hast du doch gar nicht«, versuchte Jack, die angespannte Stimmung zu überspielen. Rose wirkte so verändert auf ihn, so abweisend. Lag da etwa Misstrauen in ihrem Blick?

»Was wolltest du mich fragen, Jack?«, ließ Jean-Paul sich vernehmen.

»Ich, ähm, was ich dich fragen wollte, ähm, also gar nichts. Nichts Wichtiges. Mir ging es nur darum, wie du diesen Farbton hier mischst.« Jack deutete auf ein Gemälde vor ihm.

»Du willst wissen, wie ich ein Braun mische?«, gab Jean-Paul ungläubig zurück.

»Ja, also, ähm, dieses Braun hier ist wirklich ganz besonders.«

Jean-Paul schüttelte den Kopf und wandte sich an Rose. »Was kann ich für Sie tun, Mademoiselle Chevalier?«

»Mir ist heute Morgen dieses Gemälde hier runtergefallen,

und ich möchte den Rahmen reparieren lassen, bevor meine Eltern das Missgeschick bemerken.« Rose stellte sich direkt neben den Händler, dennoch konnte Jack erkennen, dass eine Ecke des Rahmens beschädigt war. Er kannte das Gemälde. Es hatte bei den Chevaliers neben der Garderobe gehangen.

»Lassen Sie mich mal sehen«, bat Jean-Paul, nahm Rose das Bild ab, drehte sich um und legte es auf die hinter ihm stehende Ablage, um es genauer betrachten zu können.

»Ich könnte versuchen, das wieder in Ordnung zu bringen«, hörte Jack Jean-Paul sagen, »allerdings halte ich es für besser, es neu zu rahmen.«

»Ja, das wird wohl das Beste sein«, pflichtete Rose ihm bei und zog einige Scheine hervor. »Wird das reichen?«

»*Oui*, Mademoiselle Chevalier, das reicht.«

»*Merci*, Jean-Paul.«

»Ich habe zu danken, Mademoiselle.«

»Hast du noch einen Moment Zeit?«, fragte Jack, an Rose gewandt. Er war sich sicher, dass aus seinem Künstlerkollegen nichts herauszubekommen war, wenn er überhaupt etwas mit der Sache zu tun hatte, und genau das würde er Russell sagen.

»Sicher«, stimmte sie zu.

Erleichtert bot Jack ihr den Arm, und sie schlenderten schweigend über den Platz. »Du wirkst sehr ernst«, sagte er nach einer Weile.

»Möglich«, gab Rose kurz angebunden zurück.

»Was ist denn los? Bist du mir böse, weil ich mich noch nicht gemeldet habe? Oder ist es, weil ich dich letztens allein habe nach Hause gehen lassen, als du und Frank bei mir wart?«

»Unsinn«, widersprach Rose. »Es war gut, dass du dich um Frank gekümmert hast. Geht es ihm wieder besser?«

»Ja, das tut es.« Jack hatte das Gefühl, es wäre eine Ewigkeit seitdem vergangen, nicht gerade mal zwei Tage. Und nun saß Frank erneut in seiner Wohnung und wartete darauf, dass er zurückkam, damit sie gemeinsam zu den Banken gehen und Franks Konten auflösen konnten, weil der Freund seine Angelegenheiten regeln wollte.

Von der Leichtigkeit, mit der Jack die Monate zuvor durchs Leben gegangen war, war nicht mehr das Geringste zu spüren, und dies schien sich auch auf seine Beziehung zu Rose niederzuschlagen. Sie kam ihm so weit entfernt vor, fast so, als hätte es die Tage zuvor gar nicht gegeben. Aber was sollte er tun? Er konnte ihr ja schließlich nicht die Wahrheit sagen. Sie hätte ihm doch niemals abgekauft, dass er von Russell unter Druck gesetzt wurde und eine Spionin ausfindig machen sollte, weil er sonst Franks Leben aufs Spiel setzte. Nein, das war völlig unmöglich. Also schwieg er.

»Grüße Frank herzlich von mir«, bat Rose. »Er wird doch heute Abend im Lido auftreten, oder etwa nicht?«

»Ja, doch, davon gehe ich aus. Warum fragst du? Hast du vor, hinzugehen?«

»Ja, das will ich tatsächlich. Meine Eltern besitzen eine Loge im Theater und ...«, sie zögerte kurz, dann fuhr sie fort: »... und da mein Vater keine Zeit hat, habe ich meiner Mutter angeboten, sie zu begleiten.«

Jack sah Rose von der Seite an. Er hatte das eigenartige Gefühl, dass sie nicht ehrlich zu ihm war.

»Das wäre wunderbar«, antwortete er dennoch. »Ich werde

wahrscheinlich auch da sein. Vielleicht sehen wir uns.« Jack wusste nicht, ob Frank sich tatsächlich der Gefahr eines möglichen Anschlags durch diesen Mafioso, Alessio Brambilla, aussetzen würde, doch er wusste eins: Als ehemaliger Soldat würde er alles tun, um Frank zu beschützen, zumal Russell dies nun ganz sicher nicht tun würde. Die Gegenleistung, die er für den Schutz von Franks Leben verlangte, hatte Jack ganz klar nicht erbracht – er konnte dem Major die gewünschten Informationen nicht liefern.

»Ja, vielleicht sehen wir uns«, sagte Rose in seine Gedanken hinein und löste ihren Arm aus seinem. »Ich muss jetzt los, Jack. Es war schön, dich zu sehen.«

»Es war auch schön, dich zu sehen.« Er war unsicher, ob er erneut versuchen sollte, ihr einen Kuss zu geben, doch bevor er eine Entscheidung treffen konnte, machte sie bereits einen Schritt auf ihn zu und hauchte ihm einen flüchtigen Kuss auf die Wange.

»*Au revoir*«, sagte Rose und entfernte sich von ihm.

»Auf Wiedersehen«, war alles, was er über die Lippen brachte.

Ihre Blicke trafen sich, und Jack spürte, dass auf ihrer wie auf seiner Seite Fragen zwischen ihnen standen, die jedoch nicht ausgesprochen wurden. Der Abstand, der sie nun trennte, war weitaus größer als die wenigen Schritte, die in diesem Moment zwischen ihnen lagen.

Zutiefst bedrückt machte er sich auf den Weg zurück in die Rue Cortot, den Kopf gesenkt, sodass er Russell erst bemerkte, als dieser direkt vor ihm stand. Erschrocken zuckte er zusammen.

»Russell! Wo kommst du so plötzlich her?«

»Du weißt doch: Ein Soldat muss immer und überall die Augen offen halten.«

»Ich bin aber kein verdammter Soldat mehr!«, entfuhr es Jack, und er war selbst überrascht über den Zorn, der aus seinen Worten sprach.

Russell sah ihn nur an. Ob es Überraschung oder Unmut war, der sich in seinem Gesicht widerspiegelte, hätte Jack in diesem Moment nicht sagen können.

»Entschuldige.« Jack atmete geräuschvoll aus. »Ich bin ein bisschen angespannt.«

»Ja, das merke ich. Komm, lass uns ein Stück gehen. Ich nehme an, du willst zurück in dein neues Appartement.«

Jack nickte wortlos.

»Und?«, fragte Russell, nachdem sie ein Stück gegangen waren. »Was hast du in Erfahrung bringen können?«

»Er hat mir nichts gesagt«, antwortete Jack. »Und das wird er auch nicht tun.«

»Was hatte Rose dort zu suchen?«

Er hatte sich nicht getäuscht. Russell hatte ihn tatsächlich beobachtet.

»Sie hat ein Gemälde mit einem kaputten Rahmen zum Reparieren gebracht«, antwortete Jack schließlich.

»Ein Gemälde mit kaputtem Rahmen?«, wiederholte der Major skeptisch.

»Ja.« Jack nickte. »Es ist ihr versehentlich runtergefallen, und sie wollte offenbar nicht, dass ihre Eltern sich deswegen aufregen.«

»Ihre Eltern ... Sag mal, Jack, du hast doch inzwischen Roses Familie kennengelernt, nicht wahr?«

»Ja, warum?«
»Gibt es dort eine ältere Verwandte? Eine Großmutter beispielsweise?«
Jack sah Russell von der Seite an. »Wieso willst du das wissen?«
»Antworte mir einfach.«
»Ich habe zwar keine Ahnung, warum du fragst, aber die Antwort lautet Nein.« Jack schüttelte den Kopf. »Roses Großmutter ist vor einiger Zeit gestorben.«
»Hm.« Damit schien sich Russell nicht zufriedenzugeben, denn er hakte nach: »Und andere ältere Frauen? Tanten, Nachbarinnen?«
»Worauf willst du hinaus, Russell? Hast du jetzt Rose im Verdacht? Oder ihre Eltern oder Nachbarn oder wen genau?« Jack schüttelte den Kopf. »Du leidest unter Verfolgungswahn. Und ich mache das alles hier nicht mehr mit.«
»Du scheinst zu vergessen, dass ...«
»Dass was?«, fuhr Jack ihn an. »Dass ich nur wegen der Army in diesem Programm bin? Dass du mir eine Wohnung besorgt hast und ich ein Gehalt bekomme? Dass du meinem Freund nur dann helfen wirst, am Leben zu bleiben, wenn ich dir Informationen liefere? Weißt du was, Russell? Vergiss es einfach. Zieh die Unterstützung der Army zurück, nimm deine Wohnung, dein Gehalt und was weiß ich nicht noch alles und schieb es dir sonst wohin. Ich wollte einfach nur hier leben und malen, und nun spannst du mich vor einen Karren, den ich einfach nicht ziehen kann!« Er trat näher an seinen ehemaligen Vorgesetzten heran. »Ich kann es nicht, hörst du? Ich habe es versucht, doch es gelingt mir nicht. Ich weiß ja noch nicht mal, worum genau es eigentlich geht. Mach, was du willst, aber lass

mich in Ruhe. Ich werde Frank Bescheid geben und die Wohnung noch heute räumen. Und dann kannst du mich mal, Russell Thompson!«

»He, he«, gab dieser mit ernster Miene zurück und fasste Jacks Ärmel, als dieser gehen wollte. »Nun mal langsam. Wir können doch reden.«

Jack spürte das Blut in seinen Adern pulsieren, und er musste mehrere Male tief durchatmen, um sich wieder zu beruhigen. Erst jetzt bemerkte er, dass auch einige Passanten auf die Auseinandersetzung aufmerksam geworden waren und zu ihnen herübersahen.

»Ich kann das nicht, Russell«, sagte er daher in etwas ruhigerem Tonfall. »Ich würde mich gern als Patriot erweisen, doch ich weiß nicht, wie ich das anstellen soll. Als Soldat auf dem Schlachtfeld habe ich Befehle befolgt, die mir zugerufen wurden, aber anderen Menschen Informationen zu entlocken, wenn ich nicht einmal weiß, was genau du wissen willst, gelingt mir einfach nicht.«

Russell blieb stehen und sah ihn einen Moment lang an. »Es tut mir leid, Jack«, sagte er dann. »Ich hätte wissen müssen, dass es nicht funktioniert.« Er setzte sich wieder in Bewegung. »Ich stecke selbst bis zum Hals in diesem Sumpf«, fuhr er fort, während Jack ihm folgte. »Und wenn wir nicht endlich an diese verdammten Unterlagen kommen, könnte es schon bald zu spät sein.«

»Zu spät, wofür? Worum geht es, Russell, und wie würden die Konsequenzen für dich aussehen?«

»Für mich persönlich würde es bedeuten, mit Schimpf und Schande in die Staaten zurückbeordert zu werden«, gab Russell

Auskunft. »Doch das wäre bei Weitem nicht das Schlimmste. Ich kehre gern nach Hause zurück, und nach einer Weile würde auch der Knick in meiner Laufbahn wieder ausgebügelt sein. Doch was die Beziehungen Amerikas und Frankreichs angeht – die würden sicher mehr als nur einen Knacks bekommen. Wahrscheinlich wären sie sogar gänzlich zerstört.«

Jack blieb abrupt stehen. »Ist das dein Ernst?«

»Mein voller Ernst.« Russell blickte Jack direkt in die Augen. »Und ich sage das nicht, um dich doch noch umzustimmen oder dazu zu bewegen, mir Informationen zu liefern.«

»Ich weiß nicht, was ich tun kann ...«, sagte Jack hilflos.

»Gar nichts. Ich hätte wissen müssen, dass du für so etwas nicht gemacht bist«, räumte Russell ein. »Ich lasse dich ab jetzt damit in Ruhe.«

Jack gab sich einen Ruck. »Und was ist mit Frank?«, fragte er vorsichtig.

»Glaubst du wirklich, ich gucke tatenlos zu, wie ein italienischer Mafioso den Star des Lido ausknipst?« Russell schüttelte den Kopf. »Ich werde genug Leute im Theater postieren, um seine Sicherheit bestmöglich zu gewährleisten.«

»Danke, Russell.«

»Warte«, sagte Russell und hielt Jack zurück, als dieser weitergehen wollte. »Da ist Brasseur. Komm!« Er fasste Jack am Ärmel und zog ihn mit sich.

Sie folgten dem Mann in der hellen Hose und dem grauen Jackett zurück bis zum Place du Tertre, wo der Journalist an Jean-Pauls Stand trat und dem Maler zur Begrüßung die Hand entgegenstreckte. Jean-Paul wischte sich die Hände an seinem Kittel ab, bevor er einschlug. Brasseur blickte nach unten. Jack sah, dass er einen Zettel in den Händen hielt. Er las ihn, dann streckte er das kleine Stück Papier gut sichtbar für alle in die Luft und blickte genau in ihre Richtung.

Jack sah Russell an, der grimmig das Gesicht verzog.

Brasseur lachte auf, nahm den Zettel, den er zuvor hochgehalten hatte, knüllte ihn zusammen und schob ihn in seinen Mund. Er kaute einen Moment lang, schluckte und riss schließlich den Mund auf, als wollte er Russell zeigen, dass nichts mehr davon übrig war.

»Ich kriege dich, du verdammter französischer Mistkerl!«, stieß Russell mit zusammengebissenen Zähnen hervor.

Jack bemerkte einen weiteren Mann, der zu ihnen herübersah und offenbar genau wie zuvor Brasseur Blickkontakt mit Russell aufnahm, genau wie zwei weitere Männer.

»Was hat das alles zu bedeuten?«, fragte Jack.

»Dieser Widerling von einem Froschfresser macht sich über uns lustig! Über uns, über den französischen Geheimdienst und über unsere Leute«, erklärte Russell und deutete mit dem Kinn auf die drei Männer. »Die Karten liegen aufgedeckt auf dem Tisch. Es geht nicht mehr darum, zu pokern, sondern den anderen ein schlechteres Blatt zu geben.«

Nun verstand Jack gar nichts mehr, doch eins wusste er: Er war raus aus der Sache. Nun galt es nur noch, Frank zu beschützen und hoffentlich diesen Brambilla dingfest zu machen. Das Wichtigste aber war, dass er Rose zurückgewann – wenn es dafür nicht schon zu spät war.

27. KAPITEL

AM UFER DER SEINE

Ich glaube kaum, dass ich lebend aus der Sache rauskomme. Doch auf keinen Fall lasse ich mich einschüchtern, komme, was da wolle.

LUIS BRASSEUR

Er kam sich vor wie in einem Theaterstück, bei dem am Ende des letzten Akts alle Akteure auf der Bühne stehen und endlich sämtliche Zusammenhänge und Verbindungen offenbar werden. Die Situation war so absurd, dass Brasseur nicht anders konnte, als den Notizzettel vor den Augen dieser lächerlichen Agenten in seinen Mund zu stopfen und hinunterzuschlucken, gab es doch kaum eine Möglichkeit, noch deutlicher seine Verachtung für das auszudrücken, was diese Kerle da versuchten.

Anschließend schlenderte er in Richtung Seineufer, um die Anweisungen, welche die Dame, die sich ihm am Grand Bassin Rond als »Jaqueline« vorgestellt hatte, auf dem Zettel erteilte.

Sein Journalistenkollege Antoine Marchand war für die Informationen, die »Jaqueline« ihm zuspielen wollte, getötet worden. Luis ahnte, wer dafür verantwortlich war, auch wenn er den Mann nur ein einziges Mal gesehen hatte, noch dazu im Halbdunkeln. Dem Aussehen nach hielt er ihn für einen Amerikaner, einen ehemaligen Militär. Ihn würde er sich als Nächstes vornehmen und dessen Machenschaften in Paris aufdecken – sobald er im Besitz der Papiere war und die Story bringen konnte, die die Ungeheuerlichkeit, die die Amerikaner trieben, bewies. Doch eines nach dem anderen.

Am Ufer der Seine setzte er sich auf die auf dem Notizzettel genannte Bank, beugte sich vor und stützte seine Unterarme auf die Oberschenkel. Eine ganze Weile verharrte er in dieser Position und meinte förmlich, die Blicke der Männer in seinem Rücken zu spüren, die nur darauf lauerten, dass er sich mit seiner Quelle traf. Diese erbärmlichen Nichtsnutze.

Irgendwann verlagerte er das Gewicht, beugte sich noch etwas weiter vor und tastete mit der rechten Hand nach dem Klebeband, das er vorsichtig ablöste und den Zettel umfasste, der damit unter der Bank befestigt war. Er las, was darauf stand, dann zerriss er das Papier in kleine Stücke, stand auf und trat ans Ufer zu dem genannten Laternenpfahl. Zuerst ließ er die Fetzen ins Wasser fallen. Dann löste er den nächsten Zettel von der Rückseite des Laternenpfahls und schlenderte weiter zum nächsten genannten Ort, bis er sämtliche Informationen zusammengetragen hatte, die er brauchte. Die Nummer des Zimmers, das im Impérial für ihn angemietet war, sollte er heute Abend im Lido erfahren. Die Eintrittskarte würde an der Kasse bereitliegen. So weit, so gut.

Er verließ den Uferweg und ging in die Richtung zurück, aus der er gekommen war, wobei er an zwei Agenten vorbeikam, die er zuvor auf dem Place du Tertre bemerkt hatte.

»*Bonjour*, die Herren«, grüßte Luis, als er mit ihnen auf einer Höhe war. »Ich werde jetzt noch in das Café Les Deux Magots gehen. Es sollte eigentlich bekannt genug sein, doch zur Sicherheit: Es befindet sich am Place Saint-Germain-des-Prés Nummer 6. Anschließend werde ich die charmante, kleine Reinigung in der Rue Grégoire de Tours Nummer 31 aufsuchen, meine Anzüge abholen und dann in meine Wohnung zurückkehren. Nur für den Fall, dass ich zu schnell gehen sollte und Sie den Anschluss verlieren.« Er grinste breit. »Ich bin übrigens weder im Café noch in der Reinigung mit jemandem verabredet«, fügte er hinzu. »Ob ich jedoch Besuch in meiner Wohnung erwarte, möchte ich noch nicht verraten. Schließlich soll die Sache ja für uns alle ein wenig spannend bleiben, nicht wahr?« Er zwinkerte den Agenten zu.

Keiner der beiden sagte ein Wort, doch an ihren verzerrten Mienen konnte er erkennen, dass sie ihm wohl am liebsten einen Faustschlag verpasst hätten.

In aller Seelenruhe kehrte Luis für eine gute Stunde im Les Deux Magots ein und machte sich nach einem Abstecher in die Reinigung auf den Heimweg.

Zu Hause angekommen, legte er die Ledertasche mit seinen Notizen, die er immer bei sich trug, auf dem Küchenstuhl ab. Durchschläge davon befanden sich in dem Hohlraum unter einem losen Brett in seinem Schlafzimmer sowie in einem sicheren Versteck auf dem Dachboden des Mietshauses, der auch von den anderen Hausbewohnern betreten werden konnte.

Luis glaubte kaum, dass man dort danach suchen würde, wenn man in seinem Appartement nichts fand, ausgeschlossen war es jedoch nicht.

Er hatte den Artikel, den er veröffentlichen wollte, längst so gut wie fertig, wartete nur noch darauf, ihn mithilfe der Beweise, die die Quelle ihnen zuspielen wollte, hieb- und stichfest zu machen. Antoine Marchand und er hatten umfangreich recherchiert, nachdem die Quelle sich seinerzeit mit Marchand in Verbindung gesetzt und sie auf die Sache gestoßen hatte. Unfassbar, dass die Amerikaner einen Kriegsverbrecher wie den »Schlächter von Paris« schützten und noch dazu als Agenten auf ihrer Gehaltsliste hatten.

Schon vor Wochen hatte Marchand sich deshalb an die französischen Behörden gewandt und schließlich sogar Kontakt zu Jules Gernon herstellen können, dem Chef des französischen Geheimdienstes in Paris. Gernon war ebenso daran interessiert, dass dieser Klaus Berger zur Rechenschaft gezogen und vor ein französisches Gericht gestellt wurde, nur konnte er nichts unternehmen und auch offiziell keine Untersuchung in die Wege leiten, solange es keinerlei Beweise, sondern nur Vermutungen gab. Würde Gernon sich einmischen, käme es zu höchst problematischen politischen Verstrickungen, denn Amerika war ein großer Verbündeter, und niemand war so wenig daran interessiert, sich mit den Vereinigten Staaten anzulegen wie die Franzosen.

Ohne Beweise würde nicht ein einziges Wort über diese Angelegenheit verloren werden, das hatte Jules Gernon deutlich gemacht – doch inzwischen war Luis sich unsicher, ob der Chef des Geheimdienstes auch wirklich mit offenen Karten spielte.

Luis hatte beobachtet, wie Marchand, kurz bevor er die Unterlagen hatte entgegennehmen können, von dem Mann, den Luis für einen Amerikaner hielt, entführt worden war. Drei Tage später war Marchands Leiche aus der Seine gefischt worden.

Luis hatte lange überlegt, mit seinem Wissen zur Gendarmerie zu gehen, es letztendlich aber sein lassen, weil er einfach nicht wusste, wem er überhaupt noch trauen konnte. Sobald er die Unterlagen mit den Beweisen in Händen hielt, würde er den vorverfassten Artikel verifizieren und ergänzen und anschließend die Bombe platzen lassen. Er ging davon aus, dass ihre Sprengkraft noch um einiges höher sein würde als beim letzten Mal, als er mit Marchand zusammengearbeitet hatte.

Damals war es um den Fall des Richters Didier Butan gegangen, der Hunderte von Freisprüchen für Franzosen ausgeurteilt hatte, die während der Besatzungszeit für die Deutschen tätig gewesen waren. Es war dabei nicht um kleinere Spitzeleien oder Vorteilsnahme gegangen, sondern um Verrat, der nicht selten den Tod für ihre Landsleute bedeutet hatte.

Auch während der damaligen Recherchen waren Marchand und ihm immer wieder Steine in den Weg gelegt worden, und um ein Haar hätten sie die beweiskräftigen Unterlagen ausgerechnet einem Kollegen von Didier Butan ausgehändigt, der selbst in die damaligen Verfahren verwickelt gewesen war, jedoch unter anderem Namen agiert hatte. Bei der Aufarbeitung all dessen, was sich zu Kriegszeiten im Lande abgespielt hatte, war einfach niemandem zu trauen.

Luis legte sich aufs Bett und benutzte seine Tasche wie immer als Kopfkissen. Eine Weile blickte er noch an die Decke, dann fielen ihm die Augen zu, und er wachte erst wieder auf, als es bereits fortgeschrittener Nachmittag war. Nicht mehr lange, und er würde sich für seinen Besuch im Lido fertigmachen müssen.

Er stand auf und blickte aus dem Fenster. Der Mann, der sich in den letzten Tagen immer schräg gegenüber positioniert hatte, war nicht zu sehen. Vielleicht hatte der kleine Scherz, den er sich vorhin mit den beiden Agenten erlaubt hatte, tatsächlich Wirkung gezeigt, sodass nun von einer allzu offensichtlichen Beschattung abgesehen wurde.

Nach einer Weile gab er seinen Platz am Fenster auf, ging in die Küche und aß ein Stück Baguette mit Käse. Er fühlte sich wie während der berühmten Ruhe vor dem Sturm, einem Sturm, der in der Lage war, alles mit sich zu reißen und eine ganz neue Landschaft entstehen zu lassen, die in keiner Weise mehr an die erinnerte, die sie alle kannten.

Kurz darauf ging er ins Bad, machte sich frisch und zog einen der Anzüge an, die er zuvor aus der Reinigung geholt hatte.

Als es an der Zeit war, sich auf den Weg zu machen, schulterte er seine Tasche, strich seine Haare zurück und ging los. Bis zum Lido war es ein ganzes Stück zu Fuß, und Luis war froh, dass noch so viele Menschen auf den Straßen unterwegs waren, fühlte er sich in der Menge doch stets sehr viel sicherer.

Es war kurz nach halb acht, als er die Champs-Élysées erreichte und sich in die Schlange vor der Kasse einreihte.

»DeChamp, René DeChamp«, sagte er. »Es sollte eine Karte für mich hinterlegt sein.«

Die junge Frau fuhr die Zeilen einer Liste entlang. »Ah, Monsieur DeChamp. Ja, hier ist sie.« Sie schob ihm die Karte zu. »Ich wünsche Ihnen einen wundervollen Abend!«

Luis bedankte sich, zeigte dem Angestellten am Eingang seine Karte und betrat das prunkvolle Theater.

»Möchten Sie Ihre Tasche an der Garderobe abgeben, Monsieur?«, hörte er eine Stimme sagen und drehte sich zu der jungen Frau um, die ihn angesprochen hatte.

»Nein, vielen Dank.«

»Aber es ist ein wenig eng in den Sitzreihen«, wandte sie ein.

»Ich nehme die Tasche auf den Schoß. Danke.«

»Wie Sie wünschen.« Die junge Frau, die wie alle weiblichen Angestellten eine weiße Bluse und einen schwarzen Rock trug, ging davon.

Luis warf einen Blick auf seine Karte. Er hatte den Platz Nummer fünf im Parkett, Reihe zwanzig. Auf dem Weg dorthin sah er sich immer wieder um und versuchte auszumachen, ob er beobachtet oder verfolgt wurde, aber auch, ob er die Dame vom Grand Bassin Rond sah, doch er bemerkte niemanden.

Er nahm seinen Platz ein, legte die Tasche auf seinen Schoß und tastete die Fläche unter dem Sitz ab. Nichts. Nervös suchte er weiter, bis er unter der rechten Armlehne fündig wurde. Zum Glück waren die Plätze neben ihm noch unbesetzt.

Luis entfernte das Klebeband, las den Zettel, knüllte ihn zusammen und verschluckte ihn genau wie die Nachricht, die er von Jean-Paul, dem Maler, erhalten hatte. Jetzt musste er nur noch die Show von diesem Frank Levant über sich ergehen lassen, wenigstens bis zur Pause. Noch ein Amerikaner. Als ob es in Paris nicht schon genug davon gäbe.

28. Kapitel

Lido de Paris, 78 Avenue des Champs Élysées

Ich will stark sein. Doch der Gedanke, dass es für mich kein Morgen mehr gibt, lässt mich vor Angst zittern.

Frank Levant

Frank war nervös. Er hatte sich schon während des gesamten Tages unsicher gefühlt und war froh, als Jack und er wohlbehalten in dessen Wohnung zurückgekehrt waren, nachdem sie sich bei den Banken einen Großteil von Franks Vermögen hatten auszahlen lassen. Darüber hinaus hatte Frank Jack für alle Konten, die er besaß, eine Vollmacht gegeben, da nicht von jedem Konto die volle Summe hatte abgehoben werden können. Aufgelöst hatte Frank kein einziges, denn das hätte bedeutet, von vornherein die Hoffnung aufzugeben, lebend aus dieser Sache herauszukommen. Und die Hoffnung starb bekanntlich zuletzt.

Nachdem er im Lido eingetroffen war, hatte Frank direkt seine Garderobe betreten, vor deren Tür zwei von Thompsons Leuten standen, damit niemand zu ihm vordringen konnte. Nachdem die Maskenbildnerin ihn für die Bühne geschminkt hatte, schenkte er sich wie üblich ein Glas Rotwein ein und trank in aller Ruhe einen Schluck.

Bis zur Vorstellung war es noch etwa eine halbe Stunde. Zeit, die er stets nutzte, um sich zu sammeln, doch heute waren seine Gedanken immer wieder von der vor ihm liegenden Show abgeschweift.

Es war ein eigenartiges Gefühl gewesen, seine Angelegenheiten zu regeln in einem Alter, in dem andere Männer gerade mal Vater wurden und sich auf das Leben freuten, das vor ihnen lag. Er selbst war jetzt zweiunddreißig, und bei der Familie, in die er hineingeboren worden war, konnte er von Glück sagen, dass er überhaupt die dreißig überschritten hatte.

Ob es Russell Thompson wohl gelingen würde, Alessio Brambilla dingfest zu machen? Wenn Brambilla tatsächlich die Show an dem Abend, als Rose das Publikum fotografiert hatte, zum ersten Mal besucht hatte, dann würde er heute bestimmt wiederkommen, diesmal jedoch mit einer Waffe. Doch selbst wenn es Russells Leuten gelänge, ihn zu stellen, bedeutete das keineswegs, dass Frank in Sicherheit war – bei der Familie Brambilla gab es genügend Nachfolger, die nicht eher ruhen würden, bis sie Tony Masseria, das letzte noch lebende Mitglied der verfeindeten Mafiafamilie, ausgeschaltet hatten.

Die einzige Lösung zu überleben, sollte er diesen Abend tatsächlich unbeschadet überstehen, bestand darin, Amelie zu überreden, mit ihm fortzugehen und sich irgendwo weit weg ein neues Leben aufzubauen. Ein Leben ohne große Bühne, fernab der Öffentlichkeit, ohne stets Gefahr zu laufen, immer und überall erkannt zu werden.

Ein Klopfen ließ Frank zusammenzucken.

»Herein«, sagte er mit so fester Stimme, wie es ihm möglich war.

»Noch eine halbe Stunde bis zum Auftritt, Monsieur Levant«, sagte der junge Assistent, der Frank im Viertelstundentakt Bescheid gab.

»Vielen Dank, Gabriel«, gab Frank zurück.

»Brauchen Sie noch etwas, Monsieur Levant?«

»Nein, Gabriel, ich habe alles. Danke.«

»Bis in einer Viertelstunde, Monsieur Levant.«

»Ja, bis in einer Viertelstunde, Gabriel«, bestätigte Frank. Als sein Assistent die Tür wieder zugezogen hatte, beugte er sich vor, um an den Blumen zu riechen, die auf dem Sockel neben seinem Schminktisch standen. Zwar wusste er nicht, ob Amelie selbst oder Lina diese gebunden hatten, doch in jedem Fall stammten sie aus dem Blumenladen Fleurs de Paris. Bei der Erinnerung an die Stunden mit Amelie trat ein Lächeln auf Franks Lippen. Er setzte sich wieder gerade hin und sah in den Spiegel, als ihm plötzlich das Blut in den Adern gefror.

Frank wollte schreien, doch dazu kam er nicht.

»Scht, scht«, machte Alessio Brambilla, der wie aus dem Nichts hinter Frank aufgetaucht war und ihm die rechte Hand auf den Mund presste, während er ihm mit der Linken ein Messer gegen den Hals drückte.

»Keinen Mucks, Tony. Wir wollen doch nicht, dass deine Beschützer da draußen reinkommen, nicht wahr?«

Frank sah im Spiegel, dass unter dem Messer Blut hervorquoll, doch er spürte keinen Schmerz.

»Tony Masseria, wer hätte das gedacht?« Brambilla grinste höhnisch in den Spiegel hinein. »Ein Masseria auf der großen Bühne in Europa, mitten in Paris. Bist ja ein richtiger Sängerknabe geworden! Wenn ich jetzt die Hand wegnehme, wirst du nicht schreien, klar? Ich kenne da nämlich eine süße, kleine Blumenverkäuferin, und wir wollen doch beide, dass ihr nichts geschieht, oder?«

Frank nickte, so gut es eben ging.

Nachdem er das Messer von Franks Kehle genommen hatte, ging Alessio Brambilla rückwärts zur Garderobentür und drehte geräuschlos den Schlüssel um. Anschließend zog er sich einen Stuhl vor den Schminktisch, setzte sich neben Frank und griff nach dessen Weinglas.

»Wie bist du hier reingekommen?«, fragte Frank mit erstickter Stimme.

Brambilla atmete tief das Bouquet ein, dann trank er einen Schluck.

»Ausgezeichnet«, stellte er fest, ohne Franks Frage zu beantworten. »Du hast dir hier ein ziemlich nettes Leben aufgebaut, nicht wahr«

»Warum machst du's nicht kurz?«, wollte Frank wissen.

»Was?« Brambilla begegnete seinem Blick im Spiegel. »Ach das. Verstehe. Nun, ich möchte mich erst mit dir unterhalten«, stellte er klar. »Du kannst dir meine Überraschung vorstellen, als ich dich letztens auf der Bühne entdeckt habe. Da reist man nichts ahnend nach Europa, lässt sich in der alten Heimat blicken, macht noch einen Abstecher nach Paris, und siehe da:

Tony Masseria, der angeblich tote Sohn des großen Bosses, steht mitten auf der Bühne und trällert vor sich hin.«

Frank reagierte nicht.

»Weißt du, ich hatte schon damals so ein komisches Gefühl, denn irgendjemand musste ja den armen Giuseppe erschossen haben. Dass es deine Mutter gewesen sein sollte, habe ich nie geglaubt, und es gab nur einen Masseria, dessen Leiche fehlte. Wir konnten dich nicht finden, du warst wie vom Erdboden verschluckt. Wie hast du das geschafft?«

»Ein Raum hinter der Wand«, gab Frank wahrheitsgetreu Auskunft.

»Ha«, rief Alessio, »ich wusste es!«

In diesem Moment wurde die Klinke gedrückt, doch die Tür schwang nicht auf.

»Noch eine Viertelstunde, Monsieur Levant!«, teilte der Assistent Frank mit. Dann: »Ist alles in Ordnung bei Ihnen?«

Brambilla deutete auf das Blumenarrangement.

»Ja, alles bestens, Gabriel!«, gab Frank zurück. »Ich wärme mich gerade auf und möchte nicht gestört werden!«

»À bientôt, Monsieur Levant«, kam die knappe Antwort.

»Wo waren wir gleich?«, nahm Alessio das Gespräch leise wieder auf. »Ach ja, dich haben wir nicht erwischt.«

»Was willst du von mir, Brambilla?«, fragte Frank, dessen Furcht allmählich Zorn wich. Zorn darüber, dass es für ihn entgegen aller Hoffnungen offenbar keine Zukunft gab, keine Chance, dem Leben, in das er hineingeboren war, zu entrinnen. Brambilla trank das Weinglas leer und stellte es auf dem Schminktisch ab. »Ich denke, das weißt du«, antwortete er dann. Als Frank nichts erwiderte, fuhr er fort: »Natürlich könnte ich dir jetzt die Kehle aufschlitzen, die beiden Wachen dort draußen überwältigen und mich dann davonmachen. Doch du scheinst recht hochrangige Freunde zu haben, Tony, und ich bin nur zu Besuch. Ich bin ganz und gar nicht daran interessiert, mir Ärger einzuhandeln und auf mich aufmerksam zu machen.«

»Und warum bist du dann hier?« Frank sah Alessio fragend an.

»Nun ja, Tony Masseria. Du und ich, wir sind uns gar nicht mal so unähnlich. Wir sind beide in dieses Leben hineingeboren, aber wir sind nicht wie unsere Väter oder Großväter. Dieses ganze Gerede von Blutrache und Ehre?« Brambilla verdrehte die Augen. »Ich sehe mich eher als Geschäftsmann. Bei der Sache damals haben die Brambillas die Masserias fertiggemacht, wofür der gute Giuseppe mit dem Leben bezahlt hat. Du bist für seinen Tod verantwortlich, aber das nehme ich dir nicht übel, denn im Grunde hast du mir einen Gefallen damit getan. Dank dir bin ich an der Spitze, Tony, und das nun schon seit Jahren. Ich hege also nicht den geringsten Groll gegen dich. Allerdings ...«

»Allerdings was?«

»Allerdings kann ich nicht riskieren, dass du eines Tages nach New York zurückkehrst und versuchst, eure früheren Gefolgsleute wieder um dich zu scharen.«

Frank pfiff verächtlich durch die Zähne. »Glaubst du das wirklich?« Er deutete auf das Gesteck. »Ich singe, Alessio, trinke guten Wein und bekomme Blumen in meine Garderobe geschickt. Sieht so ein Mann aus, der in die Reihen der Mafia zurückkehren will?«

»Habe ich dein Wort, dass du nie wieder einen Fuß auf amerikanischen Boden setzen wirst, Tony? Wenn ja, vergessen wir die Vergangenheit und dass ich dich hier getroffen habe. Wenn nicht ...«

»Abgemacht«, fiel Frank ihm ins Wort und streckte Alessio die Hand entgegen.

Brambilla schlug ein. »Abgemacht.«

Frank sah Brambilla an. »Wenn du mich also entschuldigen würdest. Ich habe ein Publikum zu unterhalten.«

Brambilla stand auf. »Was für ein lächerliches Leben. Aber so ist das wohl, wenn man nur ein Masseria ist«, sagte er, doch er grinste dabei.

Frank stand auf und öffnete die Tür. Die Wachen, die davorstanden, sprangen beiseite in der Erwartung, dass Frank auf den Korridor treten wollte. Als sie Brambilla sahen, warfen sie sich einen überraschten Blick zu.

»Na dann ... Lebwohl, Alessio!«, sagte er und nickte den Wachen zu.

»Ciao!«, hörte er Brambilla noch rufen, dann schloss er die Tür und lehnte sich mit dem Rücken dagegen. Nach einer kurzen Weile kehrte er mit zittrigen Beinen zu seinem Schminktisch zurück, nahm die Rotweinflasche und setzte sie an seine Lippen. Anschließend tupfte er das Blut von seinem Hals und streifte sich ein frisches Hemd über. Die verräterische Wunde kaschierte er mit einem Seidenschal. Zum Schluss zog er seine Weste und den Smoking an und setzte den Borsalino auf.

Es klopfte erneut, und Gabriel rief: »Monsieur Levant, noch fünf Minuten bis zum Auftritt!«

»Ich komme!« Frank warf einen letzten Blick in den Spiegel,

dann atmete er mehrmals tief durch, stand auf und ging zur Tür, die er schwungvoll öffnete.

»Na los«, sagte er zwinkernd zu seinem Assistenten, »lass uns die Menschen begeistern!«

29. Kapitel

Lido de Paris, 78 Avenue des Champs Élysées

Zum ersten Mal in meinem Leben spüre ich, dass ich etwas tue, was weit wichtiger ist als alles andere.

Rose Chevalier

Rose zückte das Opernglas und sah nach unten. Luis Brasseur saß auf dem fünften Platz in der zwanzigsten Reihe, und sie konnte nur hoffen, dass er den Zettel gefunden hatte, der dort unter der Armlehne angebracht war.

Obwohl sie vollkommen erschöpft hätte sein müssen, konnte sie vor Aufregung kaum stillsitzen. Alles hatte genau so geklappt, wie sie es geplant hatte – es war ihr tatsächlich gelungen, unbemerkt das Anmeldeformular auszufüllen und in die Ablage zu schmuggeln, außerdem hatte sie einen Teil der Unterlagen mit den Beweisen in Zimmer Nummer 26 platziert. Doch sie wusste, dass das Schwerste noch bevorstand: Sie musste die Männer, die Brasseur auf den Fersen waren, so weit ablenken, dass dieser unbemerkt aus dem Lido verschwinden und ins Hôtel Impérial gelangen konnte, um die Unterlagen im Zimmer sechsundzwanzig aus ihrem Versteck zu nehmen.

Allein bei dem Gedanken, wie sie dies anstellen wollte, klopfte ihr Herz schneller.

Wieder hob Rose das Opernglas und blickte hindurch. Hedwig, die nun ebenfalls unten im Parkett ihren Platz eingenommen hatte, drehte sich kurz um und sah zu ihr nach oben. Rose war in Versuchung, die Hand zu heben, zwang sich aber dann, es nicht zu tun. Sie hatten vorsichtshalber entschieden, dass Hedwig nicht in der Loge der Chevaliers sitzen würde. Es war äußerst unwahrscheinlich, dass Russell Thompson die Frau vom Grand Bassin Rond inmitten der Gruppe gesehen hatte, dennoch wollten sie zu hundert Prozent ausschließen, dass irgendeine Verbindung zur Familie Chevalier hergestellt werden konnte.

Rose sah sich weiter um. Sie machte Russell Thompson aus, der im Parkett an der Seite einen Platz gefunden hatte. Wie viele Agenten wohl heute Abend noch hier herumlungerten, die überhaupt nicht an der Show interessiert waren, sondern nur Brasseur im Auge behalten wollten? Für Rose war die angespannte Stimmung geradezu greifbar.

Sie blickte zu den anderen Logen hinüber, dann stutzte sie. In Frank Levants Loge saß Jack, zusammen mit zwei jungen Frauen! Er hatte ihr gesagt, dass er heute Abend hier sein würde, doch sie hatte gedacht, er wolle seinem Freund beistehen. Stattdessen amüsierte er sich mit zwei hübschen Damen und schien sich ganz prächtig zu unterhalten.

Rose kochte vor Wut. Hätte sie hier und heute nicht eine ganz andere Aufgabe zu erfüllen, wäre sie hinübergegangen und hätte ihn zur Rede gestellt. Wie hatte sie ihn nur so falsch einschätzen können?

Rose erschrak, als er in diesem Moment zu ihr herübersah und nun auch noch die Hand hob. Ruckartig ließ sie das Opernglas sinken.

»Rose!«, hörte sie ihn rufen und wandte sich eilig ab. Ein Gong ertönte. Gleich würde die Show beginnen.

Vorsichtig blickte sie zu Franks Loge hinüber, doch es waren nur noch die beiden jungen Frauen zu sehen, Jack war nicht mehr da. Vermutlich war es ihm peinlich, dass sie ihn mit den beiden erblickt hatte ...

Es klopfte.

»Rose, mach auf, ich bin es, Jack.«

Rose reagierte nicht. Nein, nein, nein. Er musste wieder gehen. Sie hatte etwas Wichtigeres vor, als sich mit ihm auseinanderzusetzen!

»Rose!« Das Klopfen wurde lauter, so laut, dass einige Zuschauer zu ihr heraufblickten. Rose erhob sich und ging zur Tür, die sie zuvor verschlossen hatte.

»Was willst du?«, fragte sie schroff.

»Rose ...« Er sah sich suchend um. »Wo ist deine Mutter?«

»Meine Mutter?«, wiederholte Rose verdutzt.

»Ja, du sagtest doch, du würdest sie heute Abend begleiten, da dein Vater keine Zeit hat.«

Rose wand sich innerlich. Sie war so sehr auf das Unterfangen mit Hedwig konzentriert gewesen, dass sie gar nicht mehr an das Gespräch mit Jack gedacht hatte. »Sie fühlte sich heute

Abend nicht wohl«, flunkerte sie eilig und spürte, wie ihr die Röte in die Wangen schoss, »und ich wollte mir die Show auf keinen Fall entgehen lassen.«

»Ach, das tut mir leid. Obwohl ... das stimmt nicht ganz«, stellte Jack fest. »Ich würde mich freuen, den Abend mit dir verbringen zu dürfen. Hast du was dagegen, wenn ich dir Gesellschaft leiste?«

»Ja, ich habe etwas dagegen. Außerdem bist du ja in Begleitung hier, nicht wahr?« Sie deutete zu Franks Loge hinüber.

Jack lachte. »Sag bloß, du bist eifersüchtig, wunderschöne Rose!«

Rose warf ihm einen finsteren Blick zu.

»Das sind Amelie und Lina«, erklärte Jack hastig, dem ihre Verärgerung nicht entging. »Sie sind Franks Gäste. Amelie ist die Freundin, für die das Gemälde bestimmt war, eine Blumenhändlerin, und Lina ist ihre Angestellte.« Er ging an ihr vorbei und setzte sich auf einen Platz direkt an der Balustrade.

Es gongte erneut, und jetzt wurde auch das Licht im Saal gedimmt.

»Ich möchte, dass du gehst«, erklärte Rose mit fester Stimme. »Und zwar sofort.«

Die Musik ertönte, und alle Scheinwerfer richteten sich auf die Bühne.

»Hörst du nicht, Jack!«, zischte Rose, doch der rührte sich nicht vom Fleck.

Sie spürte, wie ihr heiß und kalt wurde. Sie musste Jack unbedingt dazu bewegen, die Loge zu verlassen, denn kurz vor der Pause würde Luis Brasseur seinen Platz im Parkett verlassen, im Dunkeln hinausschleichen und zu ihr in die Loge kommen, wo sie ihm die Zimmernummer nennen würde. Anschließend würde er versuchen, sich unbemerkt aus dem Lido zu stehlen. Doch wie sollte sie Brasseur die Zimmernummer nennen, solange Jack in der Loge war, vor allem jedoch: Wie sollte sie Brasseur Jacks Anwesenheit erklären und umgekehrt?

»Bitte, Jack, ich meine es ernst: Lass mich allein.«

Er sah sie bedrückt an, und für einen Moment glaubte sie, es würde ihr das Herz zerreißen. Nie hätte sie gedacht, in so kurzer Zeit so große Gefühle für einen Menschen entwickeln zu können, dennoch musste sie ihn jetzt zurückweisen.

»Wieso?«, fragte er. »Ich verstehe nicht, was zwischen uns geschehen ist, dass du dich so abrupt von mir abwendest.« Seine Augen glitzerten. »Es ist wegen deiner Mutter, nicht wahr? Sie kann mich nicht leiden. Aber sie wird schon sehen, dass ich ein guter Kerl bin. Ich bin ein guter Kerl, wirklich, Rose, das schwöre ich dir!«

Rose wurde immer unruhiger.

»Es stimmt, es ist wegen meiner Mutter. Und sie kann jeden Moment kommen, Jack. Also geh bitte.«

»Vorhin hast du behauptet, es würde ihr nicht gut gehen.«

»Da habe ich gelogen.«

»Weshalb?«

»Es ist doch egal, weshalb. Du musst gehen.«

Jack sah sie durchdringend an. Das Bühnenlicht flackerte auf seinem Gesicht. Plötzlich fasste er ihr Handgelenk, zog sie auf den Platz neben seinem, beugte sich zu ihr und küsste sie.

Rose schloss die Augen. Wie gut es sich anfühlte, diesen kleinen Moment der Zärtlichkeit zu erleben. Aber nein, das durfte jetzt nicht sein.

»Bitte, geh jetzt«, flüsterte sie, als sie sich voneinander lösten.

»Okay«, willigte Jack zu ihrer Überraschung ein, stand auf und verließ die Loge.

Rose atmete erleichtert auf und verschloss die Tür. Sie legte einen Moment ihre Hände vors Gesicht und versuchte, sich zu sammeln. Das war gerade noch mal gut gegangen.

Auf der Bühne beendete Frank das erste Lied. Applaus brandete auf, dann wurde es still, als er zu sprechen begann.

»Das nächste Lied widme ich einer ganz besonderen Frau«, sagte er. »Sie alle kennen es, verehrtes Publikum, es ist das Lied von der Frau im Park. Heute singe ich es für eine ganz bestimmte Mademoiselle.« Er machte eine Pause und sah zu seiner Loge hinüber. »Dieses Lied ist für dich, Amelie.«

Ein Scheinwerfer schwenkte zu Franks Loge, wo die blonde Frau schüchtern lächelte, während ihre Begleiterin Beifall klatschte. Jack war nicht bei ihnen.

Rose seufzte. Sie hatte ihn nicht verletzen wollen, doch sie hatte auf keinen Fall ihren Plan gefährden dürfen.

Frank sang das nächste Lied und noch zwei weitere. Rose versuchte, im schwachen Licht ihre Uhr zu erkennen. Nicht mehr lange, dann würde die Pause beginnen. Sie blickte durch das Opernglas ins Parkett hinunter. In der Dunkelheit war es schwierig, etwas zu erkennen, doch als die Scheinwerfer durch den Saal schwenkten, sah sie, dass Luis Brasseur nicht mehr auf seinem Platz saß. Er musste also jeden Moment kommen.

Sie stand auf und ging zur Tür.

Frank kündigte das letzte Lied vor der Pause an. Rose wurde immer nervöser. War Brasseur aufgehalten worden? Hatte er bemerkt, dass er verfolgt wurde, und wollte deshalb nicht in die Loge kommen, um sie nicht zu verraten? Oder hatte er etwa am Ende ihren Zettel nicht gefunden?

Rose war erleichtert, als es nun zaghaft an ihre Logentür klopfte. Sie öffnete die Tür einen Spaltbreit und sah den Journalisten davorstehen, der überrascht zurückzuckte.

»Ich gehöre zu Jacqueline«, flüsterte sie daher eilig, woraufhin Brasseur ebenso eilig in die Loge schlüpfte.

Rose wollte die Tür gerade wieder schließen, als jemand seinen Schuh dazwischenschob. Beinahe wäre ihr das Herz stehen geblieben, als die Tür ganz aufging und sie sich Jack gegenübersah.

Im selben Moment sang Frank den letzten Ton, der Vorhang fiel, das Saallicht wurde eingeschaltet. Sofort duckte sich Brasseur, um von den Logen rechts und links aus nicht gesehen zu werden.

»Deshalb sollte ich also verschwinden«, sagte Jack tonlos.

»Es ist nicht so, wie du denkst, Jack«, gab Rose mit schwacher Stimme zurück. »Das ist Luis Brasseur, er ist Journalist. Er ist hier, weil er wichtige Unterlagen benötigt für die Enthüllung eines …«

»Du bist die Spionin, die Russell sucht«, fiel Jack ihr ins Wort. »Wie konnte ich nur so dumm sein.«

Rose blickte ihm direkt in die Augen. »Ja, so ist es«, bestätigte sie und hob den Kopf.

»Warum tust du das, Rose?«, fragte er mit bebender Stimme.

»Warum?« Sie funkelte ihn wütend an. »Hast du auch nur die geringste Ahnung, um was es hier überhaupt geht?«

»Ja, allerdings. Darum, die Amerikaner zu verunglimpfen, ein schlechtes Bild von ihnen zu zeichnen«, antwortete Jack.

»Ein schlechtes Bild?«, echote Rose, bemüht, nicht so laut zu sprechen, dass auch andere Theaterbesucher etwas mitbekamen. »Du nennst es ein schlechtes Bild, wenn aufgedeckt wird, dass ihr einen deutschen Nazi, der in Frankreich gefoltert, vergewaltigt und gemordet hat, beschützt und ihm ein Leben in Freiheit ermöglicht?«

Jack, der sich bereits zum Gehen gewandt hatte, verharrte in der Bewegung.

»Das kannst du unmöglich glauben, Rose.«

Rose sah ihm direkt in die Augen. »Du hast wirklich keine Ahnung, nicht wahr?«

Jack sah zu Brasseur hinunter.

»Sie hat recht«, sagte dieser nun. »Es gibt Beweise.«

In diesem Moment klopfte es. Rose versuchte noch, abzuschließen, doch die Tür schwang bereits auf. Blitzschnell zog Jack sie an sich und küsste sie voller Leidenschaft. Mit ihren Körpern verdeckten sie die gesamte Tür, und nur aus dem Augenwinkel sah Rose, dass Brasseur ganz nach hinten krabbelte und so vom Eingang aus nicht gesehen werden konnte.

»Oh, ich bitte um Verzeihung.« Russell Thompson schmunzelte.

»Russell, inzwischen scheinen wir uns ja mehr im Theater zu treffen als sonst wo. Möchtest du zu mir oder zu meiner wundervollen Rose?«

»Zu der wundervollen Rose«, antwortete Russell, dann wandte er sich direkt an sie, während Jack und Rose so stehen blieben, dass Russell der Zutritt zur Loge verwehrt war.

»Ich habe dich vorhin aus dem Parkett heraus allein in der Loge sitzen sehen und wollte fragen, ob dieser Bursche hier«, er versetzte Jack einen freundschaftlichen Klaps auf den Oberarm, »dich womöglich aus Sorge um seinen Freund Frank versetzt hat, zumal ich ihn vorhin mit zwei hübschen jungen Damen in Levants Loge sah.«

»Da mach dir mal keine Gedanken«, erwiderte Jack anstelle von Rose schmunzelnd und fasste Russell am Arm. »Ich würde dich ja gern bitten, uns Gesellschaft zu leisten, aber wenn ich ehrlich bin, genießen wir unsere Zweisamkeit …«

Russell setzte ein breites Grinsen auf, während sich Rose, die ahnte, was Jack vorhatte, gespielt verschämt abwandte.

»Komm, ich entschädige dich mit einem Drink an der Bar – der Kellner hat sich heute Abend nämlich noch gar nicht bei uns blicken lassen.« Er sah Rose an. »Was darf ich dir bringen, wundervolle Rose, ein Glas Champagner, vielleicht?«

»*Oui*, sehr gern, aber nur, wenn du es auf die Rechnung meiner Eltern setzen lässt«, erwiderte sie lächelnd.

»So weit kommt es noch«, protestierte Jack und entfernte sich mit dem Major in Richtung Bar.

Rose sah ihnen nach und wartete, bis sie hinter der Ecke verschwunden waren.

Brasseur richtete sich vorsichtig auf.

»Zimmernummer 26«, flüsterte sie hastig, während sie im Gang vor der Loge nach rechts und links und wieder zurück sah. »Wir kommen nach. Los jetzt! Nehmen Sie die Treppe dort drüben bei den Toiletten, die führt direkt zu einem der Ausgänge!«

Der Journalist packte seine Tasche und huschte lautlos an Rose vorbei Richtung Treppe. Kurz darauf war auch er aus ihrem Blickfeld verschwunden.

Nervös kehrte Rose in die Loge zurück, um auf Jack zu warten. Nach einer scheinbaren Ewigkeit kehrte dieser zurück und reichte ihr ein Glas Champagner. Russell war nicht bei ihm.

»Hast du mitbekommen, ob es irgendeinen Aufruhr gab?«, erkundigte sie sich besorgt. »Haben die Amerikaner Brasseur geschnappt?«

Jack schüttelte den Kopf. »Nein, nicht dass ich wüsste.«

Es gongte, das Licht erlosch, und Frank Levant setzte seine Show fort.

Rose und Jack nahmen Platz und schauten ins Parkett hinunter. Mehrere Sitze waren leer, darunter auch Hedwigs. Offenbar befanden sich die amerikanischen Agenten auf der Suche nach dem Journalisten, der ihnen allem Anschein nach tatsächlich entwischt war. Rose konnte nur hoffen, dass er es unbemerkt ins Hotelzimmer schaffte – und dass auch Hedwig unbehelligt dort eintreffen würde.

»Ich habe meinen Vorgesetzten belogen, um dich und diesen Brasseur zu schützen«, hörte sie Jack flüstern. »Dafür will ich jetzt die Wahrheit erfahren. Und zwar alles.«

»Ich werde es dir erzählen«, flüsterte Rose zurück. »Alles«, bekräftigte sie und nahm Jacks Hand in ihre. Mit dem Vertrauen kehrten auch ihre Gefühle für ihn zurück, die sie so mühsam unterdrückt hatte, und zwar noch stärker als zuvor.

30. Kapitel

Hôtel Impérial, 19 Avenue Kléber

Ich bin froh, wenn das alles heute Abend ein Ende findet, denn ich bin einfach nur noch unglaublich müde.

Hedwig Schönau

Sie hatte den Fahrer einige Extrarunden drehen lassen, um nicht auf direktem Weg vom Lido zum Hotel zu fahren, und sich während der Fahrt immer wieder umgesehen, um sicher zu sein, dass ihr niemand folgte. Jetzt hielten sie endlich vor dem Impérial an, und Hedwig stieg aus.

Brasseur musste längst dort sein und sie erwarten. Ob Rose ebenfalls herkommen würde, wusste Hedwig nicht. Doch so, wie sie die Enkelin ihrer früheren Lebensgefährtin kannte, ging sie fest davon aus. Wenn Rose sich etwas in den Kopf gesetzt hatte, schaffte sie es, ganz gleich, worum es ging.

Sie betrat das Hotel durch einen Seiteneingang, damit sie nicht an Pierre Camin, dem Rezeptionisten, vorbeimusste, der sie sicher in ein nettes Gespräch verwickelt hätte, und war heilfroh, als sie unbemerkt ins Treppenhaus und kurz darauf im zweiten Stock ankam.

Vor dem Zimmer mit der Nummer 26 blieb sie stehen und klopfte leise an die Tür.

»Wer ist da?«, hörte sie eine Stimme von drinnen fragen.

»Jacqueline«, flüsterte sie, woraufhin die Tür ein kleines Stück aufschwang. Nachdem Brasseur in Hedwig offenbar die Frau vom Grand Bassin Rond erkannte, öffnete er und ließ sie eintreten.

Kaum stand Hedwig im Zimmer, schloss er die Tür wieder.

»Es hat geklappt!«, rief sie überglücklich. »Haben Sie die Unterlagen einsehen können?«

»*Oui*«, erwiderte Brasseur, ging zum Bett hinüber und hob die Matratze an, unter der er einen Umschlag hervorzog.

»Sie haben viel riskiert, Madame«, sagte er mit Bewunderung in der Stimme.

»Sie auch, Monsieur Brasseur. Werden Sie den Skandal enthüllen und die Unterlagen veröffentlichen?«

»Wenn der Rest genauso aussagekräftig ist – *bien sûr*«, erwiderte der Journalist. »Es fehlt mir nur noch ein entscheidender Beweis ...«

»Und der ist hier«, sagte Hedwig, zog mehrere eng zusammengerollte Blätter aus dem Ärmel ihrer weinroten Samtjacke, die sie im Lido getragen hatte, und reichte sie Brasseur.

Der Journalist knipste die Schreibtischlampe an, rollte die Blätter auseinander und begann zu lesen. Hedwig sah, wie sich mit jeder Zeile, die er las, auf seinen Wangen rote Flecken breitmachten.

»Das ist tatsächlich die Original-Personalakte«, stellte er aufgeregt fest. »Damit kriegen wir ihn dran.«

Es klopfte leise. Hedwig und Brasseur sahen sich an.

»Erwarten Sie jemanden?«, fragte der Journalist Hedwig im Flüsterton.

»Die junge Dame, die Ihnen im Lido die Zimmernummer genannt hat«, wisperte Hedwig.

»Diese Rose?« Brasseur trat an die Tür. »Warum hat sie mich in ihre Loge bestellt, anstatt mir die Zimmernummer auf dem Zettel unter meiner Armlehne zu hinterlassen? Sie hat sich in große Gefahr begeben.«

Hedwig nickte. »Sie wollte unbedingt sichergehen, dass die Unterlagen ausschließlich in Ihre Hände gelangen. Nicht auszudenken, wenn Ihnen jemand bei unserer Zetteljagd zuvorgekommen wäre ...«

Es klopfte erneut. »Wer ist da?«, fragte der Journalist, während Hedwig angespannt ihre Hände knetete.

»Rose«, kam die Antwort, worauf Brasseur die Tür öffnete.

»Was macht der denn hier?«, fragte Hedwig, als sie sah, dass dieser Amerikaner, an den Maries Enkelin ihr Herz verloren hatte, hinter Rose das Zimmer betrat.

»Ich erkläre es dir später, Hedwig«, sagte Rose. »Jack ist auf unserer Seite. Er hat mir geholfen, Russell abzulenken, damit Monsieur Brasseur fliehen konnte. Es war ziemlich knapp.«

Hedwig gab einen erstickten Schreckenslaut von sich. Es schmeckte ihr ganz und gar nicht, dass Rose sich einer derartigen Gefahr ausgesetzt und nun auch noch diesen ehemaligen Soldaten mit hergebracht hatte. Was, wenn er ein doppeltes Spiel spielte?

Jack nickte ihr zu. »Es freut mich, Sie kennenzulernen, Madame.«

Noch bevor Hedwig etwas erwidern konnte, vernahm sie ein Geräusch an der Tür, legte den Zeigefinger auf die Lippen und lauschte angestrengt. Rose und Brasseur erstarrten. Keine Sekunde später klickte das Schloss, und ein Mann stürmte ins Zimmer, eine Pistole in der Hand.

Hedwig schloss kurz die Augen. Natürlich – die Amerikaner waren Rose gefolgt. Damit hätten sie rechnen müssen.

»Na, sieh mal einer an, wen wir hier alles haben.« Er richtete seine Waffe auf Brasseur, der sich den Umschlag mit den Unterlagen geschnappt hatte und gerade nach Klaus Bergers Personalakte greifen wollte, deren Blätter sich wieder eingerollt hatten. »Geben Sie mir das.«

Brasseur bewegte sich nicht, den Umschlag fest in den Händen.

Der Blick des Mannes fiel auf Jack. »Na, wenn das nicht Thompsons Liebling ist«, spottete er. »Da hat der gute, alte Russell mal wieder keine Menschenkenntnis bewiesen, was? Sind wahrscheinlich ein roter Doppelagent, verdammtes Pack!«

»Wer sind Sie?«, fragte Jack.

Hedwig machte einen Schritt vor, worauf der Mann die Waffe auf sie schwenkte.

»Keinen Schritt weiter.« Die Pistole schwenkte auf Brasseur. »Her mit den Unterlagen, ich frage nicht noch mal.«

»Ich auch nicht.« Ein großer Mann mit dunklen Haaren betrat das Zimmer und drückte dem anderen eine Pistole in den Rücken, während er ihm gleichzeitig die Waffe abnahm. Hedwig sah, wie Brasseur die zusammengerollte Personalakte in seinen Ärmel schob. »Und jetzt: *Donnez les documents, tout de suite!* Her mit den Unterlagen!«, donnerte der Dunkelhaarige.

»Sie sind Franzose?«, fragte Hedwig überrascht. Bei dem ersten Mann war sie sicher, dass er Amerikaner war.

»Franzose und Patriot. *Oui,* Madame«, antwortete er, die eine Pistole weiterhin in den Rücken des Amis gedrückt, die zweite auf Hedwig und die anderen gerichtet.

Der Amerikaner wagte es dennoch, einen Blick über die Schulter zu werfen, wofür er sich sofort einen leichten Stoß in den Rücken einhandelte. »Sieh an, Jules Gernon«, sagte er. »Dann sind ja jetzt alle Beteiligten versammelt.«

»Wer sind Sie und was wollen Sie?«, fragte Jack. Hedwig sah, wie seine Augen nervös zwischen den beiden Männern hin- und herzuckten.

»Er hier«, antwortete Jules Gernon und deutete mit dem Kinn auf den Amerikaner, »ist beim amerikanischen Geheimdienst und will verhindern, dass diese Unterlagen dort einem Richter vorgelegt oder in einer Zeitung veröffentlicht werden, hab ich recht, Robert McMullan?« Er drückte McMullan die Waffe fester in den Rücken. »Ich dagegen«, fuhr er fort, »bin für den französischen Geheimdienst tätig und möchte genau das Gegenteil erreichen.«

»Sie sind vom französischen Geheimdienst?«, fragte Hedwig, jetzt wahrlich verblüfft.

»*En fait, je travaille pour les services secrets,* Madame. Und ich bin genau wie Sie daran interessiert, dass Klaus Berger und Männer wie er überführt und für ihre Taten zur Rechenschaft gezogen werden, auch wenn nicht alle in meiner Behörde diese Meinung vertreten.«

»Woher wissen Sie, um wen es geht?«, wollte Hedwig wissen, die aus dem Staunen nicht mehr herauskam.
»Ich mache meine Arbeit, Madame.«
»Jetzt erkenne ich Sie wieder!«, rief Brasseur, doch nicht an Gernon, sondern an McMullan gewandt. »Sie haben meinen Kollegen Antoine Marchand entführt und getötet. Ich habe Sie gesehen!«
»Entführt ja, getötet nein«, entgegnete McMullan. »Sein Tod war ein Unfall.«
»Ein Unfall?« Brasseur schnaubte verächtlich. »Dass ich nicht lache.« Er sah Gernon an. »Dieser Mann hat den Tod von Antoine Marchand zu verantworten und muss dafür zur Rechenschaft gezogen werden!«
»Eines nach dem anderen, Monsieur Brasseur«, sagte Gernon, ließ die Pistole, die er McMullan abgenommen hatte, langsam sinken und steckte sie in seinen Hosenbund. »Und nun seien Sie so gut und geben Sie mir die Unterlagen. Ich werde dafür sorgen, dass sie in die richtigen Hände gelangen.«

Hedwig sah erst Brasseur an, dann Rose und zuletzt Jack. Sie konnte ihnen die Zweifel an den Augen ablesen, ob Jules Gernon wirklich der war, für den er sich ausgab, und die Unterlagen tatsächlich in den richtigen Händen landen würden. Keiner von ihnen wusste, ob er sie täuschte und die Beweise womöglich einfach verschwinden lassen würde. Brasseur nickte ihr kaum merklich zu und blickte auf seinen Ärmel.

»Sie haben mein Wort, dass die Sache aufgeklärt und öffentlich gemacht wird«, versicherte Gernon erneut.

»Also gut«, sagte Hedwig, »Sie bekommen die Unterlagen. Brasseur?«

Der Journalist überreichte dem französischen Agenten den Umschlag. Ohne die Pistole aus McMullans Rücken zu nehmen, schob er die Unterlagen ebenfalls in seinen Hosenbund.

»Los, McMullan, gehen wir!«

»Was soll das? Sie können mich nicht verhaften, Gernon. Es wird nicht einmal zu einer Anklage kommen.«

»Ich weiß. Doch auch Sie stehen nicht über dem Gesetz, McMullan. Sie mögen einflussreiche Freunde haben, aber die habe ich auch. Also, *allons-y*!« Er deutete mit der Waffe zum Flur. »Sie können mir aber auch einen Gefallen tun und irgendeinen Trick versuchen. Dann habe ich zumindest einen Grund, Sie wie einen räudigen Köter abzuknallen.«

Widerstrebend ließ McMullan sich abführen, doch Hedwig wusste, dass er gegen den bewaffneten Franzosen keine Chance hatte. Als die beiden zur Tür hinaus waren, atmete sie erleichtert auf, ließ sich schwer auf einen Sessel sacken und schloss die Augen.

»O mein Gott, Hedwig«, hörte sie Rose rufen. »Ist alles in Ordnung mit dir?«

»Sie hätten diesem Bastard die Papiere nicht geben dürfen«, ließ Jack sich vernehmen.

Hedwig öffnete die Augen wieder und sah ihn durchdringend an. Er war ein anständiger Kerl, dieser Jack, wurde ihr klar, und sie wünschte sich inständig, dass Maries Enkelin mit ihm glücklich wurde.

»Keine Sorge«, sagte sie leise und spürte, wie ein Lächeln auf ihre Lippen trat. »Wir haben noch einen Trumpf in der Hinterhand.« Ihr Blick schweifte zu Brasseur, der ebenfalls erleichtert lächelte.

»Wir kriegen ihn dran, so oder so«, versicherte er ihr, und Hedwig lehnte sich erschöpft und zufrieden zurück. Es gab noch Menschen, die an die Gerechtigkeit glaubten und dafür kämpften, und das hatten die drei in diesem Raum mehr als überzeugend bewiesen. Ihr Kampf mit all dem Leid, das damit verbunden gewesen war, hatte sich gelohnt.

Epilog

3 Jahre später

Russell schnitt den Rest des Schleifenbandes ab, das er um das bunte Päckchen gebunden hatte. Er war nicht gut in solchen Dingen, doch wenn das eigene Patenkind Geburtstag hatte, musste er sich eben bemühen. Und bestimmt würde sich die kleine Marie, die heute ihren zweiten Geburtstag feierte, über das Spielzeug freuen. Russell zog die Schublade seines Schreibtisches auf, um auch das andere Geschenk hervorzuholen, das dort bereits seit drei Wochen lag und darauf wartete, seinem Empfänger übergeben zu werden. Er war einfach nicht dazu gekommen, bei Amelie und Frank und dem kleinen Benjamin vorbeizugehen, war er doch gerade erst aus den Staaten zurückgekehrt, wo er eine Auszeichnung für seine besonderen Verdienste in Sachen amerikanisch-französische Freundschaft entgegengenommen hatte. Man hatte ihn sogar zum Leiter des US-Geheimdienstes in Paris ernannt – ausgerechnet ihn, der an dieser Stadt so gar nichts finden konnte. Wobei das nicht ganz stimmte, hatte er sich doch im Laufe der Zeit mit dem Leben hier arrangiert und – auch wenn er das nicht gern zugab – so manche Eigenschaft der Franzosen durchaus zu schätzen gelernt.

Er war erleichtert, wie die Sache damals ausgegangen war – hatte er doch in Roses Loge durchaus einen Mann auf dem Boden kauern sehen, auch wenn sich Jack und Rose alle Mühe gegeben hatten, ihn abzulenken. Von McMullan wusste er, dass es an dem Abend im Lido vermutlich zu einer Übergabe kommen würde, und sein Bauchgefühl hatte ihm nach der letzten Begegnung mit Jack mehr als deutlich zu verstehen gegeben, dass diesen mehr umtrieb als nur die Sorge um seinen Freund Frank Levant, dessen Problem sich an dem Abend offenbar »von selbst« erledigt hatte.

In jenem Moment in der Loge hatte er entschieden, Jack mehr zu vertrauen als Robert McMullan, den er von jeher mit einer gewissen Skepsis betrachtet hatte, und er war froh darüber.

Er nahm Benjamins Geschenk aus der Schublade, und sein Blick fiel auf den ausgeschnittenen Zeitungsartikel, der darunter gelegen hatte. Es ging darin um den Prozess um Klaus Berger, der im November 1952 und damit nur etwa acht Monate, nachdem der französische Geheimdienst die Unterlagen in seine Finger bekommen hatte, in Abwesenheit zum Tode verurteilt worden war. Russell hielt es für ein gerechtes Urteil, wenngleich es bisher nicht vollstreckt werden konnte, da Klaus Berger untergetaucht war, wie man munkelte, in Bolivien. Doch genau wusste es wohl niemand.

Robert McMullan war nach Amerika zurückbeordert worden. Zwar hatte man ihn nie offiziell für den Tod des Journalisten Marchand zur Rechenschaft gezogen, doch man hatte ihn deutlich spüren lassen, dass die USA ein solches Verhalten nicht guthießen. Was aus McMullan geworden war, wusste

Russell nicht. Wahrscheinlich saß er in irgendeiner dunklen Kammer und heftete Akten des Geheimdienstes ab. Ihm sollte es egal sein.

Mit Benjamins Geschenk in der Hand schob er die Schublade wieder zu, dann nahm er das hübsch verpackte Spielzeug für die kleine Marie und machte sich auf den Weg. Bis zum Haus von Rose und Jack war es nicht weit, und gerade jetzt, im Frühjahr, genoss er es, zu Fuß zu gehen und so für einen Moment seinem stressigen Alltag entfliehen zu können.

Kurz darauf stieß er auch schon die schmiedeeiserne Pforte auf und ging auf das Haus zu. Noch bevor er die Tür erreichte und die Klingel betätigen konnte, hörte er, wie jemand Klavier spielte – Amelie und Frank waren also offenbar bereits da.

Russell klingelte, und kurz darauf öffnete Jack ihm mit einem strahlenden Lächeln die Tür.

»Komm herein, mein Freund. Wie schön, dass du es geschafft hast.«

»Wenn meine wunderhübsche Patentochter Geburtstag hat, ist das doch Ehrensache.«

»Onkel Russell!« Die kleine Marie lief ihm über den Flur entgegen, und Russell breitete die Arme aus, um sie aufzufangen und hoch über seinen Kopf zu heben. Marie quietschte vor Vergnügen.

»Ist das für mich?«, jubelte sie fröhlich und deutete auf die Geschenke, die er soeben auf dem Fußboden abgestellt hatte.

»Das hier ist für dich und das andere für Benjamin.«

»Der ist schon im Wohnzimmer!«, rief Marie und zerrte an Russells Hand, damit er ihr folgte. Lachend ließ er sich von der Kleinen ins Wohnzimmer ziehen.

»Guten Tag, zusammen«, wünschte Russell, und Rose, Amelie, Frank, Hedwig, Francine und Arthur begrüßten ihn herzlich. Sogar Lina war anwesend. Sie hatte den Blumenladen, den sie mittlerweile für Amelie führte, zur Feier des Tages einer talentierten jungen Verkäuferin überlassen, die ihr seit der Geburt von Amelies Sohn unter die Arme griff.

»Herzlichen Glückwunsch zum Geburtstag nachträglich, Ben«, sagte Russell und hielt dem Jungen, der auf dem Schoß seines Vaters vor dem Klavier saß, das Geschenk entgegen. Benjamin rannte zu ihm und drückte ihn kurz.

»Danke«, sagte der Kleine dann und schickte sich an, mit ungeduldigen Fingerchen das Papier aufzureißen.

»Du kommst genau richtig, Russell«, sagte Rose. »Frank hat eben noch etwas für uns gespielt, doch jetzt gibt es Kaffee und Kuchen. Frank muss ohnehin seine Stimme schonen.«

»So? Hast du etwa ein neues Arrangement, Frank?«, fragte Russell.

»Aber ja, in einem herrlichen, kleinen Restaurant. Es gefällt mir, eine Auszeit von der ganz großen Bühne zu nehmen und mich stattdessen ein wenig an leiseren Tönen zu versuchen. Du bist herzlich eingeladen zu kommen.«

»Das werde ich«, versicherte Russell ihm. »Und du, Rose?«, wandte er sich anschließend der Gastgeberin zu. »Wann darf ich ein weiteres Foto von dir in meine Sammlung hängen? Ich will dir nicht zu nahe treten, Jack, doch ich kann mit deiner Kunst weit weniger anfangen als mit Roses Fotografien.«

»Das macht nichts, Russell. Ich wusste schon immer, dass sie die begabtere Künstlerin von uns beiden ist!«, erwiderte Jack lachend.

»Du bekommst deine Fotografien, Russell«, versprach Rose, »doch momentan schaffe ich es kaum, die Aufnahmen entwickeln zu lassen, schließlich fotografiere ich neben dem Studium regelmäßig die Notstände in Paris. Armut, Hunger, Ungerechtigkeiten – neben der Schönheit der Welt verdienen es auch die Probleme, gezeigt zu werden. Luis Brasseur gehört zu meinen größten Abnehmern, er verwendet die Fotos für seine Artikel, und ich unterstütze ihn natürlich gern. Soweit ich weiß, arbeitet er gerade an einer neuen Enthüllungsstory ...«

»Dann hoffe ich sehr, dass darin keine Amerikaner verwickelt sind«, antwortete Russell.

»Mit euch Amerikanern ist es stets dasselbe: Ihr seid immer da, wo es Probleme gibt«, sagte sie, trat an Jacks Seite und strich ihm liebevoll über die Wange. »Aber ohne euch kann man dann doch nicht leben. Nun aber los, bitte, alle Mann ins Esszimmer«, bat Rose und gab Jack einen Kuss.

»Verliebt wie am ersten Tag.« Russell schüttelte den Kopf. »Genau wie ihr beide, Amelie und Frank. Vielleicht ist es ja doch das Richtige, wenn Kulturen aufeinanderprallen.«

»Das ist es«, bekräftigte Jack, während Frank nachdrücklich nickte. »Und für dich werden wir auch noch eine Französin finden, Russell. Warte nur ab.«

Nachwort

Liebe Leserinnen, liebe Leser,

mit *Die tausend Farben von Paris* habe ich mich ins Frankreich der 1950er-Jahre begeben. Eine spannende Zeit, die geprägt ist von der Aufarbeitung des Zweiten Weltkriegs, aber auch von der aufblühenden Kunst in Paris. Wie immer in meinen Büchern habe ich mich stark an historischen Personen, Orten und Ereignissen orientiert. Diese möchte ich folgend transparent darstellen.

Einige dürften sich thematisch und durch die Figuren an das Filmmusical *Ein Amerikaner in Paris* von 1951 erinnert fühlen, das von dem amerikanischen Kriegsveteranen Jerry Mulligan erzählt, der in Paris als Maler Karriere machen will und dabei seine große Liebe findet. Die Ausgangssituation des Films habe ich übernommen, ich wollte allerdings neben der Schönheit von Paris auch die politische Situation darstellen.

Jack ist durch das G.I.-Bill-Programm so wie viele Veteranen nach dem Zweiten Weltkrieg nach Frankreich gekommen. Die *G. I. Bill of Rights* sollte die Wiedereingliederung in das Berufsleben von US-Soldaten vereinfachen und umfasst neben dem Zugang zu verschiedenen Universitäten auch eine Art

Arbeitslosengeld für die Dauer eines Jahres nach Entlassung aus dem Wehrdienst sowie Kredite für den Start in die Selbstständigkeit. Für Jack steht fest, dass er auch nach Ablauf dieses Jahres in Paris bleiben und sein Geld als Maler verdienen will. Tatsächlich entdeckten viele Amerikaner in den 1950er-Jahren Paris als Stadt der Kunst für sich und entschieden, sich dort ein Leben aufzubauen. Zu dieser Zeit erblühten Kunst und Kultur in Paris, Künstler aller Art tummelten sich in der Stadt der Liebe, es gab vielfältige Ausstellungen und immer neue Strömungen sowohl in der Literatur als auch im Theater, in der Kunst oder in der Musik. Viele Künstler waren mittellos, so wie auch Jack. Ihr Fokus lag aber nicht zwangsläufig darauf, Reichtümer zu verdienen, sondern das Leben zu genießen und die eigene Kunst voranzutreiben.

Bei Jack ist dies sehr gut zu sehen: Er möchte lieber jeden Moment auskosten und macht sich lange Zeit kaum Gedanken über seine Zukunft oder Bezahlung. Er lebt in einer kleinen Wohnung über dem Buchladen *Le Mistral* von George Young. Den Buchladen gab und gibt es heute noch. Der damalige Besitzer hieß George Whitman. Whitman kam selbst als Veteran nach Paris und eröffnete dort seinen heute ikonischen Buchladen. Die Buchhandlung wurde in den 1950er- und 1960er-Jahren zu einem wichtigen Treffpunkt der Beat-Generation, Schriftsteller wie Allen Ginsberg oder William S. Burroughs trafen sich dort. Whitman ließ Autoren und Künstler tatsächlich umsonst bei sich wohnen, wenn sie ihm im Gegenzug in der Buchhandlung halfen und jeden Tag ein Buch lasen. Berühmt sind auch die Pfannkuchen, die Whitman freitags aufgetischt haben soll.

1962 änderte Whitman den Namen seiner Buchhandlung zu *Shakespeare and Company*. Interessierte können noch heute die Buchhandlung in der Rue de la Bûcherie Nummer 37 bestaunen. Aktuell wird die Buchhandlung von Whitmans Tochter Sylvia geführt.

Allgemein sind alle Orte, die erwähnt werden, historisch verbürgt und bewusst ausgewählt, um die damalige Zeit so gut wie möglich darzustellen. Dabei habe ich besonders auf die Arrondissements geachtet, in die Paris eingeteilt ist und die unterschiedliche soziale Strukturen haben.

Im fünften Arrondissement, dem Universitätsviertel, das auf die römische Antike zurückgeht, befindet sich der Buchladen. Im sechsten Arrondissement, dem Kultur-, Künstler- und Wissenschaftsviertel, liegen das Café de Flore (172 Boulevard Saint-Germain) und das Café Les Deux Magots (6 Place Saint-Germain-des-Pres). Beide sind noch heute existente und damals sehr beliebte Cafés, in denen sich Künstler tummelten. Bereits in den 1920er-Jahren hatten die Cafés ihre hohe Zeit der Kunst, in den 1950ern lebte diese erneut auf. Jean-Paul Sartre, Pablo Picasso, Karl Lagerfeld und viele weitere waren in ihrer Zeit dort zu Gast.

In unmittelbarer Nähe liegt der Blumenladen Fleurs de Paris. Dieser Blumenladen ist frei erfunden, hier steht eigentlich das schöne Restaurant Le Boudoir.

Ebenfalls im sechsten Arrondissement befindet sich das Institut d'Art et d'Archéologie der Universität Sorbonne.

Im siebten Arrondissement, einem altadeligen Residenzviertel, liegt die Stadtvilla der Familie Chevalier. Hier steht in Wirklichkeit die Galerie Kugel, die sehr schöne, alte Kunst präsentiert und auf der Dachterrasse einen atemberaubenden Blick auf Paris bietet.

Im achten Arrondissement, bekannt für das Geschäftsleben und die prächtige Avenue des Champs-Élysées, feierte das Varieté Lido internationale Erfolge, bis es im Juli 2022 seine Pforten schließen musste. Gegründet wurde das Revuetheater 1946 von den Brüdern Clerico, weltweite Berühmtheit erlangte es für seine glamourösen Bühnenshows und die *Bluebell Girls* mit ihren strass- und federbesetzten Kostümen, die auch bei Frank Levants Auftritt erwähnt werden.

Im neunten Arrondissement befindet sich das Café de La Paix, in dem sich Russell Thompson und sein Vorgesetzter treffen. Es ist das älteste und renommierteste Café in Paris und passt folglich sehr gut zur konservativen Einstellung beider Männer.

Im sechzehnten Arrondissement, Sinnbild für Eleganz und Reichtum, steht das Hôtel Impérial der Familie Chevalier. Das Hotel ist dem Peninsula Paris nachempfunden. Dieses wurde 1864 erbaut, 1906 abgerissen und 1908 als Hotel Majestic wiedereröffnet. 1928 komponierte George Gershwin dort sein Stück *Ein Amerikaner in Paris* – gleichnamig mit dem späteren Musical von 1951, deswegen sollte es auch in meiner Geschichte Erwähnung finden. Außerdem wurde 1940 tatsächlich das Hauptquartier des deutschen Militärbefehlshabers Frankreichs hier errichtet. Ab 1946 diente das Gebäude als Hauptquartier der UNESCO, wurde zwölf Jahre später umgebaut und als Konferenzzentrum des französischen Außenministeriums genutzt, seit 2008 dient es nach neuerlichem Umbau wieder als Luxushotel.

Im achtzehnten Arrondissement befindet sich der Montmartre, ein Hügel im Norden von Paris, vor allem aber der Place du Tertre, wo viele Künstler ihre Werke verkaufen oder malen, in der Vergangenheit zum Beispiel Toulouse-Lautrec oder Picasso.

Auch die Protagonisten in meinem Roman selbst basieren teilweise auf realen Personen. Frank Levant ist eine Mischung zweier Personen aus *Ein Amerikaner in Paris*, nämlich Oscar Levant, einem außerordentlich begabten Pianisten und Komponisten, und Georges Guétary, der in dem Film einen Sänger und Showman spielt. Franks Vorname wiederum ist eine Anspielung auf Frank Sinatra, dem meine Figur vom Auftreten und der Stimme her ähnelt und der die gleiche Anziehungskraft auf Frauen ausübt wie der unsterbliche amerikanische Sänger.

Frank Levant bringt jedoch eine dunkle Vergangenheit mit sich, denn er ist der italoamerikanische Sohn eines ermordeten Mafiabosses. Hier habe ich mich der Geschichte Vincent Manganos bedient, der Mafiaboss einer der fünf Familien der amerikanischen Cosa Nostra war. Er wurde am 19. April 1951 ermordet, seine Leiche wurde nie gefunden. Ich habe mich gefragt, wie es wäre, wenn der Sohn eines Mafioso die Ermordung der Familie nutzen würde, um ein neues Leben zu beginnen.

Insgesamt war mir wichtig, dass ich unterschiedliche Arten der Kunst beleuchte. Die vier Hauptcharaktere – Jack, Frank, Rose und Amelie – stehen alle für eine unterschiedliche Weise, Kunst zu vermitteln. Jack malt, genießt sein Leben und hat wenig Erfolg, er möchte nicht an das Ernste denken, bis seine Kriegsvergangenheit ihn einholt und er – ohne es zu wissen – in eine Spionageaffäre hineingezogen wird.

Frank hat es augenscheinlich geschafft. Er ist erfolgreicher Sänger und Pianist, gleichzeitig jedoch im Innern zutiefst unglücklich und traumatisiert durch Erlebnisse aus seiner Vergangenheit.

Rose ist Studentin und Fotografin. Sie orientiert sich an der humanistischen Fotografie, die sich bemüht, den Alltag der Menschen einzufangen, statt nach dem Sensationellen zu suchen. Rose sieht die Schönheit in dem Normalen und Unspektakulären.

Amelie ist keine Künstlerin im herkömmlichen Sinne, doch ihre kreativen Blumengestecke sind in der Tat überaus kunstvoll. Blumen passen dabei sehr gut zu ihr: Sie hat immer im Hinterkopf, dass alles vergänglich ist, deswegen ergibt es Sinn, dass sie einen Bereich gewählt hat, der nur für eine begrenzte Zeit schön ist und dann verwelkt und vergeht. Bei der Krankheit, die Amelies Mutter ereilt hat, handelt es sich übrigens um Chorea Huntington. Huntington ist eine erbliche Gehirnerkrankung, die durch unkoordinierte Bewegungen bei schlaffem Muskeltonus gekennzeichnet ist, für Demenz sorgt und schließlich zum Tod führt. Huntington wird autosomal-dominant übertragen. Die ersten Krankheitserscheinungen treten meistens ab dem vierzigsten Lebensjahr als Störungen von Körperbewegungen und Gefühlsleben auf. Zunehmend wird die Muskelsteuerung schlechter, schließlich auch die Hirnfunktion. Die Erkrankten sterben im Durchschnitt fünfzehn Jahre nach den ersten Symptomen. Und an dieser Stelle für alle, die Amelie ebenso ins Herz geschlossen haben wie ich: Ich male mir aus, dass sie die Krankheit nicht vererbt bekommen hat und damit das frühe Sterben der Frauen ihrer Familie durchbricht, in meiner Vorstellung wird sie über achtzig Jahre alt.

Russell Thompson ist auf der Suche nach einem Spion, der für die USA gefährlich werden könnte. Er selbst weiß nicht genau, wonach er sucht, doch sein Vorgesetzter sagt ihm, dass die Informationen, über die der Spion verfügt, gefährlich für die Beziehungen zwischen Frankreich und den USA werden könnten. Gemeint sind damit die Operationen Paperclip und Overcast, die nach dem Zweiten Weltkrieg die Aufnahme von NS-Kriegsverbrechern in die USA vorsahen, wenn sie technischen oder wissenschaftlichen Fortschritt für die Industrie, das Militär oder Raumfahrtprogramme versprachen. Diese Programme sind heute gut belegt. Hintergrund waren der beginnende Kalte Krieg und die Angst der USA, dass sie der UdSSR und damit dem Kommunismus unterliegen könnten. In sämtlichen Bereichen der Gesellschaft begann ein Wettstreit um Erfolge, zum Beispiel im Sport, in der Wissenschaft und im Militär. Deutsche Wissenschaftler, die im NS-Regime gedient hatten, waren hier eine willkommene Unterstützung. In der Theorie sollten nur Wissenschaftler ausgewählt werden, die als Mitläufer eingestuft worden waren, denen also keine große Schuld an den Verbrechen der Nationalsozialisten zugeschrieben wurde und die nicht daran beteiligt waren oder davon profitiert hatten. Die Praxis sah jedoch anders aus: Die begangenen Verbrechen konnten noch so schlimm sein – war der Mehrwert für die Ziele der USA erkennbar, ermöglichte man den Tätern die problemlose Einbürgerung und den Start in ein neues Leben. Auch die Beschaffung neuer Identitäten stellte kein Hindernis dar. So beteiligte sich beispielsweise der US-Spionage-Abwehrdienst Counter Intelligence Corps, kurz CIC, maßgeblich daran, über die sogenannten Rattenlinien Kriegsverbrecher in andere Staaten einzuschleusen, vorzugsweise nach Südamerika, um diese in ihren Dienst zu nehmen. Einige Wissenschaftler verhalfen den späteren Apollo-Missionen zum Erfolg, ein bekanntes Beispiel ist Wernher von Braun.

Der Vollständigkeit halber muss man sagen, dass auch die Sowjetunion ähnliche Projekte hatte und entweder NS-Wissenschaftlern die Möglichkeit zur Einbürgerung gab oder sie in Arbeitslagern unterjochte.

Ich habe diese angespannte Situation als Hintergrund übernommen, um mir vorzustellen, wie Frankreich reagieren würde, wenn ein besonders grausamer NS-Täter, der in Frankreich gewütet hat, mithilfe der USA straffrei leben könnte. Tatsächlich ist auch dieser Strang nicht vollkommen fiktiv. Klaus Barbie bietet die Vorlage für Klaus Berger. Barbie war ein mehrfach verurteilter NS-Kriegsverbrecher, von 1942 bis 1944 Gestapochef von Lyon und wurde wegen seiner Grausamkeit »Schlächter von Lyon« genannt, was ich in meinem Text mit der Bezeichnung »Schlächter von Paris« adaptiert habe.

Barbie folterte Priester, ließ Kinder hungern und Frauen vergewaltigen und bis zur Bewusstlosigkeit verprügeln. Außerdem folterte und ermordete Barbie Mitglieder der Résistance; er verhörte tatsächlich Jean Moulin, der eine große Rolle für den Widerstand spielte und durch seine Aktionen zu einem der meistgesuchten Männer in Frankreich während der NS-Zeit wurde. Nach Ende des Krieges tauchte Barbie in Deutschland unter und baute ein Netzwerk ehemaliger SS- und Gestapo-Mitarbeiter in den westlichen Besatzungszonen auf. Hierbei betrieb er einen Schwarzmarkthandel und beging Überfälle. Von 1945 bis 1955 wurde Barbie von britischen und US-amerikanischen Behörden als Agent beschäftigt und geschützt. Wegen seiner Verbrechen wurde er 1947 in Abwesenheit in Frankreich zum Tode verurteilt. Der Geheimdienst CIC bewahrte ihn vor einer Auslieferung, im Gegenzug nutzte er sein aufgebautes Netzwerk, um kommunistische Widerstandskämpfer und sowjetische Agenten zu enttarnen, wobei er auch französische Geheimdienste in Deutschland ausspionierte. 1951 emigrierte er auf der Rattenlinie als Klaus Altmann nach Bolivien, wo er ab 1966 als Ausbilder und Berater der Sicherheitskräfte des Diktators Hugo Banzer Suárez tätig war. Später arbeitete er für den Bundesnachrichtendienst, der jedoch keine Kenntnis gehabt haben soll, dass es sich um Barbie handelte. Er wurde als intelligent, sehr aufnahme- und anpassungsfähig und verschwiegen und zuverlässig beschrieben. 1983 wurde Barbie nach dem Wechsel zu einer demokratischen Regierung in Bolivien festgenommen, 1987 in Frankreich verurteilt, 1991 starb er in französischer Haft an Krebs.

Für Robert McMullan steht fest, dass er verhindern muss, dass Dokumente über die amerikanische Beteiligung bei einer solchen Verschleierung an die Öffentlichkeit gelangen, wenn er weiterhin ein enges Band zu Frankreich knüpfen will. Er wird getrieben von der irrationalen Angst, dass überall Kommunisten lauern könnten, die die USA und ihre weltpolitischen Ziele unterwandern. Daher will er mit allen Mitteln die

Unterlagen finden und vernichten, bevor sie in die Hände der Medien fallen und einen Skandal verursachen. Er fürchtet, die USA könnten Frankreich womöglich als Partner verlieren und dieses sich stärker mit der UdSSR verbünden. So unlogisch sich dies für uns anhören mag – die Grundlage eines solchen Denkansatzes ist historisch belegt: 1947–1957 ist die Zeit der sogenannten Zweiten Roten Angst, einer Welle antikommunistischer Massenhysterie.

Deswegen ist Robert McMullan nicht nur Stellvertreter für dieses Phänomen, er ist auch dem Politiker Joseph McCarthy nachempfunden. McCarthy prägte mit seiner antikommunistischen Kampagne die Jahre 1950–1954, er vermutete eine kommunistische Unterwanderung der USA und machte mit antikommunistischen Hetzkampagnen von sich reden. Es folgte eine Zeit der Hysterie voller Verleumdungen und Denunziationen, die die Beziehungen zwischen Amerika und der UdSSR zunehmend vergiftete – genau wie die Stimmung im eigenen Land. Die Beschuldigung, Kommunist zu sein, konnte weitreichende Folgen haben. Beispielsweise gab es das sogenannte Komitee für unamerikanische Umtriebe, ein Gremium des Repräsentantenhauses, das zunächst während des Nationalsozialismus, später während des Kalten Kriegs, agierte.

1947 wurden zum Beispiel Thomas Mann, Bertolt Brecht und Hanns Eisler vorgeladen. Ende der 1940er-Jahre wurde Hollywood aufgrund vermeintlich kommunistischer Propaganda untersucht, hierbei entstand eine *Schwarze Liste*. Verweigerungen der Aussage führten zum Beispiel bei den *Hollywood Ten* 1948 zu Haftstrafen. 1954 erließ Präsident Eisenhower ein Dekret, demzufolge eine Aussageverweigerung vor dem

Ausschuss zur Entlassung aus dem Staatsdienst führe. Die bekanntesten Opfer der Hysterie waren Ethel und Julius Rosenberg, die wegen Spionage trotz massiver Proteste hingerichtet wurden. McCarthy selbst geriet 1954 in die Kritik, als seine Verhörmethoden öffentlich gemacht wurden. Ein daraufhin eingesetzter Untersuchungsausschuss befand ihn für schuldig, woraufhin ihm der Senat das Misstrauen aussprach und McCarthy als Ausschussvorsitzender zurücktreten musste.

Ich hoffe sehr, dass Ihnen dieser kleine Einblick in die politischen Verhältnisse und die Kulturszene der damaligen Zeit sowie das Beleuchten der Grenze zwischen Fakten und Fiktion gefallen hat. Ich kann Ihnen nur empfehlen, selbst nachzuforschen, neugierig zu sein und mehr über diese spannende Zeit zu erfahren!

Wir lesen uns bei meinem nächsten Roman!

Bis dahin herzliche Grüße
Ihre Catherine Durand

Wer nach den Sternen greift, muss die Nacht suchen ...

528 Seiten. ISBN 978-3-7341-1187-7

Rügen, 1924. Weiß und prächtig steht es an der Uferpromenade von Binz: das imposante Grand Hotel der Familie von Plesow. Bernadette blickt voller Stolz auf ihr erstes Haus am Platz. Hier hat sie ihre Kinder großgezogen: den ruhigen Alexander, der einmal der Erbe des Grand Hotels sein wird; Josephine, die rebellische Künstlerin, die ihren Weg noch sucht; und den umtriebigen Constantin, der bereits sein eigenes Hotel, das Astor, in Berlin führt. Alles scheint in bester Ordnung. Doch all das verblasst gegen das, was der unangekündigte Besuch eines Mannes auslösen könnte, der Bernadette damit droht, ihr dunkelstes Geheimnis aufzudecken ...

Lesen Sie mehr unter: **www.blanvalet.de**

1924: Ein kleiner Dorfladen am Fuße des Taunus ist das Herzstück des ganzen Ortes

576 Seiten. ISBN 978-3-7645-0843-2

Der Dorfladen von Marthe Haller ist das Herz des Örtchens Dingelbach. Hier kauft man ein, erfährt Neuigkeiten und Gerüchte und findet Unterstützung in allen Lebenslagen. Marthes Töchter Herta, Frieda und Ida greifen ihrer Mutter unter die Arme, wo es nur geht. Doch Frieda, die mittlere der drei, hat große Träume: Sie hat sich in den Kopf gesetzt, Schauspielerin zu werden. Und tatsächlich schafft sie es, die Aufnahmeprüfung der Schauspielschule in Frankfurt am Main zu bestehen, aber ihre Mutter ist entsetzt und verbietet diesen unsittlichen Berufswunsch. Doch Frieda wäre nicht Frieda, wenn sie so schnell die Flinte ins Korn werfen würde ...

Lesen Sie mehr unter: **www.blanvalet.de**

Der Auftakt der großen Münsterland-Saga!

736 Seiten, ISBN 978-3-7341-1090-0

Münsterland, 1895. Als älteste Tochter der Grafenfamilie von Scheweney ist Luises Leben vorbestimmt: Sie soll den Adligen Johan van Leeuwen heiraten und ihre Tage unter den feinen Damen der Gesellschaft verbringen. Doch die temperamentvolle Luise will ihre Zukunft selbst gestalten, Tiermedizin studieren und auf dem Gestüt ihrer Familie anpacken. Als sie heimlich an einer Veranstaltung der Frauenbewegung teilnimmt, lernt sie Max Brugge kennen. Der junge Sozialdemokrat hat für Luises Probleme nur Spott übrig, Johan wiederum entpuppt sich bei seiner Ankunft nicht nur als standesgemäß, sondern auch als weltoffen. Doch Max geht Luise nicht mehr aus dem Kopf…

Lesen Sie mehr unter: **www.blanvalet.de**